ENQUANTO
DEUS
NÃO
ESTÁ
OLHANDO

ENQUANTO DEUS NÃO ESTÁ OLHANDO

DÉBORA FERRAZ

1ª edição

EDITORA RECORD
RIO DE JANEIRO • SÃO PAULO
2014

CIP-BRASIL. CATALOGAÇÃO NA PUBLICAÇÃO
SINDICATO NACIONAL DOS EDITORES DE LIVROS, RJ

F431e Ferraz, Débora, 1987-
Enquanto Deus não está olhando / Débora Ferraz. – 1. ed. – Rio de Janeiro: Record, 2014.

ISBN 978-85-01-03975-0

1. Romance brasileiro. I. Título.

14-12868
CDD: 869.93
CDU: 821.134.3(81)-3

Copyright © Débora Ferraz, 2014
Texto revisado segundo o novo Acordo Ortográfico da Língua Portuguesa.
Direitos exclusivos desta edição reservados pela
EDITORA RECORD LTDA.
Rua Argentina, 171 – 20921-380 – Rio de Janeiro, RJ – Tel.: 2585-2000

Impresso no Brasil

ISBN 978-85-01-03975-0

Seja um leitor preferencial Record.
Cadastre-se e receba informações sobre nossos lançamentos e nossas promoções.

EDITORA AFILIADA

Atendimento e venda direta ao leitor:
mdireto@record.com.br ou (21) 2585-2002.

PARTE I

O FIM DO MUNDO CHEGOU CEDO DESTA VEZ. SUBO A ladeira. A rua de paralelepípedos está deserta apesar de não passar das oito da noite, e à minha volta só as casas, pequenas e imóveis, é que, vez por outra, dão qualquer sinal de vida humana. Casa sim, casa não, há uma janela aberta com uma luz acesa. Eu diminuo o passo. Procuro campainhas com a vista. Mas foi muito cedo desta vez. E eu já vinha suficientemente dilacerada para ainda me incomodar com o fim do mundo ou com qualquer coisa.
— Érica!
Continuo subindo. As poças d'água se espalham pelo pavimento. Elas molham a barra da minha calça jeans e meus coturnos chiam soltando pequenos jatos toda vez que piso. É impossível não pensar que o couro nunca mais voltará a ser o mesmo. Impossível não considerar a hipótese de desistir logo de uma vez dessa operação toda. Os músculos da coxa, fadigados do esforço, se retesam contra o percurso íngreme. Dilacerada demais... repito pra mim. E já nem me refiro à dor de cabeça, aos cortes, nem aos calos em sangue. Paro de pé no meio da rua, no centro da ladeira. Falo de algo muito maior. Algo como um cansaço tão supremo que me impede de responder aos chamados dele ecoando pela rua.
— Érica!
Ele ainda não havia dobrado a esquina, mas já era possível ouvir seus passos ecoando pelo quarteirão. Teria respondido

um "Está tudo bem", e visto se ele, finalmente, desistia. Já era a sexta rua, com aquela, que ele caminhava atrás de mim, sempre a exatos vinte passos de distância. Sei porque contei. Do portão da casa dos tios, descendo a avenida, virando a esquerda, cruzando a praça nova, subindo uma, depois duas grandes elevações, virando novamente até chegar ali.

— Responde!

Mas gritar de volta seria um esforço muito além da minha capacidade. Desisto. Deixo o corpo relaxar apoiando o peso com as mãos nos joelhos. E quando volto a olhar pra cima, naquela posição, a linha do horizonte é o topo da rua. É tão íngreme que não dá para ver o que se esconde além. Do meu ponto de vista, só haveria o céu: um céu sem nenhuma estrela, pesado de nuvens. Emplastros de azul-ftalocianina com branco de titânio e ultramar-claro. Um paredão demarca: aqui termina tudo.

— Saia daí! — ele grita ao pé da ladeira. — Se vem um carro em alta...

Um cansaço antigo. É isso. Que outra explicação haveria para o fato de, agachada ali, meu cérebro trabalhar sozinho tentando adivinhar que azul era aquele no céu e empenhar-se em misturas imaginárias de tons como se compusesse, de cabeça, um tubo de tinta?

Ele também reduz o ritmo logo no décimo passo. Escuto sua respiração arfar quando, com dificuldade, ele insiste. "Não pode ficar aí", e tenta a caminhada rápida. Ainda se houvesse qualquer som de carro ou de gente... Então é com um cansaço ainda maior que apenas me arrasto para o canto e deixo o corpo cair sentado no meio-fio.

— Qual é o seu problema? — ele resmunga. Senta ao meu lado e escora as costas na parede formada pela calçada alta. Eu observo seu rosto branco reluzir de suor. — Aonde pensa que está indo?

É uma boa pergunta. Aonde eu pensava que estava indo? Vinte e quatro anos sem chegar a nada, sem ser exatamente nada. Quase nenhum amigo e só uma resposta pronta: Estou caminhando em uma busca artística. Ou: Estou procurando meu estilo. Ou: Estou buscando expressão. Minha vida, mesmo, ainda está para começar. Ou, ainda: Procuro meu pai. Você conhece este homem?

— Eu precisava de um cigarro — respondo. E não tem nenhuma bodega aberta porque é domingo. Ele ergue uma sobrancelha, abaixa a outra. E desde quando eu fumo?

Aonde eu estava indo agora, era o que ele queria saber. Agora, oito da noite, protestando calada contra a situação no meio-fio: Que não pode ser — eu me digo. — Isso de cuidar dos pais não devia vir só depois de nos tornarmos adultos?

É nesse ponto que vou contra minha carteira de identidade. Ela é que diz: Vinte e quatro. Parece adulto o suficiente para você?

— Não pode sair assim — ele se limita a dizer. — Tua família fica me olhando de um jeito esquisito quando você não tá por perto.

Ficavam olhando desse jeito esquisito para qualquer um. Olham pra mim como se eu fosse uma atração de circo. Minha família é esquisita, essa é a verdade. Se fosse uma família normal eu, por acaso, precisaria estar assim?

— Ele não tá aqui.

— Seu pai?

Confirmei com a cabeça. O ressentimento é uma força que nos põe muito violentamente no nosso próprio lugar. Ele olha pro lado, como se duvidasse. Mas sei que não está aqui. Andei feito louca nesta cidade. Visitei todos os parentes. Fui bater em fazendas afastadas do Centro. Procurei em todo lugar. Ele havia desaparecido mesmo desta vez. Não deixou nem rastro.

— Quer tomar uma bebida? — Ele estende o pequeno recipiente de uísque. E qualquer um, menos eu, se perguntaria por que ele me oferece bebida em uma hora como essas?

Eu observo os jeans de Vinícius, desgastados, azul da prússia com muito branco de titânio. Enquanto escuto uma moto se aproximar de onde estamos.

— Posso mesmo?

— É. Vai fundo. Sei lá. Vai que anestesia. Reorganiza as ideias.

O som do escapamento cresce, cada vez mais alto, beira o insuportável, mexe com algo dentro do peito.

Mas se digo que o ressentimento e o meu pai são os responsáveis pelo meu estado isso é só a minha versão sobre os fatos. E o coração vai reagindo ao som. Eles furam o cano da moto pra fazer esse barulho. Eu bebo o uísque. Vinícius explica minhas cabeçadas de outro jeito, com as leis de Newton: Que um corpo tende a manter seu estado de repouso ou movimento a menos que alguma força incida contra isso. Muito natural eu estar assim, ele diz no ápice do zunido, quando a moto parece tão prestes a explodir nossos tímpanos e acabar com tudo ao redor, mas quando, em vez disso, o som gradativamente diminui, diminui... Até ficar inaudível. Eu lhe devolvo o frasco vazio e mostro minhas mãos tremendo.

— Você vai querer me dizer que isso é muito natural? Que pais abandonam filhos e esposa nesse estado? Veja só como estou.

— É natural, sim — ele diz, guardando o frasco —, mas não deixa de ser foda. É aí que entra a bebida.

E eu entendo o conceito de inércia porque há menos de quarenta e oito horas eu tinha um plano. Quero dizer, era uma boa clínica, aquela. Estava tudo sob controle. Eu tinha um ateliê em construção. Bairro nobre perto do mar. Internet, TV a cabo, sobremesa, pedido de demissão encaminhado, porta batida na cara do chefe...

Agora avance, pelo menos, quinhentos quilômetros numa estrada a oeste. Suponha um lugar absurdo onde supermercados, lanchonetes e farmácias não abrem no domingo, onde pessoas chegam sem avisar umas nas casas das outras, onde elas não apenas me conheciam sem que eu as conhecesse, mas também me chamavam pelo ilustre codinome de "a filha de Aluízio", e Aluízio, o meu pai, estava desaparecido. Volte ao início. Não há mais plano algum. O que fazer?

— Podemos procurar um boteco.
— Não tem nada aberto aqui no domingo, já disse.
— Independente da cidade. Sempre há botecos aos domingos.

Há dois dias Vinícius também não sabia grandes coisas sobre mim. Teria dito: "Érica... conheci, sim, era minha amiga, mas faz tempo que não vejo." Eu olho para ele. Mochila nas costas, camiseta branca, de ontem, encardida. Sombra natural com pinceladas de branco. Ele também, talvez, não tenha dado conta de que o tempo passou. De que outro modo se explica que ele esteja aqui comigo, agora? Não é razoável.

— Você não conhece essa cidade — eu digo, já olhando em volta. — Essa cidade — continuo — é um buraco. E não digo um buraco metafórico, falo de um buraco real. — A náusea chega, uma lava ácida alcança o esôfago. — Ela foi acontecendo, simplesmente. Na cova que ficava entre o conjunto de serras. Uma cova! Todo mundo aqui está morto e ninguém avisou. — Penso comigo: 3 de março não é muito cedo para a chuva? Porque isso é o que eles dizem. — Todos mortos, estou lhe dizendo. Isso aqui é o fim do mundo.

— Se você diz...

Eu teria dito que era isso: minha vida mudou. Que não adiantava pensar em tinta, em espátula. Não adiantava pensar em pintura. Eu tinha outra vida pra dar conta e, nisso, estava atrasada. A maturidade sem poder mais esperar. É amanhã. Amanhã essas aspirações românticas estarão tão desaparecidas quanto meu pai. Mas ele não entenderia. Eu sei disso. E se eu sei é porque minha própria cabeça ainda está a quinhentos quilômetros dali.

— Preciso ir pra casa.

— É melhor — ele diz guardando de volta o frasquinho. — Tá todo mundo meio alarmado com essas tuas saídas...

— Não digo a casa dos meus tios. Digo minha casa, mesmo. Cansei dessa cidade. Ele não voltaria pra cá.

Mas, na visibilidade pouca e com aqueles cinco anos de neblina recobrindo nossa amizade, ele não lê mais meus pensamentos e eu também não quero que ele diga logo: "Seu pai... acho que ele não volta dessa vez. Eles nunca voltam." Uma moto desce a ladeira na banguela. Nenhum ruído. Tão rápido que salto de susto. Mas ele apenas assente, com um ar nostálgico, e ainda sentado, responde.

— Certo. — Apoia as mãos nos joelhos e faz força com elas, se põe de pé. — Na rodoviária deve ter uma bebida pra mim. E deve ter cigarros lá, também.

Havia muitos pedaços específicos naquele limbo. Coloquei o primeiro pé fora do ônibus e, de imediato, tive certeza: o mundo havia mudado de maneira drástica. O tempo quente, abafado. Colorido de sol na sujeira, nos passantes, nas mulheres, nos meninos, nos mendigos... Gente para mil lados e confusa. Quente. A mão machucada latejando, as pessoas passando com seus excessos de peso, de bagagem, de cabelos. Motores rugindo. Milhões deles. Uma cena de menos de um segundo: O mundo mudou — digo para mim mesma —, mudou, mudou, mudou. Mas ninguém tinha visto isso. Continuaram movimentando-se às dez da manhã, debaixo do sol. Agora: carregam pacotes, vão para todos os lados. O mundo mudou. Foi mesmo um segundo?

Mas a mão ainda lateja. Quer ir depressa com esse degrau?, ele perguntou. Olhei para trás, na sua direção, ainda meio abobalhada, sentindo o que seria *jet lag*, se houvesse *jet lag* de ônibus, do sertão para o litoral. Não posso, eu quis dizer, mas como diria? A coisa certa seria explicar: Olha, não vou conseguir encontrar meu pai nesse torvelinho de gente. Não é possível. É como achar agulha no palheiro, mas em vez de dizer qualquer coisa, coloquei o segundo pé no chão e tentei emular. Sei como funciona. E fui dando mais dois passos mecânicos, afastando-me do ônibus e me juntando à multidão que se amontoava na plataforma para recolher bagagens. Mais dois passos: Pode deixar que sei como funciona. Mas o que você está falando? Você está mesmo bem?

A viagem não poderia ter sido mesmo confortável. Eu estava partida, e Vinícius, ao meu lado, se machucava com os cacos. Deve ter tido muitos lapsos de vontade de sumir, mas permanecia. Eu me distraía com o meu próprio reflexo na janela do ônibus. Não era agradável para nenhum de nós dois a imagem. Aquele bicho acuado, um conjunto inerte com semicachos opacos e cicatrizes no rosto era eu: a filha do bêbado, a cara da desilusão projetando-se, semitransparente, à paisagem árida e em movimento. No mesmo reflexo, Vinícius me encarava e sorria, de leve, quebrando o pescoço para o lado, quase com pena. Ficava claro que, no meio de um punhado de projetos que ele havia, cuidadosamente, selecionado, ele havia metido, pela enésima vez, o projeto de me consertar.

— Aqui. Você ia deixando sua mala pra trás.

Olhei para ele, depois olhei para a mochila, para a roleta da plataforma de desembarque e para o ônibus.

As pessoas disseram que eu já havia feito o máximo. Que o melhor a fazer era seguir com a vida normalmente. Não é culpa de ninguém. Que eu tinha que ajudar minha mãe. Que Aluízio, meu pai, não era mesmo uma figura?

Quis entrar de volta no carro e ir para o mesmo ponto de onde havia partido, mas foi quando olhei, de novo, para Vinícius. Uma gota de suor escorria por sua testa enquanto se esforçava para fingir, ele também, que estava tudo certo. Não me convencia. Algo o incomodava e a culpa era minha.

Para começo de conversa, eu não deveria preocupá-lo tanto. Cada vez que eu vacilava — como agora, em frente ao ônibus —, mais ele parecia se empenhar em dar jeito — como agora, me mandando ir em frente e não interromper o tráfego de gente andando por ali. As pessoas se empoleiravam no andar de cima, observando os que desembarcavam, fumavam cigarros... Senti uma pressão em forma de vácuo apertar meus dentes na boca. Ele voltou a estender pra mim a mochila. Uma camada de lágrimas cobriu meus olhos, me protegendo do resto do mundo, estendi as mãos para pegá-la. Rolei a catraca e segui andando, sem parar, até alcançar o outro lado, nas várias fileiras de cadeiras plásticas. Foi quando notei que estava só.

Olhei para trás. Vinícius falava alguma coisa com o homem que ficava vigiando a portaria, como se pedisse informação, franzia o cenho, gesticulava direções, fazia afirmações com a cabeça, segurava as alças da mochila nas costas. Eu não devia tê-lo arrastado para essa situação. Ele cruzava e descruzava insistentemente os braços ou enfiava as mãos no bolso. E nada disso era, na verdade, culpa minha. Era culpa do meu pai e cabia a mim mostrar isso: que ele havia cometido um engano. Que havia ido longe demais daquela vez. O que mais uma filha pode fazer, naquelas circunstâncias, senão submeter seu pai a um tratamento? Ainda que aos gritos, ainda que contra a vontade. Era para o bem dele. Era para o bem de todos. Não teve nada a ver com o ateliê.

Sentei em uma das cadeiras velhas de plástico esperando Vinícius. Uma placa acima de mim indicava "Intermunicipal" e, ao meu lado, um mendigo dormia fedendo a cachaça. Duas mulheres se abraçaram:

— Me dê aqui essa mala, que eu ajudo você, a viagem foi longa, não foi?

Estava tudo errado.

— É bem pertinho — elas insistiam —, a gente perdeu um ônibus, mas passa outro agorinha mesmo.

O impulso era o de levantar da cadeira, interromper a cordialidade e dizer a elas: Vocês não compreendem que o mundo acabou? Mas você pode imaginar que elas não compreenderiam. Acabou mesmo, eu insistiria. Não se preocupem com o ônibus e o atraso. Inútil! Estão todos no automático. O mundo acabou e eles não veem?

3 de março, 12h40

Foi o primeiro pensamento que me acometeu assim que tive a notícia do seu sumiço: que o mundo havia acabado. Era para ser apenas uma visita como a que se faz a qualquer paciente em tratamento, mas estava óbvio que havia algo errado já na hora que entrei. Dava para sentir só no jeito como os funcionários receberam a gente na recepção. Estavam desconfiados demais. As enfermeiras vieram dizendo coisas como "tentamos falar com vocês...". Ficavam nos mandando de um lado para o outro. Ninguém sabia explicar nada. Só depois de invadir o leito onde ele estava internado constatei: ele havia desaparecido. E foi com essa informação que eu saí até a calçada da clínica, e parei na frente do asfalto. Chorava. Agora, sim, perdi as rédeas.

Uma constatação que vinha em camadas enumeráveis:

1º) Eu havia sentido, durante toda a minha vida, como se estivesse à beira de uma grande catástrofe. Como se algo muito ruim estivesse prestes a acontecer a cada minuto durante toda a porcaria da minha vida e entendia, só agora, que a catástrofe era aquela.

2º) Tocava "The End of the World" na minha cabeça.

3º) Eu sentia raiva de mim mesma por estar pensando em música. Acorde!, eu me dizia. Isto é real.

4º) O sol se movendo no céu. As pessoas andavam daquela mesma forma de sempre e eu lhes teria avisado o quanto aquilo era vazio, ao passo que elas responderiam: Ainda existe tempo.

O mundo não acabou, diriam. E eu iria insistir: Acabou. Só que o sol também não foi informado.

5º) Se eu fechasse os olhos, tudo o que eu veria seriam blocos grandes de tinta. Minha cabeça trabalhando, no automático, em uma tela inexistente, esfumando coloridos, e um empenho sobrenatural em deixar firme uma linha horizontal que só existia como um membro fantasma.

6º) Que tudo, toda pintura, todo devaneio, era uma coisa irrelevante sob tais circunstâncias.

Só que enumerar as coisas dessa forma também não seria a maneira exata de reproduzir o que acontecia na minha cabeça. Porque foi tudo muito rápido e junto. Não dava para separar uma coisa da outra. Posso dizer, no entanto, o que aconteceu fora dela: Alguém tocou no meu ombro e disse "A senhora precisa assinar os papéis"

— Vamos ter que pegar o ônibus no terminal de integração.

— A fala de Vinícius me puxou de volta e, de novo, vinha aquela sensação de urgência: Preciso encontrá-lo, pensei. Ao passo que ele dizia ao meu lado: Não se preocupe. Você vai ficar bem. Vocês todos vão ficar bem. Depois soltou um suspiro cansado.

— É... — disse ele olhando para longe — modo voltar à rotina: *on*... — Parecia lamentar; apertando os olhos para o ambiente ensolarado fora da rodoviária, pôs as mãos na cintura.

— Tem certeza de que não quer ir para a minha casa? Lá, pelo menos, você não fica sozinha...

Sozinha. Sempre que a palavra esbarrava no ruído da cidade e nos setecentos mil habitantes, reverberava também em uma última esperança: havia um único lugar em que ele poderia estar e esse lugar era em casa.

3 de março, 13h20

Tinha sido ideia da minha mãe viajar para o interior. Uma coisa que veio igual a todas as suas ações a partir dali: como se fossem fruto de um piloto automático sofisticadíssimo. Sempre que a coisa era séria, lá ia ela de volta ao ritual de sempre: jogar mudas de roupa, chorando, em uma mala. Jogar tudo no bagageiro do carro, ligar a ignição e dirigir o velho sedã com os vidros semiabertos, fumando cigarros, e subindo em direção ao sertão por cinco horas de estrada. Mas a família dele está toda lá — ela disse, com o rosto já deformado do tanto que havia chorado. Temos que ir pra lá — ela insistiu. Mas, mãe, ele não detestava aquilo tudo? Não lembra do que ele dizia? "Aquele sertão velho e seco não tem nada pra ninguém"? Mas ela estava transtornada, e eu, cansada e em choque demais para impedir. Acabei me convencendo: Sim, talvez eu o encontre lá. Talvez encontre lá alguma coisa.

Porque meu pai não tinha a chave. Não lhe fizemos mais cópias desde que ele a perdeu pela última vez, quando passou dois dias fora, tão bêbado que não acertou o caminho de volta. Dormiu dentro do carro, a duas quadras da porta, com a cabeça oleosa e vermelha sobre a direção e um poço de vômito nos pedais.

Meu pai não pensou nas consequências. Pronto. Só isso. Um erro de impulso quando deixou todos pra trás, desaparecendo da clínica. Impulso, como sempre. E resolveria metade da questão. Só podia ser isso. E era exatamente por este motivo que precisávamos encontrá-lo. Quem sabe mostrando as implicações, fazendo com que ele visse o estado exato em que todos ficaram depois do seu sumiço, quem sabe assim tudo isso não poderia ser, de alguma forma, revertido?

Porque é tudo tão rápido, menos de um segundo pra decidir — imaginei —, ele acabou sumindo sem pensar nos milhares de efeitos devastadores... A lei da física não possibilita que nada, nada mesmo, nesse mundo, simplesmente desapareça. Sendo assim, se ele não está aqui, para onde foi?

— Agradeço a oferta — respondi a Vinícius —, mas vou ficar bem em casa.

Era como descer de uma esteira, depois de ter caminhado nela por uma hora, e ainda sentir o chão deslizando por baixo dos pés. Uma violência aquilo. Saímos da rodoviária e a quentura ardeu logo na pele. O terminal de ônibus urbano era logo adiante. "É por aqui. Vamos", ele disse, mas saí na frente, guiando um caminho, abrindo espaço entre os transeuntes. Qualquer um notaria que ali estava andando uma garota com sérios problemas. Enquanto houvesse uma próxima etapa, eu poderia ser salva. Pelo menos por um segundo. Caminhar até a saída do terminal rodoviário, ignorar os taxistas e ambulantes. Esperar o sinal fechar, atravessar a rua, caminhar até a catraca da entrada, escolher a menor fila.

— Custa dois e dez — ele informou —, se tiver trocado, facilita.

Vinícius me seguia. Olhei para ele, atrás de mim, mas enquanto ele era retido, a contar as moedas, na porta de entrada, eu era obrigada a parar, no meio da passagem dos carros, e, tendo ainda dúvidas, garanti a manutenção da cortina de lágrimas em meus olhos.

A espera era o pior.

— Quer que eu te acompanhe até sua casa, então? — ele disse quando me alcançou. — E posso também ficar um pouco lá com você.

Encarei o outro lado de uma grade vermelha.

— Não precisa. — Porque manter aquela membrana lacrimosa sobre os olhos era um serviço delicado. Um exercício mental extenuante de lembrar, em um momento, tudo o que se passou naquela semana (os olhos ficam rasos d'água) e, no momento seguinte, distrair com qualquer coisa prática, impedindo que a lágrima caísse. — Tenho muito pra fazer. Não vou ficar parada pensando.

Parecia a coisa certa a dizer. As pessoas ficavam felizes e, ao mesmo tempo, decepcionadas com este tipo de atitude. Felizes porque, afinal, foi conselho delas ser forte. Decepcionadas porque já tinham até reservado imensos estoques de cuidados, que iam de abraços a remédios tarja preta, todos tornados inúteis se eu fosse forte de fato. Eu precisava de um plano.

— Você deveria descansar. Desinfetar esses cortes. Vai acabar ficando sério se não cuidar. Além do mais — ele hesitou —, bom... o que pode ser tão urgente?

Ele esticou um pouco os ombros para cima e desviou os olhos para baixo ao dizer isso.

A resposta seria simples: Tenho que limpar o ateliê. Mas achei melhor não dizer nada, também. Um ônibus se aproximava, entrando no terminal, as pessoas esticavam o pescoço ou apertavam os olhos para reconhecê-lo.

Limpar o ateliê como quem limpa a seara quando acaba a colheita.

Mas pensar assim só me fazia detestar um pouco mais todas as pessoas que, desorientadas, não entendiam nada sobre como funcionava um ciclo de plantação. Detestar Vinícius, acima de todos eles, com seus conselhos práticos e aplicáveis. Ao mesmo tempo, por contradição, gostar mais do meu pai que me explicou tudo sobre estio, plantação, limpeza... sem querer, com isso, dar qualquer orientação.

O ônibus deteve-se por alguns minutos intermináveis num ponto cego. Não dava pra ver o número indicado no letreiro.

— Você deve estar cheio de coisas por fazer também... — eu disse vendo o ônibus se aproximar. Seu motor rugia com força como um monstro de aço. — Daqui a quanto tempo é sua prova?

— e aos poucos a numeração do ônibus ia voltando a aparecer. Ele não respondeu. As pessoas correram de pontos distintos a juntar-se em uma multidão ao lado dele. Não era o nosso. Não nos movemos. E de novo eu via os olhos de meu pai: olhos do seu Aluízio a refletir o fogo devastando o plantio inteiro. Porque tudo agora seria novo. Porque agora restava esperar que ele voltasse para casa, e esperá-lo com o solo limpo.

— Talvez você precise de ajuda — eu o ouvi dizer, o barulho dos ônibus aproximando-se fazia sua voz soar como se viesse de longe. Continuei olhando para a esquerda, para a direção do portão, que era de onde o carro chegaria. Bem ali, ao meu lado esquerdo, percebi que uma menina dormia nos braços de uma mãe morena, que aninhava os dedos nos cabelos cacheados da menina.

— Érica? — Desviei a vista para meus próprios pés. — Não fique pensando nisso. Certo?

Um novo ronco se aproximava, mirei o portão.

— O ônibus! — eu disse, rompendo o que eu não queria ouvir. O que eu não suportaria ouvir. E já havia novas etapas e tarefas a me salvar: entrar na fila, sentindo cheiros e alvoroços de pessoas estranhas, ver os passageiros descerem, em fila, lá de dentro, subir, sentindo os músculos das coxas responderem bem, buscar com os olhos, em alerta, um lugar bom para sentar que atendesse aos quesitos: longe do sol, longe da porta, com janela. "Espere", ele disse atrás de mim. Mas esperar era o pior.

Tínhamos visto, meu pai e eu, um noticiário uma vez. Falava sobre as pessoas que esperavam a chuva chegar. Se não chover, não tem oferta de milho pro São João, ele disse. Eu não conseguia conceber essas pessoas esperando chuva. Não conseguia conceber a espera. Mas ele dizia: Bem, não é só espera, eles preparam o solo... fazem um monte de coisa... investem. E se não chove? Perdem tudo. Eles não têm medo? Bom, é preciso ter fé. Mas eu já havia embarcado. E tinha que ser rápida a escolha do assento.

Sentamos os dois do lado oposto ao do motorista. O ônibus parte. Barras de apoio, solavancos da primeira marcha. Colei o rosto na vidraça. As manchas nela se estendiam e infeccionavam mais meus cortes. Passei a vista pelos avisos ali dentro: "Em caso de acidentes..." Engoli a dor dos machucados. Eu precisava chegar logo.

— Odeio esse cheiro de mormaço — disse a ele. O ônibus tremia, me enjoava.

— Concentre-se no que há lá fora.

Ele já devia estar aborrecido, àquela altura, mas, em vez disso, exalava tensão. Olhando fixo para a frente, engolindo vazio, apertando a mandíbula. Até que soltou o ar e relaxou os músculos, bem a tempo de ser pego de surpresa por um freio brusco, e tensionou as pernas. O carro seguiu estável. Olhei novamente e percebi: Na janela do motorista, as coisas passavam quase em câmera lenta; da minha, eram rápidas, mas, da janela logo atrás de mim, nem era possível enxergar as árvores, que viravam um borrão ligeiro. A cidade em recortes. Em cada recorte, velocidades diferentes. O que ficava pra trás, a velocidade borrava. *Gris de payne* com sombra natural. Um cérebro como o meu, ainda pensando no impacto visual das coisas.

— Veja. Estão plantando árvores.

Mas eu, talvez, não acompanhasse o quadro dele.

— Estou vendo. Mas você sabe o que acontece: vão plantar daquela mesma árvore que plantam sempre e é como reflorestar com eucalipto, cresce rápido e forma a paisagem mais entediante do mundo.

Ele deu de ombros.

— Não vejo problema nisso.

— O problema é que, para fazerem essa paisagem uniforme e sob controle, eles tiram as árvores que estão aí há muito mais tempo. Os fícus, por exemplo.

Ele ainda não parecia incomodado.

— Ainda não vi o problema.

— Os fícus estão aí há séculos. Dá pra ver pelo tamanho, pela rugosidade no tronco. São quase um patrimônio. Chegaram antes de você, por exemplo.

— Sim, mas e daí? Se precisam mesmo ser arrancados...

— Por quê?

— Porque a raiz deles cresce demais. Quebra instalações, depreda a estrutura dos prédios.

— Eles chegaram antes dos prédios.

— Acho que não é uma questão de ordem.

— Nem é nada que te interesse, já que você, diferente de mim, vai conseguir mesmo ir embora daqui.

— Você também vai, um dia.

— Não aposte tanto nisso — respondi —; com essa última, acho que fiquei foi enraizada de vez.

Mas se eu conversava sobre plantas era apenas para poder falar de algo que ele pudesse entender. Porque o que eu queria dizer, e o que ninguém entenderia, era isso: Talvez meu pai tivesse voltado. Estaria, agora mesmo, esperando que alguém abrisse a porta de casa, protegendo-se na sombra da árvore à nossa porta.

— Temos um fícus na calçada — eu disse.

— E nunca deu problema? — ele voltou a olhar para mim, mas continuei olhando a rua.

— Claro que deu.

Entramos na avenida principal, o ônibus passou a deslizar mais uniforme pela pista. Tentei respirar um pouco de vento fresco. Era inútil. O mormaço prevalecia. Até o vento que entrava pela janela era morno.

— Você não vai sumir, vai? — perguntei a ele. — Preciso ficar um pouco só agora, mas não preciso ficar só pra sempre. Essa sua prova...

— Não pense nisso agora.

O ônibus se aproximava da praia e, consequentemente, da minha casa. Ganhava velocidade. A partir daquele ponto, menos gente pedia parada, menos gente descia. Senti que meu coração acelerava. E se ele estiver lá? Era um exercício de autocontrole: eu ia contando as paradas. Estávamos chegando perto do ponto em que Vinícius desceria.

— Foi bom ter ido com você — eu falei, afinal. — Nunca vou esquecer.

— Calma, não acabou ainda.

E foi quando vi que havíamos passado do ponto em que ele deveria ter descido.

5 de março, 7h04

A verdade é que deveríamos ter passado mais tempo no interior, mas nenhum de nós dois suportaria. Tínhamos pegado um carro grosseiro, ultrapassado os limites urbanos, atravessado a cerca do sítio e entrado ali onde brincavam, descalços, alguns meninos magros.

— Vocês sabem onde mora dona Rosa Valentim?

Eles pararam a brincadeira, olhando, todos, para o mais magro dos meninos. Fez-se um silêncio. Ele examinou a mim e a Vinícius. Por fim, disse: "Venham por aqui."

Era uma dessas casas com porta duplicada, o piso sem cerâmica. Uma sala ampla, sem decoração. Dava para um corredor estreito, escuro, e, ao fundo dele, para uma porta aberta. A luz entrava forte. Vejo dali, na contraluz, que uma velha segurava com as mãos uma galinha que se debatia.

— Tia Rosa? — chamou o menino.

Ela torceu o pescoço do bicho, que ainda agitava as asas. A galinha cacarejava tanto que tive que desviar o olhar para as paredes nuas, pintadas de amarelo descascado, tendo certeza: Algo deu errado com a morte desse bicho. Ela tirou do cinto uma faca pequena, cortou a ave e a enfiou, com o sangue escorrendo, na panela.

— Tia Rosa, tem uma moça aqui que diz que é...

— Posso esperar — interrompi.

A velha abandona o bicho e vem ao meu encontro, através do corredor que separa a cozinha da sala.

— Procuro notícias do meu pai.

— Ah, Deus! — ela diz com ares de preocupação ou talvez cansaço, aproxima-se, limpando as mãos no avental. — E quem é seu pai?

Abro do bolso um retrato antigo. O menino cutuca a velha.

— É Aluízio, tia.

Ela se aproxima, vejo que sua pele escura de sol é enrugada, os cabelos lisos, negros, estão frouxos num rabo de cavalo baixo. Ela aperta os lábios para o lado ao reconhecê-lo.

— Você é filha dele? — e me examina, rapidamente, o nariz, o cabelo, a altura... — Não parecem muito.

A afirmação me ofende. Ela está enganada. Pareço com meu pai.

— Foi longa a viagem, hein? Venha sentar que você não cresce mais e nem você — apontou para Vinícius, mas interrompi o tom de cordialidade. Ela sorria e não era essa a atmosfera correta.

— Só estou procurando as coisas dele. Tenho que voltar.

— Ah, sei — ela diz —, mas já não estão aqui há muito tempo. Ele mesmo levou tudo.

Ela não confia em mim. Não confia porque sou muito direta.

— É para uma pesquisa — minto. É apenas uma armadilha para capturá-lo.

Mas não teve conversa. Ele não estava lá e voltamos de mãos vazias.

Ele pediu a parada por mim. Descemos juntos do ônibus, eu na frente, ele atrás. Disse que viria comigo até a porta, pelo menos, e não adiantaria tentar persuadi-lo do contrário. Eu não tentaria. Meu coração acelerava. Será que ele está em casa? A expectativa crescia. E tem o ateliê — eu pensava. Mas eu não queria pensar no ateliê.

Vinícius fazia uma careta constante no sol a pino. À nossa frente, o asfalto soltava vapores, enquanto os carros passavam correndo por nós.

— Agora! — ele indicou quando viu a brecha e atravessamos rápido.

No passo que andávamos, senti a mão dele tocar as minhas costas. Virei para vê-lo, mas apesar do gesto ele olhava apenas para baixo, pros próprios pés.

— Você quer... — olhei na direção dele, ele ainda olhava para os pés. — Precisa de mais alguma ajuda? — Andávamos devagar.

— Não. Claro que não — respondi, baixinho. Porque já havíamos passado da esquina. Não havia nada nem ninguém na minha calçada.

Nos despedimos no grande portão de madeira que dava acesso à casa, evitando olhar o portão menor, que ficava bem ao lado, e daria acesso ao ateliê. Ele me abraçou, meio sem jeito.

— Se cuide — ele disse, retendo-se ainda uns segundos.

— Está tudo bem.

— Você não vai precisar de remédios? As pessoas insistiam nisso. Anestésicos, antidepressivos, ansiolíticos...

— Não. Não é preciso.

— Limpe os cortes — recomendou, por fim —, eu apareço por aqui, quando der.

Ele me lançou um olhar daqueles, definitivos, foi embora, seguindo em linha reta, enquanto eu, diante das duas portas fechadas, hesitava. Abri a maior delas e, antes mesmo de entrar, eu já sabia: Estava sozinha de novo.

Quando meu pai foi embora, a casa, subitamente, tornou-se obsoleta. Como se a decoração estivesse, agora, completamente fora de moda. Não faz sentido. Foi só uma semana, meu Deus! E nessa semana a casa tinha se tornado um mausoléu. Eu caminhava meio cabreira dentro dela. Ficou inexplicavelmente escura, como se a estação tivesse mudado e o sol já não entrasse mais pela janela. O pó se acumulava em áreas nunca antes notadas. Na segunda prateleira da estante, em um vão entre uma estatueta e o aparelho de som. Por que não notei que entrava tanto pó aí? Então lembrei: era naquele ponto que ficava o porta-retratos com a foto do casamento e que foi, agora, cuidadosamente retirada.

"Não sei por que expor uma foto que tem já tantos anos que as pessoas nem se reconhecem mais nela", ele dizia. Era irônico, porque o paletó cinza, usado na ocasião e que já não lhe cabia, ele se recusava a me dar embora eu afirmasse que ficaria bem em mim.

"Não me venha com essa conversa besta" — e com essa frase única, desfazia qualquer possibilidade de apelo sem oferecer nenhuma explicação. Era apenas como se fosse uma outra das minhas ideias ridículas. "Faça do jeito que tem que ser. Compre um."

Mas também havia o terraço. Nas mesinhas de centro, os cinzeiros ainda estavam cheios. Estávamos em março e, ainda dependurados no arco das portas e nas paredes pintadas, as luzinhas multicoloridas de Natal amargavam um completo abandono. Ele mesmo costumava comentar isso quando chegava cedo em casa na sexta-feira.

"Claro que voltei cedo, olhe só", e apontava as luzinhas, "na minha casa ainda é Natal", divertia-se da nossa desorientação. Era um mundo à parte.

No quarto deles, os lençóis permaneciam parcialmente revirados. Certamente, ainda estariam impregnados do seu suor. Ele não queria ir para a clínica — eu lembrava —, e era como trombar com a parede em meio a um labirinto. Mas era melhor não pensar nisso.

Era estranho. Minha casa sempre pareceu muito vívida com suas cadeiras estofadas em laranja, em branco... Com as paredes coloridas em azul-turquesa, salmão, as paredes externas em cerâmica vermelha, imitando tijolo aparente. Mas agora notava uma rachadura em uma delas, na interseção entre o quarto e a garagem. Examinei com o dedo. Era uma coisa velha.

De repente, tudo parecia de extremo mau gosto. Decadente. Como nunca notei isso? Quem em sã consciência reconheceria como artista plástica uma pessoa que não teve o senso estético de notar aquela combinação esquálida na casa?

Na parede da sala, por exemplo, havia aquele quadro de uma cachoeira que eu mesma havia pintado no tempo em que o ateliê era uma garagem e ligava-se ao quarto do meu pai por uma janela. Eu estava quase concluindo quando lhe pedi uma opinião.

Eu o estava chamando para a briga e ele, pressentindo, fugia do ringue, concordando com tudo, evasivo. "Anrã, anrã."

— O senhor não quer aprender a pintar? — eu perguntava.

— Estava pensando em dar aulas. Podíamos pintar um pouco. É relaxante.

Era inacreditável que na semana anterior ele ainda estivesse aqui. Eu me dizia vendo a janela coberta de cimento: aquele lado da parede, ainda coberto de um salpicado grosseiro, sem cobertura, feito às pressas. O outro lado não ficou muito melhor, mas eu havia coberto com um quadro de atividades. Uma lista de itens (apresentar ilustrações, começar a preencher o céu em azul-cobalto e branco de titânio, enviar mensagens, inscrever para o concurso), todas marcavam "em atraso".

Era preciso dar um jeito naquilo tudo. Tinha que dar certo. Era a minha chance de me pôr em ordem. "Se não tem jeito...", ele diria, debochando do meu esforço em trazê-lo de volta.

"Ah, mas família é mesmo uma coisa difícil." As frases que me disseram durante todos os últimos dias ainda ecoavam na minha cabeça. "Você tem que consolar sua mãe, agora que seu pai...", diziam as velhas.

Elas ficavam receosas e deixavam a frase morrer nas reticências. Pobre da minha mãe. Só lhe sobraram as velhas. Uma após a outra tocando a campainha da casa, solidárias, para saber como ela estava, para oferecerem alguma coisa que ela, sumariamente, recusaria, se estivesse ali, de cabeça baixa e sofrida em seu eterno papel de mártir, fumando cigarros e dizendo ser forte o suficiente para continuar só com seus dois filhos.

Tirei tudo da mala. Separei o sujo do limpo. Baldes e baldes de água. Esfreguei o piso até esfolar os joelhos. Senti que perdia o ar e, só assim, eu notei, de novo, que estava chorando. Que já era tarde. Que minha mãe entrava com as malas dela pra dentro de casa.

— Filha?

Olhei pra cima sentindo a falta de ar me dar agonia no estômago.

— Já passa da meia-noite.

Eu não lhe disse nada. Não falei das vizinhas tocando a campainha, do telefone, das conclusões a que eu havia chegado, e, sobretudo, não mencionei o nome dele. Zonza do cansaço e da faxina, apenas levantei e saí devagar até entrar no escuro do meu próprio quarto e, sufocada à falta de pistas, dormi profundamente.

Lá está meu pai. Ele me aguarda fumando um cigarro, depois de ter se aborrecido com a garçonete.

— Um cafezinho — disse, abanando as mãos, impaciente, diante de todas aquelas opções: com creme, com adoçante, com limão, com conhaque... — É só um cafezinho, ora!

Ele não sabe que o observo a distância. Eu o observo para poder guardar pistas. Está aborrecido porque, no meio da reunião, apenas depois que a gerente reclamou, descobriu que havia, no escuro, vestido uma camisa rasgada.

Ele traga o cigarro com prazer, defende-se do sol debaixo da árvore e da crítica dos outros. Não é permitido fumar.

Escondo-me melhor por trás da janela basculante. Tenho que observar os detalhes. O cigarro é a mais nova invenção dos baixos teores (noto o padrão: no decorrer dos anos a cor do filtro vai clareando e as marcas na embalagem deixam o vermelho para variar entre gradações de azul, chegam ao tom prateado e agora são brancas). Suas unhas parecem arroxeadas. Ele também não fez a barba. A camisa, furada, foi minha mãe quem deu de presente em um Natal distante. Interrogo em silêncio para onde ele olha. Há uma estrada ao seu lado. Onde estaria estacionado, então, o carro dele?

Mas ele apenas olha para a fumaça que a própria boca expulsa. O que ele quer? Por que está sozinho?

Estou, outra vez, enganada. Não há pistas nesta cena. Ele não estava ali também e não me aguardava. A cena com que sonho brota dos comentários dele. Do aborrecimento dele. Eu a reviro por conta do seu sumiço. Quero descobrir o que ele pretendia.

Acordo assustada, com a impressão de que o telefone toca. Num estalo, salto da cama, corro na direção da porta, e percebo, só então, que faz silêncio. Que talvez tivesse sonhado.
É preciso olhar em volta tentando reconhecer o que há ao meu redor. Estava me acostumando a acordar sempre em lugares estranhos, todos eles marcados pelos vestígios de fé católica, com reproduções de um Cristo crucificado e emoldurado, corações expostos, vermelhos, que me encaravam logo quando eu acordava, quase sempre sem sequer lembrar que havia dormido. Mas, agora, nos três segundos que meu olhar leva para varrer o que há em volta, reconheço o mural com as imagens de mim mesma sorrindo nas fotos das últimas férias, os desenhos: natureza-morta, paisagem, figura humana. Caixinhas coloridas, imitações de Van Gogh, postais de diversas cidades que eu nunca havia visitado e que nem chegaram pelo correio, eu mesma comprava em papelarias, sem qualquer intenção de remetê-los, com a desculpa de que me lembrariam sempre aonde eu queria chegar. Apenas uma exceção: um que Vinícius havia mandado de Buenos Aires, dois anos atrás, quando morou lá. Não era grandes coisas: um obelisco e uma avenida muito larga. Sempre que eu me transportava mentalmente para aquela figura tinha uma sensação inenarrável de pequenez. A sensação era tão familiar que... Sim, aquele era o meu quarto. Então, eu lembrava de

tudo o que tinha acontecido, a virada que minha vida tinha dado nos últimos dias. Lembrava do meu pai. Aí, ficava arrasada de novo.

Ouço de novo a campainha do telefone.
— Érica, pra você.
A voz da minha mãe me lembrava do resto: ela e meu irmão chegando de madrugada. Pareciam tão cansados quanto eu. A raiz branca do cabelo dela tinha crescido uns dois centímetros, e eu me perguntava como os folículos podiam entender tão bem o que se passava. Ao seu lado, o garoto, nos últimos momentos dos seus treze anos, estava com o cabelo desgrenhado, precisando de corte. Parecia ainda mais novo, mais aborrecido e sonolento.
Na sala, o telefone está fora do gancho quando chego e atendo. Ávida, sequiosa por pistas, notícias.
— É o Fábio, guria.
Esboço um suspiro. Na correria toda, havia esquecido de avisar, no trabalho, o motivo das minhas faltas.
— Ô, tentando falar contigo todo dia.
Fábio era o típico publicitário de sucesso. Até as gastrites acompanhavam o perfil. Camisetas descoladas, tênis descolados... era tão óbvio o seu desprezo por mim quanto o meu por ele. Eu achava que os publicitários morreriam, todos, de úlcera. Quando me deu o emprego, foi bem a contragosto. Vamos ver, vamos ver... se você desenrola. Ele não gostava da minha piada sobre as úlceras, obviamente. Perguntou uma vez: E você é designer, não é? Vai morrer de quê? Assassinada? Claro que ele estava flertando. Não. Não sou designer, sou artista, e vou morrer como tal. E como os artistas morrem? Os artistas não morrem.

— Olha, não te preocupa. A gente soube que tu está... em um momento delicado. Recebemos o pedido de afastamento. Ficamos consternados aqui, essa é a verdade. Queremos todos dar forças, aí, pra ti, para a tua mãe... Família é família...

Era ridículo. Fábio era o tipo de cara que conseguia ser brilhante em situações diversas. Emplacava frases esdrúxulas e fazia com que elas parecessem naturais. Alguma mágica existia no seu poder de escolher palavras para compor um slogan ou um texto de panfleto, mas bastava colocá-lo diante de problemas mais práticos: uma mulher com cólicas, um assalto à mão armada, um pouco de sangue no vômito... e ele dizia coisas perfeitamente estúpidas. Como esta: Família é família.

— Mas o contrato já está tão perto do fim... Até concordamos que tu tire uns dias. Isso! Tira uns dias, põe a cabeça em ordem...

Olhei pela janela. O sol batia nas flores do jardim. Tirar uns dias. Eu precisaria de uma vida inteira para passar tudo a limpo.

— Só que acho precipitado romper tudo, entende? Pede a alguém para deixar aqui um atestado. Aquele teu amigo que veio deixar o pedido de afastamento. Pode ser ele mesmo. Ele disse que os machucados estavam feios...

Os machucados — ele dizia. Corri a vista por meus próprios braços nus e notei que pareciam, na verdade, pior do que estavam antes. Olhei novamente para baixo. Meus joelhos doíam e estavam vermelhos. Eram novos machucados?

— Não te preocupe com o prazo. Tu teria mais uns bons dias pela frente. Acho até que na tua casa, com mais tranquilidade, tu pode trabalhar melhor. É bom enfiar a cara no trabalho nessas horas. Estaremos de braços abertos quando tu voltar.

Eu não iria voltar. Pelo menos era o que eu pensava na tarde daquela última sexta de trabalho. Antes do feriado de carnaval. Era esse o plano: eu lembrava da sensação de liberdade que senti ao cruzar a porta. Destemida. Não volto mais aqui. Mas tudo estava mudado. Eu tinha cortes, um pai desaparecido. Estava com medo.

— Obrigada.
— Érica?
— Sim.
— Só mais uma coisa...

Sempre tinha mais uma coisa. Dita assim, à despedida, como se fosse nada, e que era, sempre, na verdade, a verdadeira razão da ligação.

— Queremos que tu veja o psicólogo antes de voltar
Respirei fundo.
— Fábio, eu agradeço muito esse cuidado, mas não precisa. Estou bem. Está tudo ótimo. Só preciso mesmo arrumar uns papéis, fazer um pouco de companhia à minha mãe..
— Érica, olhe, quem somos nós para julgar outro ser humano, não é? Quem pode julgar o que tu fez, o que aconteceu na tua família... Não estamos te julgando.
— Não, Fábio. Não estou dizendo isso.
— Pai é uma coisa forte, sabe. Tu ainda morava com o teu, não é verdade?
— Sim, mas...
— Então, guria. Vá ao psicólogo, sim? Eu mesmo, veja só, vou sempre e... pareço louco? Não! Todo mundo vai ao psicólogo hoje em dia...
— Fábio, eu agradeço mesmo, mas não quero
Ouvi do outro lado da linha ele respirar fundo.
— Érica. Não é uma gentileza. É uma exigência
Meu coração disparou.
— Olha, eu sei que tu deve estar passando por uma barra, mas, pelo amor de Deus, não é normal, menina, tu agir desse jeito. Qual o problema em...

— Certo. Vou ao psicólogo antes de voltar.

— Não me leve a mal — ele faz uma breve pausa, constrangido —, mas é que todos aqui já estavam um tanto desconfortáveis contigo.

— E o que eu tenho com isso?

— Tu não te mistura. Veja só. As pessoas evitam duplas contigo. Tu não opina nos *brainstorms*... Não estou falando apenas da confusão daquele dia.

— Mas meus trabalhos saem bons.

Ele se cala.

— Acho que não é um bom momento para esta conversa, de qualquer forma. Tira uns dias. Dorme um pouco...

Ele desligou e eu fiquei de pé no meio da sala obsoleta, os dentes incomodando.

Minha mãe já está lá quando entro. Escorada no espaço da porta dos fundos. Olhando, assim, para o nada que se perdia na parede salpicada, tomada de musgo, como se estivesse catatônica. Um cigarro numa das mãos, xícara de café na outra. Por um segundo penso em sair dali. Talvez ela não tenha me visto entrar. A situação exige que algo seja dito, e procuro, desesperadamente, por algo a dizer, qualquer palavra, mas não há nenhuma. Também é difícil concentrar o olhar em qualquer coisa, com aquela silhueta dela na soleira, a quem eu não posso dizer nada. Ela espera por mim.

— Conseguiu resolver lá, mãe?

Ela faz que sim com a cabeça. Um gesto sem vigor, lento, frio como gelo. Não nos olhamos. Ela funga duas vezes. Eu teria evitado a cozinha se soubesse que ela estava lá.

Desde sempre havia esse problema de não saber o que dizer; alguns anos antes havia tentado redigir um discurso para concorrer ao posto de oradora da turma, o que faria de mim importante, visualmente: a que caminha à frente, atrás do púlpito. Provaria algo a meu pai. Que eu era, realmente, algo de mais. Mas não fui além da frase inicial: Colegas! Temos nos feito muitas perguntas ao longo de todos esses séculos... — Um sorriso adequado, vigoroso, cheio de esperança, os braços erguidos com franqueza. Tudo certo: evoque os séculos porque isso não é só com a sua geração. — Ao longo dos séculos... — e a frase encontrava o precipício. As palavras são como cores. Misturando na proporção certa, é possível chegar a qualquer gradação. E eu não encontrava nenhuma.

Mas ela não teria o dia inteiro para ficar me esperando ali no vão da porta. Sacode a cabeça, como se pudesse espantar, num gesto, algum pensamento inconveniente, leva a xícara à boca e engole o resto do café e caminha para a pia como se tivesse acabado de lembrar que estava com pressa.

— E aqui? — ela abre a torneira, o chiado da água, o som do tilintar da louça, do cinzeiro, e seus movimentos moviam a engrenagem da casa. — Como ficaram as coisas por aqui?

— Tudo tranquilo.

— Alguém ligou?

Ela não me olha para fazer a pergunta. Mantém as mãos ocupadas ensaboando, rápida e experiente, os copos de vidro. Somos frágeis demais. A pia permanece ligada, um ruído acalentador, como o de um rádio mal sintonizado. Algo chega perto de desmoronar, mas ela está concentrada, passa o pano pelo mármore da pia, empenhada, enérgica, com as sobrancelhas erguidas e a boca fechada num bico tenso. Precisamos fingir casualidade, permaneço de pé, mas me escoro na parede. A coisa que me ocorre o tempo inteiro: Temos nos feito perguntas ao longo dos séculos. E, como um ato comum a esses momentos, é possível projetar séculos adiante, a passagem dos anos, essa falta absurda que é a do meu pai e de palavras, e eu, finalmente, transformada em uma funcionária de qualquer ponto. Os anos correriam. Ela estaria velha, com dificuldades, doenças, precisando de mim. Estaríamos presas uma à outra. Eu tinha que cuidar dela. Já começou.

— A viagem foi tranquila? — perguntei.
— Cansativa — ela atira a louça no escorredor. — E vocês?
— Fui picada por uma abelha.

Ela vira para trás, procurando meu rosto, sem interromper o trabalho das mãos, e, por mais rápido que eu tente desviar meu olhar para a mesinha, ainda dá tempo de ver seus olhos vermelhos. Usa uma camisola branca, os cabelos presos num coque improvisado. Parece ter emagrecido uns cinco quilos, envelhecido uns dez anos, e, no entanto, me parece tão bonita... Umas rugas sutis se exibem naquele lavar de pratos, ela funga mais duas vezes, e começa a contar as dificuldades do cartório, a burocracia, o atraso do carro, as coisas práticas, mas sem parar de limpar o mesmo balcão incansáveis vezes, incensando o cheiro do detergente de coco pela cozinha.

Da minha parte, no entanto, não há muito que se possa dizer. É uma sina. Vá em qualquer casa de classe média do sertão. Em cada geração de antepassados, pelo menos um em cada família tem algo de agrário: um lavrador, um fazendeiro, um criador de qualquer coisa viva. Cave mais fundo: pelo menos um não tem documentos nem vê importância nisso. Siga o rastro: eles desapegam fácil. Desprendem. Tentem uma árvore genealógica: Há sempre umas mulheres que ficaram sós no mundo, cheias de filhos, meninos criados por avós, por tios. E uma sina é uma sina. Não importa que essas mesmas famílias mudem para a capital. Não importa se passaram a trabalhar como empresários, bancários, oficiais de justiça, empreiteiros.

— Deram pra mim uns dias de licença no trabalho — eu lhe disse. — E sobre o ateliê...

Foi quando ela, finalmente, desligou a torneira e virou-se pra mim, numa espécie de indignação.

— Por favor — ela disse —, se eu começar a falar, vai ser pior. Sim?

Encarei minhas mãos, as unhas quebradas, a marca da picada de abelha, e depois olhei para sua direção. Ela fazia que sim com a cabeça, de olhos fechados, espremendo os lábios como se segurasse um choro.

Sendo forte. Deixei a cozinha silenciosa. Eu lembro da expressão da minha mãe quando chegou o primeiro pedreiro na garagem. Tinha dito: "É... Ele nem vai reparar mesmo. Mas mande deixarem tudo limpo no fim de semana." Eu não via por que levar as coisas de maneira tão negativa. Enredada que estava pela certeza cristalina de que ele voltaria para casa — e que isso fosse, talvez, uma espécie de provação da qual sairíamos todos renascidos. Tragédias são coisas boas na vida de um artista. É o que digo a mim mesma. Dão impulso. Não haveria Van Gogh se não houvesse depressão no mundo. Não existiria Gaugin se as famílias permanecessem juntas. Era isso. O mundo se reorganiza.

Caminho no automático pelo corredor, volto ao meu próprio quarto como se precisasse de comprovação. Aí está! Eu diria: "Noite estrelada em Paris", "Do pó ao pó", "Viajantes surpreendidos por uma rajada de vento", "Notívagos", "Nu reclinado", "Persistência da memória"... Gostaria de poder dizer: Está vendo? E, logo ao lado, uma aquarela minha: uma paisagem em tons vermelhos. Está vendo só? Mas a pessoa para quem eu gostaria de dizer isso era o meu pai.

Sim, tinha toda a questão do ateliê. Eu havia projetado na semana anterior, sem o aval de ninguém, um modo de dissociar da casa uma das garagens. Um passo elementar porque ninguém leva a sério as pessoas que não têm um ambiente próprio de trabalho. Os recibos dados pelos empreiteiros ainda estavam sobre a mesa. Estava ali também as chaves e o desenho ideal do lugar. Tem que ficar assim, eu dizia para o pedreiro.

Era uma garagem ampla, com grandes prateleiras embutidas e em desuso. Em um passado não tão distante, minha mãe costumava acumular nela as coisas que preferíamos esquecer: um quadro-negro grande que ficava sempre com as marcas do giz, caixas de livros usados por meu irmão na escola primária, coleções abandonadas de papéis de carta, uma bicicleta ergométrica quebrada e toda uma sorte de móveis e objetos inúteis.

Era, também, para esse lugar velho que eu costumava fugir quando queria desenhar, pintar ou ouvir música. Eu me enfiava ali junto à camada grossa de pó, colocava no velho aparelho de som algum disco de rock, enquanto meu pai ia se afundando na bebida e cigarro, minha mãe mudando os móveis na casa, obsessivamente, meu irmão preso à televisão.

Noutras fases, era lá que nos refugiávamos, nos tempos da escola, escondidos, Vinícius e eu, acompanhados por uma garrafa de vodca trazida na bolsa. Eu o levava pra lá alegando que precisava de ajuda com matemática, ou física... Posso te emprestar um livro, ele dizia. E se eu aceitasse a sugestão, teria, certamente, terminado o colégio com notas melhores. Porque aquele era o Vinícius que eu conhecia: tornava as coisas mais complicadas, ao invés de facilitar. Como se tudo fosse, para ele, tão óbvio, tão fácil e natural que não conseguia ensinar a outra pessoa. Porque ninguém precisa lembrar à outra algo que é óbvio. Ninguém diz a ninguém: Ei, não esqueça de respirar. Vinícius não me lembrava de que era preciso reduzir os números a um denominador comum, ou que tinha que calcular o valor de uma letra grega qualquer antes de aplicar as fórmulas. Não dizia porque era óbvio para ele. Era tão natural que ele fazia de cabeça. Eu, não. Eu tinha que parar a conta, rabiscar, no canto da folha, o cálculo, e só depois voltar à equação. E me distraía fácil. Quando menos se esperava, eu estava dizendo pra ele: Isso um dia vai ser um ateliê.

Porque não seria difícil, eu pensava.

— Essa garagem é a maior preciosidade da casa. Veja: o pé-direito é alto — eu lhe dizia, imaginando a utilidade daquilo —, porque muitas vezes vou precisar fazer uma pintura em um painel de grandes dimensões e, assim, um artista tem como trabalhar sem encostar a tela no chão ou no teto.

Ele parecia realmente interessado quando eu falava aquilo. Acrescentava:

— Sistema hidráulico adequado também é essencial. Porque os pincéis serão limpos nesse espaço e, muitas vezes, eles ainda estão com resíduos sólidos, que podem acabar entupindo o encanamento.

— É. Seria preciso, ainda, abrir novas entradas de ar.

— E colocar um sofá — ele dizia —, porque tá um saco essa história de ficar sempre sentando no chão.

"Ora, que bobagem", era o que diria meu pai. "Você e suas invenções."

Pensava se, afinal, não tinha ido longe demais, aproveitar-me da sua ausência para erguer aquilo. Ao olhar para trás, eu deparava agora com a janela cimentada do meu quarto. Era a coisa mais triste do mundo. Como se, apenas com esse gesto meu, eu houvesse separado, forçadamente, tudo o que nutrimos ao longo de tantos anos. Meu pai e eu: a resistência, o ranço, a codependência... Era uma janela fechada, afinal.

Eu lembrava, nessas horas, de todas as brigas. Como sempre. A voz dele, que costumava sair rasgada como a de todos os fumantes de longa data:

— Enquanto for minha filha, tem que fazer do meu jeito.
— Então, ótimo. Não sou mais sua filha.

Eu não era a filha que ele queria. A filha que ele planejou que eu fosse. Por todos aqueles anos o acusei de separar-se de mim, exigindo para si uma pessoa que eu não era. Uma filha que ele havia perdido com os dias da minha infância. Ele me olhava aborrecido, cansado das minhas ambições, meu cheiro de tinta. A qualquer momento me ameaçaria com uma faca e diria: Quem é você? Por que tomou o lugar da minha filha? Por que está se fazendo passar por ela?

E só então eu percebia que havia feito o mesmo. Não era ele, era eu quem afastava suas tentativas de carinho. Quem é você para me dar carinho? O que está fazendo no lugar do meu pai?

Afinal, não adiantava. Eu precisava encontrá-lo por isso. Pra dizer isso: Pai, estamos unidos pela teimosia. São laços formados antes, muito antes, de nós dois.

Decido ligar. Procuro o telefone e, calada, disco o número dele. Aquelas coisas todas que acontecem ruidosas no meu corpo: coração, respiração, tremores... tudo parecendo que vai me denunciar. Como se fosse possível escutar, do outro quarto, o ruído do meu nó na garganta. Além disso, o sinal sonoro, contínuo, da chamada parece muito mais alto que o habitual e é preciso afastar o fone do ouvido para me certificar de que não estou no viva-voz. Deixo chamar a primeira vez. Depois a segunda. Eu ia precisar de uma boa explicação para aquilo: É que eu era imatura mesmo, mas vou mudar, já estou mudando. Chama a terceira vez. Sim, finalmente sou outra, e agora compreendo. Terceiro toque. Ninguém tem culpa, senão eu, mas posso, ainda, ajeitar tudo. Ele chama a quarta vez. Vou melhorar agora, posso tentar algum concurso. Vou tomar jeito. E finalmente a quinta vez é interrompida.

— Aqui é Aluízio. — E um segundo de desconcerto quase me faz desabar a realidade inteira. — Deixe mensagem após o sinal.

— Pai? — paro num minuto de dúvida. De medo (do ridículo, de a mãe chegar, de repente, sem razão plausível, de alguma outra pessoa ouvir aquilo). — Pai, por que o senhor não aparece, só um pouco? Por que não deixa uma só pista? Não é possível o senhor, simplesmente, desaparecer, entende? O senhor tem que estar em um lugar e eu tenho que te achar... — Mas o peito apertava, eu estava com vergonha. De mim... de estar dizendo aquilo. Falando cada vez mais baixo e como quem tenta um diálogo com o urso de pelúcia já depois de descobrir que ele é só um brinquedo.

A ligação caía, o sentimento de abandono me envolvia de novo, ainda mais gelado que antes.

— Ora, mas é claro que você está indo bem — disse Vinícius ao telefone. — Essas empresas novas são assim, querem que todo mundo seja igual. É claro que você não precisa de um psicólogo ou coisa do gênero. — Sua voz faz uma pausa. Entrávamos na terceira semana e já era hora de tomar providências mais drásticas. — Mas você podia, pelo menos, ter retornado meus telefonemas quando pudesse. Já faz tempo que voltamos daquela viagem. Você me arrasta quase sonâmbula lá pro quinto dos infernos e depois não dá as caras, poxa vida.

— Não foi bem assim. Quero dizer... Não é como você diz. Eu lhe disse a situação, pedi ajuda e você topou, como um adulto que decide as coisas. Não era culpa só minha. Você poderia não ter ido.

— De qualquer modo, você poderia ter ligado. Retornar para que eu pudesse te visitar.

A última coisa de que precisava era isso de receber visitas, assim, como se eu fosse uma doente. As pessoas ao meu redor dizendo "pobrezinha", coisas desse gênero. Pessoas me diriam para tocar pra frente. Seriam irracionais a ponto de dizer: Não fique assim tão triste. Tenho certeza que seu pai está bem.

Porque, sim, ele deve estar bem. Deve estar ótimo. O problema é conosco aqui. Como em uma comédia de situações, a vida se submete a um simulacro de normalidade e as pessoas se movem: Todos os dias meu irmão vai para a escola, volta, almoça no quarto, dorme, acorda e vê, no quarto, televisão até a hora de dormir. Todos os dias minha mãe encontra seus fornecedores, todos os dias entro em contato com o escritório, o contrato não venceu. Tudo está bem. Em meio à incrível parafernália que vamos tentando resolver: Contas de água incrivelmente altas, contas do médico, plano de saúde, o aluguel dele, do pequeno apartamento que ele costumava manter ali perto, como ponto de apoio para questões de trabalho, e as inevitáveis garrafas de bebida que ele havia colecionado ao longo dos anos.

— E por que eu iria achar você pobrezinha? Afinal, você não era exatamente dependente do seu pai, era?

Mas aí vinha o desejo inverso. O de provar o quanto tudo aquilo realmente afetava, em definitivo, o meu dia a dia. Eu falaria na minha mãe, que parecia estar sempre fora de casa, mas que às vezes parava calada nos cantos da casa, sozinha e concentrada na fumaça que os cigarros soltavam, eu falaria da tarefa diária de revisar, em cada ponto da memória, as imagens daquele dia, de fazer uma varredura, de novo, em tudo, para encontrar as pistas, mas isso era o de menos. O pior era se flagrar esperando que ele voltasse pra casa.

— Vivíamos debaixo do mesmo teto. Era ele quem resolvia as coisas da casa. Eu me sustentava sozinha, o que era basicamente bancar meu próprio entretenimento, mas agora tem as outras coisas.

— Outras coisas?

— É. Por exemplo: uma conta de água que chegou nessa semana. Não faço ideia de como uma conta pode ter sido tão alta. Tem uma papelada imensa...

— Já checou se tem vazamentos?

O que ele diz me desconcerta.

— O quê?

— Você falou de uma conta de água alta demais, não foi? Então. Já aconteceu comigo. Era vazamento. Você checou?

Eu não havia checado nada.

— Não? Como não? Por que não começou exatamente por aí? Verificando as descargas, por exemplo...

Ele tinha uma lista pronta de lugares que eu deveria verificar. Do jeito que falava, parecia que apenas uma pessoa muito estúpida não teria pensado nisso: vazamentos. E era mesmo. Era uma estupidez tremenda. Era tão óbvio. Mas, ora, eu nunca havia tido que me preocupar com uma casa. Gritei rancorosa:

— Porque não sei como fazer isso, tá bom? — disse, e me senti, de novo, incrédula. Vinte e poucos e nenhum preparo. — Ninguém me ensinou — afirmo, excluindo de mim a responsabilidade. Deixando a imaturidade inteira soar.

Ele calou-se do outro lado por um segundo.

— Mas estou indo bem — reafirmei.

— Claro que está.

— A mesa está posta, a casa está limpa...

— E aquelas feridas?

— Melhorando.

— É... o resto você vai aprendendo com o tempo. Não se preocupe.

O clima ficou tenso. Fiquei segurando o gancho, muda. Ele também calou por um segundo.

E tinha ainda as ligações. Eu pensei. As que eu fazia, escondida, para o número do meu pai, constantemente desligado, e o ateliê abandonado.

— Se precisar de ajuda para ver se é vazamento mesmo, posso ir aí.

— Não precisa. Quero aprender.

— Bom. Você que sabe.

Não era mentira. A maior parte do dia era mesmo muito produtiva. Costumava reorganizar o arquivo de imagens no quarto. Ir ao banco pela tarde, pagar as contas, esboçar trabalhos em desenho, cozinhar alguma coisa. A casa ficava um brinco. Olhava ao redor, tomando uma boa xícara de café, e me sentia fortalecida. As tardes eram até muito boas.

Mas as manhãs eram péssimas. Era como lutar com um inimigo invisível. Você não sabe onde ele está. Não pode desferir golpes sem topar, invariavelmente, com o vazio. Mas ele vê você. Ele sabe. Ele ganha. Ele sempre ganha. É uma batalha que já começa perdida no exato momento em que você abre os olhos, logo cedo. Em um segundo você pensa: Estranho. Algo de ruim aconteceu. E no milésimo de segundo seguinte você lembra que coisa foi essa e que você está arrasada. Falta energia até para levantar. Um mantra se desenvolvendo na cabeça: Que não devia pensar nisso, que ia ficar tudo bem. Não desistir. Lutar, lutar, lutar, cansar, dormir e acordar para começar tudo novamente.

O invólucro da normalidade: no escuro, as pessoas na casa dormem. Sirvo a mim mesma uma dose de vodca, procuro os cigarros dele em um bolso de jaqueta dentro do armário, acendo um. É um dos raros momentos sem tensão na casa. Mas, ao apurar bem o ouvido, é possível ouvir o choro baixinho do quarto da minha mãe.

5 de março, 7h13

O fato era que o que a tia Rosa havia dito não fazia sentido. Por que ele teria pego a caixa com suas coisas no interior se seu sumiço foi, como diziam todos, não premeditado? Eu me perguntava enquanto olhava o ambiente da sala tentando não reparar nas manchas de sangue daquela velha sentada à minha frente. A casa era ainda mais decadente do que eu havia imaginado. A limpeza falha e infrutífera no vasto campo sem calçada. Os sofás parecem ter vindo de jogos diferentes: Uma poltrona verde quadriculada, um sofá de três lugares em cetim cor de vinho e um, de dois lugares, de madeira, com almofadas avulsas emborrachadas. O cheiro é de gordura em estado bruto vindo da cozinha. Varro a vista sobre banquetas, centros e prateleiras, procurando arquivos da passagem dele por lá. Retratos, objetos reconhecíveis, mas não há nada. Não há, na verdade, qualquer foto, livro, ou memória de qualquer coisa. O progresso chegou tarde por aqui. Não a alcanço, tia Rosa. Não enxergo nossa ligação.

— Ele veio buscar essa caixa há quanto tempo?

— Ah... difícil dizer assim de cabeça...

Penso que talvez o tempo pra eles transcorra também em outra frequência.

— Mais ou menos de um mês? — interrogo, aflita.

— Menos... muito menos...

Mas não adianta nada revisitar essa casa na memória. Sentada na minha cama, eu contava os dias no fechamento dos cortes do meu braço. Ainda cabeceio revisando aquele dia mil vezes. Para onde ele levou as próprias coisas? Sentia, a cada minuto, sem me mover, que estava prestes a descobrir o seu paradeiro. Mas, conforme eu me aproximava, me perdia de alguma outra coisa.

— Uns quinze dias? — insisto.

— É... por aí... cerca disso mesmo.

Então eu tentava ligar os fatos. Quinze dias? Onde ele estava quinze dias antes de nos deixar? Onde eu estava? Lembro de uma viagem de carro em que ele insistia em manter abertas as janelas e acesa a chama do cigarro. O carro a nos prender como uma cela. Indissolúveis. Eu observava, pelo retrovisor, os olhos impacientes dele ao volante, sentada no banco de trás.

Um cartum: *Família sai de férias*. Ele é o pai impaciente. Eu sou a filha rebelde. Seria isso, não fosse por um detalhe: uma névoa de fios do meu cabelo nos envolvia e revoava entre nós.

— Porcaria de cabelos voando! — ele praguejou. Dirigia rápido, o vento forte ali dentro os levantava. Uma viagem intranquila. Não podíamos levantar os vidros porque, nas pontas dos dedos dele, a brasa alaranjada geraria o sufocamento.

— Tenho ódio desses cabelos — ele gritou.

Os músculos de todos ali dentro se retesaram. Dava pra sentir sem nem olhar.

— Eles não estariam voando, pai, se o senhor deixasse que fechássemos as janelas.

Meu irmão colocou os enormes fones de ouvido. Do som que vazava dava pra ouvir os excessos de vogais das músicas japonesas grudentas que ele costumava baixar.

— Quer dizer que não posso nem fumar no meu próprio carro? Essa é boa. Agora, tem essa! Estou na BR. Não estou no trânsito.

Também não sei por que tanta pressa pra chegar a lugar nenhum — resmunguei baixinho, e, com o som do vento entrando forte, pareceu que eu apenas mexia os lábios. Eu não gostava de viajar com ele para o interior.

— Disse alguma coisa? — ele perguntou.

Eu havia, lembro bem, olhado pela janela e visto a paisagem dissolver-se em um borrado de luz do dia. Meus próprios cabelos intrometiam-se na minha cara, entravam na minha boca, olhos e ouvidos sob o cheiro do cigarro.

— Olha só! Tá vendo? — disse ele para a minha mãe, que estava tensa, ao seu lado. Apontando para ela um fio de cabelo que se prendeu ao seu braço. Eram muitos. Davam gastura.

— Numa dessas me assusto, capoto o carro e, aí, sim, vamos ver o que acontece.

— Não posso controlar isso! — insisti.

Mas a tensão já estava armada em um carro a cento e dez por hora. Minha mãe olhava para a frente, para os lados, para mim, de soslaio, e tentava manter o tom calmo.

— Bom, Aluízio. Ela realmente não pode evitar. — Sobrava sempre a ela o papel conciliador entre nós dois. — Você tem que ter mais paciência com seu pai. Sim, é claro que você está certa, mas ele é o seu pai.

Não podia mesmo! — quis dizer, mas apenas me recolhi, magoada.

A queda dos meus cabelos tinha se acentuado desde o começo daquele ano. As perdas, eu queria dizer a ele, eram assim: Era a dermatologista dizendo: "Bom, não sei se é reversível" — e eu quase a via com seu jaleco branco, atrás de sua mesa de vidro, ostentando o diploma na parede. "Você passou por alguma situação de estresse recentemente?" — mas bastava pensar nisso, a voz dele me levava de novo ao carro no qual ele apenas entoa sem amaciar o pé do acelerador:

— Vá ao médico, então.

Eu só queria era prender esses cabelos. Amarrá-los com força para que não me deixassem. Mas eles se soltavam e mal-assombravam o carro. Ele pisou mais fundo.

— Ela já foi ao médico — interferiu minha mãe. — Eu mesma vi.

— Não dá para ela amarrar, então?

— Estão amarrados!

Minha mãe o tocou no ombro, dava pra sentir no tom de voz uma tentativa de sorriso dela, tentando manter o humor, a casualidade:

— Aluízio, viajar com mulher é assim mesmo.

— Por isso gosto é de andar só.

Contive o choro, na hora. Um choro que eu não entendia o porquê. Só engolia. Foi quando ele jogou o cigarro aceso pela janela do carro e, num movimento rápido, a brasa acesa esbarrou no vento forte, ricocheteou e entrou de volta no carro pela janela posterior, acertando, em cheio, meu braço numa queimadura imediata. Gritei, no susto.

— E o que foi isso, agora? — perguntou minha mãe. Não respondi. Trinquei os dentes. Ele se retesou no banco do motorista, porque sabia. Mas nenhum de nós dois disse nada. Ele não pediu desculpas. A paisagem tornava-se mais árida.

— Não consigo lembrar bem das coisas que aquela tia do meu pai contou — comento com Vinícius por telefone. — Você estava comigo. Você lembra?

— Razoavelmente. Por quê?

Eu inventava os mais inverossímeis pretextos para telefonar-lhe. Perguntar se havia deixado algo meu em sua mochila durante a viagem. Agradecer o apoio. Desculpar-me por não responder seus e-mails.

— Ela disse quantos anos meu pai tinha quando veio morar aqui? Quando saiu de casa? Ela confirmou quando ele pegou a caixa?

Mas ele nunca lembrava. Ninguém lembra. Aqui, comigo, é como se fosse a única sobrevivente de uma história incontável e sem ninguém que a confirmasse como verdadeira. Era uma tentativa falida.

— Pare de pensar nisso. Você pagou suas contas de água, pelo menos?

Ele se oferecia para levar pagamentos às agências, e eu, imóvel, começava a suspeitar do meu estado de imprestabilidade. Eu já não cabia nas coisas práticas?

— Não me custaria nada ir ao banco, Érica. Sério. Tenho mesmo que ver umas coisas minhas. Além do mais, podemos aproveitar na volta, já que é sexta-feira...

— É que estou ocupada. Um projeto novo.
— Voltou ao ateliê?
A frase cortando-me ao meio. Parei o tom.
— Não. Estou dando um tempo nisso.
Um silêncio constrangido.
— Érica, sinceramente...
Mas arrependeu-se no meio do que ia dizer, vacilou a voz. Interrompi:
— Quero começar a procurar uma coisa mais sólida, garantida... Você está tão a par dessas oportunidades todas... Estava pensando... Talvez eu precise de sua ajuda para conseguir me inteirar sobre editais para bolsas em outros estados...

E num segundo ele muda o tom. Sua voz desafina no gancho. "Mas que coisa excelente!", ele disse. "Sim, excelente." E não era justo por isso que ele me admirava? "Você é lutadora. Somos lutadores." Ele diria. E gostaria dessa imagem mental, da importância de estarmos inteiros.

— Quer saber? Tenho muito para falar sobre isso. Vamos sair. Passo aí às cinco e a gente vai num bar aí perto...
— Não estou muito bem de dinheiro.
— Deixe de conversa. Até me ofende. Estou convidando, não estou?
— Falo sério. Amanhã eu vou.
— Isso é conversa mole.
— Não confia mais na minha palavra não, homem? — forjei um riso. — Não é nada de mais. Sério. É só que hoje eu tenho um pequeno compromisso...

E ele concorda, contrafeito.
— Mas, da próxima, passo aí sem nem avisar.

Existe sempre um motivo forte para não ser completamente honesto com as pessoas. Eu sei disso todas as vezes que falo com Vinícius. Desligo o telefone e vejo em torno de mim as paredes coloridas de sempre, olho para mim mesma: as cicatrizes ainda estavam marcadas forte na perna. Vai custar pelo menos mais uma semana. A completa honestidade afasta os outros.

Caminho pela sala. Marcas de poeira impregnam o estofado branco do sofá, as paredes coloridas amarelecem, o pó no piso gruda nos pés. Dá agonia. Nas portas que davam pro terraço, os vidros imundos exibem digitais opacas. A impressão era de que seria preciso prender a respiração para passar por elas e eu sempre prendia. Digitais. Repito pra mim. Quando teremos coragem de passar álcool em tudo?

Mas era ainda pior no terraço, o estofado das cadeiras grudava com a poeira e a umidade. Sentei em uma delas, de frente para o portão de entrada. A grade dava vista para o jardim, para os nossos muros, as árvores que cresciam tortas e malcuidadas... um céu esverdeado ia esmaecendo as cores. Nenhum sinal de estrela. Não era uma mentira completa. Havia mesmo uma coisa. Uma impressão. Um algo que me carregava até ali para ver aquilo. Para ver o tempo passar, para ver sentada no terraço o dia indo embora.

Ouço a campainha tocar. Salto do canto e percebo que havia dormido. A campainha tocando é só mais um dos pesadelos recorrentes daquela semana. Olho de novo para mim mesma, minhas mãos repousadas no colo. "É sempre assim nesses sonhos", eu diria a meu pai. "Eu estou sempre no mesmo lugar que estava quando adormeci, e acordo assustada com o som de uma campainha."

— Minha filha?

Percebo que minha mãe me observava da sala. Está lá, do meu lado, parada de pé. Usando um vestido longo e preto de malha, com os cabelos presos em um rabo de cavalo no topo da cabeça que ressaltavam de maneira gritante aquelas olheiras fundas, com rugas úmidas e os olhos vermelhos.

— Vá deitar no seu quarto. Você estava cochilando. — Ela não me encara quando fala isso. Quase nunca me encara. Olha pra baixo, mantém os braços cruzados ao falar, como se sentisse frio.

Faço que sim com a cabeça. Respirando devagar. Olhando, uma última vez, para o portão. O céu que aparece pelas brechas da grade, e do muro, é escuro e sem estrelas. Uma fresta entre os espaços na copa das árvores. Hoje ele não vem mais. E não há pistas de onde eu possa encontrá-lo.

— Foi. Tive um sonho. Alguém tocava a campainha — respondo pra ela, mantendo os olhos fixos na mesma direção.

— Parecia mais um pesadelo, pelo jeito que você acordou — ela diz. Não nos olhamos. Ela não sorri.

— Acaba sendo — respondo num cansaço tremendo, erguendo sofregamente o corpo —, porque eu fico querendo atender e nunca consigo.

Ela respira fundo.

— Deve ser estresse.

— Sim — concordo ainda parada ali, diante da cadeira. — Mas não se preocupe com isso, certo?

— Eu mesma estou que só Deus sabe... — então a voz dela começa a mudar de tom, os olhos dela, enormes, passam a procurar o chão. A luz está apagada no terraço, mas tenho certeza de ter enxergado um brilho úmido de lágrimas — passo a noite acordada revirando naquela cama e fico pensando: Por que...

— É só estresse — interrompo.

— Claro — ela volta a olhar pra frente, recompondo-se, mas ainda com a voz embargada.

— Vai melhorar — finalizo. Então passo por ela sem abraço ou gesto de carinho, mas algo me diz que minha raiva fica bem aparente pelo jeito marchante dos passos que dou até o quarto.

5 de março, 7h21

— É VOCÊ A FILHA DELE QUE DESENHA?

Não adianta. A tia Rosa e sua casa de cores esmaecidas sempre invadem minha memória. Eu havia inspecionado com a vista cada canto em busca de imagens dos meus ascendentes. É comum, nas casas do interior, que haja, em molduras ovais, a imagem do casal que deu origem àquela família. Fotos antigas, com pessoas paradas olhando, sérias, para a gente. Mas ali não havia nada. Nenhuma imagem emoldurada em porta-retratos. Uma ausência bruta de rostos, de registros em papel. As perguntas dela, que eu continuaria tentando responder. Continuaria revisando as respostas que dei. Imaginando outros jeitos mais astutos de responder.

— Ele lhe disse que eu desenhava?

— Ah, falou muito de você.

— E o que ele dizia de mim?

Mas Vinícius interrompia sempre que achava conveniente.

— Você não quer forçar ninguém a fazer fofoca, quer?

— Mas eu só queria saber o que ele dizia de mim.

— Bobagem. As coisas que a gente deve saber sobre o pensamento de uma pessoa, a pessoa mesmo diz pra gente.

— E esse moço bonito, é seu namorado? — perguntou a tia Rosa.

— Ele falou que eu tinha um namorado?

Ela não caía em nenhuma armadilha. Olhava desconfiada fazendo com que eu me desculpasse e tentasse voltar ao ponto.

— É meu amigo.

— É um amigo esperto. Você deveria dar mais ouvido a ele. Gostei de ver. É assim mesmo. Acho que não serve de nada procurar saber o que não foi dito pra gente. Só dá aporrinhação.

Queria dizer que não me serviriam conselhos. Que ela não me conhecia. Mas fui examinando seus traços até descobrir na boca, e não nos olhos dela, uma semelhança que a ligava ao meu pai. Suspeitei que talvez ela fosse como são todos os tios: uma cópia imprecisa do que deveria ser o pai dele, meu avô. Como modelos que já foram reproduzidos tantas vezes, que cada cópia já não lembra em quase nada o original.

Havia me surpreendido que ela falasse isso: a filha que desenha. As memórias que guardo mostram apenas variações entre a indiferença e a rejeição que meu pai demonstrava pelos meus trabalhos.

Divago. Foi Van Gogh quem disse, em uma das cartas que enviou ao seu irmão, que a função do pintor era criar o que não existe no mundo. Era natural, estavam em mil oitocentos e pouco. Reproduzir com precisão era função de uma câmera fotográfica, e os pintores estavam livres desse compromisso. Mas ali, naquele sítio perdido no meio do sertão, ainda era passado. Os artistas talvez continuassem com esse compromisso. Será que ela esperava que eu desenhasse um retrato daquela família?

Mas estou cansada. Deito na cama e minha cabeça dói em um dos lados. Sinto uma ligeira pressão atrás do olho direito. Tudo o que eu deveria saber era o que ele mesmo disse — segundo Vinícius e a tia Rosa. Mas e se estivesse esquecendo algo?

Agarro-me ao travesseiro, ao lençol fino. Era como se houvesse algo vivo dentro do meu rosto. Deixo que o corpo descanse, a garganta arde. E se ele tivesse dito, antes de ir embora, algo importante? Algo sobre essa história de ter uma filha que desenha, e não uma médica, como ele queria que eu fosse.

O peso na cabeça é que faz revisitar essas memórias. Uma memória minúscula, sem cenário, nem cheiro. Apenas o rosto dele, bêbado, decrépito em uma mesa de plástico no terraço de casa.

— Quero que pule esta música — ele pedia.

— Pai, já disse qual é o botão. O senhor mesmo pode passar a música sem depender de outra pessoa.

— Não quero dormir — ele protestava. Mas aí dava raiva.

Pra começo de conversa, ele nem deveria beber.

— Ah, minha filha, você não sabe o que é ser um homem que vive correndo. Você? Você só está preocupada com suas besteiras. Mas eu? Eu que me estrepe pra dar tudo a vocês e, afinal, nem me ajudar com a música você pode. Não é isso? É isso mesmo! Queria ver se tivesse sido como eu. Nem pai eu tive. E quer saber? Eu criei muito mal você. Cresceu e ficou cheia de razão. Não é isso? Você é a culta. O pai é o ignorante. Esse é o problema de vocês. Não sabem dar valor a pai. Artista. Quero ver como isso vai funcionar na hora que o bicho pegar...

"Suas besteiras." Era assim que ele falava. Qual seria, então, a origem e o teor real do que a tia Rosa dizia? A memória intercala-se com a voz em eco da voz dela: "Você é a filha que desenha? A filha artista? A filha das besteiras?" A pressão atrás do olho havia se transformado em um pulsar dilacerante no crânio. A dor, como uma gosma imaginária, se espalha até a arcada dentária superior.

Não encontro pistas na voz dele nem na dela. O que tenho é apenas um desespero. Meu nariz congestiona. Sento, agoniada, na beira da cama tentando recolocar uma imagem caída de volta no seu lugar. É quando sinto a umidade ali. Vejo que há rachaduras na parede. A pintura descasca. Mas o que isso significa? Já estava assim antes de ele ir embora? Investigo com os dedos, mas é inútil. A casa estava se abrindo. Acabaria revelando todos os segredos.

— Quer dizer que não há nada de errado com o medidor? — disse Vinícius, ao telefone.

Eu havia acordado indisposta, a garganta ardia. Um dos meus olhos parecia um coágulo retendo água, e só quando o telefone tocou, o dia pareceu começar.

— Pois estou lhe dizendo. O cara da companhia veio aqui e disse isso. Não vai ter jeito. Tenho que pagar ou cortam.

Já íamos pelo começo de abril e eu ainda não havia voltado ao escritório. Tinha parado de chover. As águas de março só serviram, afinal, para dar falsas esperanças aos lavradores que agora davam entrevistas no jornal do meio-dia, queixando-se da perda da lavoura.

O dinheiro do trabalho não havia entrado naquele mês, como o previsto. Voltaria quando eu voltasse, e eu havia perdido a pressa quanto a isso. Tenho que pôr tudo em ordem primeiro.

— Posso dar uma olhada nisso, se você quiser.

Ele havia começado a ligar diariamente e aquilo não era comum. Exceto por uma viagem, justificável no período crítico do problema, nada mais nos ligava ao longo dos cinco longos anos que andamos separados. Porque crescemos, porque cada um seguiu para rumos diferentes.

— Não precisa — respondi.

Só que aquele laço frágil de amizade resgatada era fundamental para mim. Vinícius, que eu não via há cinco anos, era o único elo que eu tinha com a Érica que eu havia sido. Uma Érica que acreditava que tudo daria certo. Uma que resguardava muitas promessas.

— Sua voz está péssima — ele disse.

— A sua não é grandes coisas também.

O elo que eu tinha com uma Érica capaz de tudo. Uma Érica que tinha um futuro, o mundo todo pela frente.

— Ou seja, no meu caso, nada diferente do normal.

— Acho que me resfriei. Uma coisa alérgica. Mofo. Ácaros. Sei lá...

— Mas vai ao bar?

— Bem... vamos ver se isso melhora.

Segue-se um silêncio. Aperto mais o fone contra meu próprio ouvido, aperto os dentes fixando o olhar no fio enrolado bege, mas não resisto.

— Aliás, me diz uma coisa. Você andou de mal comigo? Eu tinha te feito alguma coisa naquele tempo que você sumiu? — esforço-me para dar leveza à pergunta. Mas sento no braço do sofá e não evito fazer a perna tremer.

— E lá vem você, de novo, com essa besteira. Claro que não. Só fui embora e pronto. Você acha que tudo o que fazem é contra você?

Penso que se eu descobrir meu problema com Vinícius, descubro o problema do meu pai. Mas não há problema. Entro de volta no mesmo vazio.

— Tem certeza que não quer que eu vá dar uma olhada nessa coisa da água da sua casa?

Eu sabia bem o motivo pelo qual eu precisava de Vinícius, agora. Era uma coisa racional. Mas no dia, mesmo, foi tudo por acaso.

3 de março, 17h24

Uma circunstância atrás da outra. Uma sequência de eventos desconcertantes: um pai desaparecendo, eu sendo carregada de um canto para outro em carros estranhos, sendo interrogada por pessoas, todo tipo de pessoas, em várias salas diferentes. Já não havia mais qualquer controle sobre qualquer coisa naquelas idas e vindas, nem sobre o choro e o desassossego. Só lembrava assim: muitas paredes, tetos, idas e vindas. Foi quando no meio disso tudo, quando eu estava dentro de algum carro, que reconheci o prédio: o edifício verde e branco que tantas vezes eu havia procurado na adolescência.

Ordenei que parassem o carro. O céu estava branco, e não fazia sentido pra mim. O dia, que havia se arrastado até o meio-dia, chegara ao fim da tarde em questão de segundos. Desci do veículo e, ainda lembrando a senha que destravava a porta, entrei direto, sem tocar a campainha, subindo pelas escadarias do prédio até o quarto andar. O ambiente era fechado e cinzento, mas eu poderia jurar que lá fora estaria ainda pior. O som era o eco dos meus próprios passos. Eu tremia do choro, não sentia cheiros. Não sentia nada. Foi quando bati na porta. Aquela familiar porta do 401, cinco anos depois. E, por acaso, foi justo ele quem atendeu.

Era impressionante como, de tempos em tempos, algo me levava de volta àquelas escadas, cada vez mais decomposta que da vez anterior.

— Preciso de você — eu disse.

E quando ele abriu a porta não pareceu tão surpreso. Eu chorava compulsivamente, tremia e o abraçava.

— O que houve? — ele perguntou sem alarde.

Eu não saberia explicar como eu havia chegado ali.

— Não me solte, por favor, não me solte agora.

— Calma. Só quero saber o que houve. — E aquelas mãos, meio sem jeito, me tateavam como podiam, num arremedo de abraço.

— Meu pai.

— O que ele tem?

Fiz um gesto com a mão. Significava: desapareceu.

— Calma. Você está... sozinha?

Não nos víamos há cinco anos, mas tudo o que eu sabia era que só ele, ninguém mais, saberia como lidar com aquilo. Meu peito, barriga, cabeça. Tudo doía. Meu corpo ostentava machucados fortes, recém-obtidos. Tudo ardia, e a voz dele era como um sopro na ferida. O som aconchegante dos anos que nos prometemos ser invencíveis. O lugar para o qual eu voltava inerte como se o mar me trouxesse de volta sempre que eu tentava avançar.

— E o que são esses cortes todos? — ele perguntou.

Mas eu não conseguia contar. Meu pai, meu pai, meu pai. O corte mais violento entre pai e filha não acontece do jeito certo. Não há cordão umbilical. E, no meio ao turbilhão de acontecimentos daquela tarde, logo me vi com Vinícius, no carro, fazendo uma viagem que duraria quatro horas e que, por mim, poderia durar a vida inteira. Em meio à escuridão da estrada, ele passa o braço em torno do meu corpo.

— Calma — ele disse. Então, no banco da frente do carro, alguém acendeu um cigarro e eu me senti aconchegada, mas sabia: Está tudo indo muito rápido.

5 de março, 7h42

— Ele vinha aqui com frequência? — eu havia perguntado à tia Rosa.

— Nunca mais tinha visto.

— Mas o menino é novo e lembra dele como alguém presente, constante.
— Criança se apega fácil. Principalmente quando é bem tratada.
— Meu pai tratava bem ele?
— Foi bem amoroso dessa última vez que veio.
— Então não foi uma passada breve pra pegar as coisas?
— Foi breve, sim, bem breve.
— Foi você quem criou meu pai?

Ela se assusta com minha pergunta. Recua limpando das mãos o sangue da galinha, na saia.

— Por um tempo só. Eles todos, aliás. Não dá pra passar muito tempo com menino que não é da gente. Ficam danados. Impossíveis. Você me desculpe dizer, mas menino sem pai é um inferno.

Sinto Vinícius recuar na cadeira. A velha não sabe a história dele. Não devia falar essas coisas sem pensar. Eu não sei da história do meu pai. Esse é o problema. Por isso não encontro. Meu pai só existe pra mim a partir do meu nascimento, sob o nome de "pai". Nome que, para ele, só dizia respeito a uma ausência.

— Ele foi criado por outros também? Há outros lugares a que ele poderia ter ido? Buscar mais coisas, talvez?

Ela não quer falar.

— Olhe, minha filha. Não tinha nada de mais, não. Você não vai encontrar muito. O outro tio dele já é falecido.

— Mas deve haver lá documentos, fotos, registros... uma caixa semelhante à que havia aqui.

— Certeza que não. Até porque esse outro tio desapareceu faz tempo. Ele não falou?

A frase soa como uma arma. Olho pra Vinícius. Ele se impacienta e levanta da cadeira.

— Vamos embora — diz ele.

— Que tio? — pergunto e ele volta a sentar-se.

— Meu irmão. O outro irmão do pai dele. Sumiu. É desaparecido.

Espero que ela continue. A pista pode estar aí.

— É só isso. É tudo que sei. Saiu de casa um dia, com a roupa do corpo, e não voltou mais. Não soubemos de mais nada. Desapareceu. A terra engoliu.

— E ninguém procurou por ele?

— Ah, pode ter acontecido tanta coisa... pode ter morrido, perdido a memória, pode ter pegado carona por aí e se perdido... pode ter sido preso por engano. Não tinha documento.

Ela fala como se não fosse da própria família.

— Acontece direto. Nisso a gente vai herdando filho alheio. Mas é como eu disse: Filho sem pai é uma aporrinhação. Parece que eles têm o cão no couro. É melhor que passe para o próximo.

— Você quer dizer que ele teve um tio desaparecido?

Vinícius segura minha mão. Nem ele sabe. Ninguém sabe. Meu pai tinha um segredo: era uma árvore plantada no espaço. Sem origem e sem destino.

Quando saímos da casa de tia Rosa ainda tinha a estrada de terra por enfrentar.

— Não imaginava que você tivesse parentes tão longe — ele disse, olhando pela janela do carro fretado a nuvem de poeira que ficava na estrada de terra. — A gente rodou um absurdo pra chegar naquele lugar. É uma fazenda grande?

— Não sei.

— Plantam alguma coisa lá?

— Sinceramente, não faço a menor ideia. Só sei que vivem por lá. Também não conhecia ninguém. Não conhecia essa tia dele.

— Ele nunca apresentou a própria família?

— Ele dizia que a família dele era a gente.

— É uma gente diferente, não é?

Concordo com a cabeça e penso: descendo a linhagem, de alguma forma, sou eu também uma mulher de avental com o sangue de uma ave nas mãos.

Olho as minhas palmas. Estão empoeiradas da estrada de terra. Tenho o mesmo sangue. Uma das minhas feridas reabria.

— Não fique se olhando assim. Você as descasca quando está distraída. Devíamos só beber um pouco. Como nos velhos tempos.

Não digo nada. Vejo que no meu braço há, também, uma marca. Repenso os remédios. Esses cortes deveriam realmente fechar?

— Só você mesmo — ele diz.
— Só eu o quê?
— Nada. Só pensando alto...
— Desculpe. Meti você numa história difícil dessa vez.
Ele riu.

Então lembrei do tempo em que fomos mais próximos. Ele não era o que pudesse chamar de um confidente, mas eu sempre me via ligando pra ele quando me metia em algum problema. Geralmente era abandonada por um namorado, perdia um emprego ou acordava com ressaca e perguntava: Por que eu sempre acabo no mesmo inferno?

E ele, sem nem piscar, respondia: Porque você sempre faz inferno.

Escuto do quarto o som da água. Imagino uma chuva, mas faz calor. Dentro do quarto, da janela, vejo que o céu tem estrelas. Desvio novamente o olhar e encontro o mural de avisos à minha esquerda: Página 3 da revista. Edição de fotos. Identidade visual. Capa. Tudo está em atraso, ainda. Me encolho. O calendário tem um dia marcado com caneta. Cinco de maio. A pressão na cabeça já incomoda, embora o som da água, que corre em algum lugar, relaxe. Adormeço.

No sonho, meu pai e Vinícius bebiam em um bar na orla marítima. Os dois pareciam angustiados e tristes diante daquela cerveja. Tocava alguma música brega. Eu estava ao lado deles, sem que conseguissem me ver. Meu pai se queixava para Vinícius que estava me procurando muito. Procurei demais, ele disse. Mas em todos os lugares que chego, parece que ela acabou de sair.

Vinícius permanecia calado, olhando para o lado esquerdo, onde era visível o muro que separava a calçada da areia da praia. Era noite, dessas escuras ao extremo, sem estrelas, e apenas a espuma era visível no horizonte negro.

— Ela foi embora de casa, sabe? — continuava meu pai. — E, olhe, não sei o porquê, de verdade. Queria saber. Porque eu dei de tudo. Você pensa que tive metade das coisas que dei pra ela? Nem pai eu tive, sabia? Nem pai!

E Vinícius confirmava com a cabeça, dando-lhe razão.

— É, seu Aluízio. Eu também não tive.

Aquilo era ridículo. Vinícius vivia dizendo que a separação dos pais foi a melhor coisa que aconteceu na família dele.

— E não falo de coisa material, não — continuava meu pai — Falo de tudo. Beijo, abraço. Mas era ruim, ela. Gostava não Aí, me diga: Pra que serve um pai quando chega e a filha foi embora? — Ele começou a chorar. — Não disse, sequer, um "tchau, pai". Não disse nada. Deixou só as coisas pra doer lembrando.

Me angustiei querendo responder: Estou aqui!, mas ele não ouvia.

— Você é amigo dela — dizia a Vinícius. — Deve saber. Me diga, por favor, o paradeiro. Só quero abraçá-la uma última vez.

Mas Vinícius não dizia. Lealdade, eu pensava. Só que, de repente, eu percebi que não era isso. Talvez ele não soubesse mesmo. Então tentei, desesperada, acenar. Eles não viam. Então pensei: E se eles estiverem *impossibilitados* de me achar?

Meu pai disse, ainda:

— Onde você procuraria uma pessoa desaparecida?

E foi quando despertei, num salto. A campainha tocando. Abro os olhos tentando resgatar algo sobre água corrente, mas faz sol e estou sentada na cama com a sensação da sinusite no rosto.

— É Vinícius, Érica — diz a voz da minha mãe do outro lado da porta. — Você abre ou eu abro?

Lembro o sonho. Levanto buscando um lápis e o bloco de papel, mas tropeço nas caixas. Os porta-lápis e tinteiros caem todos espalhados da primeira prateleira do armário.

— Érica? Vou abrir pra ele, certo? — E o mundo, através da minha mãe, insiste em me chamar.

Encontro o lápis. Esboço rapidamente dois homens em uma mesa. Me atenho a detalhes do cenário. Balcão baixo de tijolo aparente, teto de palhoça. Uma árvore imensa, robusta, ao lado. O lugar é decrépito. Que bar é esse? Tenho que desenhar mais rápido ou os detalhes do sonho se perdem. Não posso falar com ninguém.

— Érica?

Mas, quando chego ao momento de definir melhor os contornos, consigo apenas me ater às suas roupas. Uma camiseta sem mangas com uma linha horizontal única na altura do peito. Percebo que vou chorar enquanto desenho a linha, cortando horizontalmente o homem, seu Aluízio. Escuto o som da água outra vez, como se fosse um zumbido agudo e contínuo, como se o lápis provocasse o som, e é por não poder mais que saio do quarto e deixo nele o desenho escondido sob a fronha do travesseiro. Abro a porta do quarto, passo direto por minha mãe e vou para o banheiro e, mesmo sem olhar pra ela, sei que está vestindo a mesma camisola de sempre.

A porta de ferro se abre ruidosa e a luz externa ilumina o espaço abandonado. O ateliê guarda algo de triste. Como um canavial perdido pelo excesso de chuva — eu penso olhando as telas inacabadas nos cavaletes, vendo ressecarem, inacabadas, aquelas pinturas que deixei. Melhor assim. Filhos sem pai são um inferno.

— Você criou um espaço e tanto aqui — ele diz, e coloca, antes de mim, os pés naquele espaço natimorto. — Nem parece aquela garagem.

Meus olhos repousam onde repousam a poeira e teias de aranha. Nos pincéis, a tinta endurecia. Na mesa, a paleta rachava, bem como os diluentes que, no godê, formavam uma camada enrugada e amarela de óleos. Parece a cena de um crime. O lugar onde a criança largou os brinquedos antes de ser violentada e para onde nunca mais retornará.

— Desculpa pela bagunça — falei.

Ele apenas caminha abismado olhando as coisas que não reconheço. Nada daquilo parecia ter mais qualquer ligação real comigo.

— Por que foi mesmo que você nunca mais me chamou aqui?

— Primeiro porque eu fiquei sem contato com você. Segundo porque achei que você diria: preferia como estava.

— Blá-blá-blá... — replicou, fazendo questão de não dar atenção a qualquer uma das palavras ditas.

Ele saiu vendo os desenhos inacabados. Árvores retorcidas que viravam escadas. Paisagens imaginárias contrapostas por árvores que se estendem infinitamente. Uma natureza-morta com um violão. Ele passa os olhos pela seara, detendo-se dois segundos em cada. Para em uma hélice de galhos de nanquim sobre couché.

— Você passa quanto tempo fazendo um desses?

— Estão inacabados.

— Ah, claro — e claro que nada ali lhe parecia familiar. Ele então volta-se na direção do cavalete posicionado do lado esquerdo e desconcerta-se ao perceber que os pincéis, no carrinho de apoio, ao seu lado, estão cheios de tinta, o desenho incompleto. A tela, que parecia ser a última na qual eu tinha tocado, com o banco onde eu havia sentado, ainda à sua frente, tinha apenas uma linha horizontal que a cortava ao meio. A linha que marca o horizonte, esfumaçada. Eu sabia por que aquilo foi abandonado assim. É a cena de um crime.

— Então... o vazamento... — desconversou e percebi: ele também sabia por que aquilo não tinha sido completado.

Eu relembro, mais uma vez, as palavras da tia Rosa: "Você é a filha que desenha?", mas sempre, ao me lembrar dela, acabo lembrando também o menino empoeirado que havia me recebido na entrada do sítio. O jeito como ele olhava pra mim. Os cabelos dele esturricados e amarelados de sol. Os olhos claros de sol. O cheiro de sol. Ele conhecia meu pai. E agora, distraída enquanto Vinícius passeava pelo ateliê, eu admitia: quis botar aquele menino pra correr desde o momento que ele falou o nome do meu pai. "É Aluízio", ele dizia. Eu deveria era ter respondido: "Não é assunto seu."

"Criança se apega fácil." E eu via que ele brincava com um carrinho automático no chão da sala. Queria tomar o carrinho dele e perguntar: "E isso aqui? Quem te deu? Por acaso foi ele?"

Mas agora, vendo Vinícius passar seus olhos pelo ateliê, a imagem do rosto do menino parado, me olhando, me desperta pena. Cadê o pai dele? É uma imagem tão dura. Ele nem sabe onde vão jogá-lo quando a tia Rosa não o quiser mais.

— Eu disse a você! — a voz de Vinícius me puxa de volta para o presente. — Não falei que estava vazando?

A voz dele vinha do banheiro mínimo que ficava ao lado das torneiras de lavar materiais.

— É um problema simples de reconhecer — continuou —, mas pra resolver mesmo vai ter que chamar gente especializada.

Caminho até a entrada e ele não parece mais constrangido.

— O que era?

A cara dele, feliz e astuta, a encarar a privada de punhos fechados.

— Ah — e sua expressão denota certa gravidade —, é o mais silencioso dos desperdícios! — afirma, fazendo uma pausa de suspense. — A descarga está vazando.

— Estranho. Não deveria encher ou inundar? Há semanas que não venho aqui.

— Por isso que eu digo que é o mais silencioso dos desperdícios. A água escorre e é dispensada pelo sistema da descarga mesmo. A privada vai dando conta do fluxo. Ninguém vê. Não tem água molhando o chão. Não tem derramamento que salte aos olhos... Percebe?

Ele me chama para olhar dentro do banheiro, aproximando a cara da privada. Ele aponta.

— Tá vendo?

Vejo um fio quase imperceptível e contínuo de água.

— Até quando vem em gotas — ele continua — a gente vê o estrago, mas se for assim? Negativo. É só a conta que dá o recado. Há vazamentos muito característicos.

Olho pra ele. Ele passaria o dia comentando vazamentos e suas características mais maravilhosas. Retiro-me do banheiro em direção à mesa, ele vem atrás, secando as mãos com uma toalhinha suja que eu nem lembrava mais há quanto tempo estava lá.

— Você gosta disso?

Ele dá de ombros.

— Gosto de um monte de coisa.

— Como de artes marciais.

— Sim. Como artes marciais. Qual o problema?

Ele sorria.

— Também teve que sair do país para aprender tudo sobre vazamentos?

— Fora desse país a água não vaza.

— Ah, não?

Escoro-me na mesa, o aço dela está gelado apesar do dia quente. É um móvel extenso, posicionado na lateral do ambiente, de frente para Vinícius, que, ainda segurando a toalha, se escorava na parede ao lado do avental pendurado em um torno de pendurar rede.

— Juro — ele continua.

— E como você aprendeu isso?

— Não aprendi tudo. E é aí que entra a parte chata da história. Não sei resolver. Vai ter que chamar alguém. Um encanador de verdade.

— Acho que, por enquanto, vou mesmo é fechar o registro.

— E vai trabalhar sem água?

— Não é importante agora. Estou dando um tempo nisso. Já não tem muito a ver comigo. Não dá dinheiro também. Tudo está muito incerto.

Ele olhou pra mim de cima a baixo, o que me fez olhar pra mim mesma, também. Percebi as pontas do meu cabelo ressecadas e, na minha blusa, pingos insolúveis de tinta. Meus jeans eram rabiscados e meus pés estavam descalços dos tênis que eu deixara na entrada. Eu era, também, apenas um registro de uma coisa abandonada, e o abandono se estendia para além de mim, contaminava tudo, aquele espaço todo, eu penso, é uma extensão do meu pai, também abandonado.

— Quanto tempo você passou com ele pronto?
— Você diz... esse espaço?
Ele confirma com a cabeça. E respondo:
— Não muito. Foi bem de repente que resolvi tudo. Muito pouco tempo atrás... Foi também um erro desde o começo. Imagine o gasto!
— Sim, mas foi um investimento no fim das contas. Você poderia morar aqui. E era só uma garagem grande com janelas, antes. Não é?
— O estranho... — continuo —, o estranho é que, na verdade, eu preferiria só desmanchar isso tudo e ter meu dinheiro de volta.
— E como você fazia antes?
— Pintava fora, na casa de um ou de outro...
Ele apertou os lábios quando eu disse isso, era como sempre fazia quando sentia raiva no meio de uma briga nossa no colégio. Eu queria dizer como tudo era constrangedor: eu pintava em casa, mas de repente tinha que receber qualquer encomenda, mostrar um trabalho, e lá estaria o meu pai podre de bêbado no meio do terraço, minha mãe cumprimentava. Era uma impossibilidade.
— Então vai interditar o ateliê?
— E sem tempo determinado — respondi.
— E quanto a esses uns e outros? — ele disse. — Souberam do que aconteceu?

— Não faço ideia.
— Não procuram saber de você?
— Não existe motivo.
— Mas vocês não saíram?

Aos poucos os velhos hábitos de amizade voltavam. Por exemplo, a chatíssima inclinação de Vinícius a ironizar sobre meus namoros e desprezá-los dizendo muito pouco. Havia uma conversa particularmente chata que me vinha à memória. Um caso meu com um professor de artes. Eu o havia procurado para me orientar nos estudos de pintura aos dezesseis anos. E o que ele me perguntou foi:

— Já pensou em ser modelo?

Eu ri, com deboche.

— Modelo?

— É. Modelo — ele disse. — Fotográfica, talvez. Não tem muita altura, mas você tem um rosto lindo.

Respondi, sinceramente, a ele que não. Na idade que esse sonho se manifestaria eu estava ocupada tentando tirar meu pai dos comas alcoólicos que ele arranjava em botecos sujos, acompanhando as doenças dele avançarem. Mas ele continuou:

— Teu rosto é lindo. Maltratado, mas lindo. Tem uma coisa de diferente... alguma coisa que não sei dizer.

E quando eu contei isso ao Vinícius, no dia seguinte, ele riu.

— Viu só, é por isso, precisamente por isso, que você só se fode, Érica. Sinceramente... Acredita em cada uma.

— Ele parecia tão sincero — repliquei. Foi uma conversa que tivemos ali mesmo, naquela garagem que eu transformara em ateliê, bebendo algum vinho doce e ruim. Eu tinha o cabelo tingido de vermelho, na época, e disse, falando baixo, num tom quase impossível de escutar.

— Você me acha bonita?

— O quê?

— Perguntei se você me acha bonita, porra!

Ele pareceu ficar desconfortável, mexeu-se como se procurasse melhor posição e olhou para o nada à sua frente.

— Ah, sei lá, Érica. Todo mundo é bonito. E ao mesmo tempo ninguém é.

— Mas que conversa mais besta é essa?

— Ser bonita ou não ser muda alguma coisa?

— Mudaria.

— Uma porra!

Hesitei um minuto. Concentrada nas veias que saltavam da minha mão. Afinal, concordei com ele.

— Tem razão — eu disse. — Uma porra!

Entornei, novamente, a garrafa, olhando um ponto fixo em seu corpo, mas havia ficado um pouco triste. Não tive coragem de dizer, mas pensei: "Ainda assim, não deixa de ser uma pena."

Ele solta a toalhinha de mão no torno do avental ao seu lado e me encara. Seu rosto ostentava, agora, uma meia barba por fazer. Pelos grossos, escuros e duros. Então me lembro de que não somos mais adolescentes e respondo à provocação aborrecida.

— Ah, Vinícius, as coisas mudaram. Não são mais como há cinco anos e não sou mais adolescente... Se eles sabem ou não, ora, não tinha pra que eu me ocupar disso. Estava triste. Pois, bem, fui fazer minhas coisas. Estou fazendo minhas coisas. As pessoas importantes sabem. Não preciso colocar no jornal minhas tragédias... — Ele encontrou na parede um buraco e concentrou-se nele. — As pessoas podem acabar pensando que não me viro. Que não sei me cuidar.

Mas ele nem estava mais dando atenção. Apertou mais os olhos se aproximando da marca na parede, ao lado do torno, tocou a tinta esfarelada, que se abria em casquinhas úmidas, levemente deslocada da superfície.

— ... Vão pensar que sou um poço de problemas. Que a minha vida é algo do que se deve manter distância, que deixo desconfortáveis...

— Essa marca é recente? — Ele aponta para a parede.

— Acho que não.

Olhou para baixo, respirou fundo.

— Você foi ao analista?

— Rá. E como vou fazer isso se não tem ninguém que faça as coisas da casa por mim? Já viu minha mãe como está?

— Parece bem, dadas as circunstâncias.

— Sim, parece... Tirando o fato de ela alternar entre dias ultra-atarefados, que, honestamente, não sei o que tanto ela faz, com outros em que nem sequer tira a camisola, e ter duplicado a quantidade de cigarros diários... E meu irmão? Nessa espécie de autismo opcional que ele se enfiou.

— Acho que seu irmão sempre foi meio assim.

— O que torna as coisas ainda mais graves. Imagina um menino tímido tendo que explicar na escola o que se passa. O que não teve de ouvir e dizer sobre o pai aos colegas e professores. Você sabe como os meninos são cruéis nessa idade... Deve ter virado o esquisito da turma, abandonado...

— Você precisa ir. Sabe disso.

Respirei fundo. Ele continuou.

— Além disso, sem a avaliação do psicólogo você não pode voltar ao trabalho.

A agonia agora não é só no rosto e na garganta. É uma coisa no diafragma. Mudo de assunto subitamente.

— Você acha que ele estava planejando já as coisas, planejando despedidas... Sabe, quando foi à casa da tia Rosa...

— Hein? Está falando do seu pai?

— Acha que ele estava me enganando? Que foi tudo premeditado?

— Como eu vou saber? Não conheci bem seu pai.

— Esquece... Acho que fiquei meio tensa...

— Você precisa descontrair um pouco.

— Acho que sim. Acho que hoje aquela cerveja cairia bem. Você pode me acompanhar?

Ele empurra os próprios ombros pra trás, surpreso.

— Você bebe cerveja?

— Agora bebo. Não faça essa cara. Vai me acompanhar ou não?

Ele sabia da sinusite que estava despontando, mas Vinícius não acreditava em doença. Foi essa a afirmação que nos aproximou no colégio. Como não acredita em doença? Isso mesmo — ele disse —, de doença eu desconfio. Se a gente dá a ela crédito, ela se apossa do organismo. Era um menino estranho, com uma mochila de utilidades. Naquele colégio de classe média era o único possível de ser encontrado, por acaso, por aí. Nos encontrávamos no ônibus, numas ruas aleatórias. Nos pontos de integração entre as linhas do transporte público. Por que te encontro sempre por aí? Ora, eu é que pergunto.

As outras pessoas não eram encontradas por aí na cidade, elas iam de um ponto a outro ponto. Existiam em lugares onde houvesse fins determinados. Você poderia encontrá-las em seus cursos, seus colégios, suas casas, em ambientes cercados. Você as encontrava ou em um ponto ou no outro. Nunca no trânsito entre uma coisa e outra.

"E como é dar crédito a uma doença?"

Ele acreditava em conforto, mas tinha sua versão particular do que era isso. Para ele, a resolução para qualquer doença era um pouco de álcool.

— É como um elo desconectado, sabe? — eu digo, calçando o par de All Star sujo quando alcançamos o pequeno espaço de quintal que a casa e o ateliê compartilham. Refiro-me, ao mesmo tempo, às pinturas e ao meu pai. Lanço um último olhar para o espaço abandonado. Aquelas imagens que eu mesma havia criado, pintado e deixado pelo meio, inacabadas, com grandes pedaços de espaços em branco que, eu suspeitei, eram justamente os meus vazios irrecuperáveis.

— Certo. Vamos sair daqui e tomar essa cerveja de uma vez.

Ele passa na minha frente e vou abaixando a porta ruidosa de metal. E quando passo o trinco me pergunto se eu seria capaz de esquecer aquele ateliê interrompido e, por isso mesmo, fadado a durar para sempre. Passo o cadeado.

— Você acha que sou inconsertável? — pergunto a Vinícius.

— Inconsertável?

— É. O tipo de coisa que não vai ter jeito. Que não vai conseguir autonomia — guardo as chaves no bolso.

Ele apertou os olhos, franzindo o cenho, parado à minha frente, como se ainda tentasse entender a pergunta.

— Desculpe, desse tipo de conserto aí eu não entendo.

Ele observa as raízes pronunciadas do fícus, na calçada, enquanto eu saio com a carteira na mão.

— Não precisava ter ido pegar dinheiro — ele disse.

Da minha parte apenas continuei fechando o portão maior. Tomar uma cerveja, pensava, me pondo a postos, com o desenho do bar no bolso da calça.

Eu olho bem pro seu rosto. Os dentes de Vinícius são maiores na frente e têm um ligeiro desvio para fora. Era desse detalhe que eu costumava lembrar quando pensava nele, e é nisso que reparo quando chegamos à calçada.

— Então? — percebo que o sol está bem ameno, tardezinha. Olho para os dois lados da rua. — Posso escolher para onde vamos?

— Nada muito chique, nem muito na moda. Eles cobram caro e usam o tipo errado de copo.

— Você conhece algum que tenha balcão baixo e fique perto de um paredão de praia? Que use copos americanos?

Claro que ele conhece. Desconfio que não haja um só bar que use copos americanos que Vinícius não conheça. Ele abre um pouco mais o sorriso. Sinto pena. Ele pensa que é por ele que escolho esse lugar.

Ele indica o caminho das avenidas perpendiculares.

— Vamos por aqui que, a essa hora, é melhor escolher os caminhos com sinais de trânsito. De tempos em tempos abrem a passagem e a gente não fica tendo que escolher o momento menos arriscado pra cruzar as ruas.

— Isso quase não dá diferença de tempo — eu disse, acompanhando-o.

— Pode ser, mas odeio ficar parado esperando.

Suspeitei que ele estivesse falando por metáforas. Depois lembrei: Vinícius não gostava de metáforas.

— Acabo de lembrar uma das nossas primeiras brigas — eu disse, olhando para meus próprios pés em movimento.

— Pois eu não sei nem delimitar quais as primeiras. Foram tantas.

— Estávamos voltando do colégio. Eu caminhava com os cadernos na mão, você vinha com sua mochila, segurando as alças como um estudante.

— Ora, eu *era* um estudante.

— Você disse que as figuras de linguagem não existiam.

— Como é? — ele me olhou franzindo o cenho. — Eu era *contra* figuras de linguagem?

Eu ri.

— Sim, sim. Você disse: "Essa coisa de figuras de linguagem, por exemplo, não há por que estudar isso. Isso não existe", e é claro que eu retruquei com um: "Como não existe? Metonímia, personificação, alegoria..." E você disse: "Pra mim, todas elas são metáfora."

— Eu disse mesmo isso?

— Sim, disse. Eu fiquei indignada. Estava um sol de rachar e eu lá, dando exemplos. Tipo: "A mulher é uma flor", "Estou lendo Neruda"... e quanto mais eu enlouquecia tentando explicar, mais você balançava a cabeça, irredutível, e dizia: "Não. Pra mim, ainda é tudo uma coisa só." Tivemos várias outras semelhantes. Você sempre dizendo que história, português, literatura não serviam pra nada. Pra você, tudo o que servia no mundo poderia ser calculado em grandezas de proporções ou equações.

— Acho que continuo não entendendo figuras de linguagem. Você me desculpe.

— Não diga isso. Ou voltamos à mesma discussão.

— Como terminou essa discussão, na época, a propósito? Quem ganhou?

— Ninguém. Ninguém ganhava nunca. Chegávamos à esquina de sua casa antes de concluir, prometíamos continuar a briga no dia seguinte, você entrava no prédio e, no dia seguinte, já tínhamos outra briga pra pegar.

— É. Estou realmente impressionado. Sua capacidade de lembrar coisas absolutamente inúteis é inacreditável. Sério, Érica. Foi, de longe, a recordação mais imbecil que você poderia guardar. Desocupe espaço nessa memória. Delete isso. Viu só no que deu gostar de figuras de linguagem?

Percebi que, pela primeira vez, eu estava rindo e, por isso mesmo, senti, imediatamente, uma pontada de culpa acima de todas as coisas. Lembrei, de novo, de tudo, do motivo pelo qual eu me arrastava ao bar, o motivo pelo qual Vinícius estava de volta à minha vida. Meu rosto ficava pesado. Eu deixava a expressão do riso cair no chão, já insustentável. Por um momento eu esqueci que tinha perdido um pai de vista. Havia fingido que nada tinha acontecido só para, depois, de susto, ter acontecido e eu tê-lo perdido de novo. Paramos diante da rua e esperamos o sinal fechar.

— Que houve? — ele disse.

— Tenho medo de esquecer dele...

O momento perdido. Os carros passavam por mim sendo, novamente, um borrão de cores cinza e sons estridentes.

— Que bobagem, Érica. É claro que você não vai esquecer seu pai.

Ele não entendia. Não me referia à existência dele. Não era medo de esquecer meu pai em si. Então os carros pararam, atravessamos. Mas medo de que não restassem lembranças nítidas, agora que eu precisava delas como pistas. Alcançamos a outra calçada. Tudo está se dissolvendo. É tinta em contato com terebintina. Desmancha-se fácil.

— Está pensando em besteira? — ele perguntou.

— Estou pensando em metáforas.

O desmanche destas coisas todas. O estado de espírito leve havia ficado no quarteirão anterior. Ele sabia. O sol estava se pondo e aquela gravidade entre Vinícius e mim, agora, mais constrangia que machucava. Ele não sabia como lidar com metáforas e todas as nuances da dor que eu arrastava e que ele, sem querer, acabava carregando junto, não como cúmplice, mas como um refém que vê tudo, e precisa colaborar para sobreviver, mas, simplesmente, não entende o mecanismo daquilo. Dávamos agora passos nostálgicos. Ele ainda olhou para trás, na direção da faixa que acabávamos de ultrapassar. Eu queria voltar mais atrás no tempo.

Interrompi o silêncio:

— Você falou, naquele dia, que a gente só deve saber de uma pessoa, aquilo que ela mesma diz pra gente.

— Sim. Acho bem razoável essa opinião.

— E acha que a gente vai conseguir guardar tudo o que nos dizem? A gente vai lembrar de todas as cenas?

— Não, mas o cérebro é uma coisa formidável — ele disse, olhando para a linha do horizonte com uma certa revolta ou indignação —, ah, você não tem ideia. É como um computador tão mais inteligente que decide por você o que é pra guardar na superfície e só descarta o que não é, para o arquivo morto.

Atravessamos outra rua, eu o observava falando sobre esse conceito.

— Acredita mesmo nisso? — interrompi. — Que nosso cérebro vai saber distinguir, sozinho, o que é e o que não é importante para nós?

Ele deu de ombros.

— É uma perspectiva animadora. Gera menos preocupação pensar nisso. Dá algum conforto.

Avançamos uma nova calçada.

— E de que serventia tem, por exemplo, eu lembrar de uma discussão idiota sobre figuras de linguagem, um episódio de anos atrás, que não significou nada pra mim e que não serve de nada?

— Talvez você tenha muito espaço livre.

— Não consigo lembrar da última conversa que tive com ele!

Um novo silêncio. Paramos, de novo, em uma rua cheia de carros que passavam tão rápido que meus cabelos levantavam.

— Não sei. Cada disco rígido tem seus padrões de escolha. Não entendo os seus. E, sinceramente, acho que nem você deveria tentar entender — ele disse, percebi que estava aborrecido e eu olhava, ainda, adiante. Era uma rua bloqueada pelos carros que corriam, o sol se pondo rosado, laranja, dourado... Dali já era visível o paredão da praia e o infinito eterno que, no entanto, eu temia nunca alcançar.

— Vamos — ele disse. Os carros abriram passagem —, você, definitivamente, precisa desta cerveja. Vai que ela te lembra algo.

Acontece que eu havia lembrado, alguns momentos atrás. Lembrei aquela última conversa tensa no exato momento em que afirmei, em voz alta, que já não lembrava.

2 de março, 19h33

Não foi uma conversa amena, cheia de frases grandiloquentes ou conselhos edificantes. Estávamos no quarto da clínica e eu tinha tido que gritar para aquele teimoso que, ainda assim, insistia no seu argumento: "Se não tiver jeito, não tem jeito e pronto" — ele disse fazendo pouco-caso de minha tentativa de chamar o médico, disse economizando até o fôlego. Trinquei os dentes. Eu queria ter batido na cara dele. Eu queria sacudi-lo com violência e com todo o ódio presente em mim. Eu já suspeitava das intenções dele de sumir e queria obrigá-lo a ficar.

— Pare com isso. Pare de fazer tudo errado — gritei.

Ele estava aborrecido, chateado, contrafeito. Repetia que aquilo não era lugar pra ele. Que queria voltar pra casa.

— Não dá, caramba! Não dá mais pra gente ficar com o senhor assim lá em casa.

— Ora — respirou fundo no seu pior humor —, se não tiver jeito, vai fazer o quê? — Aí eu notava que ter dito aquela frase quase o fez chorar. Ele esboçou uma expressão de desapontamento, abandono. Ia chorar como um menino, mas até pra isso era preciso mais ar.

Pulei nele. Sacudi pelos braços e vi que aquela criatura, já tão magrinha, não era mais meu pai — pensei —, está parando de me pertencer agora mesmo. E eu sacudia mais. Eu suspeitava, mas muito de longe, que ele estivesse pensando: Então também não fico em lugar nenhum.

— Pelo amor de Deus. Tudo tem jeito. Ajude a gente a ajudar o senhor!

Mas queria lembrar mais. Que outras questões havia naquela ligação misteriosa que unia a nós dois por tantos milhares de mundos igualmente abandonados? O que me ligava a um pai que me abandonaria e, por consequência, como nos ligaríamos, nós dois, a outros rastros igualmente apagados pelo tempo. Um pai que não teve pai. Um tio desaparecido dele... e as pegadas se apagando no meio do caminho. Era esse o elo que tentava salvar naquela conversa. Era essa a sina que tentava vencer e ele não deixava. "Pare com isso", ele disse. Dizia com um tom mais rouco, como se tangesse um bicho acuado. Condenava, dessa vez definitivamente, a mim por ter desobedecido. Onde começou essa cisma toda?

Mas ainda estava andando ao lado de Vinícius, que começava a se aborrecer.

— O que vejo — percebi que ele falava — é que você se tortura. Parece que gosta de ficar triste. Há um minuto estava rindo, ia se divertir, e, quando percebeu que se divertia, parou tudo.

— Não é isso — e não era mesmo —, é só que falamos em memória e não quero perder isso.

— Você só vai esquecer o que não for importante.

— Mas tudo é importante.

— Ah — arfou, impaciente —, então faça uma tatuagem, um diário, catalogue. Sei lá.

Alcançamos o calçadão. E foi quando eu senti por um momento que poderia encontrá-lo. Eu não tinha contado com essa hipótese quando coloquei o desenho do bar, com o qual sonhei, no bolso. Eu havia pensado em sondar. Isso. Sondar o lugar. Mas e se eu encontrasse o tesouro enquanto procurava o mapa?

Um vento mais forte me incomodou de imediato e a impressão que dava era de que o frio vinha muito mais de dentro que de fora de mim. O queixo batendo forte demais, o cheiro da maresia... Ninguém diria, pela minha postura, que os termômetros marcavam mais de 25 graus. Eu chegaria logo ao bar que ele costumava frequentar. O horizonte estendendo-se acima das ondas que quebravam, já na areia, enquanto Vinícius resmungava.

— Eu sei que é difícil, mas contenha-se. Não quero que essa cerveja custe mais que o previsto.

Caminhávamos, agora, paralelamente ao mar. Ele com os braços soltos do lado dos carros e eu agarrando meus próprios braços, do lado da praia.

Cogitei que, enquanto eu queria encontrar e restabelecer laços com meu pai, Vinícius talvez quisesse restabelecer laços comigo. Olhei na sua direção e percebi que ele havia mudado muito pouco. A agonia crescia.

— Estamos perto? — perguntei.

— Mais ou menos.

Mas o vento me arrepiava. Ele rugia, levantava meus cabelos, adentrava os rasgões da minha calça. O nariz começou a congestionar e, por um momento, pensei que tinha sido mesmo uma ideia muito estúpida ir à praia e tomar cerveja. Eu estava corizando.

A visão ia se tornando pior. Cinco e meia. Os postes acendiam as luzes.

— Por que é sempre tão pior enxergar nesse horário?

— Deve ser astigmatismo. Você devia fazer exame de vista.

Ele continuava olhando adiante, para os lados, quase nunca para mim, diretamente.

— Você só usava preto no colégio — eu falei, lembrando que meu pai usava bege, no sonho. — Bom, não era preto mesmo. Pelo que eu lembro, todas as suas camisetas eram camisetas que haviam sido pretas algum dia.

— Agora só uso branco — afirmou —, as pretas tinham mesmo esse problema. Desbotavam. Ficavam velhas mais rápido.

— E qual o problema com as outras cores?

Eu parecia mais tranquila, pelo menos, apenas se ele se atrevesse a olhar veria meus lábios tremendo da ansiedade Meu pai poderia estar lá.

— Bom, também testei as azuis e vermelhas. Tinham um problema de juntar cheiro...

...poderia estar sentado numa das mesas de plástico, como no sonho, bêbado, de olhos pendurados a estender-se sobre o copo de cerveja e incomodar os demais com sua solidão...

— Ficavam podres essas camisas, no fim do dia. Não sei o que era aquilo. Deve ser alguma peculiaridade da tintura vermelha no algodão...

...e o problema maior é que eu não sabia exatamente o que diria, o que eu sentiria de deparar com a presença dele num lugar como aquele. Bêbado como ele...

— ...as azuis juntavam umidade e eu acabava sempre com pizzas de suor debaixo do braço...

... de modo geral, eu sentiria asco e vergonha dele, mas agora não sabia. Ele talvez me mandasse lhe comprar cigarros com a língua enrolada...

— Acabei vendo mais vantagem nas brancas. Compro em pacotes com três em qualquer rede de supermercados. Verifico a etiqueta...

...ou pior, ele podia não estar lá. O balconista iria vir querer falar comigo e eu não poderia dizer: Pai, pare com isso e vamos pra casa.

— ...desde que sejam cem por cento algodão, estou bem servido.

Engoli seco. Tentei acompanhar.

— Por que não guarda várias cores e modelos diferentes como faz a maioria?

— Pra quê? Pra complicar minha vida? Não vejo futuro. Faço assim: camisetas brancas, sempre básicas, e jeans azul, o mais básico possível, também. Assim evito coisas como uma camisa que não combine com esta calça ou ter que lavar coisas em separado, ou ainda dizerem que visto demais uma roupa só. Dessa forma, estou sempre apresentável para a maior parte dos lugares.

— E quando você fica com frio?
— Eu não fico com frio.

Atravessamos por um largo onde a passagem era estreita. Uma gameleira imensa fincada no calçadão da praia fazia os praticantes de cooper precisarem dar a volta e invadir a pista, descendo, na corrida, um degrau de pelo menos trinta centímetros, e os carros, que vinham rápido, na posição contrária, buzinavam alto. A árvore projetava sombra na calçada e era naquela sombra que três ou quatro prostitutas já chegavam para se esconder. Bem ali, no único ponto decadente da orla marítima de um bairro nobre, um bar de balcão baixo e mesas de plástico espalhadas. O coração deu um salto.

— É aqui — eu disse, reconhecendo, na hora, vários homens sozinhos e deprimidos. Todos parecidos com meu pai.

— Aqui?! — ele se espantou.

— Sim. Quero beber aqui.

O garçom, um homem de meia-idade com o cabelo à Cauby Peixoto, limpava uma mesa do outro lado. Ele olhou pra mim na hora, desconfiado, e parou como se não conseguisse decidir entre continuar o serviço ou vir até onde estávamos.

— Érica, acho aqui inadequado pra você.

Eu não dava ouvidos. Já havia parado de caminhar. Resmunguei.

— Ora, o que poderia acontecer de pior?

Ele não tinha resposta. Deu de ombros, contrafeito.

— Mas não vamos demorar, certo?

Eu já sentava, decidida, numa cadeira. Verificava com cuidado um por um daqueles bêbados. Mas não. Ele não estava ali naquela hora. Talvez ainda viesse. Talvez tivesse outro bar. E o garçom parou, então, ao nosso lado, balançando um pano de prato, e antes que pudesse dizer qualquer coisa, interrompi:

— Uma cerveja e dois copos americanos.

Eu lembrava daquele garçom, que era também cozinheiro, caixa e dono do bar. Ele se deteve ao me ver de perto. Ficou olhando um tanto mais demoradamente, me encarando através dos óculos de grau. A pergunta era se ele lembrava de mim. Tive a impressão de que ia me dizer alguma coisa quando apertou os lábios, esboçou um gesto, mas sacudiu a cabeça e seguiu com o esquema de atendimento. E por que se importaria?

— Qual cerveja? — perguntou, afinal.

— Tanto faz — respondi, ao passo que Vinícius logo interrompeu.

— Não! — disse ele. — O que você tem aí?

Meu pai chamava-o de "cabeludo". Eu quase podia ouvir: "Cabeludo, mais uma", "Cabeludo, a saideira", "Cabeludo, a derradeira", "Cabeludo, a expulsadeira". E o cabeludo lá, ditando marcas de cerveja pra Vinícius, especificando o quão gelada cada uma delas estava, com aquela entonação de quem repete a mesma ladainha enfadonha todos os dias. Ele ainda me olhou uma última vez antes de sair com o pedido. Ele sabe. Ele sabe tudo. E aquilo ia deixando de ser frio e ia virando raiva, e ia batendo a revolta. Por que eu continuava me sentindo estranha? Olhei no interior da palhoça um relógio de parede desses cujo ponteiro de segundos corre sem pausa.

— Esses relógios me deixam louca — comentei —, parece que o tempo corre mais rápido com eles — apontei. Vinícius olhou e viu também. A pintura na parede era lascada da maresia, as mesas tinham marcas já indeléveis de copos.

— Você cisma com cada coisa... — Ele balança a cabeça e franze um canto da boca em reprovação. Depois balança os ombros. — Pelo menos começou a beber cerveja.

Mas virou para o outro lado enquanto o garçom chegava e colocava os copos à nossa frente.

— Pode deixar que a gente se serve — disse ele.

Eu continuava olhando a mesa e percebi no plástico uma queimadura característica da brasa de cigarro. Toquei a marca com os dedos, senti a aspereza me doer. Era triste. Eu estava, agora, condenada a chegar aos lugares que ele havia acabado de deixar.

— Você ainda não aprendeu a beber cerveja — disse ele.

— Por que diz isso?

— Porque você pede qualquer uma.

— São todas iguais. O que importa é o efeito.

Ele riu.

— Quantos anos você tem? Quinze?

— São todas amargas, espumam na borda e pronto. Eu, particularmente, chego a achar que o efeito mesmo é muito lento. Com a vodca, você vira uma dose pura e pronto. Está resolvido. Depois é só esperar pra ver como bate.

— Eu lembro bem de como isso batia em você.

Tomamos um gole.

— Lembra nada. Bebíamos muito mais vinho naquela época. Uns que eram fáceis de abrir, com tampa de plástico.

— Você lembra até disso? Do tipo de vinho que a gente bebia?

— Tenho certeza que você lembrou disso quando bebia coisa melhor em Buenos Aires.

— E o engraçado é que lá eu só bebia cerveja. Era mais fácil.

Olhamos os dois na mesma direção. Ele levantou o casco e vimos que a primeira garrafa já ia pela metade. Nossos olhos cruzaram no ponto de interseção e não resisti:

— Meu pai gostava muito de cerveja.

Senti meu sangue gelar, meu coração acelerar. A bomba estava lançada. Ainda assim, prossegui.

— Ele costumava beber sozinho. Uma grade inteira de cerveja. Depois mal aguentava voltar pra casa.

Se eu pudesse teria segurado a frase. Levei a mão próximo ao rosto, tentando engolir de volta as palavras. Ele iria fugir de novo para Buenos Aires e não me levaria para onde eu preciso ir.

— E você aprendeu com ele a beber?

— De uma certa forma. Virei um copo de cerveja quando tinha cinco anos.

— Cinco anos?

— Sério. Acho que é por isso que, pra mim, a sensação do gosto amargo é tão nítida.

Ele divertia-se com a ideia.

— Você nunca me disse isso. É uma prodígio.

O sorriso escondia que aquela foi, na verdade, minha primeira tentativa fracassada de salvar meu pai. Eu me vi, então, debaixo da mesa da sala de casa. Pequena demais para compreender tudo. Observava lá de baixo uma mistura daquele homem barrigudo em uma combinação entre bêbado e louco, cambaleando torto pela casa depois de ter derrubado e quebrado metade do que havia nela. Ainda restavam, inteiras, três garrafas de cerveja e o copo dele estava cheio. Eu não poderia dar um sumiço à cerveja. Se jogasse no jardim, a espuma denunciaria. Na pia, ficaria o cheiro. Eu só tinha uma alternativa. Então rastejei devagar até a mesa e, sem pensar duas vezes, bebi tudo.

— Você também aprendeu a beber com seu pai? — perguntei.

— De uma certa forma.

As pessoas sempre dizem "de uma certa forma" quando, na verdade, querem dizer que não foi "de uma forma certa".

— Ele foi embora quando eu era muito novo. — Depois olhou bem pra minha cara, rindo. — Eu não sabia, naquela época, que podemos inovar virando um copo de cerveja aos cinco anos.

— Deveria ter me conhecido mais cedo — respondi, mas o que eu queria dizer era que, "Ah. Comigo, também". Quis dizer que, na verdade, meu pai saiu na hora mais inadequada. Antes de me explicar uma porção de coisas, e os vazamentos na casa estavam lá de testemunha.

— Aí os nossos encontros hoje geralmente são pra beber cerveja — ele prossegue.

Dei outro gole grande na cerveja e ela saiu inundando, primeiro a boca, depois cresceu gelada pelo esôfago, estômago. O amargor dando engulhos.

— Então você aprendeu a apreciar sozinho.

— Aprendi com o sol, ora. Nesse calor, quem aguenta bebida quente?

Olhei no canto aqueles velhos todos sozinhos. Um deles estava debruçado, dormindo sobre a mesa, outro soltava de tempos em tempos alguma gracinha para as putas que faziam hora ali esperando um carro parar, outro desfiava com um senhor mais jovem uma conversa absurda sobre como a mulher do amigo o havia depenado com o divórcio, e tive raiva.

— Aí numa dessas tardes — continuou ele — estava fazendo muito calor. Tomei uma cerveja bem gelada e senti que estava salvo.

Parei olhando mais um pouco, dessa vez para as prostitutas. Meu nariz congestionando... o formigamento da sinusite.

— É. Talvez eu aprenda isso também num dia de sol. Hoje está muito frio.

Gelado era a palavra mais adequada. Um ambiente tão hostil que eu queria dizer a ele que não era apenas sobre a cerveja que se depositava uma crosta de gelo, que eu me arrepiava com o vento, que meus braços estavam nus, que eu queria ir pra casa, mas é que, sem meu pai, já não existia mais casa.

— Nem olhe pra mim. Não tenho camisa pra emprestar.

— É uma das desvantagens desse esquema jeans e camiseta branca. O que você teria para oferecer pra uma mocinha com frio?

— Bem, nada. Mas acho que já era assim antes do esquema.
— Assim fica difícil eu ter fé em você.
— Mas, pra você, eu tenho que dizer que tenho cerveja em casa. Não quer ir pra lá? É mais quente...

Levanto a mão emulando meu pai que girava o indicador apontando a mesa para o garçom e, em seguida, mostrava o polegar. Pedi a conta.

Eu tinha que admirar meu pai, afinal, por sua bravura em ir embora, e tentar, ainda que por isso mesmo, recolher as pistas que ainda sobravam.

— Nosso plano — ele falou — é o de ir para a rodoviária, com mochila e barraca de camping, pegar o primeiro ônibus que estiver saindo e passar o fim de semana em uma cidadezinha de interior, aleatória.

Os amigos de Vinícius iam começando a chegar no apartamento, e o quarto onde bebíamos era um lugar pequeno e atulhado de quinquilharias. Pilhas e pilhas de livros sobre quase tudo. Macroeconomia, dicionário de plantas, programação de computador, curso completo de fotografia, dicionários de espanhol, de latim... O cheiro dos ácaros e mofo destilava-se no cheiro da cerveja e rum. Ainda reconheci, em uma delas, os livros didáticos que usávamos na época do vestibular. Mas eu já estava alta e tentava não me importar com a claridade excessiva da lâmpada fluorescente espiralada no topo do teto, já que, sentados no chão, ao lado de uma cama minúscula e malfeita, o conforto e a hospitalidade eram o de menos.

— Qualquer cidade?
— Qualquer uma a pelo menos trezentos quilômetros de distância.

O fato de todos eles me conhecerem de nome e já terem visto algum trabalho meu era o menos curioso. O cara sentado à minha frente, por exemplo, era um moço especialmente blasé, participava do relato errante e acrescentava a ele detalhes como, por exemplo, o tipo de bebida que levariam na empreitada: catuaba, destilados de gengibre... Sempre dando poucos sorrisos. Chamava-se Caio e ganhava dinheiro estudando. Bolsista. Embora tivesse um orgulho explícito de todo o duro dado quando estudou por dois anos na Irlanda, fazendo bicos como garçom. "Chegava a passar setenta e duas horas no ar, sem dormir. Examinando artigos e correndo para o bar onde um bando de dublinenses se penduravam até serem chutados." E depois? Eu perguntava. Depois era a hora dele de beber em casa com *roommates* italianos que ele assegurava estarem por todo lugar na Europa.

Um romance de formação — eu pensava, já um tanto alta da cerveja.

— Parece com alguma história que já li.

Sim, parecia. Exceto por um detalhe: ele não gostava dos artigos, dos estudos, do curso. Não havia qualquer ambição escondida por trás daquele trabalho duro. Era disso que ele tentava me convencer. "Acabei de ler *On the Road*", ele dizia. "Dá muita vontade de largar tudo e pegar a estrada..."

Ao seu lado ficava Augusto, que todo mundo chamava — e inclusive se apresentava como — Guto. "Guto de Gustavo?", perguntei, na hora. Mas ele era do tipo que respondia com outras perguntas: "Tenho cara de Gustavo?"

Na verdade tinha, pensei calada, lembrando do que um professor de literatura contara, certa vez, sobre um conto do Machado de Assis, "A cartomante". "Gustavo vem de 'gustar', um nome perfeito para um amante na literatura", ele tinha dito debaixo de um monte de risinhos velados para aquela pá de adolescentes em sala de aula. E aquele cara à minha frente flertava o tempo inteiro.

Foram os outros, Caio e Vinícius, quase em coro, que disseram o nome real dele. Era ainda mais coerente. Augusto, como um imperador. E então eu notava que ele era o responsável pela maior parte da narração, que as pessoas ali, com exceção de Caio, confiavam nele e deixavam que ele escolhesse desde a música, um bolero antigo entoado por uma cantora de voz grave, até a bebida. Observei-o sorrir. Era um tipo branco e rosado, com cabelos pretos cortados rente e uma boca tão vermelha que parecia usar batom. Vestia uma camisa de botão, com mangas curtas como a maior parte dos que se formaram em administração de empresas, mas ostentando alguns furos, ainda mal fechados, na orelha.

— O que você acha? Nunca pensou em se meter numa expedição destas?

E qual era a graça das cidades no interior? Ao que eu me lembrava, eram apenas lugares absolutamente idênticos em que não havia muito para se fazer. Vocês só gostam desta ideia porque não nasceram lá — defendo. E lembro imediatamente daquelas velhas que sentavam nas calçadas esperando a vida passar, falando da vida dos outros, esperando o quê, meu Deus? Que alguém passe cumprimentando? E digo velhas, mas por quê? Juventude é apenas uma questão de idade por lá. Eles negam. Dizem que andei com as companhias erradas. São cidades em que tudo é permitido, a bebida é barata e ficar bêbado vira um negócio muito menos perigoso. Eu olhava para eles, todos nascidos em cidades grandes: Vocês não têm ideia do que estão falando. Já subiu uma serra a pé?, me perguntavam. Sim, claro que subi uma serra a pé. Não é muito diferente de subir uma ladeira sem fim: cansativo. Mas você pode levar boas bebidas e ficar olhando a cidade do alto. Tem umas paisagens incríveis.

Umas pedras enormes... Isso também veio de *On the Road*?, pergunto a Caio. Ele ri. Não, veio de *Vagabundos iluminados*, do Kerouac também. De qualquer maneira, Guto completa: Você tem alguma ideia melhor?

Ficávamos divididos em pequenos grupos. Sentados no chão, com as costas apoiadas na cama, estávamos Guto, Caio e eu. Do outro lado, na parede oposta, Vinícius conversava com um moreno forte de cabelos quase compridos, mais ou menos à altura do queixo. O nome dele era Igor e isso acabou lhe rendendo um apelido: Cigano, um personagem de novela das oito que tornou seu ator famoso por ter apenas uma expressão facial. Mas havia outros: pirata do rum, Aragorn... todos fazendo menção ao seu corte de cabelo. Olhava bem pra ele, não fosse algo no seu jeito de falar, e sua estatura, que certamente não passava de 1,70m, seria mesmo um tipo meio galã. Aos poucos, também eles se envolveram no debate sobre o tal plano. Falavam com uma convicção que eu mesma chegava a acreditar na grandiosidade daquilo. Talvez eu estivesse errada. Pois eu sonhava em conhecer países ricos: França, Inglaterra, visitar museus... E era Caio quem dizia: Não perca seu tempo. Está tudo infestado de japoneses e suas câmeras, americanos e suas câmeras. Um inferno de filas, lanches ruins... acredite: a verdadeira experiência turística está nos locais pouco desbravados.

Parecia interessante.

— Mas e as pinturas impressionistas? Os espetáculos vistosos? O mundo de Dalí...

Eu havia sonhado com isso. Costumava olhar nos livros didáticos aquelas reproduções tortas das grandes obras do século. Foi no primeiro ano do colégio, em uma aula de história da arte, que tudo começou a fazer sentido. Perspectiva, proporção áurea... Eu absorvia tudo aquilo pelo olhar: Lousa, livro didático. Comecei a anotar todos os lugares fundamentais. Procurasse em meus diários antigos, haveria uma lista: Hermitage — São Petersburgo, Galleria degli Uffizi — Florença, Georges Pompidou, Louvre, D'Orsay, Tate, National Gallery, Del Prado... Entrava nas aulas dos mais novos onde um professor ensinava-os a imprimir na tela e era um desperdício de tinta. Aqueles pré-adolescentes descoordenados, entediados, malcuidados, fazendo aquilo sem qualquer gosto. O professor deles dizendo: Ah, o gasto é sempre grande quando se fazem telas dessa época... E me confidenciava: O Van Gogh, então, gastava um tubo desses numa telinha assim, ó. E eu queria muito ver uma tela dessas de perto: Só chegando perto é que a gente entende, de fato... Então eu tentava memorizar onde estava cada uma daquelas preciosidades: O professor ali na frente, despejando tudo para trinta e poucos alunos indiferentes. "Então da arte bizantina para o Renascimento...", ele dizia envolvido demais com o próprio assunto. Eu olhava para a frente, para ele. Era lá no Velho Mundo que estavam os grandes feitos. Depois olhava pela janela, minha vista parava em uma rua sem comércio, calçada por pedras. O mundo é tão grande... E, de alguma forma, ficava claro, para mim, que eu precisava sair de onde eu estava e ver aquilo.

— Não sei se é só uma questão das companhias erradas, talvez de pensamento errado... — acrescentou Guto. — É preciso experimentar a solidão em uma viagem. Nada de roteiros prontos, nada de guias, de multidões. Viajar sozinho muda você completamente. Você se torna mais aberto a conhecer outras pessoas... — Eu me perguntava por que isso seria útil a uma pessoa como ele. Segurando seu copo de rum, ele não desfazia o sorriso. Uma dessas pessoas de que você gosta de cara, que você percebia, logo ao entrar em qualquer sala que ele estivesse, que ali estava um líder nato. Mas outra coisa me incomodava.

— Para quem gosta de escaladas — eu disse —, as serras lá do sertão não são grande coisa. Não são nem tão altas.

— Altas não são, mas o importante é que são desconhecidas. Eles não eram muito diferentes de mim, mas haviam ido muito mais longe do que eu talvez jamais fosse. Guto mochilou pela América do Sul, Caio fez intercâmbio na Europa, Igor estudou no Canadá...

E só então eu me tocava: mesmo Vinícius, que esteve preso no mesmo colégio que eu, na mesma garagem atulhada de quinquilharias, colecionando objetos inúteis em um quarto pequeno... Mesmo ele havia morado um ano em Buenos Aires e sobrevivido sozinho.

— A propósito, como foi mesmo que vocês se conheceram? — Guto levantou para reabastecer o próprio copo.

Vinícius e eu nos entreolhamos.

— A pergunta certa é como a gente se reencontrou — dei um belo gole na cerveja, e prossegui. — A gente se conheceu no colégio. Depois passamos no vestibular, perdemos o contato. Como geralmente acontece. Aí, mais ou menos um mês atrás, nos encontramos por acaso, no shopping. Veio aquela coisa toda: e então... como você está, o que anda fazendo. Aí fui falar: Bem, estou terminando a universidade, demorei a me formar... tudo por causa do projeto de conclusão de curso... claro que perguntei: E quanto a você? Ele disse: Também atrasado, me falta entregar o projeto. E já foi acrescentando: Mas no *meu caso* foi por um bom motivo! Vejam vocês a prepotência. Ora, quer dizer que o meu não teve um bom motivo? Começamos uma discussão que durou do shopping até a minha casa. Como não encerramos a discussão, estamos brigando até agora.

— Ah, claro — disse Guto. — A velha lenda do projeto de Vinícius.

— Ora. Era um projeto muito bom — defendeu-se e depois ficou quieto. Um suspense proposital que me obrigava a perguntar por que o projeto era uma lenda.

— Eu não queria perder horas a fio em um projeto que não servisse pra nada além de colar o grau. Sugeri um estudo realmente útil para calcular a curvatura de juros praticados pelo Banco Central.

— Oh, não, por favor, faça ele parar.

— Era realmente um projeto muito bom. Mas, ora, deve ter caroço nesse angu, não acham? Por que eles não forneceriam os dados se eram para fins puramente científicos? Vocês esquecem: estão metendo a mão no bolso de vocês todos! De repente, estão fazendo isso há anos e ninguém sabe...

— E lá vamos nós...

— Quer outra dose?

— Ah, obrigada — e entreguei meu copo a Caio, que levantava da cama e ia até o isopor...

— Comecei entrando com um pedido formal da universidade para o banco, que não obteve resposta positiva. Mas eles insistiam nessa coisa de que os dados eram confidenciais.

— Então Vinícius processou o Banco Central...

— O quê? Você pode processá-los por isso?

— Mas que diabos é isso? — Caio disse, vasculhando a porta entreaberta do guarda-roupa.

— Claro que posso processá-los.

Guto foi auxiliar Caio, olhando também lá dentro e explicando:

— Só uma porção de refrigerantes velhos. Que ele acumula aí.

— Tu é um fresco, sabia?

Mas Vinícius não dava ouvidos e seguia com a história:

— Até hoje, apenas duas pessoas processaram o Banco Central na história. A segunda fui eu.

— Ei, ela já conheceu Fausto? — perguntou Igor.

— Ainda não — Vinícius respondeu. Ênfase no "ainda".

E foi Guto quem voltou com dois copos cheios.

— Bem, você não está perdendo nada. — E entregou-me um deles.

Nem Vinícius conteve o riso. Ele se acertou sentando num canto, as atenções voltaram-se para ele, de novo.

— Ele joga cartinhas... Como é mesmo o nome?

— Magic Numbers... — disse Caio, que voltava com a própria dose e sentou-se de volta na cama.

— É, sei lá o que é isso... É tipo um Yu-Gi-Oh, tá ligada?

— Só que consome todo o seu dinheiro — acrescentou Caio.

— Ele foi dizer que o processo era uma "causa ganha" pra Vinícius.

— Mas seria mesmo. Se eu tivesse um bom advogado.

— Ele acreditou em Fausto, meu Deus do Céu! Um jogador de cartinhas que ainda nem terminou o curso de direito. Putz! Um maldito universitário.

— E qual foi o resultado disso, afinal de contas?

— Aí perdi, claro — disse ele abrindo um sorriso tão satisfeito que, por um momento, achei que o objetivo fosse perder mesmo. Ele riu mais, sacudindo os ombros. — Ainda tive que custear todo o processo que tramitou. Mas, calma, calma... tem mais: claro que, sem os dados, eu não fiz o projeto e, consequentemente, ainda reprovei tudo.

Ele contava tudo aquilo com uma alegria debochada. Lá está ele, rindo de tudo, fazendo pouco-caso das próprias mazelas. Eu ouvia, fascinada, aquele relato todo, sempre esperando pela próxima etapa da história.

— E o que você fez?

— Aí aconteceu o que você já sabe: tranquei o curso, fiz a mala e fui morar em albergues na Argentina enquanto treinava ninjútsu.

Mas, sempre que eu me envolvia no assunto, parecia que ele próprio perdia o interesse.

— Falta também ela conhecer Emília...

— Ah, também tem meninas interessadas em subir serra?

— Subir, não. Mas falar sobre o assunto, sim, claro.

— Ela estudou psicologia — explicou Vinícius —, e pra quem estudou psicologia é uma boa andar com a gente, não acha? Melhor que andar com os caras do próprio curso, que vestem camisa do Che Guevara e nunca trabalharam um só dia na vida.

— Ela te rodaria a mão se te ouvisse dizer isso, sabia? — Ele se virou pra mim. — Ela odeia quando tentamos absorver seu conhecimento de psicóloga...

— É... mais ou menos como você se te pedíssemos para desenhar agora...

As pessoas que faltava eu conhecer. Repeti para mim, mentalmente. Então já havia, agora, uma série de etapas para cumprir, e de uma forma que, talvez alta pela bebida, talvez dispersa demais, enredada nos meus pensamentos aleatórios, eu estava entrando para um grupo, uma irmandade, sem que nada tivesse feito para isso. É simples assim?, pensei comigo. Sou agora membro desse grupo?

E eles foram despedindo-se aos poucos por volta das três da madrugada. Logo depois de Caio ter pego no sono no sofá da sala, de modo que apenas eu e Vinícius restávamos no quarto. Ele apagou a luz principal e deixou apenas a luz do computador acesa. Eu havia perdido a conta do quanto tinha bebido. Se escorasse a cabeça na parede, sentia uma tontura que vinha em espirais que me faziam sentir muito liberta.

— O grande problema dos pais — eu disse — é que eles não gostam de ser pais.

Continuei:

— Pais têm nomes que a gente não conhece e que eles escondem. Eles têm autonomia de ensinar, de não ensinar, e ficamos esperando que eles saibam o que fazer com a gente. Mas eles não sabem.

Vinícius olhava atentamente o solilóquio, apertando os olhos. Diferente de mim, nada em sua fisionomia havia mudado. Eu tentava recordar se o tinha visto entornar seus copos, mas não lembrava. Tive a leve suspeita de que ele havia ficado o tempo todo apenas segurando uma mesma e eterna dose. Eu segui falando:

— É, de alguma forma, cruel a maneira como somos jogados ao mundo porque eles nos fazem crer que os temos e não é assim. Pai não é da gente. Não é bom. Eles mimam a gente quando somos crianças. Ficamos fracos. Eles empurram a gente e dizem: te vira que tenho minha própria vida.

— Você está bebendo demais — ele disse — e pelo jeito vai ser uma bêbada depressiva.

— Como assim "vai ser"? É uma sina, por acaso?

— É como se fosse — ele disse, levantando-se para recolher do meu lado o isopor com as latinhas. — As pessoas têm uma quantidade limitada de personalidades a assumir, entende? Tem que ser assim. Assumimos papéis. É como se o álcool te levasse pra uma segunda dimensão. Tem gente que só consegue ser boa-praça e piadista no trabalho, e em casa assume a personalidade de um sujeito carrancudo...

Deslizei um pouco a vista do rosto dele. Na parede havia uma foto emoldurada dele ao lado de uma árvore de Natal, com dois ou três anos, sorrindo ao lado dos presentes coloridos.

— Nessa dimensão você só consegue ser, no máximo, três tipos diferentes de bêbadas — prosseguiu —, ou a porra-louca, ou o tipo boboca, que ri de tudo, ou a depressiva.

Permaneci olhando pra ele por mais alguns minutos depois que ele parou de falar.

— Que foi?

— Minha cabeça tá estalando.
— Está com vontade de vomitar?
— Não. Deve ser a sinusite piorando pelo sereno da rua.
— Deita um pouco aí na cama. Te deixo em casa quando você se sentir melhor.

Eu me arrastei até a cama desviando da pilha de fitas VHS que ele colecionava mesmo não existindo mais videocassete. Mesmo não sabendo se tinha a intenção de assistir àquilo tudo um dia.

— Estou bêbada o bastante pra esquecer essas coisas que você me disse?
— Vai saber.

Então deitei repetindo pra mim: outra dimensão em que eles compensam. Outra dimensão em que eles dominam. Outra dimensão. Cerveja. Não sei beber ainda.

Ele desligou o som e, de novo, cismei que queria um cigarro.
— Mas agora?
— Sua mãe não fuma?
— Érica, sinceramente, se quer fumar, deveria lembrar de comprar os próprios cigarros.

Ele saiu do quarto sem acender a luz, sem tropeçar nos inúmeros obstáculos que ele mesmo plantava. Uma outra dimensão — repensei —, uma dimensão em que a mente se esvazia e poderíamos, afinal, ganhar outros papéis, máscaras e funções.

— Aqui — ele disse abrindo uma janela de luz no quarto e me entregando um maço e isqueiro que tateei habilidosamente, abri, acendi o cigarro e traguei.

Ele deitou-se no chão, ao meu lado. A fumaça reconfortava meu pulmão, o gosto amargo juntado à cerveja. A embriaguez ainda mais forte. Eu esquecia a dor. Aonde ele poderia ter ido?

— Vini...

— Que é?
— E se ele... — Um silêncio piscou no quarto escuro, como uma estrela invisível de ar. — Se ele esquecer de mim? — Fez-se silêncio e eu desesperei pensando como se, só agora, com a frase dita, eu tivesse me dado conta do peso dela. Ele teria dito em um tom de voz desarmado que há muito eu não ouvia.
— Essa machucou.
Mas era uma estrela brilhando no infinito do quarto. A pergunta ecoando. E se ele perder a memória? Mas prossegui.
— Se é assim... se é ele quem não lembra... — E a minha respiração se confundia com a de Vinícius, igualmente tensa. Eu queria não dizer. Tinha medo de continuar a frase. — Então, quem desaparece sou eu.
Ele não respondeu. Ficamos ali calados enquanto crescia meu medo do que podia acontecer.

— Se eu não a conhecesse, teria pena. Ia dizer que ela não vai aguentar o tranco — ouvi falarem na cozinha. Abri os olhos assustada e sem reconhecer o lugar. Uma porta entreaberta e um quarto minúsculo absolutamente abarrotado de porcarias. Fui lembrando, aos poucos, de toda a noite anterior. O gosto do cigarro amargava na boca, uma pressão parecia afundar meu rosto, como se eu tivesse apertado a mandíbula com muita força. Hesitei em levantar como se permanecer na mesma exata posição pudesse evitar que o tempo passasse, que essa força do tempo me levasse adiante. — É sério. É uma batalha assistir a essa menina dormir. Angustiante, eu diria. Ela fica inquieta por horas, com uma respiração tensa que sufoca até os miolos. — Eu reconhecia a voz de Vinícius falando com alguém na sala.
— Ela não me pareceu tão mal... — disse uma voz masculina que eu não conseguia identificar.

Descubro: Se eu me mantiver imóvel, não sinto a dor, só preciso suportar a pressão. Estão falando de mim?

— E como se tudo isso já não fosse foda, você fica naquela, e é claro que não dava para decidir se era melhor acordá-la e dizer "Ei, você está tendo um pesadelo". Como ia dizer isso? Não tinha como ter certeza se ia ser mais dolorido dentro ou fora do pesadelo. Aí já viu. Era assistir a ela sufocar a noite inteira e vigiar para o caso de algo dar errado. A noite inteira nisso.

— Não seria melhor acordar logo a menina? Ela tá aí. Sei lá. Pelo menos saberia que você tá com ela.

Um dos primeiros pensamentos, antes mesmo de pensar onde estava, foi: Agora eu também sumi de casa. Pensei na minha mãe, olhando pela janela basculante, em dúvida se tiraria ou não o carro da garagem. Se trocaria ou não a camisola por calças. Onde ela me procuraria? Percorro com as mãos os bolsos da calça. Puxo devagar o braço, esse mortificado braço com o aparelho nas mãos, aperto uma tecla. Cinco chamadas perdidas. Todas dela. A última, ainda à meia-noite.

— Ora, mas que diferença faria, afinal de contas? Esses anos todos, vira e mexe, ela aparece e... ela pensa que não sei, mas ela vem quando a pessoa que ela procura de verdade não quer ela por perto.

— Ei, calma lá. Forte isso aí. Se ela vem, é porque você aceita que ela venha.

— É. Aceito, aceito. Fico lá, dou uma vigiada enquanto ela dorme. Não me custa nada, afinal. Ela vai virando na cama e trabalho no computador. O dilema é só esse: não sei se devo acordá-la e pronto. Por um lado, vai que ela passa mal numa dormida tensa dessas. Pode se sufocar, aniquilar a si mesma de alguma forma inédita no mundo. Vai que ela precisa mesmo que a acordem. Mas o que eu diria? "Acorde, você está tendo um pesadelo"? Pra quê?!

E, sim, claro que estão falando de mim. Quase concordo. Pra quê? Pra olhar pra ele com ódio e lhe bater, por ter me trazido de volta para essa bosta de mundo?

— O que é que você quer com essa menina, hein?

— Bom, isso não é da sua conta, é?

— Certo. Pelo menos ela não chora... Porque aí, sim, é mais difícil.

— Fato! Eu ia dizer o quê? "Ah, não chora." Pois ela que chore, se quiser, não é mesmo? Não é escolha minha.

Eu escutava tudo parcialmente encolhida. E relembrava: mais um lugar em que ele não estava. Porque talvez ele pudesse estar, sim, em algum daqueles bares decrépitos dos quais tantas vezes tentei arrancá-lo. Eu tinha sonhado e me imaginei, de novo, aproximar daquelas bermudas de algodão, aquela camisa bege, sem mangas, onde se estampava um horizonte, uma linha contínua, vermelha. Vi, novamente, de perto, os pelos crescidos e grossos da barba por fazer. As mãos vermelhas da maresia, o cansaço, a falta de fôlego, a dor.

— Pai, para com isso. Vamos pra casa.

Eu me imaginava chamando-o, mas seus olhos nunca respondiam e já não era possível precisar se isso — essa versão de mim, chamando, implorando, e essa dele, resistindo, completamente bêbado, trocando consoantes — era uma coisa que eu estava imaginando ou se era a recordação vívida de uma cena que havia acontecido de verdade algum dia. Era isso, então, a falha da comunicação? As cervejas todas eram o portal da dimensão que ele habitava.

Vinícius entrou no quarto.

— Está com ressaca?

— Um pouco. Você não?

Percebi que minha voz estava rouca. Um bolo de muco amargo e grosseiro.

— Com o tempo acostuma.
— Então você virou alcoólatra?
— Então você virou santa?

Tentei limpar a fala apertando e soltando a garganta. O gosto amargo do cigarro ainda estava lá.

— Desculpa. — Fui levantando devagar, sentando na cama, contendo, ao respirar fraco, as pontadas de dor na cabeça.

— Não aguento quando você faz esse arzinho de superior.

— Certo. Então não te digo como faz pra passar a dor.

— Só me dê um analgésico. Preciso ir pra casa.

— Você precisa ir ao médico. — Ele abaixou-se para fuçar numa pequena gaveta do criado-mudo ao meu lado. Aquela foi a primeira advertência. Olhei para o outro lado. Não vou nem responder.

— Olha só — ele disse puxando de lá um envelope metálico com um comprimido dentro —, não queria te assustar, mas você gemeu a noite toda enquanto dormia. — Ele estendeu a pílula na mão.

— Sim, ouvi os comentários. Com quem você estava falando de mim pelas costas?

Engulo o analgésico em seco, ele arde passando pela laringe, sinto vontade de tossir e reprimo contraindo a barriga.

— Era só Caio. Não lembra que ele pegou no sono no sofá?

— E como era esse gemido? — observei o relógio de parede. Seis e vinte.

— Bem, basta dizer que ele pensou que estávamos tendo uma noite de sexo selvagem — ele riu. — Limpei sua barra dizendo aquelas coisas. Devia me agradecer.

Aquilo me atingiu como uma injeção de adrenalina. Meu pai costumava gemer à noite. Especialmente quando bebia. Um inferno que perdurou todo o ano anterior.

— Sei, um gemido que também fazia parecer que eu estava com muita dor?

— É... ou isso...

Estou atrasada, pensei.

— ...um ganido de cachorro doente... — ele prosseguiu.

Eu sei. Eu conheço o som. Mas outra parte de mim apenas dizia: Não pense nisso.

— Foi algum pesadelo?

— Não faço a menor ideia. Não lembro de nada. E ele? Já foi?

— Foi agorinha, se você correr, ainda o alcança no caminho.

— Te roubei a cama, não foi?

— Prefiro trabalhar de madrugada. — Ele sentou-se na cama, ao meu lado, olhou de relance, com um certo cansaço, para o computador ligado na mesinha de plástico ali no canto. Um litro de rum, vazio, ao lado do computador. Acompanhei seu olhar. Quis perguntar sobre o trabalho. É educado, gentil, mostra consideração. Mas ele levantou dali, abriu a porta do quarto e disse:

— Melhor você ir agora. Minha mãe levanta daqui a pouco e, se te vir aqui, te obriga a ficar pro café da manhã.

Eu caminhava devagar, evitando olhar pra cima.

O problema era que voltar pra casa era um martírio que começava assim que eu decidia que era hora. Primeiro, ainda na cama de Vinícius pensando: "Ele não vai estar lá." Continuava no caminho, com o sol castigando tudo ao redor enquanto eu me fazia perguntas como: "Por que ele fez isso?" Crescia no meio do caminho com o meu fracasso: "E se eu tivesse exigido menos quando notei aquele cansaço dele?"

Depois, eu decidia que não era tão grande assim minha exigência, e nesse ponto eu era obrigada a parar na esquina. Depois eu lembrava que ele não parecia gostar da máscara de pai sob a qual se escondia. Então, próximo à esquina de casa, eu ganhava a consciência absurda de tudo. O cigarro, a cerveja, o choro, o irmão desaparecido, a orfandade dele, a intensidade, a necessidade, a fuga, os abraços. Forçava os limites da razão e tudo fazia sentido que fosse exatamente como foi. "Era coerente que desse nisso" — eu pensava —, a epifania me fazendo sentir grandiosa, compreensiva e com uma compreensão do mundo superior à do resto dos mortais. Então eu ganhava dele em uma batalha que existia unicamente na minha cabeça. Isso. Eu que estou certa. Eu consigo entender a história dele. Aí eu via a porta da minha casa. Tudo isso ia embora e eu me sentia, de novo, uma criança desprotegida. Enfiava a chave. "Ele não está", eu pensava. Dizendo a mim mesma. Eu abria a porta e era verdade. Tudo era o mesmo.

Não importava. Era hora de contar os dias e assim eu sabia. Faltam apenas sete para voltar ao trabalho.

5 de março, 8h00

— Ele havia fugido muitas vezes — foi o que disse a tia Rosa —, era um menino trabalhoso. Maluvido.

Fiquei esperando que ela continuasse, mas ela apenas olhou, curiosa, para Vinícius e começou a fazer as próprias perguntas. Se eu tinha vindo pelo caminho do rio ou pela ponte, se haviam perguntado por ela.

— Então vocês são só amigos? — perguntava.

— Bons amigos. Mas diga, ele tinha vontade de ser alguma outra coisa? Quando crescesse? Alguma coisa que ele não conseguiu?

— Eu sei lá o que se passava na cabeça do menino. Há de se dizer que era uma cabeça estranha, sabe? Aqui levamos uma vida de pouca escolha. Você veja: o pai dele morreu quando ele tinha dois anos e eram sete meninos na casa dele. A mãe não aguentava. Era menino demais. Aí ele vinha, passava uns meses aqui, uns meses noutro canto. A gente pegava eles por período. Talvez tenha manifestado uma coisa... o que queria ser quando crescesse, mas era difícil de acompanhar.

— Ele gostava daqui?

— Ele gostava do rio. Tomava banho lá. Dizia que queria ser rico — contou a tia Rosa, quase rindo. — Só isso. Aí eu perguntava: ô Aluizinho, e como é que diabo tu vai ficar rico, menino? Ele nem respondia. Acho que não importava mesmo. Ele ia ficar rico e ponto. "E vou fugir daqui", era o que ele falava. Você vê o que eu digo? — dizia ela, estendendo a mão fechada, como quem diz: "Aqui a prova." — Menino trabalhoso. Não aceitava ordem. Ia acabar ficando revoltado. Levou tanta surra grande com essa história de fugir. Era atrevido! Ele estirou a língua pro tio dele, uma vez. Aí ele foi buscar o cinto para ensinar respeito. Quando voltou, encontrou o canto mais limpo. Aluizinho tinha era desaparecido. Pois ele correu rápido até a margem do rio, foi pela margem até a cerca, pulou a cerca e passou a noite inteira em cima de uma árvore. Você acredita? Todo mundo procurando por ele e ele em cima da árvore porque tinha medo de guará. Só veio aparecer no outro dia de manhã. Pronto: disso eu lembro bem! Eu tava bem ali na cozinha, ó. Na frente da porta, sentada, catando meu feijão, e ele apareceu na porta. Eu olhei. Ele vinha chegando todo arranhadinho e sujo. Deu uma pena... Por que já dava pra saber o tamanho da surra que ele ia levar e eu não podia fazer nada. Ele sabia também o que tava guardado, mas olhou pra mim e sem nem levantar a cabeça prometeu isso: ia ficar rico um dia e fugir de vez.

Eu olhava para a tia Rosa sem entender.

— Eu também não sei dizer bem por que danado ele era tão cheio de coisa. Mas era isso. Os outros pequenos diziam que era doidinho. Só ficou bom da cabeça quando cresceu — disse ela. Mas, sobre isso, eu tinha minhas próprias opiniões.

Logo que abri os olhos, mais ou menos ao meio-dia, senti um peso se depositando forte sobre o lado direito e, de imediato, eu já sabia do que se tratava. Mas faz calor — eu argumentava comigo mesma —, ainda é muito cedo para essa doença infernal atacar.

Mas as paredes da casa sabem mais. A umidade está suspensa, ainda que eu não perceba nem consiga ver. O telefone insiste para que eu levante, mas apenas a tosse forte consegue fazer isso. Corro para o banheiro. Cuspir. A secreção é densa, o telefone insiste. A cabeça dói. Analiso melhor e percebo que, junto ao emaranhado, há também um pouco de sangue. Eu me lembrei do que Vinícius advertiu: "Você gemeu a noite inteira." A recordação sendo insistentemente interrompida pelo telefone, pelas pontadas de pressão na cabeça. Mas a chamada parou antes que eu pudesse alcançar o telefone. E não havia o que fazer senão escutar o ganido baixo que meu corpo emitia contra a minha vontade sempre que eu tentava conter a tosse.

— Quem era? — e só então eu reparava que minha mãe estava ali. Como um fantasma, movendo-se silenciosa.

Sempre que ela aparecia eu acabava prendendo o fôlego. A sala se tornava muito apertada.

— Não sei. Não deu tempo.

Dava pra ver, naquele ar, no jeito como franzia os cantos da boca, que ela vinha se perguntando onde eu tinha passado a noite. Aproximou as sobrancelhas uma da outra, deixou a cabeça cair um pouco para o lado. Deu um impulso para a frente, como se viesse inquirir, realmente, onde esteve a noite inteira, chegando de manhã, depois de o seu pai ter feito o que fez, não acha que é uma filha muito ingrata? Eu imaginava ela dizendo tudo isso. Preparava todo o discurso: E o que diabos a senhora acha que estou fazendo senão procurar por ele? Melhor que a senhora, que fica aí, dorme metade do tempo e na outra metade finge que nada está acontecendo, para depois passar a madrugada chorando. Eu ouço. Ouviu bem?

Mas o que ela fez com esse impulso foi olhar para baixo, colocar a mão sobre os olhos e respirar fundo, como que contendo uma coriza. Teria chorado? E tudo o que fez foi assentir com a cabeça. Uma chamada de telefone perdida. Eu não sabia. Não deu tempo. Vestia um robe listrado, tinha os cabelos presos, desarrumados. Ficou só ali, no outro canto da sala. Depositando parte do peso de seu corpo sobre o vidro sujo da porta, os braços dobrados à altura da cintura.

— Vou voltar pro quarto — eu disse por fim, soltando, por não conseguir conter, um acesso fraco e seco de tosse. — É uma daquelas crises...

— Sinusite... rinite...

Eu apenas concordava, sempre e sempre. E, enquanto ela se movia na direção da janela que dava para o jardim, eu fugia dali para os fundos, pelo corredor, conseguindo finalmente chegar ao quarto, fechar a porta atrás de mim, respirar e tossir à vontade.

Minha mãe não queria que o deixássemos lá na clínica. Como se pressentisse alguma tragédia, como se tivesse extraído a ameaça contida nas frases dele. Cismou em voltar atrás desde o momento em que o deixamos só no apartamento da clínica. Caminhamos até o corredor para falar com o médico responsável e ela ficava olhando pra trás, constantemente, procurando a porta do quarto.

— É melhor pra ele, mãe — eu lhe dizia repousando a mão sobre o seu ombro. Mas ela jogou em mim seus grandes olhos, preocupados. Os cabelos estavam amarrados em um coque desajeitado e alguns dos seus fios, bege, lhe caíam no rosto, dando a ela um aspecto de desgaste. Estava tão cansada de lutar com meu pai quanto eu, mas persistia.

— E se ele precisar da gente?

O médico estava lá no pé da escada. Ele olhava pra nós duas desfiando um longo tutorial sobre como seria o tratamento e sobre a importância de estarmos descansadas para o que viria a seguir.

— Vai ser muito estressante. Melhor vocês irem logo pra casa. Vão. Não há nada que possam fazer por ele aqui.

Mas ela continuava olhando pra mim, pedindo, só com os olhos, que ficássemos. Tentando me dizer, sem que o médico ouvisse que havia pressentido algo. Eu sabia o que ela queria dizer.

Era um tipo de mulher que fazia isso com maestria. Comunicava-se sem precisar de palavras. Um leve franzir na testa, um abrir exagerado de olhos, uma tensão no canto da boca... Lembrava o tempo em que eu era criança e, sempre que fazia algo errado, ela olhava de um jeito que, só com aquele olhar, eu sabia. As mães das outras crianças brigavam, se descabelavam para que elas entendessem a gravidade de suas peraltices. A minha só me olhava.

Eu percebi alguns desses olhares misteriosos entre os dois. Ele havia lhe dito algo com o olhar e ela havia respondido; precisava, agora, somente da minha aprovação.

Mas a verdade é que foi com um alívio inconfessável que eu abandonei meu pai com sua dor. Não satisfeita, carreguei comigo todo o resto da família. Cheia de bons motivos, boas intenções, amparada pelo discurso de um médico. Vai ser melhor pra gente, eu disse. E quando entramos no carro ela respondeu, contrafeita:

— A questão não é o que é melhor pra gente. Mas o que é melhor pra ele.

Qualquer um teria acusado de frieza.

— A gente volta amanhã no horário de visita — respondi.

Lembrando disso, minha tosse desponta. Sai do pulmão até perto da garganta. Reprimo, pois escuto os passos dela saindo, atravessando o corredor. São passos vagarosos, mas podem ser ouvidos através das paredes do meu quarto. A rachadura no reboco parecia maior agora. A casa se abre. Vai revelar os segredos todos. Os passos dela, dos seus chinelos arrastados contra o chão, se tornam mais altos. Que venha me perguntar por que essa tosse, por que as coisas são como são, por que meu pai foi embora, por que não ficamos lá pelo menos naquela noite. Ora, mãe, porque o médico disse!

— Não há o que se possa fazer aqui. Agora é ir pra casa e esperar pelas notícias.

Mas ela passou direto em direção ao próprio quarto.

Depois vieram os hospitais, delegacias, papéis e papéis.

— Vá pra casa! — continuaram mandando.

Então foi o que fiz. Vim pra casa. Restava esperá-lo voltar e ficar ali no quarto com a agonia no rosto, a dor de um vácuo nos espaços do crânio, uma arcada dentária inteira latejando. Escrevo: Pai, eu sei que eu deveria estar lá. Eu sei que não deveria ter desistido do senhor. Foi, então, por vingança que o senhor desistiu da gente? Olha só. Não quero te preocupar, mas estou doente. Não contei antes. Tenho alergia à umidade, eu acho — mas então eu me sentia ridícula. Ele nunca vai saber —, você não pode dizer que não cuidei do senhor, sabia?

Mas as notícias não vieram. Já estávamos agora em maio e, aos poucos, íamos ficando cada vez menos ansiosas quando o telefone chamava. Nos acostumávamos com aquele esquema: a porta que não abria, a campainha que não tocava. Deixei um acesso novo de tosse me tomar. Mas, sempre que eu me permitia, a vontade ia embora.

5 de março, 8h36

Meu pai desapareceu. Eu disse isso à velha. Mas o que ela me respondeu, sem nenhuma surpresa, foi:
— Olhe, ele não deixou nada aqui.
Ela sabia alguma coisa, mas não contava. Tínhamos, cada uma, versões diferentes do mesmo homem. Como duas faces de uma moeda, eram opostas. O homem que ela criou. O homem que criou a mim.

Quando o telefone tocou de novo, foi me despertando de um sono difícil. Logo ao abrir o olho, senti uma estranha dor que já não era mais só no rosto, percorria o corpo inteiro, como sangue. Os ossos doíam. Pus a mão sobre minha própria testa. Eu estava com febre, embora não conseguisse sentir a temperatura.
O telefone insistia. Sem pressa, fui caminhando devagar, de novo, até a sala. Encontrei, lá fora, o dia claro. A luz do meio-dia iluminando o interior da casa doía nos olhos.
— O senhor Aluízio Valentim, por favor.
Aquela fala faz um alerta se acender em mim. As pessoas continuavam ligando pra lá procurando por ele. Ainda é aqui a casa dele, afinal. Isso devolve o senso prático por baixo de camadas de febre, dor e desconfortos. Que há outros, não apenas eu, procurando-o. Fico encabulada de dizer toda a verdade.

— Ele não está — é a minha resposta.
— É sobre o resultado dos exames médicos.
— O que têm eles?
— Ele vai ter que refazer.

Claro que eu quero dizer que não é possível, mas não posso. Não passa na garganta.

— Por quê? Algum problema sério? Sou filha dele. Pode dizer.
— Como a senhora se chama?

Ela tem uma história sobre o meu pai. Garante que ele esteve lá. Que se pôs a fazer um teste e o enganou.

— Seu pai enganou o teste. Pedimos que ele fizesse jejum e ele não fez. Deu erro.
— Pode ter sido outra coisa.
— Como o quê?
— Pode ter sido o cigarro.
— Ele marcou "não fumante" na ficha.

Meu pai enganava os laboratórios. Não permitia que o vissem por dentro. Ao enganá-los, percebo que, afinal, não somos assim tão diferentes.

Um último gesto de curiosidade.

— E vocês deixaram um horário reservado para ele?
— Sim.
— Posso fazer o exame no lugar dele?

A verdade é que a gente está muito bem antes de ir ao médico. Mas, quando vai, num instante eles acham doença. Era o que meu pai dizia.

Fantasio: meu pai, em sua admiração pelos médicos, talvez acreditasse que eles tivessem uma relação sagrada com vida e morte. Como comensais. Intermediários, marcando em seus relógios a hora que consta na certidão de nascimento e na de óbito.

— Se eu tivesse a sua juventude, minha filha, iria estudar pra fazer medicina. Iria ser médico.

Ouço o ronco de um motor de carro estacionar em frente à minha casa. O som seco e contínuo de um freio de mão. Sei pelo som que é a minha mãe. Pelo jeito rápido como ela o puxa, sem hesitar. Escuto o portão principal se abrir.

Ele enganava médicos, laboratórios, hospitais... com um respeito quase solene. Enganava porque sabia que estar vivo tem suas condições. E a sede dele era grande.

— Quem era? — perguntou minha mãe entrando na sala e me encontrando ainda com o fone nas mãos. Usava jeans, camiseta e grandes óculos escuros. A bolsa pendurada nos ombros, uma pasta de papéis nas mãos.

— O laboratório. — Vacilei por uns instantes, mas prossegui. — Marquei uns exames e eles ligaram para confirmar.

— Por causa da crise?

Procuro o chão com os olhos.

— Sim, por causa da crise.

— Entendo — ela fez menção de seguir entrando em casa, mas ao dar dois passos eu a detive.

— Mãe? Acho que vou alugar o ateliê.

Foi só então que tirou os óculos escuros e percebi que ela estava chorando. Vi os olhos dela cheios. Aquilo pareceu raiva e não sabia bem do quê. Se de mim, por insistir nessa história de ateliê depois de tudo o que aquilo tinha causado. Foi aí que se deixou cair no sofá e desta vez não tive como evitar seu choro histérico. Ainda insistindo em não conversar qualquer coisa, perguntei o que tinha. Ela só disse uma palavra, e nem foi pra mim, mas pra si mesma: chamava por Aluízio.

Eu não devia ter nem sete anos da primeira vez que vi meu pai chorar. Eu havia acordado cedo, como sempre, mas percebi que algo estava diferente na casa. Esfreguei os olhos, fui até o terraço e percebi que a porta de vidro que dava para a garagem estava entreaberta. Caminhei naquela direção como se fosse desvendar um mistério e descobri que meu pai estava lá sentado, fumando em silêncio. A cadeira em que ele estava ficava esprimida entre a parede e o carro, um Corcel 73, verde metálico, que ele havia batido na semana anterior — ele olhava fixamente o farol dilacerado —, meu pai estava chorando.

— Pai?

Eu me aproximei e ele não se incomodou comigo. Sentei ao seu lado. Acompanhei o seu olhar, bruto, sobre o amassado na dianteira.

— Foi um estrago grande, não foi?

— Foi, sim.

— O senhor tinha bebido?

— Tinha, minha filha...

— Por que acordou tão cedo?

— Foi um sonho ruim.

— Ah...

Eu sentia uma espécie de calafrio, uma emoção. Parecia uma aventura estar ali, sentada ao lado do meu pai. Sensação ampliada por aquele silêncio típico das manhãs de domingo com todos dormindo na casa, o ar saturado de oxigênio fresco. Era como se estivesse vivendo dentro de um filme. Fiquei calada, com medo que qualquer coisa partisse aquela cena e o tirasse dali.

— Seu tio João esteve aqui?

— Não. Ainda bem.

Foi o suficiente. Minha tentativa foi a de criar um elo. Responder apenas "não" não daria continuidade à conversa. E eu queria prolongar o momento. Mas o que houve foi o seguinte: ele me olhou horrorizado e percebi seus olhos vermelhos.

— Não diga isso, minha filha. É irmão do seu pai. Ele ama você. Você não gosta do seu tio?

Algo me espremeu e me arrependi, na hora, de ter dito aquilo. Por que eu disse uma coisa daquelas se nem sequer era o que eu pensava de verdade? Fiquei contrariada.

— Gosto — respondi —, era brincadeira.

Mas dizer que era brincadeira não funcionava mais. Fiquei inquieta, encarei o amassado do carro batido. Indecisa se ia ou não ia embora. A verdade era que eu gostava, sim, do tio João. E a culpa me fazia gostar dele ainda mais. Gosto muito, muito, muito do tio João. É sério.

— Ele me trouxe lápis de cor uma vez.

— Seu tio João?

Afirmei com a cabeça. Com toda a ênfase que podia.

— Não. Acho que você deve estar confundindo. Tio João não tem dinheiro pra lápis de cor.

— Ele trouxe. Eu juro.

— Avise se ele vier.

Ele fez menção de levantar para ir embora e foi quando me ocorreu, numa janela de pensamento:

— O senhor tem que contar o sonho, sabia? — Ele deteve-se por um instante, olhou pra mim. — Se você contar, não se realiza.

Mas ele já estava levantando. Parou olhando a rua pelas brechas da grade.

— Sonhei que ele morria.

Eu não suspeitava, ainda, que meus pais eram tão indefesos. Subi na cadeira, fiquei da altura dele e, passando a mão pelo rosto molhado, beijei sua bochecha.

Mas os sonhos do meu pai tinham algo de premonitório. Tio João não apareceu na nossa casa naquele dia, nem nos próximos. Alguém deu a notícia de que ele estava num bar quando resolveu pegar uma carona com um caminhoneiro. Ia para o Paraguai, diziam, e arranjaria emprego por lá. E não se ouviu mais falar nele. João Valentim. Desaparecido.

Era só um entra e sai de outros tios na minha casa. Em meio àqueles adultos, reconheci minha prima.

— Isso é por causa do seu pai? — perguntei a ela.

— É. Estão decidindo onde eu vou morar.

— E quando seu pai voltar?

— Ah. Ele vai saber que estou com a tia. Ele sabe onde a tia mora.

Quando todos foram embora, fui atrás do meu pai.

— Minha prima vai embora sem o pai dela?

— É — ele disse —, mas uma hora ele volta e busca ela. — Saí do quarto constrangida.

Minha mãe foi se acalmando no sofá. O choro raivoso foi dando lugar a uma tristeza genuína. Ela olhou para a quina da mesinha de centro, com um ar perdido. Comentou que havia falado com a família do meu pai por telefone, e eles viriam passar o feriado conosco. Na certa iam querer detalhes, como foi que tudo aconteceu. Como ele estava. Como ele pareceu da última vez que o vimos.

— Eles devem achar que eu não administrei certo a situação, que não soube lidar com essa coisa da família deles...
Eu faço que sim com a cabeça, mas pergunto outra coisa.
— Mãe. A senhora lembra da filha do tio João?
— Mariana?
— Que houve com ela? Não me lembro de ter visto no interior. Foi uma das poucas que não estavam lá.
— Ah, ela não tem mais cidade certa de ficar, pelo que soube. Talvez nem saiba do que houve com seu pai.
Eu lhe falei da febre, que precisava ir tomar um banho, que estava mal. Ela apenas assentiu com a cabeça, sem mover-se dali. Eu caminhei de volta ao corredor: Como eu havia esquecido isso? Minha prima foi a primeira da nossa geração. Entre mim e meus primos todos. Era uma sina. Eu lembrei dela e entendi que éramos todos herdeiros do mesmo destino. Lembrei que a havia encontrado quando estávamos, então, cada uma com quinze anos e ela ainda falava do pai. Dez anos depois de ele a ter abandonado.
— Ele está vivo — me disse sentada em seu quarto minúsculo e desprovido de qualquer supérfluo —, ele foi juntar dinheiro e vai voltar pra me buscar.
Ela havia ficado condenada a esperar por um salvador. Estaria agora com vinte e cinco anos e talvez já não quisesse mais ser encontrada. Não quisesse mais ser encontrável. Não tem mais lugar certo pra ficar. Talvez fosse um jeito de não ficar na espera cansativa que, agora, reconhecia como estéril.
Entrei debaixo do chuveiro atônita. O tio do meu pai havia desaparecido, o irmão do meu pai havia desaparecido, o pai do meu pai morreu sem deixar rastros, documento, foto... nada em parte alguma. Por trás da ausência do meu pai não havia árvore genealógica, mas uma imensa linhagem de vácuos. Um homem sem antepassados, sem origem. Era uma linhagem de pessoas que sumiam do nada, como se nem tivessem existido.

Como eu poderia seguir o rastro de um homem cujas pegadas se apagavam na delicada linha do tempo?

Eu queria voltar ao ponto no qual o deixei sozinho e dizer-lhe: São laços delicados, pai. Rompem e ficam irrecuperáveis do dia pra noite. Nosso abandono precede nosso encontro. Vem tudo de antes, muito antes, de nós dois.

Ao sair do banheiro ela ainda estava sentada no mesmo ponto do sofá.

— Eles chegam nesta semana — ela disse —, tem todas aquelas coisas por resolver. Você e seu irmão deveriam sair do quarto um pouco. Eles vão ficar preocupados.

E enquanto eu caminhava na direção dela, com os cabelos molhados, enrolada em um roupão atoalhado, vi uma fatura de água sobre a mesa. Olhei direto para o valor cobrado. Apesar da interdição do ateliê, a conta continuava alta.

— Não entendo! — falei pra mim mesma, ali no meio da sala com o som incomumente alto da minha voz, e minha mãe voltou-se para mim de novo. Lancei pra ela o mesmo olhar que ela me lançou naquele dia. Estendi os braços, incrédula, para o vento. Balancei a cabeça. Não entendo. Olhei de novo o papel e percebi que uma gota o havia molhado. Suspeitei ter chorado, sem querer, mas era só a chuva que chegava forte e entrava pelas janelas. Não dissemos nada. Corremos para fechar as cortinas e dissipar o momento.

— Eles estão mesmo vindo? — perguntei assim que fechei a última delas, e ela apenas balançou a cabeça assentindo.

— A conta não baixou — eu disse a Vinícius por telefone. — Fechamos a água do ateliê, você disse que viria baixa neste mês.

— Ora, e a culpa é minha, por acaso? Por que não chamou um profissional?

— Pensei que você soubesse o que estava fazendo.

— Eu lhe pareço um super-homem? Não sou mágico. Não sei de tudo.

— Eu sei. É que não tenho dinheiro pro especialista — eu disse. — Além do mais, estou doente, ora, mal consigo sair da cama.

— Érica, sinceramente, acho que você devia era parar com isso. Você não está doente coisa nenhuma.

— Não é isso que você pensa. É sério. Tive febre. Aquela rinite. A alergia que ataca quando o tempo muda.

— E por que não vai ao médico?

— Porque já sei o que ele vai dizer.

— Claro. Você sabe tudo.

— Não comece. Se não acredita, por que não vem aqui ver? Estou doente de verdade — e interrompi a fala com um acesso de tosse.

— Vá ao médico.

— Não tem cura. — E a frase ecoou na minha cabeça. Não consegui ouvir mais nada. Só olhar para o calendário e descobrir que eu tinha marcado para aquele mesmo dia o exame. — É crônico. Vem da umidade.

— Pense bem — ele disse —, não está tão úmido assim.

O lugar está cheio e não há nenhuma cadeira a mais na qual eu possa esperar. Aquele mesmo ar impessoal que há nos hospitais pode estender-se à maior parte dos laboratórios. Uma falta cruel de objetos. Mármore, ar-condicionado, cafezinho e cadeiras acolchoadas fixadas umas às outras. Encaminho-me à recepcionista.

— Meu nome é Érica Valentim. Tenho um exame marcado.

Ela consulta o computador. Sem dar-se ao trabalho de me olhar.

— Citológico do escarro? — Ela veste um terninho igual ao de todas as outras recepcionistas. Verde-musgo. Crepe barato. Não respondo, mas permaneço ali de pé e ela se vê obrigada a me olhar por cima dos óculos sem aros, forçando a resposta.

— Isso mesmo.

— Aguarde só um instante. Já te chamamos.

— Não tem onde sentar.

Ela olha por cima do meu ombro e descobre o ambiente lotado.

— Bom... — ela levanta um dos ombros num gesto de desculpa — não vai demorar.

Me escoro em uma parede texturizada. Todas as recepções têm uma dessas hoje em dia. Uma dessas e uma grande tela em tinta acrílica com uma pintura abstrata. Penso: eu faria cinquenta dessas, em minutos. Vejo só de olhar que aquilo combina também com laboratórios e hospitais. Uma ausência monstruosa de tudo: de expressividade, de reação... Tudo ali feito para parecer nada. Algum pintor talvez faça pinturas dessas em série e venda todas elas em seminários médicos. Eu poderia ganhar uma boa grana fazendo coisas assim. Encaro meus próprios pés. Sapatos de salto. Fico confusa. Nunca usava sapatos de salto e sentia que até ficar parada era incerto sobre eles. No fundo eu queria continuar usando os coturnos de sempre, mas ficava, ao mesmo tempo, me perguntando se ainda teria coragem de calçá-los. A fase dos coturnos já deveria ter passado.

— Érica Valentim? — ouço chamarem. De súbito, o coração acelera. Respiro fundo para acompanhar o ritmo, mas não dou conta. — Érica? — Não consigo responder. Estou ocupada lidando com o corpo. — Érica?

— Não consigo respirar — eu digo. O ar começa a falhar. Quanto mais eu sugava, mais me parecia estranho. A garganta rejeitava, reagia, eu era acometida por acessos de tosse e numa cadeia de falhas. As pessoas voltam-se pra mim. Concentro-me em puxar ar, mas é como respirar areia, e a tosse expulsava o ar. A cabeça dói, a barriga dói. E o tumulto vai transformando o cenário ao meu redor, a tosse aumentando mais e mais, as coisas escurecendo.

— Você teve uma crise de pânico — disse a enfermeira. — Nada de mais, mas é bom repousar.
— E o exame?
— Tivemos que lhe dar uma medicação por conta da crise. Isso inviabiliza o exame. Mas você pode remarcá-lo.

Saí calada. Não falei com a recepcionista. Não remarquei nada. Crise de pânico. Pensei. Caminhei devagar até em casa, e já não fazia ruídos. Era insustentável! Eu gostaria de dizer pra ele. Alguma coisa precisa acontecer e rápido.

Até que, finalmente, aconteceu. Era noite e não havia luz na sala quando eu revirava no computador em busca de preços de passagens de ônibus quando a campainha tocou.
— Alguém pode atender à porta? — perguntei. — Estou no computador, tentando salvar arquivos antes que a bateria acabe.

Mas ninguém respondeu. Na sala escura eu ouvia os milhares de parentes recém-chegados, na cozinha, discutindo acirradamente sobre alguma coisa que eu não conseguia precisar. Esperei que alguém atendesse o interfone, mas o que eu ouvia eram alegações distantes de minha mãe, meu irmão, os tios todos... "É por ali", eles diziam. "Não. Tenho certeza que era na outra direção." Mas tentava não desgrudar os olhos da tela de computador à minha frente, que, por acaso, era também a única fonte de luz próxima.

A campainha toca novamente.
— Vocês estão junto do interfone. Ninguém vai atender?
Mas a discussão permanecia. Como se não ouvissem nem a mim nem à campainha.
— Pessoal — disse, tentando erguer mais a voz. — Tem alguém chamando lá fora e o interfone é aí na cozinha! — gritei, mas nenhuma resposta veio, o amontoado de vozes de tias, tios, meu irmão continuava a dizer coisas incompreensíveis.
Triiiiiiim.
Levantei, irritada.
— Já vai! — gritei, tentando erguer a voz o máximo possível para ser ouvida da calçada. Talvez assim encerrasse a briga deles. Fui caminhando na direção do terraço. A sala ganhava uma luminosidade azulada por conta da tela do notebook. Ouvi a voz da minha mãe. "Ali embaixo! Vai tateando", e nesse momento desisti de esperar que me ouvissem. Melhor abrir isso de uma vez. Só quando cheguei no terraço, percebi que a luz ali também estava apagada.
— Quem é? — gritei já abrindo o primeiro portão de ferro. A falta de iluminação me fazia apertar os olhos para enxergar alguma coisa perto do grande portão de madeira.
Mas não houve resposta. A campainha soou mais uma vez, apenas. *Triiiiiim.* Cheguei ao jardim e recebi uma brisa gelada no rosto, que me arrepiou enquanto eu ia me aproximando do portão. A fonte maior de luz era o céu, a lua cheia.
— Quem é? — Parei atrás do portão de ferro, hesitando em abri-lo. Havia algo errado. Por um momento me arrependi de não ter entrado na cozinha para usar o interfone. Notei que não era só na minha casa, o quarteirão inteiro estava escuro e, por mais que a campainha tocasse, ninguém respondia do lado de fora. Entendi também, no mesmo momento, o motivo da discussão na cozinha: querem encontrar uma caixa de velas. Me aproximo

mais da porta, aperto os olhos para enxergar na noite escura. Foi quando ele colocou a mão na parte de cima do portão e, de imediato, reconheci aqueles dedos.

Eram dedos quadrados com unhas curtas e arroxeadas. E não podia ser. Chego mais perto para comprovar. Uma sensação confusa me invade. Mas era exatamente o que eu estava suspeitando: esperando que alguém abrisse a porta, lá estava meu pai.

— Pai? — pergunto, ainda esperando uma confirmação sonora, mas agora que estou perto, escuto também sua respiração arfante. Inconfundível. — Pai!

Destravei os portões, rapidamente. Uma sensação elétrica me percorre o corpo quando abro a porta. Não era engano dessa vez. Era ele mesmo ali na calçada. Eu reconheceria aquela mão e aqueles sons em qualquer lugar.

Mas ele, mesmo, nada disse. Logo que abri, o que senti de verdade foi um forte cheiro de sargaço vindo do seu corpo. Ele estava esbaforido. Na calçada, apoiava-se com as mãos nos joelhos para aliviar o peso do corpo, arfando muito. Uma postura que me impedia de abraçá-lo, mas não de sorrir.

— Tem noção do quanto a gente procurou? Do quanto eu procurei pelo senhor? — Ele voltou a cabeça para cima, me encarando, de boca aberta. Abracei-o com toda a força e com todo o alívio.

— Espere... — ele disse — ...deixe eu... respirar.

— O que foi? O senhor está bem?

Notei que ele estava molhado da cabeça aos pés. Pingava, e o cheiro de sargaço piorava.

— Tive que vir nadando — ele disse.

— Nadando?

— É. Nadando. É longe... quase não conseguia... mas consegui. Tá vendo? Quase afogo... Ave Maria... muito ruim.

Ele se pôs ereto, finalmente, e foi entrando. Mas aquilo me deixava desconfiada. Um misto de preocupação com o cansaço dele, de saudade, de carinho e de dúvidas. Tudo junto. Entrei atrás, sem saber o que dizer, sem tirar os olhos dele, que já ia casa adentro, pela passarela do jardim sob a luz do céu.

— E veio correndo da praia até aqui? — perguntei enquanto fechava o portão, olhando para o trinco e para ele, alternadamente. Não queria perdê-lo de vista. Ouvi as vozes e lembrei dos parentes da cozinha. Precisava avisar a ele.

— Foi. Quase não consigo. Cadê os outros? — disse ele, com dificuldade.

Só que eu fiquei cabreira. Ele já estava no terraço, corri para alcançá-lo. Procurei olhar melhor seus olhos, tentei detectar cheiros. Será que ele estava bebendo?

— Mas... pai, o senhor não estava no mar... o senhor estava morto... — ouço as vozes na cozinha mais uma vez. "Aqui! Aqui está a vela!"

Ele retrucou, ofendidíssimo.

— Mas que bobagem. Quem veio contar pra você essa mentira? Vamos, me diga. Onde estão os outros? — insistiu ele.

— Era mentira?

— Claro que era. Veja como estou aqui. Mas foi por pouco — e arfava —, fiquei nadando. Não morri.

Aquilo me enchia de esperança.

— E quem estava, então, no caixão?

— Caixão?

— Sim. No caixão. Nós viajamos até o sertão, velamos o corpo, enterramos lá no cemitério. Sua família estava quase toda lá. Quem era o homem no caixão, então?

Só que, à medida que eu falava e olhava ao redor, percebi que algo estava terrivelmente errado naquilo. Subitamente, meus olhos se encheram de lágrimas. Ele não tinha resposta. Ficou olhando para os lados como se tentasse inventar uma história. Percebi que ele estava mentindo. E aquilo me machucava de uma maneira que era quase física.

— Espere... — ele disse, tentando ganhar tempo, e tentando encontrar fôlego.

Mas meus olhos apenas se enchiam mais e mais, encarando-o sem coragem de responder, minha boca também foi se contorcendo. Ele se deteve, deu um passo em minha direção.

— Não, minha filha — ele disse, querendo interromper meu pensamento. — Eu sei o que você está pensando. Não é nada disso...

Só que eu não conseguia me conter. Lá estava ele. Arfante. Pingando de água, molhando todo o terraço, deixando o rastro de água. Como interrompê-lo?

— Não é assim, meu anjo. Olhe, deixe eu explicar... — Mas a vela já estava sendo acesa na cozinha, atrás de mim, e eu continuava muda e balançando a cabeça pra ele em um gesto de negação. — Espere! — ele insistia, começando a perder a paciência, enquanto eu me distanciava dando passos pra trás, sem querer lhe dar ouvidos, mas sem querer tirar os olhos dele. Ele não se movia. — Espere! — gritou.

Mas, depois do grito, o fôlego acabou. Paramos calados. Ele, arfando, foi retomando a calma e cedendo. Apoiou-se com as mãos nos joelhos de novo. Então olhou pra mim.

— O que está acontecendo? — ele perguntou, finalmente. Como se tivesse medo. Mas minhas lágrimas já embaçavam a visão dele, no escuro.

Eu não disse nada. Só balancei a cabeça negativamente, chorando, do mesmo jeito que minha mãe fez quando de dentro da UTI recebeu a notícia do médico, e, como que por contágio, sem precisar ouvir com todas as letras, ele começou a lacrimejar também. Eu continuei dando passos pra trás. Ele olhou a vela por trás de mim, por cima do meu ombro, e baixou a cabeça.

Seus ombros também pareciam cair. Ele se ergueu ereto, mas com os ombros caídos, olhou para aquele chão, dando-se conta de que havia molhado tudo, sem perceber. Apertou os lábios num choro real e olhou pra mim, de novo.

— Diga pra mim que não é verdade — me pediu, com a voz calma, humilde, derrotada.

Chorei mais. Tive tanta pena! Então, com toda a paciência, e balançando a cabeça num gesto de compreensão, lhe perguntei:

— Pai, pense bem. Se está faltando energia, como foi que a campainha tocou?

Ele olhou para trás. Para o rastro de água que havia ficado enquanto ele dava passos despercebidos. Derrotado. Lançou-me um último olhar triste, e, embora seu corpo não se movesse, sua silhueta era sugada cada vez mais para o escuro, onde eu não podia ver, até desaparecer completamente.

Acordei imersa em suor, e chorando, desesperada, liguei pra Vinícius.

— É nas paredes! — eu disse, assim que ele atendeu.

— Hã? Érica?

— É nas paredes. Eu já sei.

— Você sabe que passa das quatro da manhã?

— Será que você não está me escutando?

Eu sentia meu próprio fôlego faltar.

— Hein? Espera. Deixa eu tentar assimilar. O que têm as paredes?

— O vazamento.

— Que vazamento?

— A água que estava vazando. Estávamos errados. É dentro! Infiltrado.

— Será que você podia falar essas coisas com calma?

— O vazamento que procurávamos na minha casa. Lembra? Estou sufocando com ele.
— Por que está acordada a esta hora?
— A sinusite, a conta de água, a umidade. É isso! A água vaza por dentro das paredes. Por isso está rachando.
— E por que você me diz isso a essa hora da madrugada?
— Estou sufocando aqui. Será que você pode me encontrar? Tive um sonho horrível.

Nos encontramos na lanchonete de um supermercado vinte e quatro horas a cinco quadras de minha casa. Eu cheguei antes e esperei intermináveis vinte minutos até que ele chegasse. Já estava chorando muito desde o momento que desliguei o telefone, então sentia o rosto inchado, a coriza e a dor de cabeça em um grau que beirava o insuportável, quando ele chegou.
— O que houve?
— Não conseguia ficar em casa. Tive um sonho horrível. Foi absolutamente surreal e, de repente, fez todo o sentido. Eu sabia. A água está vazando por dentro das paredes e essa sinusite não vai melhorar naquela casa. Eu estava em pânico. Você estava dormindo?
— Não. Estava elaborando o projeto... Trabalho melhor de madrugada.
Ele abriu uma das *long necks* que estavam sobre a mesa dentro de uma sacolinha plástica.
— E o que era esse sonho? O que ele tinha de tão grave?
— No sonho, meu pai estava morto.
Ele interrompeu o gole na cerveja, levantou uma única sobrancelha e olhou para mim com uma expressão de estranheza.
— Sim, mas essa parte não é sonho. Ele morreu mesmo. Eu sei que é difícil, mas...

— Ora, não fale isso pra mim como se eu fosse uma doente mental. Eu sei que ele morreu. Mas no sonho era diferente.

— Bom... as coisas vão melhorar. Você pretendia beber sozinha essas quatro cervejas?

— Você não entendeu — eu digo, mas ele insiste, olhando na direção dos corredores desertos do supermercado atrás dele.

— Não é comigo que estou preocupada é com a reação dele. Eu fico imaginando como ele vai ficar aborrecidíssimo quando quiser voltar pra casa e não houver mais como. Não há mais um corpo pra isso.

E, como era de esperar, ele voltou a sentar e olhou pra mim daquele jeito.

— Olhe, você não está falando coisa com coisa.

— Preste atenção. Entenda meu ponto de vista, certo?

Ele se escorou, numa postura desleixada, no encosto da cadeira e continuou ouvindo a contragosto.

— Prossiga... — disse, desistindo da cerveja.

— Ele morreu. OK. Sabemos o que fazer: viajar até a cidade dele. Fazer um velório, enterrar, atualizar papéis, fazer inventário de bens, dar destino aos seus pertences. Mas e ele? Eu fico me perguntando. Eu sei que o corpo está lá no cemitério. Numa cidade longe daqui. Mas e o resto dele?

Eu não esperava aquela cara que ele fez. Não sabia, absolutamente, a que tipo de coisa eu estava me referindo. Olhou para os dois lados, como se buscasse uma rota de fuga. Começou a incorporar um discurso que não combinava com ele, empertigou-se todo na cadeira e começou a dizer, com toda delicadeza e meio solene:

— Bem, acho que se você tem uma religião...

— Ah, não — eu disse —, de você, não. Não me venha com esse discurso que fica todo mundo reproduzindo por aí a torto e a direito. Uma alma como nos filmes hollywoodianos, desgrudando do corpo, indo pro céu, ou pra Whoopi Goldberg ou pro raio que o parta. Um lugar melhor. Ele está bem. Pode parar. Não é a isso também que me refiro.

— A que você se refere, então?

— Me refiro... bom. — E me ajeito na cadeira. — Às músicas de que ele gostava, por exemplo... — Mas eu não sabia bem como colocar aquilo na cabeça de outra pessoa. — Como explico? — Eu parava calada, mais uma vez, como se procurasse em algum lugar da mesa a explicação. Até que uma coisa me ocorreu: — Olhe só. Se você, por um acidente, perder um braço. Você deixa de ser você ou se torna *menos* você por causa disso?

— Acho que não.

— Se você tirar um rim, ou tiver que usar só um dos pulmões... você passa a ser *menos* você?

— Claro que não.

— Então. Meu pai perdeu os dois braços, o coração, pulmão. Partes de corpo. As batidas do peito. Uma porção de coisas orgânicas. Isso faz dele menos real?

— Certo. Você quer discutir vida após a morte?

Ele não entendia.

— Você não entende que alguma coisa é preciso fazer?

— Que tipo de coisa?

Eu cogitei espiritismo, orações, mesa branca, eu pensei em todas as formas de contato com os mortos, pensei em cada uma delas por quase um segundo. Cogitei tudo, mas, honestamente, não fazia sentido pra mim. Eu era indubitavelmente contra qualquer religião, misticismo, nem em horóscopo eu acreditava.

Então olhei para a expressão incrédula de Vinícius. Bebi, eu mesma, também um gole de cerveja. Porque era dele que eu precisava. Porque ele sabia que era o único capaz de acompanhar o raciocínio.

— Sabe — eu disse —, se uma estrela explodisse no espaço, seria como uma granada. Tão rápido quanto. Um segundo. Talvez menos para que ela desaparecesse. Um segundo ou menos, mas levaria uns três anos para que, na Terra, percebêssemos isso. Por três anos, aquele ponto ainda estaria ali, brilhando.

— Sim — ele concordou —, dependendo da distância que a estrela está da Terra e levando em conta o tempo que demora pra luz viajar no espaço.

— Ele ficaria arrasado sem a gente — eu digo afinal.

— Érica, vou te dizer... não é isso o que importa agora. Você quer falar em cálculos comigo, então te dou outro conceito: Inércia. E te dou outra situação: O freio foi puxado, mas o carro vinha correndo tanto que leva ainda um tempo para que ele interrompa a trajetória. Pode levar uns cinco segundos inteiros, com as rodas travadas, para que ele pare de ir na direção errada... O que eu me pergunto é para que direção você está indo — ele levantou da mesa. — Vou buscar mais cerveja. Você precisa cair em si.

PARTE II

Um portão branco e um muro de pedras. Toquei o porteiro eletrônico. "Quem é?", alguém pergunta do outro lado.

Isso é ridículo. De que adiantaria me identificar se vocês não me conhecem?

— Meu nome é Érica.
— Horário marcado?
— Isso.
— Com quem?
— Elisa.

Um barulho na porta.

— Pode empurrar — diz a voz no interfone. Empurro a porta.

Há um imenso jardim com cadeiras brancas. Semelhantes a bancos de praça. *Art nouveau*. Cruzo por ele e desvio dos rostos. Não sou como eles, penso comigo, não tenho nada.

Passando pelos jardins e a antessala, chega-se à recepção. Uma mulher de meia-idade com terninho cinza e cabelos crespos, mas alisados, curva o pescoço e abre um sorrisinho convalescente.

— Doutora Elisa, não é? — não é preciso muito para decifrar o feitio daquele sorriso. É um centro de psicologia. Ela deve achar que todos ali são depressivos, traumatizados... que talvez eu carregasse comigo lâminas de aço para o caso de querer me matar a qualquer minuto. Olhe aqui — eu teria dito —, não sou como os seus malucos. Mas é claro: minha camiseta desbotada, meus cabelos molhados, minha calça respingada de uma tinta indelével deporiam contra isso. Cleptomaníacos, depressivos, frustrados, compulsivos... não sou uma dessas pessoas. Foi só uma coisa que me aconteceu.

— Pode aguardar ali.

Eu observava as pessoas. Uma maioria maciça de mulheres e crianças e crianças com mulheres. Um único rapaz, que deveria ter mais ou menos a minha idade, parecia acima de qualquer suspeita. Ele vestia bermuda, tênis, camiseta e óculos de armação quadrada... Mas, sobre elas, as mulheres, todas tinham aquele tipo de pele lisa e reluzente, ostentavam bolsas caras, até problemas psicológicos cairiam bem naquela gente... uma delas usava um macacão e, Deus, há quanto tempo eu não via uma pessoa usar macacão? Dava pra adivinhar por aquilo os problemas que as levavam ali: um marido com uma amante, a cobrança dos pais sobre o vestibular, consumismo compulsivo, filhos malcriados.

Por que se dão ao trabalho?, eu pensava comigo. Por que virem aqui se, quando saírem por este muro, a vida continuará problemática? Comprarão mais roupas, guardarão segredos, repetirão: das minhas coisas, cuido eu. E voltam aqui para aprender a lidar com essa vida e, subitamente, estarão mortas. Outras pessoas abrirão aquelas bolsas caras, irão fuçar nas suas gavetas e objetos de uso pessoal, o macacão vai ser doado para caridade ou ficará com aquela prima distante. Certidão de nascimento, de casamento... O baú, com segredos guardados a cadeado, tudo será aberto. A pessoa que aguardava para o almoço continuará aguardando.

Imagino a espera: Um homem que vai olhar mil vezes para o relógio e pensar: "Está atrasada." A pessoa mantém-se esperando; afinal, ela tem problemas psicológicos que já foram motivo de vários outros atrasos. Só que desta vez ele teria uma notícia a dar, um pedido a fazer. Talvez portasse no bolso um anel. Era um pedido de casamento. A raiva aumentará com a passagem dos minutos. Anel e coração em mãos e tudo... numa espera incansável que não terá fim. Ele começará ficando chateado, que é uma falta imensa de consideração não comparecer a um encontro marcado. Depois anunciará entre os amigos, com um pesar imenso: que precisa vender um anel de compromisso nunca usado.

— Érica Valentim?

Levantei do banco. A moça de macacão me olhou e tentei disfarçar tudo o que pensava sobre ela enquanto acompanhava a moça de terninho cinza.

— Segunda porta à esquerda, no fim do corredor.

Era uma sala aconchegante. Meia-luz produzida por luminárias altas. A mulher era jovem. Trinta e poucos, eu diria, com cara de mocinha de novela. Ela sorriu quando entrei. Estava sentada em uma poltrona pequena. Ao seu lado havia um divã; à sua frente, a uma distância segura, outra poltrona.

— Onde eu fico?

— Onde você quiser — respondeu ela. Sua voz tinha um tom amável. Quase maternal. Mas era um teste. É preciso ter cuidado com esses psicólogos. Interpretam tudo. A escolha que eu tomar vai pra minha ficha. Será que há uma ficha ali? Mas que a voz era macia, era preciso dizer. Pareceu uma compressa morna no coração. Quis deitar no divã, de lado, abraçando meus próprios joelhos. Escolhi a poltrona, sentei e cruzei as pernas.

— Então, o que houve?

— Você diz... o motivo de eu estar aqui? Exigências trabalhistas. — Sorri e abanei as mãos como se dissesse "Você sabe como é...", mas ela meneou a cabeça, amigavelmente, como se dissesse: "Não. Não sei como é. Por que você não me conta?"

— Meu chefe disse que eu tinha que fazer uma avaliação para garantir que eu possa voltar a trabalhar. Não falaram isso com você?

— E o que você faz?

— Sou ilustradora. Bom... assistente de ilustradora. Pinto umas coisas por fora. Nada sério. Não é como se eu fosse uma artista ou coisa assim...

— E você estava afastada?

— Estou há um mês. Quase dois.

— Por que motivo?

— Coisas da vida — eu disse, dando de ombros.

— Bom... mas isso depende do que você chama de coisas da vida.

Na verdade, penso comigo, não há uma grande história por trás disso. Não fui vítima de tortura, não vi nenhum revólver, não foi nada extraordinário ou violento, entende? Basicamente, perdi meu pai e fiquei órfã. É recente. Isso é difícil, claro. Eu tinha muito pra resolver. Mas foi só isso. Sem intrigas, sem investigação policial... nem sangue houve. O que me aconteceu foi só isso: cheguei ao hospital um pouco, cinco minutos, atrasada e ele estava morto. Só isso. Acontece todo dia. Acontece direto.

Mas falar isso me dava vontade de chorar. Nada de espetacular. Eu estaria falando toda a verdade. Nem sequer passei pelos apuros traumáticos de ver muita agonia. Eu fui visitá-lo no hospital. Eu tinha feito isso várias vezes. Eu o tinha visitado por motivos mais sérios, antes. Infarto, trombose. Agora era só uma tosse. Só isso.

— Bom, eu fui ao hospital visitar meu pai, que havia se internado há uns dois dias por causa de uma tosse, e, quando cheguei, me disseram: Ele teve uma parada cardíaca. OK. E como ele está agora? E ele estava morto. É claro que eu não esperava por aquilo. Era a semana do carnaval. Meio-dia e dez. Não é como se ele tivesse câncer e todos esperassem por isso. Foi um baque. Mas um baque também é algo bem ordinário, não?

— Não significa que não possa ser violento. Sangrento até... Ele morreu de quê?

— O laudo diz: pneumonia atípica. Faltava-lhe ar... — Mas nisso a coisa toda passou a me sufocar também. — Entenda, eu não sou uma pessoa especialmente problemática. Não posso mais ficar sem trabalhar, entende? Eu realmente não sei o que meu chefe considera tão ruim em estar de luto. Não tenho um problema na cabeça. Tenho um problema ao meu redor.

— E seu chefe não mencionou o motivo de requerer isso pra você?

— Ele só disse que eu estava deixando as pessoas desconfortáveis.

— Então todo o problema veio depois da morte do seu pai?

Não respondi. Eu sabia bem aonde ela queria chegar. Não. As dificuldades vieram antes, muito antes. Eu estava com um plano armado e o plano incluía sair do trabalho. Os planos mudam do dia pra noite com coisas assim. Ela prosseguiu.

— Você disse que havia ficado órfã. Essa palavra geralmente é utilizada quando se refere a alguém que ficou sozinha no mundo. Se refere, também, a crianças ou incapazes.

Mordi o lábio inferior. Como eu poderia dizer que era exatamente isso? Como eu iria explicar que, aos vinte e tantos anos, ainda necessitava de um pai tanto quanto uma criança de sete?

— E você tem um emprego, não é?

Ative-me à primeira questão.

— Acho que a queixa geral sobre mim, na empresa, tem a ver com o fato de eu falar menos que os outros. Mas isso era porque eu vinha considerando a hipótese de largar o trabalho. Ficar por conta própria, sabe? Abrir um ateliê, um estúdio... Sei lá. Ia abrir mão da segurança trabalhista e tudo, mas minha situação mudou, como a senhora pode ver. E quero voltar a trabalhar. Só isso. As pessoas ficavam desconfortáveis porque não sabem distinguir desânimo comum com uma pessoa que simplesmente tem um perfil diferente dos outros publicitários. E, pra quem não sabe lidar com isso, é claro que eu acabava gerando desconforto. Sou mais introspectiva que os outros. Não culpo ninguém por isso.

— Entendo.

O tempo se passava.

— Você acha que não estou apta a voltar ao trabalho mesmo quando eu quero isso? Porque quero bastante. Estou disposta a me adaptar.

Ela apertou o lábio inferior contra o superior e ergueu as sobrancelhas.

— Érica — ela disse olhando para uma pasta ao seu lado. — Você deveria cogitar ter mais sessões...

Saí de lá atravessando o jardim, o rapaz acima de qualquer suspeita era o próximo. Uma só palavra ecoava na minha cabeça: "órfã", relembrei, e então pensei que não importava o que eu sentia, mas o que meu pai sentiria ao saber que eu me declarava assim. Droga. Ele se sentiria péssimo.

2 de março, 14h31

Naquele dia, minha mãe havia entrado aflita dentro de casa.

— Vamos? Ele mandou vir buscar os filhos dele.

Mas é que toda a questão com hospitais já havia ficado repetitiva. De tempos em tempos ele precisava se internar. Alguma dor que exigiria um novo processo cirúrgico e, então, novamente, os médicos lhe fariam as mesmas recomendações: nova dieta, exercícios físicos, parar com a cerveja, com o cigarro. Ele faria isso por uma semana, talvez um mês. Depois comemoraria a vida em uma mesa de bar.

    E eu estava ocupada.

    Havia, ainda, duas novas encomendas para dar conta. A primeira delas, uma borboleta em tinta a óleo. Havia, ainda, uma série de ilustrações encomendadas por um ex-namorado e um painel que poderia ser qualquer coisa, de preferência, abstrato — disse a mulher que havia conhecido na loja de encadernação e que, de tanto encadernar meus desenhos, cismou que eu era confiável para pintar a tela que ficaria em sua sala.

    Não que isso fosse animar meu pai. Ele teria dito para eu parar com essas bobagens o quanto antes.

    — Ele disse que queria que eu levasse vocês — continuou minha mãe.

Levou um mês, apenas, de trabalho executado à surdina para transformar a segunda garagem, nos domínios da casa do meu pai, em um espaço independente. Na última semana, logo quando ele se internou, aproveitei para um último toque: a entrada. E agora a casa dele, que tinha um único e grandioso portão, ostentava uma entrada à parte. Um portão gradeado que dava para um beco vazio e estreito, que perpassava o comprimento de metade da casa e dava em um portão de ferro. Um espaço grande, ventilado e com boa luz para onde eu pretendia mudar, cortando, finalmente, todos os laços com a rotina familiar.

    A casa também é minha — eu estaria pronta a responder —, minha como parte operante dessa família.

    — A casa agora é 50% sua e do seu irmão, 50% da sua mãe — foi o que disse o advogado. E não parava por aí. — O seguro deixa também o valor de 5 mil reais para você, 5 mil para o seu irmão e 50 mil para sua mãe. Além disso, bom, precisamos saber se ele fez seguros dos empréstimos.

Era a primeira visita ao escritório e eu não reconhecia aquele rosto. Era um homem alto, magro, cabelos cortados rente, escuros. Nada. Nada mesmo de marcante para refrescar a imagem dele. O primeiro contato foi lá mesmo, no meio da balbúrdia entre o hospital, a funerária e um monte de papéis.

— E como eu vou saber? — respondi.

— Porque aqui consta como se ele não tivesse feito esse seguro. O que seria uma tolice, ele deve ter comentado isso em família. — Ele olhou para minha mãe ao meu lado, como se esperasse obter dela essa resposta. — Era uma quantia irrisória, mas que cobriria a dívida no caso de a pessoa perder o emprego ou se viesse a falecer...

— Moço — interrompi —, meu pai tinha 48 anos e era funcionário do Governo.

— Bom..

— E ele não deveria estar, exatamente, imaginando que iria morrer do mais absoluto nada.

— Entendo — ele disse, voltando a olhar para os papéis. E prosseguiu: — Então, acho que, com isso, as despesas do empréstimo ficam pra vocês.

— Mas não é justo. Ele era o provedor da casa...

— Já sobre o FGTS... — ele não dava ouvidos — o valor da conta é de aproximadamente...

Dígitos. Ele continuou falando e sua fala foi virando uma espécie de canto gregoriano que embalava minha vista embaçada, varrendo o que havia ao meu redor. As paredes da sala eram pintadas de cinza. A mesa, em mogno, tinha pelo menos doze lugares, mas éramos só quatro pessoas. À cabeceira, ele. Ao seu lado, o gerente do meu pai fazia a cara que todos faziam agora quando nos viam: quebrando o pescoço para o lado e dando, vez por outra, uma balançadinha afirmativa apertando os lábios. Do outro lado, eu e minha mãe que, sem um pingo de maquiagem e vestida de preto, ouvia atentamente, mas sem conter as lágrimas.

A vontade de chorar vinha o tempo inteiro ultimamente, e por um segundo pensei: Meu pai se transformou em dígitos. Espalhado no inventário da casa, no valor do sedã que ficou na garagem, em contas espalhadas no Fundo de Garantia, na minha conta, na conta da minha mãe e do meu irmão. Meu pai se depositaria distribuído em 50% para a esposa, 25% para cada um dos filhos, em parcelas. De vários pontos, em números reais positivos em umas partes, negativos em outras. Meu pai transformou-se em números, como em um tolo espetáculo de mágico amador que não sabia desfazer o truque. Olhei para o advogado querendo dizer-lhe: "Moço." Então ele me olharia atencioso com seus papéis miraculosos e eu pediria: "Não podemos transformar esses números em meu pai, de novo?"

Mas pensar nisso me levava imediatamente à sensação do cheiro dele. Paco Rabanne — pensei. Cem reais um vidro dos pequenos.

"Não preciso do ateliê", eu quis dizer-lhe, "não preciso disso, pai."

— Onde ele está? — deixei escapar a frase, sabendo que transparecia aflição.

— O documento comprovando o pecúlio?

Calei. Era tanto a ser visto. E quando entrei no elevador, depois daquela conversa toda, olhei no espelho. Fixei bem no jeito como meus olhos sempre pareciam tristes. No jeito como a pálpebra caía sobre o globo ocular. Era nesse ponto que eu mais parecia com ele. E eu precisava muito vê-lo.

2 de março, 15h43

Mas não tive coragem de dizer-lhe em momento nenhum, embora tivesse passado todo o caminho até o hospital repetindo mentalmente: "Fiz um ateliê na garagem do lado. Vou mudar para lá." "Fiz um ateliê na garagem do lado. Vou mudar para lá." "Fiz um ateliê na garagem..."

Ele viraria o rosto e me olharia sem compreender nada.

Eu construí. Chamei uns pedreiros e abri umas janelas lá que dão para a rua. Fechei a comunicação do ambiente com o restante da casa. A janela que dava para o quarto do senhor foi cimentada. Além disso, abri um novo portão na entrada, virou um endereço à parte.

— E você me pediu permissão?

— O senhor não autorizaria.

— Mas é óbvio que não.

— Ah, claro. E eu faria o quê, então? Seria para sempre submissa às regras da sua casa? Do meu chefe? Eu precisava dar meus pulos. Não é fácil o trabalho com artes hoje em dia.

— Artes... — ele diria, com desdém — quando você vai, afinal, começar a trabalhar de verdade?

Ele teria dito algo assim, eu imaginava. Eu e minhas besteiras. Eu e minha falta de senso prático. De realidade. Mas ainda era apenas o caminho para o hospital e eu não lhe daria a notícia.

— Ele está louco pra ver vocês — disse minha mãe —, tem algo a dizer, eu acho. Mas não o apressem.

— Eu ainda não contei sobre o ateliê. Devo falar só depois?

Ela desmanchou do rosto o ar esperançoso.

— Ah, mas vocês são tão insensíveis. Seu pai está doente. Será que não pode pensar em carinho?

Não era hora, eu sabia. Era hora só de carinho.

Apenas carinho — repeti para mim mesma, e entrei no quarto, onde, preso à cama, ao soro e ao respirador, ele me esperava. E, dez quilos mais magro, sorriu dando as boas notícias.

— Consegui! — disse logo, com o fôlego falho. — Comi melancia. — E entrecortava a frase, para não tossir. — Uma fatia inteira.

Eu vibrei batendo palmas e enfiando no bolso o desenho que eu trazia, denunciando a planta do lugar.

— Mas que ótimo! — ressaltei e senti, naquele momento, uma ternura irremediável.

Quando o telefone tocou novamente, eu estava jogada em uma das poltronas da sala, olhando, sem conseguir ler, o primeiro aviso de corte da água, mas não fiz nenhum movimento. Aos poucos, o toque do telefone era só mais um chamado de um mundo que permanecia depois que ele se foi. O mundo que parecia, num instante, violento e hostil demais. Eu tinha ímpetos de atender gritando: Ele já foi arrancado de nós. O que vocês querem mais da gente?

Mas eu apenas reunia debilmente todos os farelos de minha força e atendia, torcendo para que o gesto valesse. Supondo, de alguma maneira, que era o que ele gostaria que eu fizesse.

— Érica? — Levei tempo para reconhecer a voz do outro lado da linha. — Você está melhor, minha filha?

— Vou levando...

— Tenha força, viu...

Tias e tios ligavam, agora, o tempo todo. Eu apenas desconversava, chamava minha mãe.

A maior parte das pessoas de luto costuma ressaltar ter feito coisas como começar cursos, hobbies, projetos, porque a pessoa que perderam não gostaria de vê-las tristes. Eu pensava em coisas menores. Que meu pai gostaria que eu atendesse o telefone sempre que ele tocasse, que respondesse coerentemente sempre que falassem comigo, que caminhasse ereta e tentasse não tropeçar desajeitadamente nas irregularidades da calçada, caindo como uma imprestável completa no meio da rua para que rissem de mim.

E me mandaria pagar as contas. O mínimo — ele diria.
— Será que você não pode ser normal? Fazer o mínimo possível para ser normal?

Mas, ah, pai... O senhor não sabe o quanto é difícil.

Então, eu me via de novo acuada em uma briga imaginária na qual ele diria que eu não tinha o direito de falar em dificuldade. Não tinha porque ele não teve nada e mesmo assim fez uma casa própria em um bairro de classe média, perto da praia, tendo nascido sem dinheiro sequer para um prato decente. No meio do nada, no interior do sertão.

Traguei o cigarro e esperei que o sossego viesse.

— Traga uma cerveja gelada e três copos americanos — Vinícius diz ao garçom. Havia trazido, desta vez, um amigo de ombros estreitos e ossudos que usava óculos, ria de qualquer coisa e cuspia quando falava. Famoso Fausto, eu lhe disse. Ao passo que Fausto sorria e levantava os dois polegares. Uma caricatura de si mesmo que me deixou, imediatamente, à vontade. Já tinha ouvido falar de Fausto, mas de perto ele era ainda mais caricato, assimilando ao mesmo tempo várias das características mais previsíveis: desde uma cabeça precocemente calva, que o fazia repartir de lado os cabelos numa tentativa fracassada de esconder o problema, até um grau inestimável de boa vontade.

— Lembro de você nos corredores da universidade — ele diz. — Não era você que andava com uma prancheta amarela? Acho que participou de umas reuniões do diretório estudantil, não?

Entre todos os novos conhecidos, este era o único que tinha uma versão própria de mim que não parecia construída a partir de imagens do que eu era, quando adolescente, do ponto de vista de Vinícius. Eu não poderia dizer o mesmo sobre ele. O perfil de Fausto, delineado pelos outros do grupo, me obrigava a vê-lo com certa condescendência.

— Ah, sim! — sorri batendo as cinzas. — Mas não me lembro de você.

Eu havia aprendido que este tipo de comentário constrangia as pessoas. Em especial: como explicar a imensa dificuldade dos maus fisionomistas? Como contar que foi assim que comecei a desenhar, para guardar detalhes? A história toda parecia muito longa pra desfiar ali, à primeira vista. Mas ele pareceu ficar orgulhoso do comentário.

— Bom, eu era mais gordo antes — disse com certo ar de falsa modéstia, empertigando-se na cadeira.

— Cento e cinquenta quilos — disse Vinícius. — Mais ou menos isso, não era?

Ele concordou. Olhei novamente. Centrei o olhar em seu queixo pontudo. Sua expressão satisfeita por sua escalada pelo corpo magro que tanto havia sonhado.

— Fiz redução de estômago. Agora só preciso começar a malhar — ele contou, muito orgulhoso sobre cada um dos noventa quilos perdidos, sobre as porções ridículas de comida, servidas em copinhos de café após a cirurgia; mostrou, na mochila, uma série de pílulas, remédios e a grande saga da abstinência alcoólica pós-cirúrgica. Bom, isso explica a calvície, eu pensei.

— E consegue beber cerveja? — eu apontei para copos repousados e suados à mesa. Foi quando notei que o meu já estava novamente cheio daquele líquido dourado em contraste à madeira escura da mesa do bar que reproduzia um cenário rústico e brejeiro artificialmente.

— Muito menos que antes. Agora complemento com cana, que é mais forte mas não ocupa tanto espaço. — Ele parece lembrar que precisa chamar o garçom. Ainda de longe, faz um gesto com o polegar e o indicador que é respondido com uma batida de continência. Ele volta a olhar pra mim e diz: — E eu sempre comia algo, ficava petiscando... Já tomou o caldinho daqui? É uma beleza! Você nunca pediu o caldinho pra ela, Vinícius?

Ele nega com a cabeça. Fausto continua:

— Vou te contar. Não se acostuma fácil a ser magro como vocês. Veja essas caras de fastio. Que merda! Eu falo em caldinho e vocês nem se animam. Esse é o problema. Ainda precisam inventar uma cirurgia no cérebro. Eu só consigo parar porque meu estômago não aguenta mais.

— Você não teve medo de morrer? Quero dizer... é um procedimento arriscado, não?

— Pelo que o médico dizia, eu ia morrer de qualquer jeito. De um infarto, uma embolia ou coisa do gênero se continuasse como estava.

Reteso na cadeira. Infarto, embolia...

— E essa tal prancheta amarela? — perguntou Vinícius a mim. — Na escola era um caderno vermelho. Como é? Sempre elege um artefato esquisito pra aparecer, é?

— Tem algum artefato agora?

Ele ficou calado. Deu um risinho desafiador. Continuei.

— Bom, mas era eu mesma com aquela prancheta amarela. Eu bem gostaria que fosse outra pessoa, mas não. Era exatamente eu. Tem uma história boa aquela prancheta, sabia?

Eu olhei para Vinícius. Parecia desconfortável, evitando me olhar diretamente.

Apertei os dedos dentro do sapato. Isso liberava a tensão nos braços e eu poderia gesticular como se estivesse despreocupada e alegre. O garçom se aproximou, colocou o copo minúsculo de cachaça diante de Fausto com um pedaço de limão ao lado. A cerveja no centro, o copo diante de nós e eu continuava.

— Muito boa mesmo — traguei novamente —, eu vivia me esforçando para "perder" aquela prancheta.

Qualquer um repararia que eu estava exagerando nas expressões faciais. Uma canastrona. Ficava, sim, artificial, mas quem ligaria aquele excesso a outra coisa que não fosse a ingestão de bebida? Estava decidida a ser divertida naquela noite. Vinícius e Fausto riam entre si e eu sorria, sentindo quase doer a mandíbula, enquanto a cerveja desaparecia e reaparecia várias vezes no meu copo.

— E por que não se livrava dela, simplesmente?

— Foi um presente. Eu não podia...

E bati novamente as cinzas. Vinícius desviou o olhar naquele momento. Ficou sério. Interrompeu e empostou a voz:

— É uma artista incompreendida, Fausto. Pode apostar: essa é a amiga mais clichê que eu tenho.

— Ah! — e ele pareceu ter um sobressalto, como se lembrasse de algo. — Então, você é a menina que pinta?

— Como assim? Quem foi falar pra você sobre uma menina que pinta?

— Bom, mais gente do que você supõe — Fausto respondeu, virando a cabeça um pouco de lado, como que fazendo suspense.

— É? Ouvi falar de você também.

— Tudo mentira. Não acredite em uma palavra.

— De qualquer modo, o certo é pintava — eu corrigi.

— Mentira dela — interrompeu Vinícius. — Tem um ateliê pronto.

Apertei mais os dedos, traguei longamente o cigarro, outra vez, joguei-o de lado, e cravei a unha do polegar dentro da dobra do antebraço.

— Sim, sim... um ateliê maravilhoso. Vai dissolver em água.

— Exagero dela — interferiu Vinícius. — Está com uns vazamentos, só. Eu mesmo chequei.

— Sério? Você tem um ateliê? Quer dizer... A coisa é profissional e tudo?

Ele falou que se formaria no começo do ano seguinte. Da ideia de abrir o próprio escritório. Da dificuldade de encontrar um bom espaço para construir. A unha cravada no antebraço começando a arder.

— Fausto, você não tem nem habilitação pra dirigir. Se não pode dirigir um carro, não pode dirigir um negócio! — falou Vinícius.

— Você também não dirige — ele replicou.

— Não pratico. É diferente. E vou tirar a habilitação pra moto este ano.

Aos poucos a dor ia amortecendo por si só, virando um formigamento agudo. Devagar, sem dar na vista o movimento, comecei a serrilhar a unha na pele.

— E vai comprar uma moto? — perguntei.

— Se não for embora da cidade, acho que sim.

Então Vinícius pediu licença para ir ao banheiro e eu fiquei observando-o afastar-se da mesa. Eles tinham grandes planos e esperanças ainda por acontecer. Um mundo de possibilidades. Pensei comigo, observando-os, sentindo a dor fraca da minha própria unha cravada no braço. Parece uma sina, até as unhas são fracas e dobram sem cortar a pele.

— Me fala, então, do ateliê — pediu Fausto.

Acendi outro cigarro. Minhas mãos tremiam, desacostumadas da nicotina, do álcool, e eu tentava apoiá-las, firmemente, na boca. Atrapalhava-me com o isqueiro. No desespero, senti o cigarro com o dente. A história poderia começar com "meu pai era contra o ateliê".

— Esse ateliê... — eu disse. — Bem, não foi exatamente uma ideia genial. Foi mais ou menos como uma dessas coisas que já começam errado.

O cigarro acendeu. A brasa alaranjada piscou e me afastei dele. Traguei. Soltei a fumaça pro lado. E ele tomou um gole do seu copo, voltando-se novamente para mim.

— Erradíssimo — prossegui. — Pra começar, quem viria com a brilhante ideia de abrir um ateliê de pintura em tempos de arte digital? Outra: acredita que fiz esse espaço no que era uma garagem sem uso?

Meu pai ficava fora durante toda a semana — eu quis dizer. — Era tempo suficiente para ir fazendo o trabalho. Ele nunca via minhas coisas mesmo.

— Não teve planta, arquiteto... não teve sequer plano sobre como funcionaria essa coisa!

E sempre que um trabalho estava pronto, ele olhava com indiferença aborrecida, dizia: "está bonito", e virava para o outro lado.

— Cheguei a receber duas encomendas de quadro, de ilustrações... Uma borboleta — gesticulei mostrando o cansaço sobre o tema —, e o outro poderia ser qualquer coisa que refletisse a personalidade do encomendador. A personalidade e o tom dos móveis, obviamente. Mas estes ficaram inacabados. Também não me comprometi com prazo nenhum.

Ele sempre ficava a resmungar quando eu passava muito tempo "enfiada naquela garagem. Ora, por que não faz algo de futuro?".

— Demanda, pra mim, muito tempo pra pintar um quadro. É mais como uma briga a golpes de pincel. Uma briga de casal, entende? — Vinícius voltava do banheiro e ouviu sério e atento o que eu dizia. — Você começa com uma tela em branco e muitas esperanças. Aí começa o traçado. Começa bonito, quase sempre, até vir o primeiro erro. Você tenta consertar, mas piora tudo. Aí remenda para outro lado, fica esperando que a tela colabore. "Vamos lá, do que você precisa?" Algumas vezes os erros são tão alarmantes que você precisa passar a semana sem olhar para ela. Quando revê, subitamente, sente que nem tudo está perdido. São horas e horas, em cores, discutindo a relação. Uma coisa é a pintura que você queria. Outra coisa é a pintura que você tem.

Vinícius sorriu. Voltou-se para Fausto.

— Enfim, o que eu havia dito: artista incompreendida.

Mas eu só queria outro trago que me fizesse sentir, de novo, tranquila. Parecia que meu pai dizia: Lá vem você com essas coisas.

— Que seja. É como eu falei: já começou errado. Era como lutar boxe: não dá pra viver disso sem sair arrebentado.

O DESPERTADOR TOCA ANUNCIANDO A HORA DE LEVANtar. E, como sempre acontece nos dias em que nosso coração está partido, chovia. Olhei pela janela da cozinha o céu fechado. Vai ser assim o dia todo. As avenidas alagariam, como de costume. O ônibus despejaria água suja toda vez que parasse no terminal, e, como se não bastasse toda a ressaca das noites passadas no bar, eu tinha uma mãe acamada e sentia frio. Voltei para o quarto.

Pena — pensei —, não posso usar sapatos abertos. O enfado seguia-se a cada episódio matinal desde quando eu havia recomeçado a trabalhar. Mas não hoje. Hoje a sensação é de calafrios. Calcei as botas.

Eu havia desenvolvido métodos novos desde que me vi naquela situação. Ele não ia voltar. Ele não iria vir me levar de carro. Era a oportunidade para testar a vida por conta própria.

As botas: eram a única coisa que eu mantinha desde a adolescência e, pela primeira vez, admiti que talvez estivessem velhas demais, gastas demais.

Afinal — pensei comigo —, talvez Vinícius estivesse certo. Eu era mesmo um grande clichê. Liguei a TV para ouvir o jornal enquanto procurava as meias. Céu nublado com pancadas de chuva. Puxei do armário uma blusa preta. Mas olhando-a de frente percebi: uma grande nódoa esbranquiçada estendia-se em sua lateral.

— Oh, droga!

Eu queria voltar-me para o lado e falar com alguém. Dizer: É tão exaustivo! As roupas se amontoavam no escuro do guarda-roupa e só então eu via que muitas delas já estavam arruinadas pelo mofo. Um pressentimento: Veja o que você fez comigo. Como posso cuidar de mim se não consigo sequer me vestir pra trabalhar com eficiência pela manhã?

A voz de Vinícius ecoando em minha cabeça: calça jeans, camiseta branca. Eu me apegava a qualquer memória, de qualquer pessoa. Não está tudo perdido. Só precisa ter um método. Enfiei-me dentro de uma malha vermelha. Dispensei quase tudo queimando etapas. É só o trabalho — eu me dizia. E diante do espelho, senti um súbito desprezo por tudo o que havia ao meu redor e uma vontade de escapar que, desta vez, eu me via obrigada a evitar.

— Nossa, você está péssima!

Esaú era um dos rapazes do áudio, que trabalhava em outra seção. Ele foi um dos primeiros com quem conversei no primeiro dia desde que entrei na empresa. Uma dessas pessoas que têm tudo para tornar-se amigo e não se torna sem que haja qualquer motivo especial para isso.

— Não exagere — respondi —, só deixei de usar maquiagem.

— Bom, deveria ter usado um pouco...

Dei de ombros.

Avancei pelo corredor. Havia algo de escuso no modo como as pessoas reagiam. O diretor de arte, com o copo de café na mão, o redator que saía da sala à esquerda... era como se um vento gelado demais passasse lambendo eles todos, um por um. Respirei fundo. Senti os sapatos apertarem, os olhos incharem. Eu sentia-os entreolhando-se e o frio do ar-condicionado se intensificar e crescer, o cheiro do carpete. A porta do chefe à minha frente. Enfiei a mão no bolso: celular, cigarro. Apertei esses itens com força, os dedos doeram.

— Posso entrar, agora? — ele não podia me ouvir, mas me via do outro lado do vidro, gesticulei com a cabeça, ele fez um gesto encorajador com a mão. Abri a porta.

Fábio também mudou a expressão ao me ver. Uma sensação de frio na barriga me tomou de novo. Mas, sem dizer nada, ele caminhou sério até onde eu estava e puxou a cadeira.

— Sente, sente...

Eu não lembrava de ele ser tão simpático.

Ele foi para o outro lado da mesa. Apertou os lábios. Era sempre isso. Não se incomodem — era o que eu queria dizer.

— Vai acontecer com vocês também, em um momento.

— Bom, sentimos muito sua falta aqui.

Eu não fiquei responsável por nenhum projeto. Às quatro da tarde, uma das estagiárias me encarou e disse: "Tem que fazer o *layout*, ouviu?"

O mundo era hostil. Eu não fazia ideia de qual campanha era aquela. As pessoas discutiam diante do computador e eu estava simplesmente alheia a tudo e não conseguia acompanhar nenhuma das conversas.

— Alguma dúvida, Érica? Não se acanhe. Sabemos que é difícil acompanhar quando passa um tempo ausente.

Eu não tinha nada a dizer. Uma das garotas revirou os olhos. A sensação era a de que todas as pessoas haviam virado versões exageradas e cruéis delas mesmas. Apertei o celular dentro do bolso. Alguém na roda, uma funcionária antiga que se orgulhava de nunca ter um só fim de semana livre, comentava: "Mas hoje em dia os estagiários têm uma vida muito boa, né? Podem até tirar férias. No meu tempo..." O problema é que eu me sentia excessivamente visível. Oh, não. Vai ser uma daquelas crises de fobia. Respirei fundo. Soltei o ar vagarosamente. Pedi licença. Saí da sala tentando manter o ritmo calmo. Abri a porta, saí e, ao fechá-la, respirei novamente aliviada. Fechei os olhos.

— Érica? — chamou Esaú. — Calma. Já já você pega o ritmo de novo.

Mas o que ouvi foi o som da chuva. Olhei através da janela de vidro. O inverno havia chegado.

— Maio ainda é outono, não é? — perguntei a ele.

— Deve ser...

As horas e dias passariam. A estagiária saiu da sala também, me encontrou no corredor.

— Ah, Érica...

— Sim?

— Adotamos um novo sistema enquanto você esteve fora. Você não se importa de deixar um relatório identificando o que você produziu no dia, se importa?

Olhei de novo a janela. Um mosaico embaçado de água e sombras coloridas. Alguma coisa precisava ser feita.

O PIOR NO TRABALHO ERA A FALTA DE ETAPAS. EU ME concentrava em cumprir o passo a passo de algumas tarefas para sentir que avançava. Como se fossem casas de um jogo de tabuleiro cujo objetivo principal era dormir no fim do dia. Nem antes, nem depois. Chegar ao fim do dia.

Era assim pela manhã. Terça-feira, 25°C, chuva. Banho em 20 minutos, secar o cabelo em 10, uma blusa, um par de jeans, par de meias, sapatos, arrumar a bolsa. Nova fase: Cozinha. 200ml de café, 10g de pão francês, 20mg de dipirona, 1 bastão de nicotina, 10ml de perfume, 200 metros de caminhada com guarda-chuva. Alcançar o ônibus, eventualmente me molhar na entrada dele, 50 minutos de trajeto, 500 metros de caminhada. Fechar o guarda-chuva na entrada, guardá-lo num saco plástico, dar, em média, 7 bons-dias ao longo do corredor. Entrar na sala, pendurar a bolsa, ligar o computador, checar os e-mails. Mas, depois disso, ficava difícil saber por onde começar.

O telefone tocou.

— Não aceito não como resposta.

— Quem fala?

— E isso lá é pergunta que se faça?

Era Vinícius.

— Ora, eu não havia dito "não" pra coisa alguma ainda, sabia?

— Ainda que dissesse, não seria aceito. Não aceito "não" como resposta.

— E qual é a pergunta?

Mas, como era de praxe, agora que ele conseguira minha atenção, já não tinha tanto interesse em perguntar qualquer coisa.

— Essa é minha nova estratégia de fuga do trabalho e de ultimato também.

— Muito eficiente. Não lembro mais o que eu estava fazendo.

— Tem visto os editais pra trainee? Te mandei uns por e-mail.

— Bem...

— Discutiremos isso hoje à noite. Você prefere o bar a que fomos antes ou quer tentar um outro? A cerveja estava um pouco quente da última vez, não estava?

— Não me pareceu tão quente...

— Certo. Você que sabe. Então fica marcado no mesmo lugar. Que horas você sai daí?

— Umas seis...

— Te espero até as sete.

Eu abria os e-mails enviados por Vinícius. Uma série de anexos com textos que falavam em cadastros a partir de endereços eletrônicos. Apresentavam links para páginas com imensos questionários que incluíam formação curricular, extracurricular. Na sessão destinada a línguas estrangeiras havia espaço para cinco delas. Eu não precisaria de tantas. Navegando por aquele mundo, era possível ver os currículos dos concorrentes que formavam uma espécie de rede social, com perfis edulcorados mostrando pessoas magníficas. Eu compraria aquelas vidas. Como preencher aquilo? Uma das perguntas a serem respondidas era: Qual você considera sua maior conquista? A seguinte queria saber quais eram os grandes objetivos que o pleiteador esperava obter participando como trainee. Passei um bom tempo olhando aquilo. Então resolvi apagar tudo o que havia sido anteriormente preenchido e fechar a página.

Era, de alguma forma, acalentador quando chovia. Havia um novo obstáculo simples, visível e possível de atravessar. A elaboração de estratégias para sobreviver à chuva me distraía por um bom tempo e o rufar da água no teto do ônibus, a sensação abafada dentro dele e a predominância de tons frios na paisagem me faziam sentir mais confortável.
    Puxei a manga da blusa, olhei no relógio. Seis e meia da noite. O céu estava avermelhado e eu me arrepiava de cinco em cinco segundos. Parada debaixo do abrigo e esperando que o ônibus viesse, eu relembrava o dia de trabalho: Eu havia marcado com um fotógrafo errado, comparado preços e deixado escapar o detalhe de confirmar com o cliente, de desmarcar com o roteirista, fechar a ideia da capa. Desci do ônibus, mas, a caminho do bar, ainda do lado oposto da praça, eu vi Vinícius sentado, sozinho, comentando e rindo sobre qualquer coisa com o garçom. Os ombros dele tremiam da gargalhada, suas mãos postas de forma máscula sobre as coxas, enquanto o garçom se retirava mostrando-lhe o polegar. Respirei fundo. Voltávamos os dois de trabalhos detestáveis, mas agora, que conseguíamos pelo menos tomar cerveja ao fim do dia, eu me sentia um pouco mais esperançosa.

— Quando comecei no ninjútsu, eu era o melhor da equipe. As pessoas levam cerca de seis, sete, anos para chegar à faixa preta. Eu cheguei nesse estágio em quatro — ele disse, olhando para a praça que ficava ao lado do bar, e virando-se depressa na minha direção, como se para me flagrar com alguma expressão no rosto: — Ficou surpresa, não é? Do jeito como sempre fui avesso aos esportes no colégio, as pessoas já esperavam que eu fosse ruim, mas peguei o jeito da coisa. Aprendi o truque. Você deve estar pensando que não existe truque, mas está enganada. Existe um truque pra tudo.

Ele pegou a folha de papel que estava à frente e começou a analisar. Eu havia imprimido um perfil de um dos concorrentes para mostrar. Havia uma novidade em sua aparência agora: usava óculos.

— Quer dizer: é possível. É perfeitamente possível economizar um pouco agora, sair daqui e, de repente, longe de todo tipo de distração, atingir metas que seriam inimagináveis sem sair de casa. Agora, tem que ficar atenta. Tem que economizar mesmo. Calcular desde o preço do ônibus, agora que voltou a trabalhar, até os gastos extras.

— Que tipo de gasto extra?

— Ah, não sei. Coisas que você compra no shopping, por exemplo, cinema...

— Não tenho ido ao cinema.

Ele olhou pra mim, diretamente desta vez.

— Ótimo. Então certamente não viu o que estreou esta semana. Eu estava pensando em assistir...

Comecei a gaguejar...

— Bem... não quero... assim, na verdade, tenho preferido não vê-los, se não se importa...

— Por que eu me importaria? — Ele virou a cabeça num espanto. — Ah! — continuou. — Achou que eu estava te convidando para um encontro? — ele riu e eu senti que corava.

— Não... quero dizer...

— Muito interessante — disse, parecendo ligeiramente mais animado e fazendo sinal para o garçom enquanto me olhava.

— Veja só: eu aponto assim, primeiro com o indicador, depois com o polegar e ele entende que eu quero outra cerveja.

Eu poderia ter também virado ao contrário a tampa do isopor, ele entenderia que o casco está vazio. Não é engraçado? É como uma linguagem secreta.

— Não precisa ser irônico.

— Quero dizer... bem-vinda ao mundo das pessoas que frequentam bares regularmente. Mas, então, você estava falando que teve dificuldade em preencher o perfil.

— Perguntam muita besteira.

— Achei que quisesse coisas grandes.

— Quero, ora.

— Quanto maior, mais besteiras vão perguntar.

— Só queria algo que pudesse me manter por um tempo longe de tudo. Um programa desses... Já parou pra pensar na ideia? Entrar num programa de alguma coisa? Quer dizer... Eles devem ter tudo estabelecido, como na escola. Eles sabem que você começa pela alfabetização, avança por vários graus e vão te conduzindo por todas essas etapas. Sabem que é importante aprender a multiplicar, a tabela periódica e, ao fim de tudo isso, ainda que você não queira, ainda que não tenha prestado atenção ou se dado conta, você está pronto pra faculdade.

— Ensinam muita besteira na escola.

— Não importa. Eles "evoluem" você.

— Te evoluíram mal, pelo jeito. Você não aprendeu muito sobre funções, equações...

— Em compensação não perguntaram nada para que eu pudesse "entrar no programa".

O garçom se aproximou com outra garrafa. Ele encostou-se na parte de trás da cadeira, colocou as mãos sobre as coxas e arfou:

— Não vamos chegar a solução nenhuma assim.

— Não achei que fosse funcionar mesmo.

Ele cumprimentou o garçom com um olhar. Eu me adiantei em me servir um copo de cerveja. Ora, por que ele me perguntava isso? Não era exatamente por isso que ele estava ali? Por que eu não sabia o que fazer diante dessas perguntas? Qual o propósito de ter auxílio se teria que pensar em tudo sozinha?

— Você está sem um objetivo — ele disse.

— Bom, isso nós dois sabemos.

— Pra saber quanto precisa economizar, ou qual o programa de trainee ideal pra você, tem que saber, primeiro, o que pretende fazer com o dinheiro ou que tipo de emergência você está tentando evitar. Precisa saber o que pretende fazer depois que terminar o programa. Vai trabalhar como ilustradora deles? Vai abrir teu negócio ou...

— Não é fácil saber quanto economizar, dadas as circunstâncias... tem as dívidas e, como você mesmo sabe, não estou ganhando muito bem no trabalho.

— Isso não é desculpa. Consegui daquela vez sair do país e me sustentar fora um ano inteiro apenas economizando o dinheiro que eu ganhava como estagiário.

— Não se compara.

— ...E eu também estava na fossa, se é o que você quer dizer. Decidi isso exatamente quando uma namorada resolveu me deixar.

Eu poderia dizer novamente: Não se compara. Qualquer pessoa passa várias vezes na vida por vários rompimentos. O próprio Vinícius havia acompanhado uma série desses episódios meus ao longo dos anos, mas não se tratava de qualquer pessoa.

— E por que ela havia te deixado?

— Não sei. Não perguntei.

Ele parecia gostar quando eu ficava curiosa, e, de propósito, fazia suspense, mas não era o caso daquela vez. Seu rosto ficou lívido e ele passou a observar fixamente o canto esquerdo da mesa.

— Como não perguntou? Não ficou nem curioso?

— Olhe, eu estava mudando pra outra cidade por causa dela. Ela morava longe e era sempre muito difícil nos vermos. E justo quando estava tudo certo e eu já prestes a deixar pra trás uma vida inteira, ela disse que não queria mais. Então não tem o que conversar. Se ela não quer, eu também não quero.

— Mas às vezes saber o porquê ajuda...
— Sério? Em quê?

Ele me encarou seriamente, apertando o cenho.

— Bom, às vezes a gente descobre que a pessoa havia se chateado com uma bobagem. Conversa-se. E as coisas voltam ao normal.

— Besteira. Não funciona assim. As coisas são muito mais simples do que parecem. Acabou? Acabou. Não precisa saber o porquê. Acabou pra um, acabou pros dois.

— Talvez fosse um blefe... Talvez ela quisesse apenas chamar sua atenção... queria dizer algo...

— Bom, quando uma pessoa faz isso. Quando vai embora pra ver o que acontece, assume os riscos.

— Ainda assim — insisti —, poderia servir para experiências posteriores.

— Minha experiência posterior foi a seguinte: tomar um grande porre, vomitar até não haver mais nada em mim, além dos meus órgãos. Passar um tempo meio recluso e um amigo meu, que é médico, receitar uns remédios. Olhei a bula e tinha lá: antidepressivo. Então, lá estava eu sem emprego, sem amigos e com uma caixa de antidepressivos que iriam me dopar. Sabe o que eu disse? Nem por cima do meu cadáver! Joguei aquela porcaria toda no lixo e, um ano depois, embarquei para a Argentina.

— Nossa!
— Que foi?
— Nada, só que eu fiquei surpresa. Não conhecia essa história sua.

— Sei o que está pensando: quem é a mulher que se apaixonaria por mim, com essa minha timidez galopante e completa falta de... como é que vocês dizem? Tato! Falta de tato com as mulheres. E vou te contar, nesse ponto você está certa...

— Não foi o que eu pensei.

— Não? Por que não? É um pensamento correto. Não sou esse tipo de cara. E é aí que mora a verdade: nunca quis ser.

— Fiquei surpresa com outra coisa. Não conhecia essa sua história. Só isso. Não precisa se ressentir.

O cenho dele estava franzindo quando me ouviu. De repente pareceu animar-se. Tomamos mais um gole. Ele poderia ser ator. Sua expressão facial ia da raiva à animação infantil em milésimos de segundo.

— Calcule bem — ele disse —, veja o que você quer e de quanto precisa pra chegar a isso. Essa coisa de calcular exige uma pesquisa, mas você vai ter tempo.

Era tudo tão simples pra ele. Eu era quem precisava saber quanto custava o que eu queria da vida e ele garantia que era possível através de contas de adição e subtração.

Então tornava-se quase certo que nos veríamos na noite seguinte. Mas a afirmação dele ficou reverberando em minha mente. "Você não tem um objetivo." Eu não lembrava mais desde quando as coisas haviam começado a assumir essa forma. Caminhei devagar até o quarto de casal, para o guarda-roupa do meu pai.

Era um armário de casal de seis portas que davam espaço a três compartimentos. Um desses compartimentos era só dele.

Eu esperava encontrar, ao abrir as portas, algo que tivesse ficado vivo de cheiro dele. Coisas como o cheiro da pele dele, de roupas usadas uma vez, tão rapidamente que foram devolvidas logo em seguida para o cabide, deixando impregnada no armário a incontestável prova de que existíamos pelo cheiro. Mas ao puxar as duas portas encontrei apenas o decepcionante odor de moto naquelas poucas coisas que restavam. Mordi, levemente, o lábio inferior. As roupas, em sua maioria, já não estavam mais lá. Talvez tivessem sido doadas, vendidas... Havia apenas uma pilha baixa de camisas dobradas, limpas — as preferidas dele —, um violão e uma pasta executiva que ele nunca havia usado, cordas de aço gastas em uma caixa com quinquilharias e um pijama de algodão novo, ainda na embalagem.

A decepção me abateu num sopro. Eu queria abraçar o cabidário inteiro de roupas dele, aspirar os resquícios do seu perfume e perguntar: E o senhor, hein? O que o senhor queria? E seria reconfortante a dor em tudo aquilo. Mas, ao contrário, não havia dor ou conforto, apenas a ausência nas prateleiras. Sentei no chão, diante das portas abertas, encarando todos os cabides e prateleiras e gavetas vazias. Com a mão ligeiramente trêmula, alcancei a embalagem do pijama e, com as unhas, comecei a tentar abrir, mas, logo no primeiro estalar da embalagem de plástico, parei. Levantei, imediatamente, do chão, enfiei a embalagem de volta, fechei o armário e saí correndo como se abandonasse uma cena de crime.

Avancei até meu próprio quarto, fechei a porta e deitei, sem fôlego.

A verdade era que eu mesma havia comprado o pijama. Seria meu presente. Eu iria pintar na camisa do conjunto alguma coisa que traduzisse meu pai e entregar em uma embalagem apresentável, mas o que aconteceu foi o seguinte: ainda hoje não conseguia pensar em nada que eu pudesse pintar ali. O pijama foi entregue em branco, e com tanto atraso que nunca tinha sido utilizado. Não deu tempo. O presente entregue no domingo e, na quinta-feira, meu pai não precisaria mais dele.

Mais uma vez, eu perco no ringue. Ouço minha mãe passar pelo corredor e acompanho, atenta, o som dela fazendo o mesmo que eu. Os passos em direção ao quarto. A chave tilintando, as portas do guarda-roupa sendo abertas. Eu a imaginei abrir a mesma porta, encontrar a mesma embalagem entreaberta. Eu a imaginei sabendo que fui eu que abri. Sabendo que eu não consegui ir até o fim. Eu senti a dor profunda dela e me encolhi mais em meu espaço. Doendo mais — "Esse é o problema, pai. Essa dor ficou unida entre todos que perderam." Parecia que as faltas todas do mundo se assemelhavam — esse foi o pensamento que levou, inesperadamente, a pensar em Vinícius dentro do ônibus, com uma mala nas mãos depois de ter sido dispensado pela mulher. Eu imaginei-o tendo que explicar para todos que a partida não tinha dado certo. Para quem ele explicava?, pensei intrigada. Mas as imagens que me vinham eram dele olhando para uma paisagem agreste, em movimento, que definitivamente não eram as paisagens do percurso que ele fez.

A verdade é que havia algo errado demais na última vez que ele se internou. Ele mal conseguia falar. Olhei para o corpo magro entregue à cama. Ele olhava para a TV presa ao teto: um par de olhos e um ar de ausência. Era como se estivesse vendo outra coisa, apesar de fitar aquela direção. O apartamento do hospital era pintado de bege, mas talvez fosse a luz branda da tarde nublada. Tudo pareceu cinza ali.

— Quer que volte a ligar o ar-condicionado, pai?

Tinha algo errado. O cheiro de éter emanava de todas as coisas porque ligávamos e desligávamos o aparelho o tempo inteiro. Ligado fazia frio, desligado aumentava a vontade de tossir.

— Já voltou a incomodar?

Mas, preso aos tubos de ventilação e aos lençóis de algodão verde-claro, ele não conseguia responder muita coisa. Apenas olhava de lado, e negava com a cabeça fazendo o mínimo possível de movimento. Ao olhar de lado, na minha direção, seu lábio inferior tremeu como se ele fosse chorar. É só a tosse — eu me dizia —, e a tosse fazia o estômago dele tremer em espasmos angustiados debaixo do lençol. É só a tosse — eu me convencia. O esforço de prender a tosse. Então ele estendia a mão. Um pedaço semi-inerte de mão escura com palma avermelhada e unhas roxas. Cores novas, desconhecidas para mim, mas sempre, ao estender essas mãos, era interrompido por alguma agonia que o fazia gemer. De modo geral, reclamaria do colchão, da coluna, mas não fazia mais isso. Apenas reforçava a expressão de tristeza extrema.

— Deviam ter mais canais de TV disponíveis, não é? — eu reclamava. Ele balançava a cabeça, esboçava um sorriso condescendente. Aproximei-me da cama, confusa. Aquele ar triste dele me desconcertava. Dois apertos em sua mão, que ele devolve, mas no ritmo errado. Dor. O descompasso me desequilibra como uma notícia ruim. Aperto os dentes com cuidado. Oh, droga, ele está sofrendo — eu pensava.

Faltava ânimo. Eu pensava comigo. Ele precisava de agrados.

— E se eu trouxesse daquele chocolate? Será que o senhor não conseguiria...

Mas ele fez cara de repúdio. Balançou a cabeça.

— Entala... — respondeu, com a voz entrecortada. Eu me desesperando. Que fazer, ora?

Doía em mim sempre que ele falava. Não conseguia dizer nada sem ser interrompido pelo acesso de tosse que ele reprimia entrecortando. O diafragma dele como uma borboleta presa ao lençol fininho. Soltei sua mão.

Vou dar uma volta — eu disse, subitamente. Deixei o quarto. E, ao fechar a porta atrás de mim, fora de onde ele pudesse ver, me apoiei nas barras do corredor e respirei fundo tentando conter a vertigem, ainda pensando: O que eu faço agora?

— Mas como, afinal, vocês se conheceram? — sempre havia alguém novo no grupo nos últimos dias. Da última vez foi Emília, no mesmo bar daquela noite, e sempre alguém perguntava pela mesma história que, surpreendentemente, se revelava sempre com uma face diferente. Fomos de carro desta vez, apesar da proximidade. Um Vitara preto de vidros fumê que me provocou dúvidas quando parou pouco adiante da minha porta. Só entendi do que se tratava no momento em que o vidro do banco traseiro se abriu, revelando Vinícius.

— Vai ficar parada aí na frente em vez de entrar, é?

Lá dentro mesmo reconheci os amigos de Vinícius. Caio, Guto e Igor, e eles me apresentaram Emília, uma garota loura de cabelos curtinhos, que estava sentada no banco da frente e que, quando virou para trás, sorrindo e estendendo a mão num tchauzinho, fez tilintar as várias pulseiras coloridas que usava no braço direito.

Havia alguma coisa de familiar naquela ausência de músicas do bar. Os garçons já nos conheciam e suspeito que conhecessem também todas as versões daquela mesma história que contávamos sempre sobre como havíamos nos conhecido.

— Estudaram na mesma faculdade? — perguntou ela, assim que as bebidas chegaram.

Eu havia pedido aguardente e virei, de uma vez, toda a dose, antes de responder. Olhei para Vinícius e ele riu da careta que fiz. Seu sorriso não era másculo, sedutor, misterioso ou debochado. Era infantil. Seus dentes eram grandes, brancos, e eu notava, agora, que sempre ao sorrir demais seu rosto ficava vermelho. Eu não lembrava daquele detalhe antes.

— Foi na escola — respondi. — Há muito tempo. Uma lenda chamada Colégio Plano A.

— Nunca ouvi falar.

— Ninguém ouviu. Por isso chamo de lenda. Eu digo que estudei lá, Vinícius confirma, mas o colégio não existe mais fisicamente. Às vezes eu mesma desconfio que não tenha sido real. Tudo o que posso dizer é que éramos uma turma pequena e única de terceiro ano, que Vinícius era o cara chato que, sempre quando o sinal tocava, prendia o professor por mais uns vinte minutos e nos impedia de ir direto para o intervalo. E, como é comum nessas histórias, as pessoas não gostavam dele. E como geralmente sobra pra mim o trabalho que os outros não querem, sobrou pra mim o papel de ser a única na sala que gostava dele.

— Ela era *cult* incompreendida — ele acrescentou. — Ou vai dizer que não era você quem ficava lá, bem no canto da sala, lendo *Crime e castigo*? Não negue. Era isso mesmo. Uma edição metida a besta em capa dura. Você sentava com aquelas coisas e nem via o que se passava ao redor.

— Isso não é verdade. Não era essa coisa ostensiva.

— É a mais pura verdade. E tem mais: numa dessas vezes, um dos meninos havia socado o outro no meio da aula enquanto você estava lendo. Sangrou um bocado. Eles foram expulsos, o coordenador veio à sala. Foi um pandemônio e você nem se mexeu. Só dava para saber que estava viva porque o peito ficava inflando e desinflando e um cacho do seu cabelo que, na época, era tingido de vermelho, ficava balançando do vento do ar-condicionado.

Só quando ele terminou de falar, notou que Guto olhava pra baixo, como se estivesse constrangido. Sua expressão infantil deu lugar à de um bicho acuado e ele, imediatamente, levou o copo de cerveja à boca.

— O que houve? — perguntei, e os dois pareceram ainda mais constrangidos.

— Você já está bêbada? — Guto perguntou.

— Por quê?

— Porque é a sua vez de continuar a história.

Eu não estava acompanhando as coisas, talvez fosse a falta de costume com destilados.

— Bom... — prossegui — então perdemos o contato. Às vezes ele subitamente some e eu acabo encontrando-o de novo por aí.

Vinícius encheu meu copo de cerveja e já haviam dito que a mistura desses dois podia embaralhar todas as minhas ideias, mas fui adiante, bebi um gole e continuei falando.

— Dessa última vez eu estava histérica porque tinha um velório para ir e precisava de alguém que fosse comigo.

— Um velório? Olha... você propõe uns programas engraçados — interferiu Emília, em meio a uma risada.

— O detalhe era que esse velório era a seiscentos quilômetros de distância — eu disse, e não saberia responder por que não disse que o velório era do meu pai.

26 de fevereiro, 17h53

Ele nunca quis ir ao hospital.

— Quero ficar — ele disse.

— Não pode, pai. E se o senhor piorar?

Ele olhou para os dois lados como se estivesse acuado e sugava o ar insistentemente. Os olhos eram os de um animal; eu, uma armadilha.

— Vamos logo — insisti.

Ele soltou as mãos, que ficaram penduradas do pulso, com as palmas voltadas pra cima como um tetraplégico. Soltou forte o ar e abandonou-se ao próprio travesseiro.

— Não quero ir — disse ele.
— Vamos, pai.
Meu desespero crescia.
— Esperem! — suplicava, virando-se para o lado oposto da cama. — Agora, não.
Sua boca mostrava tristeza, e ele apegava-se aos lençóis, seus e velhos, que envolviam o corpo frágil. Será que não pode esperar um minuto? Eu tentava imaginar o que ele estava pensando ali, enraizado àquela cama com a teimosia clara em evitar sair. Ora, mas que coisa, a velha bobagem de não querer ir para o hospital por conforto.

Por toda a vida, meu pai evitou os hospitais. Lá estava ele, reduzido ao tamanho de um homem que tinha metade do próprio peso, jogado à cama, respondendo como que pedindo caridade aos nossos apelos de tirá-lo dali.

Encho os olhos de lágrimas. Não posso pensar nisso. Novo flash: O rosto dele olhava para o próprio quarto, para a cama. Por favor, diziam seus olhos, mas seus lábios roxos, quase pretos e secos, não diziam nada.

Ele sabia. Então ele olhava confuso, dessa vez para si mesmo. Seu estômago trêmulo, suas mãos abandonadas, e para as paredes e o criado-mudo, e parecia, agora sei, que ele sabia que era a última vez. Eu soube do que era aquele olhar. Era saudade. Era saudade que ele, talvez, já sentisse daquela vida tão duramente construída para si mesmo.

Será? Ele sabia?

Então levantou lentamente aquele rosto, sem erguer o pescoço, e olhou pra mim. Eu estava de pé, ao lado da cama. Olhou pra mim como um filho, sem seu ímpeto, sem sua paternidade. Ergo pra ele a mão, e ele a segura apoiando em mim seu peso insignificante. Eu o sustento e o guio, esquecendo que não o ajudo a nascer, mas o contrário.

Seu rosto quando me olhou: ele está aceitando, vencido e triste, meus apelos de levá-lo como se eu fosse a ceifadora encarnada do meu pai.

— Vamos? — eu disse.

Ele apertou os cantos da boca e deixou-se guiar, mas não concordou com isso em nenhum momento. Apenas perdeu as forças para brigar.

Não era irônico que fosse justamente para mim que ele repetisse seus desejos de ficar? E que me olhasse tão indefeso, me partindo o coração? Pouco antes de começar a recolher-se, devagar, e reduzir-se a uma espécie de tristeza silenciosa. Era pra mim que voltavam as coisas mais cruéis que ele dizia. Uma cisma que existia muito antes de nós dois e da qual eu agora só conseguia enxergar o borrão. Como uma fotografia feita em movimento. Agora as brigas já não tinham um tema em minha memória. Não havia rostos lívidos. Fecho os olhos. Não há como pedir desculpas dessa vez. Enxugo as lágrimas e caminho lentamente à cama dele. Os móveis conservam ali a mesma posição. Deito no meio dela e me agarro aos lençóis limpos. A única coisa diferente era a janela, agora permanentemente fechada e cimentada por mim mesma, na reforma, e por onde já não era possível entrar luz.

Quando a chuva começou, ainda não havíamos deixado a mesa, mas os garçons aproveitaram a deixa recolhendo, uma por uma, as cadeiras vazias ao nosso redor. Guto e Emília tinham ido embora no carro e nós quatro enrolávamos na última garrafa. Eu não me importava. Os pingos resvalavam com o vento, atingindo nossos copos. Ele deu outro gole na cerveja e riu mais, soltando os ombros. Seu sorriso vinha, quase sempre, acompanhado de uma risada de som aberto separada por três tempos sonoros.

— Vamos ter que ir agora, Vini? — perguntei.

— Deixa eles expulsarem a gente primeiro.

Ao nosso redor, as pessoas pagavam as contas, guardavam mesas, conversavam, mas eu estava envolta em uma nuvem de proteção secreta e alguma coisa deteve meu olhar em algum ponto do rosto dele.

— Vinícius, chegou a hora — disse o garçom, tocando seu ombro, e ele assentiu erguendo o polegar. Alguma coisa naquela cena me animava. O cheiro da chuva na calçada trazia um conforto. A forma como aquilo estava bem. Apertei os olhos, vendo mais firme ele distanciar-se da mesa enquanto o som da chuva me acalmava.

Eu ia ficar bem. Dei uma olhada ao redor. O som, o cheiro de chuva forte, um certo fôlego a mais no raio de vazio ao meu redor. Ele voltou lá de dentro.

— Vamos? — ele disse.

— Espera — respondi —, ainda não paguei a minha conta.

— Sua conta está paga, vamos embora.

O garçom interveio.

— Podem esperar a chuva passar, se quiserem.

— É melhor ir na chuva — disse Caio ao nosso lado —, pra doer mais.

O fato é que às vezes, mesmo assim, eu lembrava de tudo. Como um sensor que eu mantinha reservado em minha cabeça, escondido. Mas, do limbo, ele ressurgia dizendo: o que, diabos, você está fazendo divertindo-se irresponsavelmente em vez de procurar soluções?

Voltamos para casa debaixo da chuva, rindo muito. As sandálias chapinhavam nas poças d'água.

— Palavra. Foi tudo um grande desastre!

Os amigos de Vinícius contavam tragédias como separações, fracassos retumbantes e fins de jornadas, mas todos eles riam dos fatos e inventavam apelidos grotescos que identificavam cada um no grupo pelas suas tragédias mais marcantes. Era preciso ter falhado muito para ser digno de um apelido. Como uma espécie de irmandade secreta que tinha como meta maior não levar a tristeza tão a sério. Em parte pela bebedeira, em parte pelo humor perspicaz, todos riam descontroladamente caminhando embaixo da chuva, e, numa tentativa de me proteger, Vinícius tirou de dentro da bolsa que carregava uma camisa de flanela xadrez e a envolveu aos meus ombros em uma espécie de abraço por trás. Ri daquilo.

— Estou entendendo. Está querendo dizer que sou de açúcar e não aguento uma chuvinha, não é?

Ele também achou graça.

— Caramba, não sabia que você era assim, sabia? Sempre foi tão... sei lá. Exclusiva. — E, enquanto ria, andava comigo a dois passos de distância dos outros.

— Exclusiva significa "fraca"?
— Exclusiva significa exclusiva.
— É bom ou ruim?
— Exclusiva! — insistiu.

Continuei perguntando ao entender que esconder o jogo o divertia.

Entrei em casa. Abri o portão animadamente, destranquei, um por um, os cadeados, concentrada no método de fazer com que cada qual se abrisse sem ruído. Pé ante pé, para não acordar os outros, cruzo a sala, atravesso o corredor, puxo devagar a porta e, tentando respirar baixo e não fazer barulho, fecho a porta atrás de mim. Encaro o quarto no escuro. Então lembro que tudo permanece igual, meu sorriso despenca no chão e choro até conseguir dormir.

Acordei com a súbita impressão de que havia dormido demais e levantei num salto. Olhei pela janela. Pedaços de um céu limpo de sol alto apareciam entre as grades. Não foi sonho. O mundo estava errado e, sem proteção dentro dele, refugiei-me à imagem da camisa de flanela de Vinícius debaixo da chuva da noite anterior. Eu não estava atrasada daquela vez.

Voltei para debaixo da coberta. Um lençol fininho e velho de algodão, macio como um chumaço. Vinícius — voltei a pensar —, ele tentou dizer algo na noite anterior, mas eu não conseguia lembrar sobre o que era.

As lembranças da noite anterior vêm em flashes desconexos. Lembro de Emília sentar-se ao meu lado no bar e o contraste da luminosidade amarela das lâmpadas e o verniz escuro da madeira. As sensações se misturam. O cheiro do mormaço quando a chuva começou, o gelado da cerveja, o ardor da cachaça. Ela sorria com seus lábios finos e curvou o tronco na minha direção quando falei do trabalho como ilustradora.

— De livro infantil? — perguntou.
— A maioria é infantil.

Ela fala do próprio interesse em desenho, fala da residência em psicologia atendendo crianças, de como elas se expressam pelos desenhos. Como se identificam com os desenhos que encontram nos livros. Pergunto se alguma vez ela havia detectado talento em um deles. Ela ri e nega.

— Já encontrei de tudo: TDAH, carência afetiva, autismo... mas isso nunca. Você deveria ir lá um dia. Dar um segundo parecer. Já pensou? Olhe, os desenhos de seu filho mostram uma inclinação à depressão, mas se eu fosse você, deixava ele depressivo mesmo. Pode ser o próximo Picasso.

— Picasso, não, porque Picasso era feliz. Mas um novo Van Gogh ou Gauguin... quem sabe? — eu dizia. As pessoas riram.

— Acho muito impressionantes os psicólogos — eu disse —, me parece um ofício muito mais trabalhoso que o dos médicos. Detectar essas coisas invisíveis. Essas coisas todas com nomes complicados.

Ela diz: "A gente não detecta." Com ênfase no "não". Mas se ela quer dizer com isso algo perspicaz, não alcanço o significado.

— Comecei a desenhar para poder lembrar como eram as coisas e as pessoas — digo a ela. — Era um exercício assim: eu ia pra aula pela manhã, e pela tarde desenhava o tempo inteiro como tinha sido essa manhã de aula. Naquele tempo eu achava que havia algum mistério se escondendo nas horas, mas que não tínhamos tempo suficiente para olhar e descobrir que mistério era esse. E esse mistério era como um inimigo invisível que eu não conseguia revelar. E eu tinha visto uma vez que a invisibilidade das coisas se combate com tinta.

Vinícius interessou-se na conversa.

— Sei, sei... Está falando de um episódio de Chapolin.

— Era mais profundo antes de você falar isso!

Há um sentimento animado de cumplicidade entre todos os que estão à mesa ao relembrarmos o velho seriado infantil. Ele descreve o episódio pros outros da mesa: alguém havia feito, por acidente, ao misturar um remédio com tinta, um verniz com poder invisibilizador. E um vilão aproveitava-se disso, derramando a mistura sobre si mesmo e, sem que o vissem, fazia maldades ingênuas como desferir pontapés e estragar a parede de um pintor. Não adiantava lutar com ele. As tentativas resultavam em golpes do herói que se perdiam no vazio e socos que vinham dos lugares mais inesperados. Quando ele pensava que o vilão estava à direita, ele vinha pela frente. Numa das cenas, ele chegava a passar todo o tempo lutando contra o vento, esgotava-se fisicamente, enquanto o inimigo estava em outro cômodo da casa. Até que alguém joga tinta amarela no homem invisível e, assim, ele se revela e pode ser vencido.

— Mas é um jeito bem infantil mesmo de se pensar na invisibilidade — diz Vinícius só pra mim, pois os outros haviam começado uma sessão saudosista.

— E vocês lembram dos vilões? Os malfeitores? O Tripa-Seca, que era um caubói ou coisa assim? — disse Fausto.

— Não, corrigiu Emília. Tripa-Seca era o gângster. O caubói era o Racha-Cuca. Ou Rasga-Bucho...

— Um jeito infantil? — perguntei a Vinícius.

— Sim, claro. Não é um único meio de se revelar o que é invisível. Pense em tudo o que é invisível no mundo: átomos, prótons, nêutrons... sem falar nos fenômenos naturais, fenômenos de mercado... Isso pra não falar que os números todos vão até o infinito. Não dá nem pra representar isso senão por uma letra grega.

Então as lembranças da noite faziam minha cabeça começar a doer. A verdade era que eu não conseguia ir em frente. Como uma planta que morre por excesso de regador, eu estava com tantos planos e tantas expectativas e tanta energia que acabava não conseguindo trabalhar direito. Lembrar essas conversas de bar com Vinícius, esquecer como tudo isso terminava e, ao mesmo tempo, empenhar-me num esforço vão de sentar-me à mesa e investir na leitura de traços. Uma coisa impedia. Uma dor física, um subterfúgio qualquer. Eu estava com medo. Meu futuro devia ser um plano claro e limpo. Agora eu não conseguia sequer saber quem eu mesma era ou aonde queria chegar.

Se havia algo que eu lembrava ter desde sempre era uma total inabilidade em definir coisas. Mesmo os desenhos pareciam ostentar um ar meio incerto, uma indefinição. Os traços esfumaçavam-se em uma névoa. As linhas cabeludas provocavam repúdio nos que viam, e deixavam tudo com ar meio infantil.

Eu era incapaz de chegar a um lugar e dizer o que eu queria. Sempre envolvida pelas possibilidades de estar querendo — ou acreditando querer — a coisa errada. Sempre que eu ia a uma lanchonete com meu pai, eu precisava ver o cardápio inteiro, todas as vitrines de bolos, ponderando, desesperadamente, sobre as opções. Ele sempre se impacientava com isso. Em lanchonetes, ele caminhava decidido ao balcão e, sem perguntar o que serviam, sem ter em mãos o cardápio, pedia: Um misto quente e um café. Ele não se preocupava com as opções. E por que deveria? Eu é que tive opções demais na vida. Ele, não. Ele sabia o que queria. Adaptou-se ao fato de que qualquer birosca ofereceria misto quente e café. Ele teve uma só possibilidade.

— Tem que ser simples — ele dizia.

— Mas como o senhor vai saber se eles não têm algo muito melhor a oferecer que o misto quente?

— Ora, por que eu deveria me preocupar? Misto quente está ótimo. A pessoa tem que ter decisão na vida. Tem que chegar já sabendo o que quer. — Ele parecia ter listas definidas: cerveja em bares, misto quente e café nas lanchonetes, churrasco de picanha em restaurantes. Fim de papo. Enquanto eu lia detalhadamente as descrições de cada prato, atravessando labirintos e vagando, eternamente, entre uma e outra opção, na névoa delas, rezando para topar, por acaso, com a coisa que eu queria sem saber.

Pessoas assim nunca vão crescer, de fato. Pensei, desanimada, sobre minha própria incompetência para uma vida adulta.

"Ser pai é apenas um papel a ser desempenhado." A frase havia sido rabiscada de um livro e parecia preencher um espaço inquieto na minha cabeça que insistia em pintar coisas inexistentes durante toda aquela sequência de ações que pareceram ter acontecido sozinhas desde que deixei o ateliê. A sensação era a de que meus olhos, como um pincel áspero de cerdas artificiais, lambiam todo o espaço da funerária e transformavam tudo — cada caixa de madeira, ornamento dourado, cada frase bíblica talhada ou coroa fúnebre — em uma cena de tinta fresca. Para todos os lados havia caixotes de madeira ornamentados. Apontei para o mais simples que encontrei, como se esse ato pudesse impedir o homem a meu lado de discorrer sobre as especificidades de cada madeira, o jeito como cada uma se corroía debaixo da terra.

— Se houver, por exemplo, uma remoção do corpo de um lugar para outro... ou se ficar em um gavetário...

Sinto minha mãe segurar minha mão com força, escuto seu choro soluçado e convulso junto ao meu próprio choro sonoro, mas mesmo esse sentir, esse ouvir parecem acontecer em uma sala separada da cabeça, debaixo de uma dormência. "Ser pai é apenas um papel a ser desempenhado", e a frase sustenta a lembrança de um homem arroxeado, magro, boca ressecada, mas ainda cheirando a limpo na cama do hospital.

— Vão demorar muito pra trazê-lo?

Ela faz que não.

— Preciso ir — ela diz —, tenho que vesti-lo. — Ela vira de costas, mas antes de dar o primeiro passo volta-se novamente, em pânico. — Com que roupa? — me pergunta, num certo desespero. E recomeço o choro.

— Acho que todas se corroem na mesma velocidade.

Ela me abraça forte antes de sair. Entramos em carros separados.

3 de março, 18h30

A funerária dispõe de pequenos cômodos para cada família. O corpo já ocupa um deles, quando chego, antes dos outros, com uma bolsa grande a tiracolo. O céu ainda está azul-escuro. Abro a porta do táxi e avisto, ao fundo, o caixão apoiado em alicerces de metal e iluminado por lâmpadas pequenas que imitam velas. Me aproximo. Tento, em vão, sentir o cheiro dos crisântemos amarelos, mas as imagens passam rápido demais, e, ao lembrar o evento, parece que passo por telas impressionistas, sem definição, ou por desenhos sem arte-final. Fito o rosto sem vida entre as flores, mas nada, nem a expressão nem o cheiro condizem com a imagem do homem que eu havia deixado no hospital.

— Era novo, hein? Foi infarto?

Um moço estranho havia se aproximado com as mãos pra trás e esticado o pescoço para o morto, por cima do caixão, como se farejasse o ar daquela solitude. Sei que se dirige a mim porque não há mais ninguém pra responder.

— Não. Ao infarto ele sobreviveu.

— É parente?

— Sou filha.

É isso. Decido. Meu problema, o problema da camisa de pijama, que foi entregue em branco por mim e nunca usada por ele, acontece porque não conheço o homem que interpretava o papel de pai. Nem ele o meu de filha.
— Meus sentimentos — diz o homem.

A lembrança dele em um caixão é vaga. Não causa dor. É uma lembrança inventada de alguém que se faz presente porque não está lá. Respiro mais fundo. Olho em volta de cada parede do quarto sem entender. Por que fiz questão de falar sobre o infarto para o desconhecido ali? Foi há tantos anos... — é o que me pergunto. Penso que poderia ter desenhado isso na camisa do pijama: um coração. Não um coração romântico, simétrico, mas um coração com artérias, realista. Afundo mais embaixo das cobertas, empenhada em recompor a cena.
O homem também já não tem corpo na minha memória. Não sei se alto, baixo, gordo, branco. Do que sei do meu pai, também, é só isso: um coração. E se eu pudesse ver de novo aquele desconhecido, teria disso: "Do que eu consigo lembrar, essa luta dele com a morte começou há tantos anos que, talvez, ele tenha aprendido a subestimar o inimigo. Sabe, teve um infarto antes, muito antes disso tudo."
Mas o homem já não existia ali naquele quarto, diante daquelas novas lacunas. Era só eu ali, cismando calada no quarto, precisando confessar: "Olhe, em minha defesa, ele também talvez não conhecesse o que havia por trás do papel de filha." Ah, eu lhe diria. "E ele saberia, sim, o quão insignificantes podem ser esses elos por trás de máscaras. Pai. Filha. Nada."
Sinto o pensamento ficar confuso. Mas o sentimento torna a lembrança tão nítida que consigo apalpar os cantos envernizados nas quinas do caixão. Resolvo que o homem é magro,

grisalho e veste branco — calça e camisa. Seu rosto, que agora vejo, torna-se mal barbeado, com pontos reluzentes de uma barba branca. Me dá sinal de que não entende do que eu falo, mas ouve com respeito. Deve querer saber por que digo "em minha defesa" — talvez ache que eu seja culpada por sua estadia no caixão, mas não é isso que quero dizer, apesar de concordar com a impressão.

É meio minha culpa, sim. Não conheci o homem por trás do pai. Ele não me conheceu também. Evitamos. E o mais certo seria dizer que, se não fôssemos pai e filha, talvez não tivéssemos nada que nos ligasse. Não iríamos sequer nos gostar! O homem tornou-se mais barrigudo, agora. Descubro que é mais velho do que meu pai. Suponho que ele tenha filhas e provavelmente é o que o faria tomar o partido do morto.

Não sei bem se ele teve o que queria da vida... não... — faltam palavras — eu estava com ele no momento do infarto — confesso. Sinto-me tonta.

— A luta começou muito antes — insisto. Conto os anos.
— Dez anos atrás.

— Ele infartou com trinta e sete?! — admira-se o estranho, seu rosto ganha óculos de lentes bifocais e ele me encara admirado por cima da armação. Lembro que meu pai teve um desses.

— Sim, mas ele fez cirurgia e tratamento. Vivia bem. Muitíssimo bem — digo rapidamente, antes que ele pense que se tratava de um homem doente demais, fadado a encontrar cedo essa sentença.

Gostaria de poder dizer isso: Ele olhava para a cara da morte, ele lutou com ela. Ele queria ficar. Mas, então, me lembrei da cirurgia. Uma lembrança se descortina e me choca.

— Ele havia feito uma cirurgia fora da cidade e, quando voltou, trouxe souvenir: uma camisa onde mandou bordar "Érica, um beijão. Aluízio".

Duas camisas, agora. Uma que não lhe entreguei, outra em que ele entrou. Só agora me chama atenção: ele bordara nossos nomes. Érica e Aluízio. Não nossos papéis.

— Eu tomei conta dele na hora do infarto. Eu o tirei da cama pela última vez — digo-lhe. — Mas ele não ajudou a ser ajudado.

Mas só ao dizer isso ao desconhecido percebo que há uma falha de continuidade. Como ele podia saber a idade em que meu pai infartou se mesmo minha mãe, fazendo as contas, errava. Só eu e ele próprio sabíamos.

— Pai? — chamo o estranho, mas ele já tinha dado as costas e não conseguia mais me ouvir.

Uma vez, na escola, a aula foi interrompida para uma palestra sobre primeiros socorros. Uma professora de biologia veio para a sala e começou a descortinar o universo das emergências diante da lousa.

— São situações que exigem que vocês ajam rápido. Fazer a coisa certa pode salvar uma vida. Vocês precisarão reconhecer a situação.

A voz dela, a quebra da ordem, me arrancou dos pensamentos onde eu costumava ficar imersa. Na folha de papel, desenhos e mais desenhos de formas abstratas feitos em esferográfica.

— Um infarto, por exemplo... quantas vidas poderiam ser poupadas se alguém simplesmente lhes desse uma aspirina. Nem dipirona, nem paracetamol. Aspirina!

Levantei a cabeça. Ela continuou.

— A aspirina "afina" o sangue e faz com que ele passe com menos dificuldade pela artéria.

Senti a mandíbula deslocar.

— É fácil reconhecer. O infarto se caracteriza por uma dor profunda no peito que faz perder o fôlego. Se não for socorrido logo, torna-se fulminante e a pessoa pode morrer.

Não tínhamos aspirinas em casa, foi o que eu pensei. Apertei a caneta — não tínhamos porque eu era alérgica. Respiro fundo. Eu poderia ter ido comprar, se soubesse. Eu teria ido, descalça mesmo, e batido na farmácia, pedindo a tal aspirina, mas lhe entreguei dipironas, coisa que, aparentemente, não dava qualquer resultado.

Era véspera de São João. O gerente do banco foi à nossa casa. Um homem alto, grave, bem-vestido. A festa acontecendo do lado de fora, eu tinha minha saída, minha rota de fuga. Fui para meu quarto e, ao chegar, encontrei meu pai contorcido de dores sobre a colcha de flores cor-de-rosa.

— Pai?

Mas ele continuava contorcendo-se. Entrei no quarto.

— Pai, o que o senhor tem?

— Uma dor, muita dor — disse com sacrifício e dificuldades para respirar. — Vá lá fora. Veja se está tudo bem lá fora. Diga à sua mãe para cuidar da visita.

— Então, se alguém começar a passar mal, com uma dor no peito — falava a professora.

— É no braço! — eu disse, da última carteira, interrompendo a aula. E todos voltaram a atenção para mim.

— O quê, meu anjo? — ela pergunta.

— A dor do ataque cardíaco é no braço. No braço esquerdo e nas costas. Por que não dizem isso?

— Bom, é verdade, a dor pode ser sentida nessas regiões também.

— O que quero dizer — disse, olhando pra ela com gravidade — é que é importante ser preciso e bem específico. Caso contrário, como espera que a gente reconheça?

— De qualquer modo... — ela prosseguiu — é uma ótima oportunidade pra dizer que, na verdade, sendo pessoas destreinadas, o primeiro procedimento de emergência é — e voltou-se para a lousa, escrevendo bem no centro: Chamar o médico.

Abaixei a cabeça. Meu pai odiava médicos.

A impressão era sempre a mesma: As coisas aconteciam pra mim sempre antes de eu estar preparada para elas. Primeiros socorros. Meu pai deveria ter infartado apenas depois de eu ter assistido a essa palestra. Ela prosseguiu em tópicos: Massagem cardíaca.

A imagem é a de um corredor que liga meu quarto, onde meu pai geme, ao jardim, onde, acima da mesa instalada para os convidados, fogos de artifício espocam, fogueiras crepitam e o estouro dos rojões acompanha a música e as bebidas. Passava da meia-noite, mas a pequena recepção prosseguia. A dor ia e voltava. Quando sob controle, ele saía, conversava com o gerente, ria e contava casos, depois voltava para o quarto. E era um sinal para que eu fosse em seguida fazer inúteis pressões sobre o seu peito num esforço para aliviar a dor.

E mesmo depois que a festa acabou foi assim. Eu cochilava quando a dor aliviava e acordava quinze minutos depois, quando a dor voltava. Recomeçava a massagem.

— Pai, acho que o senhor precisa ir ao médico...
— Claro. Vou de manhã.

Porque daquela vez tivemos todos muito medo. Ele garantia ter visto a morte de perto. Disse a mesma coisa quando veio o primeiro trombo venoso e quando se internou por tantas outras coisas. Esse é o problema. Ele via a morte com frequência demais. E tudo que a gente vê demais, olho ao redor — a escrivaninha, a cama, a parede do meu quarto pintada de azul, a camisa de flanela de Vinícius —, tudo que a gente vê demais acaba se tornando invisível.

Vinícius pediu uma dose de cachaça e desafiou Guto, na extremidade oposta da mesa, a beber junto. Os dois viraram o copo em um segundo. Vinícius sem pestanejar, mas Guto, logo após engolir, parecia uma criança que comeu algo estragado e agora era tarde demais para devolver. Eu pedi uma caipirosca de kiwi e aguentei as acusações dos dois do quanto aquilo era coisa de mulherzinha.

— Será possível que vocês não repararam que eu sou mulherzinha?

Guto havia levado uma amiga que nos apresentou como Gisele. E Gisele achava tudo engraçado, pediu refrigerante e estava vestindo coisas brilhantes, mas falava pouco.

— Não me acompanha num drinque de mulherzinha, Gisele?
— Eu não estou bebendo.
— Eu também não. Mas pretendo começar agora que pedi a bebida.

O garçom se afastou da mesa.

Ninguém mais namorava nesses dias, mas ali estava Guto com o braço apoiado no espaldar da cadeira de Gisele e Gisele era uma dessas pessoas que não existiam no meu mundo: ia à missa aos domingos, fazia parte do grupo de jovens. Contou que resolveu ficar sem beber por um ano por causa de uma promessa. No mais, não tinha problema nenhum com o álcool.

— Às vezes faço isso. Sei lá... Me dá na telha e eu resolvo me privar de alguma coisa. Qualquer coisa. Já passei um ano sem tomar refrigerante, um ano sem comer chocolate... Acho que passo bem sem um monte de coisa.

— Já experimentou ficar sem cafeína?

— Não sou viciada em café.

— Você pensa que não é. Já pensou em tudo que leva cafeína? Coca-cola, chá-mate, chocolate... Imagine a falta daquela xícara quente, com leite, no café da manhã...

— Pois eu acho mais difícil ficar sem beber nada — disse Vinícius. — Aliás, eu quero mesmo é ser bem-sucedido porque meu sonho é chegar todos os dias em casa, depois de um dia exaustivo de trabalho, e tomar uma dose de um bom uísque doze anos.

— Ah, certo — interrompeu Guto —, só por *isso* você quer ser bem-sucedido? Nada a ver com um padrão melhor de vida, uma boa casa, um carro, status... Nada disso. Só por uma dose de uísque.

— É sério! — ele sustentou. — Bom, talvez não apenas o uísque em si. Mas provavelmente não teria a ver com carros, status ou coisa assim. Eu queria, por exemplo, ter um freezer de comida congelada, pratos e talheres descartáveis, e viver só. Sabe, como um divorciado?

— Ah, bem, vai ter que ser mesmo bem-sucedido o bastante pra incluir nessa conta a pensão da ex-mulher — eu disse.

Mas ele confirmava.

— Vão, vão. Podem rir se quiserem. Mas é um bom sonho. Eu vejo alguns pais de amigos meus viverem assim e parece o melhor dos mundos. Eles trabalham durante o dia, chegam em casa e não precisam de faxineira, de esposa, de filhos, de nada. Eles tomam sua dose, ouvindo uma música, relaxam e depois vão dormir.

— Trabalhar o dia inteiro, chegar em casa e se embebedar pra dormir. Isso não é um quadro de depressão, não? — contesto.

— Não digo solidão extrema. Digo: receber amigos de vez em quando. Dizer a eles: Olha, tem ali um freezer com pizza congelada, um com bebidas, sirvam-se e depois joguem toda essa embalagem no lixo e está tudo limpo. Nada pra guardar. Nada pra fazer sujeira. Sabe como é? Nada de toalhas de tecido sobre as mesas, que mancham... Vai dizer que vocês não gostariam? Nem façam essas caras. Sei que todo mundo já pensou nisso pelo menos uma vez. O negócio é que tem toda essa conversa de preservação ambiental e a questão dos resíduos sólidos. Eu não sou ignorante. Mas digamos que você esteja, realmente, pouco se fodendo para as próximas gerações. Você faz sua parte não deixando sucessores, porque realmente não penso em ter filhos... Além do mais, acho que, se fizer as contas, esse modo de vida pode não ser muito pior do que alguns outros. Poderia fazer as contas até. O que não se economiza de água, energia, petróleo e tudo mais se não precisássemos limpar, lavar as coisas nem andar de carro.

— Acha que pode passar a vida sem fazer sujeira? — questionou Guto.

— Acho que posso fazer o mínimo de sujeira possível.

O garçom voltou trazendo a dose de caipirosca, eu peguei o copo baixo cheio de polpa verde e sementes pretas, dei um gole no canudinho, olhando Vinícius fixamente.

— O que foi? — ele me perguntou.
— Nada.

Não havia nada de errado com aqueles sonhos. Mas eu duvidava que isso pudesse se tornar realidade. Pensava, ao mesmo tempo, nos milhares de quinquilharias acumuladas por ele mesmo dentro do quarto. Eu via que ele já havia passado da adolescência e que apesar de ter sido um dos mais brilhantes do colégio não tinha alcançado um desempenho muito superior ao dos outros quando saiu dele. Isso eu não dizia pra ele, mas pensava quanto exatamente custaria para chegar àquele ponto. A essa solidão sagrada. Eu pensava na história da garota que tinha dispensado ele. Todos os sonhos dele exigiam desapego. Um desapego que ele parecia ostentar. Um desapego que era milimetricamente trabalhado em cada uma de suas aspirações e gestos. Em não ter carro, namorada, em não depender da família. E tudo isso por um maldito copo de uísque ao fim do dia em um intervalo de tempo qualquer no futuro. Antes de a velhice chegar e algum médico lhe proibir terminantemente essa comida em conserva e bebida desregrada. Eu não conseguiria viver assim. Projetando ilusões para um intervalo tão longe e tão curto. Me parecia bem mais adequado permanecer exatamente onde estava. Que minha vida era exatamente aquela. Gostava de sair com esses amigos para beber um pouco e dar umas risadas. Deixar a droga do ateliê fechado. Ir fazendo meus trabalhos e gastando o dinheiro.

— Não te frustra essa sensação de que estamos em um lugar completamente diferente do que deveríamos estar? — perguntei a ele. — Levando em conta que, com a nossa idade, nossos pais já estavam muito mais bem estabelecidos?

— Não. Estou fazendo o melhor que posso.

— E como você sabe se não poderia estar fazendo mais? Não dá medo de tudo o que pode vir? De toda a infelicidade que pode estar pela frente.

— Eu não espero ser feliz no futuro. Você também não deveria.

— Pensei que fosse isso o copo de uísque pra você.

— A meta é, apenas, não brigar contra a infelicidade. É inútil e causa desespero. As pessoas ficam buscando felicidade quando estão na fossa. Aí é que tá o problema. A fossa a gente tem que aceitar e aprender a conviver com ela.

— Então é pra isso que você quer ser bem-sucedido? Pra conviver com a fossa?

Ele não respondeu. Só levantou os ombros e pediu outra dose.

Os dias da semana passavam rápido. Como em um jogo idiota de videogame, eu ia passando os estágios, as horas, as fases da lua, vencendo pequenas tarefas e evitando situações difíceis sem que houvesse muito esforço. Os dias de trabalho, instrumentados pelos fones de ouvido e a prancheta digital, eram guiados por uma espécie de piloto automático que me fazia repetir os padrões das imagens sem qualquer objetivo. Muitas vezes, eu apenas buscava nos arquivos do computador alguma coisa semelhante ao que haviam pedido e modificava cores ou um detalhe, sem mexer no esqueleto, sem grandes êxitos e sem grandes preocupações. À noite, quando chegava em casa, ligava o computador e tentava resolver as provas que chegavam, aos poucos, por e-mail. Testes de lógica, de conhecimentos gerais, todas elas feitas com o cronômetro ativado que impossibilitava a pesquisa na rede. Meu cérebro, entretanto, parecia recusar-se a funcionar. Eu respirava fundo, balançava as pernas e às vezes fechava os olhos tentando recobrar a calma e continuar firme. Minha mãe e meu irmão passavam pela porta desviando os olhares polidamente daquela cena, como se tivessem topado com uma briga particular.

Então na sexta-feira seguinte veio o aviso: eu havia sido desclassificada do processo seletivo. Eu abri o e-mail no fim da tarde, ainda na agência, enquanto Fábio falava comigo sobre a última peça que eu lhe havia entregue.

— Então eles disseram que queriam uma coisa mais... sabe?... tchan!

— Como? — eu perguntei tirando um dos fones de ouvido e desviando, finalmente, a vista da tela do computador pra ele.

— É, você sabe... Mais vibrante.

— Sim, mais vibrante em que sentido? Disseram se o problema foi com as cores? Com os gráficos?

— Bom, acho que você entende... Vai lá! Capricha.

Eu, na verdade, apenas me perguntava o que tudo aquilo — aquelas provas de lógica, de gramática, aquelas perguntas sobre ser ou não proativa —, o que aquilo tinha a ver com o meu real problema.

Liguei pra Vinícius, mas o telefone dava desligado. Insisti umas três vezes ao longo do dia e, ao sair do trabalho, peguei um ônibus pra casa dele. Eu mal havia batido quando uma mulher sorridente abriu a porta. Demorou um pouco para eu reconhecer a mãe dele. Eu a havia visto muito pouco, quase sempre de passagem.

— Desculpe — disse eu quando observei sua empolgação pouco natural. Ela tinha cerca de cinquenta anos e usava roupas justas demais. Erguia as sobrancelhas num riso que aprofundava as covas em seu rosto redondo.

— Vim procurar Vinícius. Ele está?

— Vinícius? Ah, entre, entre... ele saiu, mas deve voltar num instante. Entre, vamos. Vamos esperar por ele.

— Posso voltar depois.

— Por favor, entre. Estou tomando uma dose... vou colocar uma pra você também.

— Não precisa...

Mas ela não deu ouvidos.

— Vou botar bastante açúcar pra você. Vem cá, vem cá.

Eu me aproximei desconfiada, ela empunhava contra mim uma colher cheia de um caldo e, sem me avisar o que era, cheia de sorrisos, pediu para que eu provasse.

— Oh, sim. Muito bom. O que era?

— Camarão. — E num instante sua expressão alegre virou pavor. — Oh, não! Você não é alérgica, é?

— Não, não — apressei-me em tranquilizá-la —, sou tolerante a quase tudo.

— Ah — ela respirou com alívio e voltou a sorrir —, então venha aqui. Prove isso aqui também.

Entrei na cozinha e o balcão estava cheio de panelas com os mais diversos pratos exóticos. Voltei a olhar ao redor do apartamento vazio.

— A senhora está esperando alguém?

— Ah, não, querida. Só testando umas receitas novas. — Ela voltou trazendo mais um copo grande de caipirinha. — Prove! Veja se está bom. Se precisar, acrescento mais limão.

— Não é necessário.

— Ficou amargo por causa da casca? Tem limão demais?

— Está ótimo.

Ela falava chegando perto demais, tocando em mim o tempo inteiro.

— Vinícius demora? — perguntei, andando devagar, de volta à sala.

— Acho que não. Ele foi ver o pai. Você sabe que o pai dele tem outra família, não é?

— Ah, sei, sei.

— A gente achou melhor assim. Eu e o pai dele. Foi uma decisão conjunta.

— Sim, claro, melhor que viver brigando — disse quase no automático vendo os quadros em volta. Havia um abstrato horrível de tinta acrílica e, ao lado dele, um figurativo com uma mulher nua, toda torta.

— Aí ele vai lá todo sábado, na casa da nova mulher. Ficam por lá. Vinícius gosta muito do pai dele. Poderiam vir aqui. Tem tanta comida. Acho que ficam com medo porque parece que não posso ficar junto. Imagine. Eu não faria nada. Já tem muitos anos isso. Você acha que eu não aceitaria uma separação que foi dez anos atrás? — Ela voltava à cozinha.

— Bom, é bobagem, claro. A senhora está ótima. — Mas ela falava rápido e eu não acompanhava a história.

— Exato. Estou ótima. Ah, prove também esse outro. — Ela voltava de lá com outra colher cheia.

— Quer mais camarão? — ela me pergunta. — Eu adoro camarão! Fiz vários tipos de camarão hoje. O pai de Vinícius também gostava. E, veja, vai tudo pro lixo só porque eles não querem vir pra cá.

— Que bobagem, não é? Uma comida tão boa. — Sentei na poltrona, cansada das escadas, com o copo na mão.

— Vou te trazer outra dose.

— Não, dona Suzana. Não precisa... acabei de começar esta..

— Tome, tome... não se acanhe. Sabe, eu gosto muito disso Cozinhar tomando uma dosinha. Realça o sabor da comida. Eu fiz um curso de culinária francesa. Meu irmão também. Ele fez comigo. Vamos viajar todos para a França ano que vem.

— Que ótimo. Sempre quis ir pra França...

— Sim, mas tenho que comprar roupa de frio. Acha que devo comprar botas?

Eu não tinha ideia do que responder.

— Sabe o que eu faria? Se eu fosse a senhora... deixaria pra comprar tudo lá.

— Mas eu não ia chegar com muito frio?

— Poderia começar as compras no aeroporto mesmo.

— Não, minha filha, que também não posso gastar muito. Depois da cirurgia... Vinícius lhe contou sobre a minha cirurgia?

— Na verdade, Vinícius não fala muito da vida pessoal.

Falar aquilo me deu um estalo. Na verdade, com tudo o que conversávamos, nunca soube muito sobre a família dele. Nada de pessoal jamais foi dito.

— Ah, ele é meio irritado, não é? Briga por tudo.

— Bom, eu nunca reparei...

— Esse é o problema dos meus filhos. São sérios demais. Parecem estar sempre tentando evitar um desastre. Não trazer o pai aqui, por exemplo. Eles sabem que gosto de receber pessoas. Então, me diga, o que poderia dar errado, realmente?

— Acho que nada. A comida está ótima, a caipirinha bem servida...

— Música! — ela disse, crescendo os olhos e acrescentando, num sobressalto: — Vamos pôr mais música.

Então trocou, rapidamente, o disco e voltou rebolando ao som de um samba-canção regravado. Completamente bêbada, fazendo o vestido vermelho balançar. Sorri com o nó que se formou na minha garganta quando naquela imagem vi meu próprio pai cantarolando os versos de "A volta do boêmio". No passo trôpego dela, eu o via em sua solidão ébria. Decadência era a palavra, mas não era qualquer uma, e sim uma decadência terna dos que não pararam de sonhar.

— Você quer que eu mude a música? — perguntou-me, constrangida. — Está ultrapassada, não é?

Mas eu ainda via nos olhos dela aquela esperança. Ocorreu-me que, afinal, aquela senhora era uma criança querendo ser boazinha.

— Gosto muito dessa música.

Ela sorriu, pateticamente feliz, e sentou-se no sofá ao lado da poltrona em que eu estava.

Pedi para ir ao banheiro. Ela ficou entre deitada e sentada, acendendo um cigarro e cantando a música junto com o aparelho. Quando voltei, escutei-a ressonando e, num impulso, entrei no quarto de Vinícius.

— Já cansei de pedir para que ele se livrasse dessas coisas todas, mas não tem jeito. — Eu paraliso, com as mãos no meio do caminho, na direção do armário. — Ele insiste em guardar tudo — ela disse da sala.

Eram pedrinhas, lembranças de casamentos, nascimentos, batizados, comunhões, prendedores de cabelo femininos, fitas K7 que nunca mais seriam vistas. Que foram destinadas ao esquecimento ou a pertencer a outras pessoas e que, no entanto, agora eram dele, e a elas ele se agarrava na esperança de um dia conseguir consertá-las. As coisas dele, coisas mortas que ele mantinha em um cemitério de fatos alheios. Uma Pompeia de momentos heroicos — imaginei.

Ao deixar a casa, vi que dona Suzana havia adormecido com o cigarro entre os dedos. A comoção da música, o cheiro de aguardente, as lembranças mortas me apertando o peito. Tirei dela o cigarro enquanto ela ainda ressonava, apaguei-o no cinzeiro e tentei me retirar sem fazer barulho. Antes, ainda, pus para tocar novamente a música de que ela gostava e a deixei soando enquanto descia as escadas.

Entro em casa. As luzes estão apagadas. Alguma coisa havia voltado comigo. *Volto pra casa abatida.* Os versos da música, a mãe de Vinícius, os lixos acumulados de Vinícius. *Vai dar na primeira edição.* A música permanece em minha cabeça quando coloco os pés na sala. Com os lábios fechados, sinto os dentes se afastarem. É sexta-feira. Ele costumava beber sozinho nas noites de sexta. A mesinha de plástico estava no mesmo lugar.

Ele se veria como um homem só ao som de um samba-canção, uma cena triste e bonita, ele se veria leve, embebido de uma alma sofrida. Uma falta que não havia. Uma cena de novela em que o rosto triste de um homem cansado derrama uma lágrima ao som da música.

Ele não via.

Eu via um velho sem camisa, bebendo só em uma mesa de plástico, um rádio que engasgava, uma música que soava metálica. Não era um close, minha imagem. Eu enxergava tudo e era um homem curvado sobre a própria barriga crescida, os cabelos, muito poucos, que restavam desgrenhados, os olhos de peixe morto. Vai dormir, pai.

Tomo um susto. Minha mãe fuma na sala, na frente da TV desligada.

— Mãe?

Ela sabe qual a pergunta.

— Estava aqui fumando um cigarro...

Aceito o fato com a cabeça. Não acendo a luz. Vou para o quarto. Não aguento mais essa música. Não se pode evoluir, se trabalhar em paz nessa casa — me escuto. Ao passar pelo corredor, dessa vez devagar, olho para baixo, encarando meus tênis sujos.

Vinícius deveria ter estado em casa dessa vez. Entro no quarto. Acendo a luz. E que jeito? Pego a prancheta e um lápis mal-apontado. Procuro qualquer coisa para reproduzir. A garrafa com água pela metade esquecida sobre a escrivaninha. Empenho-me em fazer aquela garrafa. Primeiro com o máximo de realismo possível. Depois desmontando-a, abstraindo-a, infantilizando. Ponho os fones. Como se fosse para apagar o samba-canção que se repetia na memória. Escolho a mais nova cantora de voz suave para rebater. Revelação do último ano. Uma borboleta — penso comigo. Encomendaram uma borboleta. Começo meus traços incertos.

Vinícius chegou no domingo ainda pela manhã sem avisar. O céu completamente marmorizado de nuvens branquíssimas se exibia por trás da grade do portão atrás dele, junto às árvores floridas de roxo no jardim da minha casa.

— Então, não está a fim de encontrar o pessoal na casa de Guto?

Eu tinha acordado não fazia muito tempo. Não havia sequer tirado o pijama quando a campainha tocou e fui atender bloqueando a claridade com uma das mãos.

— Entra aí. Tenho que vestir alguma coisa antes.

Ele me acompanhou caminhando atrás de mim até as cadeiras de palha.

— Aliás, como vai sua mãe? — perguntei.

Ele entortou um pouco a cabeça, desconfiado.

— Está tudo bem. Por quê?

— Ela estava sozinha na sexta. Parecia preocupada com a comida que poderia estragar.

— Está tudo bem. Já disse.

Mas respondeu isso ríspido. E pareceu ressabiado a partir desse momento.

— Por que foi lá, a propósito? — perguntou.

— Eu estava com problemas. Acho que pensei em te chamar para uma cerveja. Queria conversar. Recebi um e-mail...

— Bom, eu disse que era uma fase de merda. O que esperava? Que eu pudesse mudar os fatos? Acha que sou algum tipo de herói? Onde está a planilha de gastos que te disse pra fazer?

— Espere um minuto.

Mas, quando voltei com o papel nas mãos, ele olhava pelas grades do portão, sério. Entreguei o papel, ele deu uma olhada ligeira.

— Isso não é uma planilha. Onde estão os gastos com transporte, por exemplo? Você não anda? Além do mais, você não ia consertar o ateliê? Não vejo as despesas disso aqui. Aliás, acho que você ainda nem checou o quanto custa.

Ele rasgou o papel. Senti um certo ódio na expressão dele. Uma expressão que eu não lembrava de já ter visto naquele rosto.

— Espere. Não rasgue isso!

Ele então juntou as folhas em duas para rasgar em quatro. Cogitei tomar à força aqueles papéis de suas mãos, mas, àquele ponto, era mais importante que ele me ouvisse do que resgatá-los.

— Tem informação útil aí — eu disse, olhando pra baixo.

— Vai ser bom você começar a pensar nos valores reais das coisas...

— Pare com isso. Não é uma brincadeira. — Mas ele juntou para rasgar em oito. — Vai ficar ilegível!

Ele juntou para rasgar de novo. Não parecia ouvir.

— Veja só, já está começando a repensar... viu como...

Fui para ele, tentando tomar os papéis, e os pedacinhos caíram ao chão. Me abaixei tentando recolhê-los, mas o vento levava alguns deles embora.

— Viu o que você fez?

— Eu? Mas eu só fiz o que você... olhe, você precisa...

— Quer saber? Não preciso da sua ajuda. Prefiro ser desorganizada com minhas despesas. Prefiro não saber o que eu quero da vida. Melhor do que viver paranoica achando que posso consertar o mundo e me distraindo com os problemas dos outros em vez de cuidar de minha própria vida. Você não ia fazer uma prova? Não estava concorrendo a uma bolsa para pesquisar mercados financeiros? Não vejo você preocupado com isso. Você fica aí, perdendo tempo, de bar em bar.

— Como é? — Ele parecia não acreditar no que estava ouvindo, sua pele ficou esticada e as pálpebras repuxaram por um segundo. Depois ele relaxou os ombros, virou a cabeça pro outro lado e pareceu ter chegado, instantaneamente, a uma conclusão. — Quer saber também... Se você quer uma casa cheia de rombos, uma vida de que não consegue dar conta, uma vida que odeia... por mim, tudo bem. Se abrace com seus problemas, acho que está muito bem sendo infeliz. Não precisa de minha ajuda com isso.

Então ele mesmo abriu o portão e foi embora sem fazer alarde enquanto eu me empenhava na impossível tarefa de recolher os retalhos na ventania.

Os dias se tornaram mais curtos. De manhã, eu me dedicava aos gráficos que fazia de maneira automática, sem observar o relógio. As costas voltavam, aos poucos, a se readaptar às cadeiras desconfortáveis e, conforme o tempo esquentava na cidade, a temperatura do ar-condicionado decrescia, exigindo casacos mais quentes para ambientes internos. Eu olhava as pessoas moverem-se rápido e me sentia cansada. Voltava a olhar para o computador e me dava comandos: limpar traços.

Ouvia todas as músicas que tinha e, ao final delas, sabia que era hora de ir pra casa. Retirava o casaco, guardava na gaveta que mantinha trancada à chave na empresa, andava até o ponto de ônibus. Pegava o carro que não estivesse lotado, deixando muitas vezes que dois deles passassem direto. Dormia no caminho, acordava várias vezes para ver onde estava. Perto do ponto, pedia para descer. Eu fazia apenas o caminho de sempre.

Depois da refeição vinha a hora mais determinante. Eu me fechava no meu quarto e refazia, pela milésima vez, o esboço das borboletas que havia prometido entregar. Era o único trabalho próprio que me restava e eu me apegava a ele, sem nunca terminá-lo. Com a prancheta sobre o colo, dormia de vez em quando, arruinando um traço no cochilo.

Eu me interrogava, às vezes: como isso ia ser? Porque, quando eu precisasse voltar à pintura, teria que voltar ao ateliê. Seria inviável usar tinta a óleo no quarto, especialmente agora, que não havia mais janelas. Brigando com a ideia de voltar, eu me imaginava montando, ao lado da cama desforrada, o cavalete e investindo nele as tintas. Imaginei as gotas respingarem no chão, na colcha, nos móveis, nos livros. Definitiva. Do jeito que a tinta a óleo é. Arruinando tudo enquanto eu tossia, intoxicada do cheiro da terebintina, que sempre me pareceu agradável até então.

E por que não?, eu questionava. Posso substituí-la por um diluente sem cheiro. Não iria me sufocar e seria lento até a intoxicação tornar-se séria. Quanto a manchar tudo, a falta de luminosidade... nada parecia tão sério.

Nesses momentos eu me divertia com a ideia de que eu poderia ficar ali no quarto, perfeitamente, a vida toda. A porta poderia ser fechada, e quando viessem do trabalho talvez perguntar por mim, minha mãe diria: "Ah, ela está segura."

A ideia passava a ter cheiro. Eu me imaginava a tossir. A tosse virava, então, a tosse do meu pai. Dava vontade de dizer-lhe: Está vendo só? Por que me deixou sozinha com essas coisas defeituosas pra dar jeito?

Eu dissipava, rápido, a sensação. Autoindulgência sempre me havia parecido um sentimento repugnante. Olhava para o desenho. E, afinal, não era hora, ainda, de passar para a tinta. Não havia com que me preocupar.

Havia vários estudos, agora. Um deles, especialmente doentio, mostrava dezenas de borboletas moverem uma linha fina com que envolviam e sufocavam uma mão infantil. Não era o único. Noutro a borboleta virava uma ampulheta imóvel impossibilitada de bater asas. Noutro, a borboleta parecia obscura demais. Eram dezenas de desenhos inúteis que pareciam condenar-me a permanecer no quarto.

É num dia desses que acordo com um barulho estranho. O relógio marca meio-dia e sou invadida pelo sentimento de que ainda há muito pra ser feito. Uma sensação de que estou atrasada. Saio do quarto. Ouço abrirem os cadeados do portão dianteiro. "É por aqui", ouço dizerem.

— Mãe?

Levanto da cama, saio do quarto e, já no corredor, percebo que ela está entrando em casa, mas não vem sozinha. Quem são essas pessoas? Ela abre os portões completamente. Vem entrando de cabeça baixa e apenas aponta para o chão do terraço.

— Mãe?

Ela me vê. Descalça, desgrenhada, parada ali no começo do corredor escuro, e, como se tivesse sido flagrada, começa a chorar olhando pra mim. Eu começo a chorar também olhando pra ela, estendo as mãos para o nada. Nada. Ela repete o gesto.

Nada a dizer.

Nada. Não entendi o flagrante.

"É por aqui", diz um dos estranhos para o outro e começam a entrar com móveis nas costas que eu, imediatamente, reconheço. São as coisas do meu pai: frigobar, cadeira, caixa, mala de roupas, mesinha de canto.

Eu e minha mãe paradas, distantes, diante uma da outra. Nem uma palavra. Porque o que diríamos? Ele está morto. Ele morreu. Trouxemos de volta as coisas dele. Que continuam dele. Ele está morto. Os móveis estão aqui e não temos espaço para eles.

Não nos movemos nem paramos pra chorar. Os homens passavam pela gente. Deixaram os móveis no terraço. Era tão pouco e nós de braços para o nada, sem nos abraçar. Abraçar, não. Seria insuportável.

Voltei para o quarto. Tranquei a porta. Por favor, façam isso parar. Depois de passar a chave, sentei no chão ao lado da cama.

— Ela não me avisou nada — eu disse, sem emitir um só som. Enquanto visitava, mentalmente, as instalações precárias do apartamento onde meu pai passava a semana.

Metros e metros de paredes nuas. Eu havia prometido uns quadros de papel.

— Ela não avisou que ia hoje.

— Deixe que sua mãe resolva isso.

— Mas eu queria ajudar.

Mais ajuda quem não atrapalha.

— Mas eu poderia, *sim*, ajudar.

Duvido da afirmação. Do diálogo imaginário. Olho, de novo, as horas. Batem à porta.

— Filha?

Não respondo. Não quero denunciar meu choro.

— Abra a porta.

Abro. Ela não está mais chorando, mas os olhos continuam vermelhos.

— Vamos precisar de espaço — ela diz.

A porta do ateliê abre, ruidosa. Parece que se passaram anos de abandono. Evito contar o tempo. Com dificuldade, somos três tentando transportar pra lá os móveis extras. Tudo sobra.

Não nos olhamos nos olhos, meus pés descalços juntam terra. O ateliê está cheio de terra, e o frigobar pesa em nossas mãos. Duas mulheres e uma criança. Com o peso dos móveis e coisas restando. É impossível não lembrar do dia. Do fatídico dia. Das prateleiras cheias de gaze da UTI. Da notícia sendo dada.

3 de março, 12h33

— Moça — disse o médico —, tem algum homem na família?
 — Tem ele. Meu pai. ELE é o homem da casa — respondi.
 — Entendo...
 — Entende?
 — Tem alguém que...
 — Entende nada.
 — Érica, não é?
 — É.
 — Érica, sua mãe está abalada.
 — E eu órfã. Não é isso que o senhor está dizendo?
 — Érica?
 — O que é?
 — Precisamos de alguém lúcido para cuidar dos procedimentos.
 — Que procedimentos?
 — É preciso contratar uma agência funerária.
 Cerâmica, paredes. Branco. Branco. Branco. Tudo ali era branco. Quando tornaram a dor uma coisa tão asséptica?
 — Érica, está me ouvindo?
 Quantos anos ele devia ter? Vinte e poucos. Trinta, no máximo. Era médico. Noite acordado. Barba de um dia.
 — É o senhor que assina? — perguntei.

— O atestado de óbito? Sim, claro. Mas preste atenção. Eu sou apenas o plantonista. Mais detalhes, tem que ver com o médico que estava responsável pelo seu pai.

— E onde ele está? Será que não podíamos ver com ele, então, se...

— Como eu estava dizendo... ele não está hoje. Estamos em regime de plantão.

Eu não estava entendendo nada. Mesa com gazes, seringas descartáveis.

— É carnaval — ele disse como se me achasse estúpida. Procurei sinais de que haviam tentado salvá-lo. Onde está o desfibrilador?

— Érica?

Olhei de novo pra ele.

— Preste atenção. Só são vocês? — Eu sabia o que ele queria dizer: mulheres fora do estado normal. — Eles vão ver, lá na funerária, que são duas mulheres, vão querer se aproveitar. Vão empurrar um serviço de embalsamamento. Preste atenção. Não é preciso. Ele está OK. É uma morte limpa. Não aceitem se disserem que precisa.

As palavras gravadas em pedra. Sem sentido. Mas do que é que o senhor está falando? Não disse nada. Concordei com a cabeça. Não precisa de embalsamamento. Repeti mentalmente. Não precisa. Diga que não. Morte limpa. Morte branca. Não precisa. Não aceite. Não aceito. Não aceito, limpo. Não aceito a morte. O branco. O carnaval.

Então eu via, de novo, o médico. Era como cair do segundo andar — machuca e não mata.

— Ele morreu sozinho, doutor?

— Fique tranquila. Havia muita gente com ele. Médicos. Não houve dor.

Médicos.

Eu sabia, eu sabia. Eu deveria ser médica.

Meu pai detestava médicos — penso sem dizer. Não seria de todo verdade, mas há poucas vinganças possíveis para aquilo.

Fecho a porta do ateliê ao terminar de reacomodar os móveis. Estamos ofegantes do esforço físico. Deixo que a poeira continue cobrindo tudo. É como um enterro — penso comigo —: saímos na calçada para poder entrar pelo portão de casa.

— Mãe, alguém já providenciou uma lápide?

— Seus tios estão cuidando disso lá.

— Não deixem de me avisar. Quero pôr uma coisa lá.

Ela concorda com a cabeça. Não diz, embora saiba, que nem comecei a fazer. Que nem sei o que faria. Caminho entrando em casa e pensando: Uma homenagem póstuma é um ato de carinho.

Não sei se acredito nisso: Carinho após a morte. Lápide, epitáfio, decorações artísticas onde uma carne se putrefaz.

— Não fiz almoço — ela diz, desculpando-se.

— Não estou com fome — respondo — e tenho trabalho pra fazer.

Durmo cedo. Ao dormir sonho que sigo só por um caminho de terra. Vejo minhas botas subirem as pedras e a rua de terra e mato. Avisto uma casinha pequena, sem reboco, no meio do nada, bato palmas em frente a ela. Um menino de doze anos vem me atender.

— Estou querendo falar com dona Rosa.

Dona Rosa vem me receber, mas o menino continua ali. Entro. A sala é um imenso vão, o piso não tem cerâmica. Há um tapete que me parece familiar. Ela indica um sofá de cerejeira com almofadas verdes para sentar. O sofá também parece familiar. Sentamos. Eu em um deles, o menino ao meu lado, tia Rosa à minha frente.

— Recebemos a caixa.

Espero que ela reaja, mas ela não o faz.

— Não consigo decifrá-la — eu digo —, preciso da ajuda de vocês.

— Era um menino ruim — ela repete.

— Devia ter sofrido — justifico-o.

— Por aqui, todo mundo sofre.

— O que houve com o pai dele?

— Foi esmagado.

Nessa hora, o menino ao seu lado começa a gritar. Olha para mim.

— Você é ruim! — num som que reconheço imediatamente.

— Pai?

— Você me abandonou — ele diz.

Acordo assustada percebendo o celular vibrando debaixo do travesseiro. O visor se ilumina no escuro do quarto e um ícone de envelope se exibe para anunciar a mensagem recebida. Aperto o botão: Passei no trainee!!!!, Vinícius. Assim, com vários pontos de exclamação e um avatar de bonequinho erguendo as mãos. A mensagem parece ter sido repassada em cópia para todos os contatos que ele tinha gravados na agenda. Escrevo de volta: Parabéns. Envio. A tela de abertura do telefone marca nove da noite. Mas a casa já está completamente adormecida.

Eles chegaram tarde para o Natal.

— Foi um começo de ano muito estranho — disse meu tio ao sentar-se no sofá.

Na cozinha, a esposa dele garantia preocupação.

— Ele ficou muito impressionado. Não dorme mais à noite; quando dorme, acorda assustado.

— Foram logo duas mortes este ano — dizia meu tio. — O que me surpreende é que a que mais me abalou foi a de Aluízio, mais do que a da minha própria irmã. Não entendo. Simplesmente, não entendo... — dizia ele na sala.

Na cozinha, a esposa dele comentava.

— Eu só o vi chorar duas vezes: uma foi na morte da mãe dele, outra foi na morte de Aluízio.

Abro os portões, vou para o ateliê novamente. Já não aguento adiar o trabalho. As coisas, os móveis dele me encaram. Monto o cavalete. Pego uma tela pronta, retiro o plástico. As coisas me encaram. Procuro o carvão. Finjo que não me importo. Ignoro-as. Só me faltava essa: o olhar dele ainda a me intimidar depois de morto.

Transfiro para a tela uma borboleta incerta. É a parte mais fácil do trabalho, mas me demoro. Ouço todos saírem de casa.

— Não, não... vou ficar trabalhando — eu disse a todos.

O mergulho é inevitável.

Solto a tela. Abro uma das caixas e encontro dentro dela velhos boletins de escola com notas medíocres. Uma foto sem foco de um homem com uma arma e uma senhora ao seu lado. Julgo que seja minha avó. Sempre achei que era minha avó. Não faz sentido, agora. Porque hoje sei que ela morreu quando ele ainda não tinha idade para servir ao exército. Quem é esta senhora? Por que sorri ao seu lado? Prossigo. Certificados. Curso de letras, curso de agronomia, curso de especialização de agente, economia, oratória, sistemas, sistemas. Eram muitos cursos que eu não tinha ideia de para que serviam. Computação, Excel avançado. Não entendo nada disso. Folhas impressas, letras de música cifradas, são poucas: Chico Buarque, Waldick Soriano, Paulo Diniz, Tânia Alves.

Engulo saliva. A voz afinada do meu pai e o som do seu violão continuam frescos na memória. O violão ficou pra mim. Olho novamente. São músicas fáceis, mas tenho medo de cantá-las e acabar apagando da memória a versão que tenho delas na voz dele. Não faz sentido.

Solto as folhas. Percebo que estou manchando tudo. Preciso pintar. Desfaço com a mão a lembrança sonora que se formou no ar, ao meu redor.

Preparar a paleta. Cores semitransparentes. O que quer dizer essa variedade de estilos? Não vê que fica tudo bagunçado? Cores frias. Cores quentes. Tem que ter ordem. Quem engano? Uma paleta esquecida mostra a mistura completa que faço.

Eu gosto de música boa. Só isso — diria ele se estivesse aqui. Sentimental. Onde está o azul-cobalto? Respiro. A tela em preto e branco. A caixa aberta me observa. Pincéis. Acordes. Pincéis... onde estão os pincéis? Então lembro que os havia deixado de molho na solução de limpeza, da última vez. Olho na diagonal. Um copo de vidro que se achava pela borda de um solvente estava, agora, pela metade, e os pincéis se afogam na mistura grosseira e espumosa.

Não quero pensar naquele dia.

Não precisa. Lave-os e siga em frente.

Puxei o conjunto deles de uma vez. Levei à pia, abri, mas não havia água.

— Claro — pensei. — O registro foi fechado.

Caminho até a chave. Abro o registro e, de súbito, a torneira estoura. Corro pra ela. Os jatos me atingem com força. Tento fechar, mas é em vão. A água não jorra da torneira, mas de brechas que vêm antes dela. Volto a tentar o registro. É inútil. Não consigo conter a torneira. Os jatos têm a força de mais de um metro. Respingam em tudo ao redor. Puxo um trapo imundo de tinta e poeira, mas mal é possível conter a força. A água vem em avalanches. Não tem jeito. Então eu caio no choro. E não é mais pela torneira, nem pelos pincéis sujos, nem por estar só. É por tudo e por nada. Corro do ateliê. Procuro na lista telefônica por serviços de encanador enquanto minhas mãos tremem e minha vontade é de gritar, de quebrar o telefone. Tentando me conter, disco os números, um por um, pacientemente, mas ninguém atende às chamadas. Não resta outra opção. Ligo para minha mãe.

— Estou lhe dizendo. Deixa a água escorrer — ela diz. — Quando passar o feriado, a gente vê o que pode fazer.

— Mas vai arruinar tudo! — insisto.

— Bom, se não tem encanador, então não tem encanador. Tenho que desligar.

— As coisas do meu pai estão lá! — quero dizer, mas ela já havia desligado.

Não havia jeito. Disco os números que sei de memória.

— Sim? — atende a voz de Vinícius do outro lado, com um mau humor notável.

— É Érica.

— Ah, Érica? — O mau humor do outro lado muda. Estou em pânico. Quero chorar mais.

— É... Desculpa ligar assim, em pleno Natal, mas é que estou aqui sozinha em casa e...

— Você está sozinha em pleno Natal?

— Sim, sim... mas não é por isso. Isso não é nada.

— Ora, como não é nada? Você é uma grande sortuda. Tem bebida aí?

— Bom, tenho...

— Pois veja só: minha família bebeu. Simplesmente, bebeu a minha vodca de ano-novo.

Então ele automaticamente me desconcertava. Me desconectava do eixo ruim sobre o qual a torneira vazava.

— Que história é essa de vodca de ano-novo? — E já não choro. Porque a história me intriga.

— Sim, é uma tradição. A pessoa compra uma vodca, bebe sozinha e, se não vomitar, seu desejo de ano-novo se tornará realidade. — E a água rolando no ateliê, eu penso.

— Mas não se bebe champanhe?

— Não, não... assim é muito mais representativo. Veja, a vodca que você compra é proporcional ao investimento que fará em realizar seu desejo. Se você investe em uma boa vodca, vai investir bem no seu desejo. E, por consequência, nem vai vomitar, nem deixar de realizar o sonho. Uma metáfora.

— Tá mais pra uma alegoria.

— Bom, você entendeu. Mas, por que você ligou, mesmo?

— A torneira do ateliê estourou.

— Caramba!

— E o registro. Não sei... acho que quebrou. A água está jorrando aqui. Estou sozinha, liguei para encanadores...

— Ah, não adianta. É feriado. Não há ninguém.

— Exato. E a conta vai voltar às alturas. Não sei o que fazer. As coisas simplesmente degringolaram de uma maneira...

— Calma, calma. Eu vou aí.

— Vem mesmo?

— Vou. As coisas não podem continuar como estão.

— Não, não podem.

Ele desligou e, de repente, eu estava muito mais calma.

— Olhe, vou ser honesto com você. Minha mãe tem problemas de depressão. Eu sei que isso muda completamente o conceito sobre mim.

— Bom, ela não parecia tão triste... digo... eu não quis...

— Bom, você não a viu quando cheguei em casa. A porta estava aberta e ela estava dormindo no sofá, cheia de queimaduras de cigarro, toda apertada dentro de um espartilho que ficava à mostra porque, de algum modo, ela tinha desabotoado todo o vestido. As panelas fediam, cheias de comida podre. O cheiro dava pra sentir desde a escada. Um cheiro insuportável.

— Entendo bem...

— É assim há muito tempo. Desde que se separou. Não sei o que deu errado. Talvez nunca tenha dado certo. Uma hora meu pai cansou do excesso todo. Foi embora. Ela não aceita. Ele casou um mês depois. Está casado com esta mulher há muito mais tempo do que o tempo que passou com minha mãe. No começo era engraçado. Eu cuidava dela e da casa, mas, veja, o que estávamos fazendo? Eu brincando de herói. Chegava da escola e me perguntava qual a missão do dia. Comíamos comida de marmita, era divertido no começo. Mas, de repente, eu me vi na vida real com uma mulher adulta com uma doença séria. As pessoas diziam: Ah, você se vira muito bem nos estudos sem professores... bom. Eu *tinha* que

me virar. Eu tinha que encontrar um meio de me destacar...
E tem mais: é hereditário isso.

— Isso o quê?

— Ora, o quê. A depressão. Uma hora iria dar em mim e deu. Eu também queria alguma coisa, entende? Acha que gosto de ser sempre o amigão que só serve pra isso mesmo? Nunca se perguntou por que éramos tão apegados? Por que eu preferia estar com você?

Nisso, ele pareceu desconcertar-se.

— É isso. Foi por isso que fui embora. E por isso é que quero ir embora de novo. Porque essa vida aqui... aqui também não tem nada pra ninguém. É isso que vou pedir no réveillon. Você vem comigo?

— Embora?

— Mas que estupidez... para o réveillon, ora. Pensou em ir embora comigo?

— Não... quero dizer...

— É isso. Compre uma garrafa. Vamos beber tudo e ver se você vomita. Tenho que comprar uma nova. Posso te ajudar a escolher.

— Me ajudar a escolher uma bebida?

— Não olhe pra mim. É a tradição.

— Uma tradição de que cultura?

— Não seja pedante. Eu inventei a tradição.

— Uma tradição que você inventou.

— Você vai ou não vai?

Eu não acreditava em superstições de ano-novo.

— Temos que comer uvas! — foi o que disse meu pai, feliz como uma criança enquanto dirigia para casa depois de ver, pela metade, a queima dos fogos e de ter posto os pés na areia. — Vamos comer muitas, assim o ano novo será de muita prosperidade.

É uma dessas lembranças em que é possível sentir a troca de marchas do carro onde, no banco de trás, eu apenas comemorava o bom humor dele sem suspeitar que ele morreria três meses depois.

— Vai ser vodca ou tequila? — a voz de Vinícius me trouxe de volta. Um painel de prateleiras lotadas de garrafas bonitas.

— Tequila — respondi.

— Boa garota...

Ele alcançou a bebida na prateleira de cima.

— Não. Essa, não — disse —, é muito cara. Eu vou apostar na sorte mesmo para não passar mal. Compre a mais barata.

— Não se preocupe. Vou te dar de presente. Quer mais alguma coisa?

— Um maço de cigarros.

— Certo. Isso você paga. Não quero tomar parte nisso.

Cada etapa do ritual é cumprida à risca. Levar nos braços mesas de plástico, isopor térmico, pratos com uvas verdes e vermelhas, abacaxis, bacalhau e toda sorte de comida supersticiosa do réveillon, além de toalhas brancas, e banquetas. Carregar todos esses itens ao longo de pelo menos duas quadras: do estacionamento improvisado em um terreno baldio de terra batida, passando por avenidas apertadas, seguindo um fluxo inacreditável de gente que, como nós, usava branco, até a areia da praia e a linha do horizonte, escondida pelo céu escuro, sem lua. Nos meus braços, além de uma coleção com quatro banquetas encaixadas, estava a garrafa de tequila, que eu carregava pelo gargalo na mão direita. A saia branca e longa de algodão enroscava na minha perna com o vento.

Mas não foi esse o detalhe que incomodou minha mãe. Ainda em casa, colocando tudo na mala do velho sedã, o único detalhe perceptível quando me aproximei parecia ser a garrafa de tequila importada que eu trazia comigo.

— Você poderia ter ficado de levar outra coisa para essa festa.

Eu não havia lhe explicado a tradição de réveillon dos meus novos amigos. O assunto pareceu ficar estranho o suficiente desde que lhe anunciei ter outra festa pra ir.

— Acho tão feio uma mulher carregando bebida assim — continuou. — Já é feio em homem.

E foi quando meu irmão apareceu, carregando uma caixa que ele fazia parecer mais pesada do que, de fato, era, considerando que, na certa, comportava apenas os itens que seriam postos sobre a mesa. Ele depositou a caixa dentro do carro, ofegando, depois se apoiou nele, respirou fundo, e olhou pra mim.

— Ainda não se vestiu?

Parecíamos estar indo para eventos completamente distintos. Eu usava uma camiseta branca já bastante gasta, de algodão, e um velho jeans. Mas ela havia arrumado os cabelos em um salão, usado maquiagem, pintado olhos e lábios, além de ter comprado roupas novas: uma saia longa, branca, com aplicações douradas, e uma camisa de seda fluida com debruns. Ele usava uma calça jeans e uma camisa, provavelmente escolhidas por ela, que parecia animada em comentar a barganha que pagara por tudo aquilo em uma loja prestes a fechar, bem no Centro. Mas não foi só a roupa que gerou surpresa.

Durante todo aquele dia, ela havia providenciado especialmente para a ocasião travessas e mais travessas de suflê, salpicão, uvas, tortas. Um absurdo se pensássemos que toda aquela comida servia apenas três pessoas que nem estavam com fome. O dia girou, naquela casa, em um constante entra e sai, e liga o carro, e volta.

Eu acompanhei parte do movimento quando cheguei em casa, às seis da noite. Havia trabalhado até mais tarde e com mais afinco que qualquer outro na agência. Metade do pessoal havia sido dispensada e eu desenhava com fones de ouvido. Não fosse a reunião pela manhã, o tráfego incomum de pessoas na volta pra casa, não teria parecido, absolutamente, que havia qualquer coisa de especial no dia. Era um alívio. O resto do tempo, procurando o olho tranquilo do furacão feito por minha mãe, que se movia com eficiência e empenho no planejamento dessa bela festa de réveillon para a qual havia trabalhado durante o dia inteiro. Numa dessas idas e vindas, consegui alcançá-la. Ela havia entrado em casa, apressada, vestindo jeans e uma bata de malha.

— Estou indo para o salão agora — e, sem me olhar, caminhava na direção da mesa de vidro, no centro da sala —, se quiser ir também, a hora é agora —, onde apoiou a bolsa que trazia a tiracolo e vasculhava alguma coisa ali por dentro.

— Eu vou pra outra festa de réveillon...

Ela virou o rosto pra mim, ainda parecendo vasculhar em um movimento cego, com as mãos ali dentro da bolsa. Continuei:

— Vinícius me chamou pra uma festa que vai ser ali mesmo, perto da praia.

— Aqui sempre viramos o ano juntos.

Essa era uma das exigências do meu pai. Sempre passar a virada do ano juntos. Os quatro. Não importando o que acontecia ao nosso redor. A frase trazia de volta uma série de namorados contrafeitos dizendo: "teu pai é um tirano", ou "teu pai é um hipócrita".

— Eu não sabia que a senhora ia fazer festa este ano...

Não sabíamos mais ter um réveillon sem meu pai. Eu pensava: Bom, eventualmente, deve ter havido algum em que ele não estava ali. Minha mãe, pelo menos, deve ter tido vários réveillons sem ele, antes de se casar. Então, como se podia fazer? Mas a verdade era que não lembrávamos como. Quando você está em uma família, parece impensável que, em algum momento, alguém não vai mais estar ali. Eu notei: nas histórias que minha mãe contava sobre quando era menina, parecia que meu pai de algum modo estava lá, só não estava junto, ainda. Seja como for, decidi que a coisa certa a fazer era ignorar completamente aquela data. Que queria apenas beber e amortecer o impacto. Então, claro, fiz tudo diferente. Marquei com Vinícius. Ele me buscaria na praia e beberíamos o máximo que pudéssemos. Nada lembraria ele porque ele não poderia existir entre aquelas pessoas. E ela: foi para o outro extremo. Como se, caprichando demais na comemoração, pudesse compensar a ausência dele.

— Bom — ela puxou da bolsa um molho de chaves, fechou o zíper e a pôs de volta no ombro. — Mas você só vai sair depois da meia-noite, não é?

— Claro.

— E não vai mesmo querer ir ao salão?

Então eu não tinha muito o que fazer diante daquilo — do olhar desaprovador dos dois naquela noite — senão caminhar de volta pra dentro de casa, passar o corredor, e trocar o par de jeans por uma saia, tendo, o tempo inteiro, o estranho pressentimento de que aquilo não seria o suficiente. O constrangimento se intensificou no carro, quando ela dirigia, de ombros tensos, e era o prenúncio de um desastre.

— Vamos chegar cedo, assim temos tempo de arrumar bem bonita nossa mesa.

— Não é comida demais só pra nós três?

— É ano-novo.

Aquela era uma resposta que não fazia sentido.

— Além do mais, melhor sobrar do que faltar. Você convidou seu amigo?

— Acho que ele só vai aparecer mais tarde.

Ela não disse nada. Chegávamos ao calçadão, e o vento forte, a multidão de pessoas e a saia longa que se enroscava nas minhas pernas davam uma sensação de agonia, uma impressão de tropeço e queda iminente. Eu respirava fundo, encontrando brecha na multidão de gente, até chegar à areia fina da praia, e, como quem procura um destroço salvador para não se afogar no oceano, encontrei nossa tenda.

— Ali. Vamos.

Ela sorria desesperadamente. Fotografava a mim e meu irmão enquanto montávamos a mesa. Ele jogou-se sobre uma cadeira imediatamente ao terminar e ficou ali, olhando para o nada, sem reclamar, sem falar, sem sorrir, como se para esperar a festa acabar exatamente como quem espera a chegada do ônibus. Um ônibus lento e demorado sobre o qual nada se pode fazer.

— Vejam que engraçado. Um cachorrinho vestido de branco! — ela disse.

— Onde estão os copos? — perguntei.

Ela aponta, desconfiada, uma grande caixa com descartáveis e me observa tirar um deles, encher e beber sem misturar.

— Ele ficava tão animado no réveillon — ela falou. Seu riso se desmanchava, leve.

Era uma cilada. Ela iria falar, saudosa, que Aluízio gostava da praia, que Aluízio não aguentava caminhar rápido. Lembra que, ano passado, chegamos atrasados?

— Vou ver se encontro alguém — eu disse levantando da banqueta bruscamente e me afastando sem olhar pra trás com um copo cheio.

— Você volta antes da meia-noite, não volta?
Não respondi.

Eu havia começado com um problema simples. Um sistema que eu achei que resolveria a questão. Dividi a noite em pequenas partes, e tentei pensar em cada evento como um número, como uma hora. Onze horas. Eu perambulo sozinha pela multidão, com a tequila começando a surtir efeito e olhando um por um os rostos na multidão, tentando reconhecer alguém em meio àquelas faces de risos e dentes, e mastigações de salgadinhos, e mãos que seguravam copos de plástico.

E a voz do meu pai ficava pulsando frases aleatórias na minha memória: "É bonito demais ver esses fogos!", ou o som da risada curta, de dois tempos, que ele daria. Os olhos rasgados, as imagens das fotos dos últimos réveillons. Ele sorrindo naquela imagem paralisada que foi revelada e ampliada e posta em cima do caixão, durante o velório.

Não estava dando certo. Onze horas e meia.

Porque os eventos não se ligam por números, mas por imagens, e imagens são mais bem assimiladas fora de ordem. Se agrupam fora de ordem. Dou outros dois goles na tequila. No palco, o cantor diz: Falta meia hora. A multidão vibra, estende os braços. Olho o visor. Havia marcado com Vinícius em um ponto específico, mas é ele quem me encontra, puxando minha mão. E eu o abraço forte, e ele parece não entender nada.

— Ei! Ei!... Assim eu derrubo as coisas.

Ele segura uma garrafa e um copo. Com ele estavam Emília e Fausto, que sorriram pra mim e me deram abraços de lado.

— Eles vieram comigo — Vinícius explica.

— É — disse Emília —, ele insistiu em vir só, mas imagina se não consegue te encontrar e vira o ano sozinho...

— A festa tá rolando lá. Certeza que só dá pra ir depois de virar o ano? Porque está em cima da hora.

Vinte minutos.

Então eu explico que tenho que correr pra mesa, pergunto se não querem vir junto, eles negam, confirmam que estão bem e vão me esperar ali mesmo. Prometo voltar dentro de meia hora, exatamente.

— Relaxe... vá lá, abrace sua família e seja bem feliz — diz Emília, e eu rio. Mais pela bebida que pela vontade de rir.

Quinze minutos.

Então eu corro em direção à velha mesa, à minha mãe. Aborrecida. Repassando as imagens porque imagens decifram dores e dores precisam ser compartilhadas. Aí eu penso na maquiagem da minha mãe. E eu havia calculado trinta minutos para passar com ela, o tempo preciso da virada e dos fogos, que é quando é possível ficar calado, apenas olhando as imagens pirotécnicas que se formam no céu. E eu lembrava, só então, que eu nunca via direito os fogos porque assistia, em vez disso, à reação do meu pai aos fogos. E meu pai não estava lá. E nunca mais estaria. Então eu calculava mal, porque esse tempo nunca duraria, de verdade, trinta minutos.

Dez, nove, oito.

Eu já a avisto. Ela tem duas taças na mão. Sorri mais ao me ver.

Sete.

Corro ao seu encontro, seguro a taça que ela me estende. Começo a integrar o coro, contando assustada enquanto cresce o tal nó na garganta.

Cinco, quatro...

Só que ela deixa escapar uma lágrima, e eu tenho que continuar vidrada e continuo contando.

Três, dois, um...

E ela me abraça, os fogos explodem e então eu começo a chorar como se tivesse acabado de acontecer. Enquanto os fogos explodem, o som deles se mistura ao de vários espumantes que espocam, milhares de pessoas a nossa volta batem as taças. E todas elas se abraçam. E ela quer me abraçar, quer fazer com que eu me sinta melhor. Quer que eu a faça sentir-se melhor. Mas eu não queria.

Eu olhei para a linha do mar. Para um sorriso tímido que meu irmão deu ao ser abraçado e quase sufocado por ela, que se interpôs entre nós dois, segurando nossas mãos, como fazem as pessoas em prece. Eu não estava mais perto do meu pai, a cada estouro. Eu o estava perdendo.

— Tenho que ir — eu disse.

— Você ainda volta?

— Estou na rua paralela, a poucas quadras daqui.

Ela olhou pra mim com um ar de decepção. Tive a impressão de ter ouvido um "cuidado", dito de forma severa. Mas não olhei pra trás pra me certificar. Os fogos retardatários espocavam solitários enquanto a banda no palco dava continuidade à música.

O DIA AMANHECEU NUBLADO E, APESAR DE TODO O ESforço, não foi possível ver o sol nascer da maneira mais bonita. Escondido atrás de uma camada semitransparente de nuvens, ele estourava raios esbranquiçados e difusos que fizeram o céu clarear gradativamente. Seriam pelo menos trezentos quilômetros até chegar ao lado sul do litoral onde mergulharíamos no mar mais limpo e pularíamos ondas realmente grandes para saudar a chegada do ano. O carro deslizava tranquilo nas ruas. E era impossível não se comover com aquele aspecto de abandono típico das seis da manhã do dia 1º de janeiro. Eu olhava através da vidraça uma das avenidas principais sem mais carros, os postos de gasolina, padarias, lojas, restaurantes... Todos com suas portas fechadas. Suas calçadas cheias de latas de cerveja vazias e amassadas. Passávamos ao largo de todo esse pós-festa avançando devagar nos sinais vermelhos ao som de Frank Sinatra.

— Parece que houve um ataque zumbi — disse Guto olhando da janela.

A música foi uma das primeiras brigas logo que todos subiram a bordo do robusto Vitara, pouco depois de Lucas, um cara magrinho e hiperativo, ter roubado a bebida de Fausto e desaparecido com uma menina aleatória e de a namorada de Caio ter abandonado a festa aos prantos, gritando que não a procurasse nunca mais, deixando-o sentado no meio-fio com uma garrafa de uísque, sério e calmo, dizendo: "Que se foda, sabia? Não dou a mínima pra nenhum desses putos."

    Eu havia chegado com Vinícius e Emília pouco depois do estouro dos fogos. Não conhecia nem metade daquelas pessoas. A predominância incomum de meninas com cabelos tingidos de vermelho e vestidos brancos. Uma delas encarnava a Amy Winehouse e garantia que iria se jogar na piscina de roupa e tudo. Outras apoiavam com gritinhos. "Vai, Amy!" E todos pareciam empenhadíssimos em se divertir muito, em tirar fotos provando isso. Acabei sentando com Caio naquele meio-fio, e minha garrafa já ia pela metade quando Emília, Vinícius, Guto e Fausto saíram da casa marchando e disseram: "Que se foda. Vamos nadar na praia."

    Agora, deslizávamos na estrada deserta.

— Eu sempre disse que aquele bicho não prestava. Só aceitava ele ali por perto porque era amigo das meninas e tudo... Enfim, eu sempre tive, sabe... Uma impressão sobre ele.

— Sacanagem mesmo. Por que ele não pediu?

— A gente se vinga... A gente se vinga depois.

    Fausto não conseguia evitar o assunto da garrafa roubada. Mas havia, na verdade, um outro assunto bem mais latente naquele carro. Um assunto que me envolvia e deixava tensa toda a atmosfera ali dentro, e, quando a placa indicou a entrada para a praia à direita, houve uma espécie de alívio generalizado. Guto estacionou o carro perto da vegetação costeira, embaixo de um coqueiro.

— Eu disse que estaria deserta.

— Será que dá pra nadar pelado?

    Logo que o carro parou na frente da praia, todos correram direto para a areia, mas Vinícius se afastava de todos nós. Estava com um aspecto ranzinza. Na verdade, desde que entramos no carro, ele evitava cruzar o olhar com o meu. Foi se afastando, afundando os pés descalços na areia e subindo na direção de um cume coberto por uma vegetação baixa.

— Você não vai vir? — perguntou Emília.

— Vão vocês na frente — disse ele, abanando uma das mãos e afastando-se com a própria garrafa de vodca na outra.

Ninguém tentou detê-lo, mas o grupo se entreolhou. Emília e Guto, em especial, pareceram trocar sinais de quem sabia o que estava acontecendo, mas não comentaram nada. Seguiram tirando relógios e roupas em silêncio.

— O que houve com ele? — perguntei a Emília.

— Ah, Vini é assim mesmo. Liga não. — Ela voltou-se para a frente do mar, abriu os braços e sorriu. — Vamos lá. Todo mundo. Não tem graça ficar só olhando.

Mas eu vi Vinícius sentado ali sozinho, e senti uma pontada de culpa e solidão.

— Acho que vou ficar ali com ele — eu disse.

— Você que sabe.

Caminhei atrás dele agarrada com uma pequena bolsa de festa, escalando um pico de areia fofa, onde ele estava, sentei ao seu lado.

— O que você tem?

— Nada. Me deixe. Vá lá com os outros. Divirta-se com eles e esqueça de mim, certo? Está tudo bem.

— Não vou deixar você aqui sozinho. Eu vim aqui com você...

— Érica, assim eu não posso mais.

— O quê? O que você está querendo dizer?

— Você é mesmo impressionante.

— O que há com você?

— O que há comigo? O que há com você? O que você estava fazendo ali com Caio, que tinha acabado de brigar com a namorada?

— Não sei...

— Olhe, não sei o que aconteceu entre vocês naqueles momentos, mas a confusão poderia ser feia. Vocês estavam prestes a ficar juntos. O que há com você?

Eu comecei a ficar nervosa.

— Não sei. Não sei o que está acontecendo. É seu amigo, não é?

— Olhe... Você sabe isso — e fez um gesto com o polegar e o indicador sugerindo pequenez — sobre amigos.

— Não tenho amigos. É isso que você quer dizer? Achei que você fosse meu amigo.

Ele ficou calado.

— Por quê, hein, Vinícius? Por que essa coisa toda logo agora? — Escolhi o tom de voz mais contido possível. — Eu só sei que queria mesmo era ter ficado dentro de casa, trancada, mas ora, todos não insistem que temos que sair e comemorar e beber e ser felizes? — Mas esse tom, de repente, começava a se inflamar de ironia. — Não é isso? Não é o que dizem que meu pai iria querer? Pois estou me esforçando. Estou num esforço sobre-humano para ser igual a todos vocês e ficar rindo para ver se isso tudo dói menos. Porque nunca mais os réveillons serão a mesma coisa e só eu sei disso. Essas datas, festividades... Não sei... É como se tivessem azedado.

— Ora, não se sinta forçada a nada. — Ele levantou, saiu marchando na direção do carro, me deixou ali, e, num esforço para manter a calma, acendi um cigarro, olhei para o mar.

Dava para ver ali do cume todos eles, Emília em suas roupas de baixo cor-de-rosa, com listras coloridas em arco-íris, tentando vencer as ondas, tentando domá-las e desfrutar delas, bem como os meninos, dois deles, Guto e Caio, usavam calções de banho pretos. Era um daqueles mares bonitos em que a onda quebra antes de chegar na areia. Ondas grandes, uma após a outra. Traguei o cigarro e naquele segundo eu talvez devesse admitir que, na verdade, detestava fumar. Detestava aquele gosto amargo que ficava na boca, aquele cheiro ruim e tóxico nos dedos.

As imagens da noite foram voltando, junto com uma dor pungente na parte de trás da cabeça. Cenas como a de quando, por volta da uma da manhã, com o céu escuro e limpo, nós caminhávamos da orla urbana em direção à festa. Vinícius e Fausto vinham atrás, cada um com uma garrafa lacrada de vodca. Eu e Emília na frente, com uma tequila e uma champanhe. As ruas estavam interditadas para carros por conta da festa de réveillon e junto conosco havia uma multidão de pedestres no meio da rua gritando "Feliz Ano-Novo!" para tudo quanto era de desconhecidos. Foi quando Emília se aproximou agarrando amigavelmente meu braço e cochichando: "Sabe... Vinícius gosta de você e está bem feliz por você ter aceitado vir para a festa." E não pude evitar a tensão que se seguiu, nem a negação de tudo. "Você acha que ele iria se incomodar de vir te buscar a pé, à uma da madrugada, para te levar para uma festa se ele não gostasse de você? A pergunta é se você gosta dele." E eu não sabia o que dizer a ela. "Veja lá... Não magoe meu amigo." E o que eu poderia dizer para ela? "Não posso, porque meu pai... meu pai morreu há alguns meses. E eu estou bem, mas acho que ainda não estou, sabe... Para algumas coisas. Sexo, por exemplo, se é disso que você fala." Ela olhou para trás, na direção de Vinícius. Depois disse pra mim: "Nesse caso, acho que você precisa dizer isso pra ele."

Foi ali, então, com todos bêbados se atirando, insistentemente, ao mar que uma coisa começou a incomodar na boca. Joguei de lado o cigarro e fui em direção a eles, com a cabeça ainda tonta da nicotina e álcool. Precisava limpar aquilo tudo.

Precisava me esquivar da armadilha. De um lado, Vinícius era um convite até o carro. Do outro, havia todos os outros acenando. Guto, mais enfático, gritou: "Venha, garota! Junte história pra contar."

Eu não podia ir atrás dele. Era uma armadilha. "Olhe, não se trata de você", eu diria. "Acontece que estou numa fase em que essa coisa toda de homem-mulher simplesmente não me interessa." Mas aquele era um ponto sem volta.

Eu desci do cume com as pernas bambas, do peso da areia, tirei primeiro a saia, senti a pele arrepiar com o vento frio, depois a blusa, soltei a bolsa junto a tudo e entrei no mar.

Logo ao dar o primeiro passo, o mar recuou com tal força que abriu um alçapão embaixo dos meus pés, eu sentia a areia deslizar e estava, de novo, fora d'água. Dei passos mais largos, e o mar, então, voltou, cobrindo quase à altura da minha coxa.

Existem princípios para entrar no mar violento, princípios que permitem que se saia da zona onde as ondas quebram para ficar onde há maior estabilidade. Neste ponto, é possível pular sobre elas, mantendo-se sempre à superfície, não importa que tenham uma altura superior à do banhista. A sensação é tão boa que lembra o poder de voar. Mas, para isso, é preciso primeiro furar as ondas, e há jeitos de fazer isso.

Primeiro é preciso ir com tudo. O mar violento parece conseguir detectar o medo. Ele derrubará você ao primeiro sinal de hesitação; vai fazer você rolar na areia, ganhando tantos arranhões que seu corpo ficará doído e ensanguentado. Por outro lado, é melhor entrar com certo respeito, meio de ladinho e maleável. Quanto maior sua rigidez, maior a fraqueza. É uma técnica que ajuda bastante, enquanto a água não chega ao nível da coxa; depois que chega, melhor mergulhar de cabeça quando ela for quebrar. No exato momento em que ela for quebrar.

— Vem mais, vem mais — gritavam eles.

Havia um princípio básico de segurança no mar que todos os nadadores fracos conheciam: não deixar a água passar do nível da cintura. Eu havia cometido um erro. Havia esquecido que, quando a onda é grande, o nível muda muito rápido, você parece estar segura e um passo adiante, já não parece mais. Eu estava bem na metade do caminho entre a areia e o grupo que nadava quando percebi que não conseguiria mais voltar. A corrente ia e voltava com uma força anormal. Foi quando uma onda violenta me derrubou e, por um segundo, a sensação de ar foi zero. Senti como se houvesse um buraco bem abaixo dos meus pés, e comecei a batê-los descoordenada, mas, por mais que fizesse força, não conseguia atingir a superfície. Engoli porções gigantescas daquela água. Respirei aquela água. E a água vinha trazendo imagens perdidas de um passado distante, quase alheio. Um, dois, três...

Pai, é salgada.
O pai rindo horrores.
Pai, e não podia ser mansinha essa água?
O pai rindo.
Pai, quero voltar para o chão.
E os pés que não alcançavam o chão abaixo d'água.

Primeiro era gostar da cerveja em ondas macias. Uma onda a rebentar. Um mergulho em útero macio. Depois era gostar da espuma com os lábios finos e roxos. Passando o inferior pelo superior, limpando um bigode inexistente há dez anos. Ar. Depois era sentir o gelo no estômago. Aquela sozinhez inteira de faltar raízes. Depois a água vinha aos olhos. Pai. Depois a água virava peso. Um corpo pesando. Pálpebras pesando e então tornava-se um peso maior. Filha. E depois, só depois, com a água escorrendo do copo e da garrafa, suados, pingando da mesa, escorrendo, molhando tudo, virava amargor. Filhos. Aí não resistia e deixava que as pálpebras caíssem, a cabeça caísse... É isso. Beber tudo e deixar que o mundo e as águas tomassem seu curso. Só então vinha a música: "Tem certos dias em que eu penso em minha gente."

Sobrava acender o cigarro e só então percebia estar sendo observado. Uma moça estranha na areia seca com seios crescidos e olhos meio marejados. Areia firme. Engoliu mais. Era outra onda vencendo-o. Dois a zero para o mar. Vou me afogar. Mas é que tinha a moça.

— Pai?

E a moça não estava só. Percebia, então, que a moça estranha sabia de tudo. Melhor disfarçar. Erguer a cabeça, e só então olhava sua boca contraída de reprovação. Ela bufou. O gás carbônico que ela soltava a envenenar a atmosfera, toda a música que vinha do rádio. Já não se pode se afogar em paz. (Ele pensaria.)

Ela abandonou o ar como se para afugentar o som da música brega no ar.

— Bom... parece... — Só então notou que, junto com ela, havia mais gente naquela areia distante. — Parece que é melhor eu voltar em outra hora — disse um rapaz alto.

— Não — ela responde —, ignore — percebeu-a dizer quase sussurrando. Aí já era demais. Aí já era afronta.

— Posso saber quem são essas pessoas na minha casa? — A voz embolava. A fala... porque a língua ficava leve demais na bruma.

— Esse é meu pai — eu disse, baixando depois a cabeça, levantando-a depois, com sofreguidão —, esse é um amigo meu.

— E isso lá é hora de estar na casa dos outros?

— Pai, são sete da noite.

O tempo. O tempo sempre enganava. Olhava em volta e só aí via um engradado inteiro de cervejas vazias. A mesa em uma

piscina de suor dos copos. Pingava no pé. Era tudo alagado ali. Era outra hora ali. Encolheu-se constrangido.
 Ela arfou.
— OK. Melhor outro dia.
Ela saiu dali para a calçada.
Novo gole.
Do mar em que estava, ouvia o som deles conversando, mas ali, dentro d'água, não eram mais do que sons sem significados. Nova onda: Gole de cerveja. Estaria difamando seu naufrágio? Então teria ouvido de longe um "desculpe por ele", vindo da moça. Um pedido. Esse povo não sabe de nada. Gostaria, então, de chamá-la e dizer que era um direito. Ele esperava. A moça na calçada, falando pelas costas. Ele esperava. Porque talvez dissesse que há nessa vida alguma coisa de falta. Ele esperava. Porque é tudo o que sobra a um homem cansado. Ele esperava. Porque ela não voltava e talvez fosse preciso não falar — para que não pense que é por causa dela. Ela esperava. Porque doía mais se afogar debaixo da vista dos outros. Ele esperava. Porque é insuportável.
— Pai?
Ela estava de volta à varanda.
— Venha cá.
Ela parada.
— Sente aqui.
Ela parada.
— Escute essa música.
Ela parada.
— É importante.
Ela com ódio. O ódio que, covardemente, se dirigia para o chão. Só agora notava que ela tinha pincéis na mão e apertava-os com força.
— É que agora tenho um trabalho por fazer e...

Nem coragem para afrontar. A desistência brilhando nos olhos.

— Venha cá que estou mandando.

Ela encara.

Passo a passo, como que vencendo as ondas que quebram, aproximava-se, como se penetrando as ondas do mar.

— Sei o que você está pensando.

Ela sentou na cadeira ao seu lado: Aquele movimento de mar. O sargaço a lhe lamber o corpo. Ela olhava para o chão. Teimosa.

— Sei que está pensando que isso é brega...

Mas ela não olhava. E era como quando era pequena. Lembrava de tentar abraçar e beijar a menina, e ela, com cara de gastura, pronta a dizer: "Acabou?" Para, finalmente, livrar-se daquelas garras sufocantes. "Pare", ela dizia, "tira... o meu... ar...", suplicava. Tinha fobia de abraços — "Seu... ar... no... meu..." —, choramingava. Ora, mas isso é que é o bom. "Não!", ela pedia e gritava e, vencido, a deixava escapar e ela se afastava ao máximo, arfando, como se tentasse recobrar todo o fôlego.

Foi a mesma coisa com o mar. Vamos que teu pai te segura. Não. Vamos, você vai gostar. Não, pai. Só quero ficar brincando. Vamos comigo que prometo. Vou me afogar — ela lhe disse. Mas ele insiste: Vamos? — Prefiro não.

Perdeu a paciência. Vamos que estou mandando. E a pegou no braço. Foi entrando com ela nos braços, no mar calmo. Abaixou para que a água cobrisse os ombros.

— Vou contar até três. Você fecha os olhos e prende a respiração para a gente mergulhar, certo?

— Certo — *e naquele momento irrepetível, a menina se animava. Confiava.*

— Vamos lá. Conte comigo: um...

— ...dois...

— ...e...

O mergulho durou um segundo e, quando regressaram ao ar, ela tinha cara de nojo.

— É salgada — disse com decepção. Pouco antes de fugir dali e exigir ficar, de novo, na areia.

E ali estava. O mesmo ar fugidio. Que fique claro — diziam seus olhos —, só estou aqui porque sou obrigada.

— Seu pai entende disso. O povo diz que...

Só estou esperando ser liberado.

— É porque você não presta atenção...

Porque era preciso que ela quisesse.

— Olhe pra mim!

Era uma rejeição que nunca seria vencida. Viu na bochecha dela as varizes que acreditou serem sua culpa.

— É só isso — concluiu, desistindo também. Buscou com a vista um ponto distante. Culpa.

— Posso ir?

— Vá. Não é isso que você quer? Ficar longe? Vá!

Ela não responde. Ele imagina, quando escuta a porta do quarto dela bater, que lá dentro ela arfa, como se para recuperar a respiração.

— Está tudo bem — disse Vinícius. Ele estava sentado ao lado do meu corpo deitado na areia, quando eu acordei.

— O que houve? — perguntei quando vi que o sol já estava alto e não havia rastro de nenhum dos outros meninos por ali.

— Você levou uns caldos. Só isso.

O sol feria meus olhos. Tentei levantar e senti minha cabeça doer.

— Onde estão os outros?

— Não se preocupe. Estão em uma barraca aqui perto. Vamos encontrá-los quando você se sentir melhor.

— Não lembro de muita coisa...

Abaixei a cabeça, calculei que devia ser tarde pela altura do sol. Pensei na minha mãe, que não sabia onde eu estava... Vi que estava cheia de arranhões pelo corpo, e, como se não bastasse tudo aquilo, meu estômago embrulhava.

— Acho que vou vomitar. — E dizer isso dava uma desesperança súbita. Eu lembrava da profecia inventada de Vinícius e, por um segundo, ela pareceu real e me deprimia. — Nada vai dar certo mesmo.

— Está tudo bem — ele repetiu.

— Não está tudo bem, sabe... E a culpa é minha porque não percebo as coisas. Porque finjo que não percebo. Como naquele maldito réveillon ano passado, em que voltamos para casa caminhando devagar para acompanhar o passo de um homem que estava ali à beira da morte — não era óbvio que ele se achava prestes a morrer? Por que eu tinha que fingir que não? Eu, minha mãe, meu irmão... No fundo, estávamos caminhando para a morte, nós também, sabe? Estamos mortos, entende? Você não viu minha casa? Tá todo mundo morto lá. Tanto quanto meu pai. Ele morreu e arrastou a gente. A única diferença é que, ao contrário dele, continuamos esse enfadonho processo de transformar oxigênio em gás carbônico. Mas, ora, ele dizia estar feliz, e por isso o acompanhamos, mesmo assim, para a queima de fogos, atrasados. E na volta fizemos uma breve pausa para uma coca-cola, caminhando lento como se, na verdade, não quiséssemos chegar ao destino: ao carro estacionado, à nossa casa, onde minha mãe preparara uma ceia imensa para quatro pessoas. E eu estava feliz também. Eu estava feliz porque era um daqueles momentos em que a gente está exatamente onde queria estar. Ora, eu não tinha como saber que as cenas seguintes prediziam tudo o que acabou acontecendo ao longo de um ano inteiro: Meus pais se recolheram em seus quartos e eu, sozinha, me enfiei no ateliê com uma garrafa inteira de champanhe, bebendo, pintando e tentando sair dali cheia de certezas. Cheia de resoluções. Eu achava, do auge da minha prepotência, que aquela era *a cena* do réveillon: eu pintando determinada e só no ateliê, vendo o dia nascer pelas janelas. Não era. A cena do réveillon era a de nós quatro atrasados para o ano-novo. Estivemos atrasados, estivemos em um tempo paralelo. Ainda estamos. Estamos vivendo noutro tempo. Numa transição entre dois mundos.

Não tive coragem de olhá-lo depois de tudo. Fiquei olhando a areia entre as minhas pernas cruzadas na posição de lótus.
— Venha, deite um pouco. — E me conduziu para encostar a cabeça no seu colo, acariciou meus cabelos e senti o cheiro úmido da sua calça jeans. — Calma... — Ele então aproximou o rosto do meu e senti que iria me beijar. — ...Está todo mundo confuso aqui.

Já passa das 18h quando minha mãe bate à porta do quarto para avisar que havia guardado dentro do micro-ondas a torta de bacalhau do dia anterior. Meus olhos pesam, a cabeça lateja. Mexo-me na cama para olhá-la e sinto os grãos de areia ainda presos em mim — eles arranham meus braços, bochechas, pernas —, o cheiro da bebida, passo a mão para sentir os nós dos fios de cabelo e balanço a cabeça afirmativa para tudo o que ela diz. Ela suspira.

— Você não voltou mais para a mesa.

Não há o que dizer. Eu olho pra baixo, sentando na cama, esperando que ela prossiga.

— Veja como você está.

Encaro. Ela fez uma expressão de nojo por toda a humanidade.

— Está tudo bem — eu respondo, gesticulando rápido com a mão, tentando me recompor e, talvez assim, encerrar o assunto. — As coisas deram errado na festa a que fui, as coisas saíram um pouco do controle. Não vai acontecer mais.

— Sim, saíram um pouco, eu acho. Porque nem seu pai costumava beber tanto em uma noite de réveillon. O que ele diria se...

Era impressionante a onda de revolta que eu senti, de repente.

— Mãe, por favor, nem pense em começar. Por Deus, isso resume cada coisinha errada que fica quando uma pessoa da família morre. Ficar colocando julgamentos e pensamentos em alguém que não está lá. Ora, ele não diria nada porque ele não estava lá.

— Se ele estivesse aqui, ficaria muito envergonhado de ver — prossegue ela, inabalável. — Você acha que cada um tem que permanecer em suas embalagens lacradas, sem se misturar, e que ninguém tem nada a ver com sua vida. Você não é nada animadora.

Eu não disse nada. Deixei que sua frase ficasse sem eco.

Foi um período de silêncio que pareceu interminável. Ela olhando pra mim e eu olhando pro nada.

— Tudo bem. Não vai mais acontecer, certo? — eu interrompi, bruscamente. — Não dessa forma. Agora, por favor, vamos parar com isso? Eu preciso tomar um banho... O resto da noite foi bem pra vocês?

Ela balançou a cabeça negativamente, num gesto de reprovação. Falávamos por códigos, por frases incompletas. Compreendi que a maior parte da conversa não era o que falávamos, mas o contrário. O que calávamos era o que havia de importante a comunicar. É isso, pai. Veja o que sua morte fez com a gente. Nos tirou as palavras. Que tudo, agora, magoa. Soltamos falas hoje, não como uma estrada a conduzir o diálogo, mas apenas como setas num campo aberto.

A imagem dele invadiu o quarto, mal sustentando-se nas pernas. Bêbado, com os olhos mais fechados que abertos, como costumava ficar. Olhei aquela imagem — um bêbado é sempre um pouco indefeso —, perdoo bem isso tudo.

— De qualquer forma, não faça isso com você. Não faça comigo — ela disse e saiu, deixando-me a sós com seu fantasma. Quis beijar o fantasma com força dos dois lados da face, mas a imagem desfez-se quando, contrariada, ela bateu a porta atrás de si. Não havia nada lá. O vazio daquele espírito. Havia apenas a cama, a estante de livros, guarda-roupa, uma parede com fotos. Nada. Não havia nada. Era nesse nada que morriam todas as palavras. A ausência da fragilidade dele me faz lembrar as suas queixas de abandono, e com tanta perfeição que é quase possível ouvir sua voz.

Vinícius falava ao telefone quando cheguei.
— Vou ter que desligar — ele disse. — Érica chegou aqui.
Então ele se aproximou, sorrindo, e me recebeu com um beijo estalado nos lábios. Há muito ninguém tratava minha chegada como algo tão importante.
— Trouxe pizza — anunciei sussurrando e exibindo à sua frente a embalagem redonda de papelão e remexendo ao mesmo tempo dentro da bolsa, puxando de lá um saquinho plástico como quem tira um coelho da cartola — e filmes para assistir.
— OK... ligo pra você depois — ele disse, ainda ao telefone, e depois, voltando-se novamente para mim. — Ora, mas que coisa. Não precisava trazer comida. De que é?
— De tudo.
— Uma pizza de tudo?
— Faça o teste. Vá me perguntando. Garanto que se não estiver aqui dentro, é porque não existe.
— Calabresa?
— Presente.
— Presunto?
— Presente.
— Queijo gorgonzola?
— Presente.
— *Pepperoni*, frango, atum...
— Presente, presente, presente.

— Meu Deus! É uma pizza de restos! Mãe, venha cá, temos uma pizza de sobras. Uma verdadeira "lavagem".

Ele reagia. Era estranho que isso me surpreendesse tanto. Mas deixou a pizza de lado e me beijou na boca, novamente. Demoradamente, desta vez. Quando, de repente, parou, me olhou e disse como se achasse engraçado:

— Que droga, Érica...

— O quê? — perguntei, desconcertada, mas vi no rosto dele que não era sério; então sorri, perguntei de novo: — O quê?

— Você está justo com Vinícius?! Não lhe disseram que você tem um péssimo gosto para homens?

— Sim, péssimo, nisso você está certíssimo.

Era parte de um deleite particular chamar a nós mesmos pela terceira pessoa. Uma brincadeira que começou lá mesmo, na praia, depois do primeiro beijo, quando ele disse: "Você está mesmo na merda. Ou muito bêbada. Ainda bem que vim interromper. Estava beijando Vinícius."

Uma brincadeira que, eu tinha a impressão, foi criada com a intenção precisa de amenizar a estranheza inevitável que se seguiu ao fato. Ele havia aproximado o rosto do meu e acariciava minhas bochechas com as duas mãos como se meu rosto fosse uma superfície frágil e macia feita exclusivamente para que um homem pudesse descansar a própria pele. "Estamos todos confusos" — e ele pareceu, de fato, assustado, mas continuou fechando os olhos e eu não me senti capaz de me mover. Houve uma ligeira resistência do meu corpo — na nuca, pra ser bem específica — contra uma força estupenda que os braços dele fizeram puxando meu corpo ao encontro do dele. Eu não teria chance alguma na resistência, ele poderia perfeitamente forçar o braço um pouco mais, mas não o fez. E eu poderia ceder, parar de fazer força, ou empurrar o corpo dele de uma vez, mas não o fiz. Ficamos ali, num equilíbrio de forças semelhante ao que faz dois apostadores de queda de braço passarem um bom tempo sem que haja deslocamento das mãos unidas para qualquer um dos lados. Que deixava nossos rostos a uma distância menor que um palmo um do outro. E minha cabeça trabalhava, incontrolavelmente, procurando o que era aquilo. Mas aos poucos minha atitude impassível e confusa foi ruindo sob a ação crescente do hálito adocicado de vodca dele e senti que perdia, gradativamente, o controle da situação. Não haveria saída senão virar o rosto um pouco mais e permitir que os lábios se tocassem em um beijo indeciso ao qual eu não conseguia ceder por completo, mas que fiz de tudo para durar o máximo possível evitando ter que encará-lo, depois.

Foi um alívio quando ele disse, logo, com toda a naturalidade do mundo:

— Não acredito que isso esteja acontecendo de verdade. Érica e Vinícius. Sério?

— Você está com Érica — eu disse, entrando no jogo.

— Sério? Eu consegui isso? Vou ali me gabar um pouco, então.

E aquilo remendava, ainda que mal, as duas pontas daquela amizade ambivalente e uma recém-descoberta atração que inevitavelmente me surpreendia. A estranheza parecia me confrontar o tempo inteiro.

E naquela primeira vez que fomos ao seu quarto não era diferente. Eu havia entrado naquele lugar incontáveis vezes, mas agora ele havia mantido a luz apagada, improvisando uma meia-luz azulada com a luminosidade da TV, ligada em algum filme genérico de algum herói bárbaro. Eu sentei na cama, olhando para as imagens sem assimilar seu conteúdo. Ele sentou-se ao meu lado, e voltou a me beijar.

De repente aquela posição, a necessidade de girar o tronco do corpo para alcançá-lo, pareceu desconfortável. Sem abrir os olhos, sentei-me em seu colo, de frente pra ele, com os joelhos cravados ao colchão como uma retroescavadeira que o imobilizava, como se minhas pernas vestidas no jeans tentassem abraçar sua cintura. Fincada ali, e acariciando seus cabelos ásperos, eu via que ele era como um boneco perfeitamente articulável como os manequins de madeira que usávamos nas aulas de desenho anatômico. Estranhamente, eu não conseguia tirar da cabeça a imagem de Vinícius agindo como um títere. Um lado da cabeça concentrava-se apenas na imagem que o conjunto eu e Vinícius formava, e o arranjo parecia patético. Eu queria mostrar a ele aquela imagem em minha cabeça, rir dele: Olha ali você bancando o homem. Olha ali eu bancando a mulher.

Outro lado parecia dizer pra mim: É um homem e está de frente pra mim agora.

Esses dois pensamentos ficaram duelando, e tudo o que viria a seguir dependeria crucialmente de que o lado que dizia "homem" vencesse o que dizia: "é Vinícius".

Eu fechei os olhos e tateei delicadamente com os dedos por baixo de sua camisa. Senti a textura macia e firme da pele no seu abdome, deslizando com eles, senti que ele retesava os músculos. Eu zombaria se ele tivesse cócegas, mas ele apenas me ajudou, retirando-a, puxando o tecido de algodão pouco a pouco pelas costas. Um jeito de tirar a camisa que, eu havia reparado, só os homens adotavam. E parecia haver uma espécie de mistério sendo desvendado nesse ato. É um homem.

— Por que os homens tiram a camisa desse jeito?
Ele riu.
— Ora, existe um outro jeito de tirar? — Voltando para me beijar, mas dessa vez eu o impedi espalmando as duas mãos sobre o seu peito. Para poder analisar em milímetros aquele corpo sob aquela luz, o peito branco com pelos pretos e grossos, os ombros fortes, sem hipertrofia. Eu esperava que ele risse, mas

ele pareceu vulnerável e inseguro nesse momento. E de repente eu senti vontade de tirar minha própria blusa e encostar meu peito ao dele.

— Mulheres tiram a blusa assim. — Eu cruzei os braços em um x, puxando a peça por baixo, na parte da frente.

— Nunca te desenhei, não é?

Ele sorriu.

— Que decadência, Érica, deitada na cama de Vinícius e cogitando desenhá-lo? — dizia, torcendo a boca como se repudiasse o ato.

— Você fala de mim, mas e quanto a você? Poxa, Vinícius, não tem o que fazer, não? Vem trazer justo Érica para teu quarto? Não sabe que mulher só traz problema? Veja Maria Madalena. O trabalho que ela deu pra Jesus Cristo.

— Acontece que para este homem santo que vos fala — ele disse, empolando-se todo — não mandaram uma mulher. Mandaram Érica. *Boom!* — fazia, então, uma metonímia gestual de explosão. — Não é um estouro de chumbinho. É a bomba de Hiroshima.

— Então. Justamente. Mais problemático ainda, não?

— Sim, muito mais problemático, mas, da mesma forma, inevitável.

Eu respirei fundo. A tristeza batia. Eu sentia que estávamos ali em um nó do qual nós dois, inevitavelmente, sairíamos feridos.

— A senhora viu minhas chaves?

— Não, não vi.

— Estavam por aqui da última vez que vi. Tem certeza?

— Ora, se eu tenho certeza? Olhe só... acho que está na hora de falarmos sério, Érica. Estou cansada dessa desorganização.

O tom dela havia se tornado mais agudo, de repente, e, como era de costume nessas horas, estendeu o dedo indicador, inquisitivo. Eu soltei o ar.

— É isso mesmo! Não adianta arfar. Eu cuido da casa o tempo inteiro, cuido do meu trabalho também. Veja quantas responsabilidades eu tenho e nem por isso ninguém vê minhas coisas espalhadas. Há dois dias eu procurei aqui, por toda a casa, meu par de sandálias, e onde estavam? Certamente com você, e eu precisei sair. Tive que ir até o supermercado com um sapato de saltos. E eu não sabia onde você estava. Francamente.

Eu continuei olhando em volta, à procura das chaves, mas ela havia interrompido o dobrar e guardar de panos de prato na gaveta. Sem querer, minha boca retorcia para o lado. Ora, a senhora também não é tão perfeita assim. Foi o que pensei.

— Desculpe, não sabia que teria essa importância toda — respondi.

— Não torça os olhos. Ontem à noite, você disse que ia jantar e depois não estava mais aqui. Eu acabei pedindo uma porção grande e agora tenho sobras e mais sobras de comida chinesa na lixeira. Foram três vezes nesta semana. Eu deixo a comida ali, boiando, esperando que você coma quando chegar, e claro que não espero acordada, mas no dia seguinte percebo que você não apenas não tocou na comida, mas nem sequer dormiu em casa. Acha que eu não me preocupo, ora? Qualquer coisa poderia ter acontecido.

— Bom, eu disse, desculpe. O tempo passa correndo. Só isso. Eu, a princípio, nem tenho a intenção de sair, mas depois o pessoal resolve fazer algo, e eu acabo decidindo encontrá-los, de última hora, precisei calçar algo às pressas...

— Não perguntei nada disso...

— Bem, mas estou respondendo. Aí, quando dou conta, percebo que está muito tarde pra voltar. Então, penso, ora, por que não...

Ela se virou repentinamente, até o escorredor de pratos, e começou a separar nervosamente os garfos, facas e colheres.

— Olhe, não estou fazendo perguntas sobre sua vida pessoal — disse ela. — Só quero que você se organize e quero saber quanta comida devo pedir.

Encontrei as chaves, no vão do cobogó que dividia a cozinha da sala de visitas. Respirei aliviada, joguei-as para o ar e peguei de volta. Olhei de novo pra minha mãe.

— Certo, então, se você quer saber, vou jantar aqui hoje, certo?

— Não estou dizendo que deva...

— Mas é isso. Vou jantar aqui, tudo bem? O fato de eu sair agora não significa que eu não vá estar aqui na hora do jantar.

Mas eu mesma percebia o quão duvidoso e superficial foi o tom que usei pra dizer aquilo, bem como o modo com que ela abaixou os olhos ao me ouvir.

Eu ainda estava sem roupa quando Vinícius entrou de volta no próprio quarto carregando um enorme copo colorido cheio de coca-cola. Era adequado permanecer daquele jeito e folhear, despreocupadamente, algum livro de RPG encontrado sobre a pilha de quinquilharias como se nada de extraordinário tivesse acontecido. Ele sentou-se na cama, passou o dedo ao redor de uma semi-imperceptível cicatriz em meu peito, fruto de uma cirurgia para retirada de pequenos nódulos sólidos, e perguntou se ainda doía. Fiz que sim. Uma série de marcas e defeitos plásticos estava, pela primeira vez, exposta em sua totalidade sob a luz fria do quarto. Ele percorreu com os dedos, atentamente, uma porção de pele estriada no quadril, listras esbranquiçadas, como textura de parede em alto-relevo.

— Foi do crescimento — eu disse. — Acontece com as meninas que ficam mais largas neste ponto. Geralmente vai acontecendo devagar, a pele vai acostumando aos poucos. Mas comigo foi repentino. Aí, estraçalhou a pele. Você não tem estrias?

— Não. Comigo foi tudo devagar demais.

Ele contou que só começou a falar aos cinco anos. Antes disso, os pais pensavam que fosse surdo. Só descobriram quando o viram uma vez aumentando o volume da TV. Aí se seguiu a suspeita de que fosse autista. Também demoraram o primeiro beijo, a primeira paixão. A maior parte dos meninos se apaixona ainda na infância por uma professora ou coisa do tipo; pra ele foi só perto da adolescência, uma personagem que fazia papel de vampira numa novela que era reprisada à tarde. Houve outra: uma ginasta que disputou a final das Olimpíadas com o braço quebrado.

— Sempre achei bonitas meninas assim... — indicou. — Ah, eu achava tão fascinante esse jeito inescrutável de parecer alheia à beleza que se tem. Teve esse dia, então, você estava com seus cadernos, fazendo suas coisas, e os meninos, no fundão, elegiam meninas bonitas e formavam por pedaços: melhor bunda, melhor peito, melhor cintura, melhor boca, melhor olho... Na hora, examinei o jeito como cada uma delas estava. A menina do cabelo mais bonito ficava jogando ele pra lá e pra cá. A que tinha a bunda mais empinada colocava a blusa da farda por dentro da calça só na parte de trás. Todas elas pareciam ter o completo domínio do que as tornava aprazíveis. Era impressionante. Como se pudessem saber o que eles estavam comentando. Parecia um desfile de vacas premiadas. Eram tão cansativas com suas caras e bocas e fotos e tudo. Mas você agia como se não soubesse...

— Ora, e em que categoria eu ganhei?

Ele riu.

— Tá vendo só, parece que não sabe. Peito, naturalmente. Mas levou o prêmio "coisa".

— Como assim o prêmio "coisa"?

— Porque há no seu jeito uma coisa que ninguém sabia bem denominar e nem eu sei, então não me peça, que deixava os caras meio doidos.

— Você está querendo dizer que gostava de mim nos tempos de colégio? Por que nunca disse nada?

— Bom, não sei se posso dizer que gostava. Porque desde o começo sabia que você tinha namorado, era um cara que morava perto da minha casa.

— Soube antes de a gente se aproximar?

— Bom, eu ia estudar lá. E os caras da rua diziam: Ah, vai estudar com a namorada dele. Passei a primeira semana de aula sem ter certeza. Aí te conheci. Gostei de você. E eu não sabia ainda... ficava torcendo: que não seja ela, que não seja ela.

— Mesmo eu não fazendo seu tipo?

— E quem disse que você não fazia meu tipo?

— Uma vampira de novela. Uma ginasta fazendo acrobacias com gesso...

— Exatamente, é bem desse tipo que você é.

Era impressionante como ainda tínhamos todos esses segredos para compartilhar e parecia a coisa mais natural do mundo desfiar cada minúcia, desde paixões platônicas, segredos de família, como se houvesse uma necessidade vital de construir um arcabouço de intimidade. Ele gozava rápido a primeira vez, mas demorava a partir da segunda e nunca era o bastante. Três era o mínimo. Ele encarava quase o tempo todo e seu corpo suava gelado. Às vezes gozávamos juntos e ele apertava os olhos com força e me abraçava apertado enquanto os corpos se contraíam em ondas involuntárias. Depois continuava grudado e dava pra notar a facilidade que seu coração tinha de recompor a velocidade normal de batimentos.

— Teu coração tá acelerado demais — ele diz sem abrir os olhos.

— É de nascença — respondo —, desvio na válvula mitral. Uma coisa dessas que você morre com isso mas não morre disso.

Eu vasculho tudo, cada gesto. Uma coleção de particularidades de corpo, e as catalogo para que anos, décadas depois ainda possam remeter a ele, mesmo depois de ter ido embora. Mesmo que nunca mais o visse eu saberia que ele decifra fácil o que o corpo quer, como se lesse em cada músculo alongado, cada retraimento, o contraponto gestual exato como um resíduo que viria do combate em solo, da prática da luta, ele previa meus movimentos, adaptava-se às necessidades do meu corpo e, naturalmente, sobrevivia a tudo, renascia constantemente, e concluí, sem me tocar, em que situação isso nos deixaria.

Então era como estarmos namorando. Um processo que eu chamaria de "relacionamento com prazo de validade". Poderia ser assim sempre: eu me dizia. Casulos têm tempo predeterminado, o colégio dura um tempo predeterminado, a faculdade... Todas as coisas que nos transformam. Por que não haveria de ser assim entre pessoas que se conectam? Aquele adeus tinha data: o último dia de fevereiro, quando ele iria para o aeroporto e se mudaria, definitivamente, para o outro extremo do mapa.

Havia uma série de pequenas memórias que ficaram dos tempos de colégio, guardadas e arquivadas sem que houvesse qualquer razão específica, e agora eram, inexplicavelmente, tingidas de importância vital. A primeira impressão. O dia em que o vi pela primeira vez no colégio, junto ao pai, inspecionando salas para decidir se iria ou não estudar lá.

— Você andava sorrindo. Achei tão idiota.

— Não andava sorrindo, não senhora.

— Você ri demais, sim. Olhaí. Tá rindo agora. Enfim, comentei com meu namorado no dia: Acho que vai entrar um menino novo lá na sala. Ele quis saber: Que menino? Eu disse: Ah, um bonitinho do cabelo comprido. Ele soltou uma gargalhada e disse: Eu sei quem é. Não é bonitinho coisa nenhuma. É Vinícius.

— Muito engraçado.

— Você sabe qual a lembrança mais antiga que tem de mim?

— Foi quando entrei lá naquele colégio. O ano letivo já havia começado e eu me sentia um estranho completo ali. No primeiro dia de aula não conseguia, simplesmente não conseguia, conversar com as pessoas. Elas vinham me perguntar de onde eu era ou vinham ser sociáveis. Eu não podia evitar. Todas as pessoas eram insuportavelmente chatas. No dia seguinte você chegou. Você usava o cabelo vermelho e andava com um caderno maior, sem linhas. Parecia não se importar, em absoluto, com o que acontecia ali. Toda alheia. Eu não sei... aquilo me chamou a atenção. Aí, uma hora aproximou-se de mim e perguntou se eu não tinha livros. Eu disse que nunca comprava livros desse tipo. Você disse que eu me achava muito espertinho e foi perguntando a minha história. Era uma menina em um mundo à parte. Fiquei abobalhado quase que instantaneamente.

— E por que nunca disse nada?
— Não podia.
— Porque eu tinha namorado?
— Por muitas razões.
— E por que podia, agora?
— Porque agora você quer. Não entendo o porquê, mas você quer.
— Você não sabe o que eu quero.

Desviei o olhar dele, encarando a pilha de livros ao lado da cama.

— E teve também esse sonho...

Virei pra ele de novo, animada, deitei de bruços levantando o tronco.

— Que sonho?
— Um sonho que eu tive.
— Comigo?
— Não sei por que lembro disso. É uma besteira tão grande...

Ele permaneceu sorrindo só, deitado virado pra cima, olhava pro teto, como se antecipasse alguma história engraçada, contando-a primeiro e silenciosamente pra si mesmo.

— Agora vai ter que contar.

Eu me surpreendia quase sempre ao me ver tratando aquele cara com esse tipo de leveza. Um novo repertório de gestos era composto entre nós dois, aos poucos. Sorrisos com sobrancelhas levantadas, toques com as pontas dos dedos, entrelaçar os dedos e descobrir, surpresa, que as mãos dele eram finas e delicadas.

— Certo. Mas é besteira. Foi assim. Eu dizia pra você que estava morando em uma casa nova e você queria ir lá ver. Acontece que a tal casa que eu tinha falado ainda estava em construção. Tava lá: as estruturas postas acumuladas em bloco, e dava um esqueleto, só, de como as coisas iriam ser.

— Hum.

— E eu não queria te convidar para entrar naquele canteiro de obras porque, se você fosse, ia botar defeito em tudo. Eu ficava me perguntando: "Por que diabos eu chamei isso, essa construção, de casa?" Porque agora, que eu havia chamado de casa, você ia querer entrar pra ver e... Bem eu queria mesmo que você entrasse, claro, mas queria, primeiro, levantar as paredes, rebocar no gesso, na argamassa, colocar o piso de cerâmica, pintar, pôr pias, abridores prateados... A coisa toda. Eu queria receber você numa boa casa e não num esqueleto de cimento exposto. Porque, veja só: já era de se imaginar a cena. Eu diria: "Entra", a contragosto. Porque você me forçaria a te convidar. E então eu olharia para o chão, envergonhado, o tempo todo. Não tinha teto, não tinha parede, não tinha vaso. Parecia a droga da casa do Toquinho, sabe? E eu ali, sério, tentando fazer de conta que não tinha nada errado. Que não daria a mínima pro que você dissesse. O pandemônio da obra rolando. Eu sem jeito... Eu ficava pensando em pedir desculpas, mas nem sabia por onde começar. Ia dizer como? Desculpa pelo chão na terra, pelos pedreiros trabalhando, pela viga de madeira que solta fiapos que entram na pele, pela encanação exposta, desculpa pelos remendos ali, desculpa porque o pedreiro deixou a colher ali. Entende? Se eu começasse a me desculpar não ia parar nunca mais!

Eu já estava rindo nesse ponto.

— Pelo amor de Deus. Esse não parece você!

— E tem mais. Eu ficava com medo porque sabia que, a qualquer momento, você diria: "Essa estrutura nunca vai virar uma casa que preste." E começaria, toda cheia de razão, apontando as coisas com o dedo. Dizendo: "O alicerce. Ali, ó. Tá em falso" — ele afinava a voz, como se me imitasse numa versão de Érica gasguita e com boca torta. "E ali, tá vendo?", ele continuou. "A água não passa. Não vê? O lugar tá errado. Aqui tem uma barreira. Se desliza, soterra tudo. Não vai dar certo." E eu ficava com ódio. Ora, eu não precisava de alguém pra derrubar uma casa que eu ainda nem tinha construído. E aí você ia inventar de querer lavar as mãos. Eu diria: Ora, não tá vendo que não tem porra de pia nenhuma?

— Ah, está começando a parecer Vinícius...

— Uns móveis já tinham sido levados e ficavam desconectados, sem formar nenhum ambiente. E, claro, lá viria você com sua chatice: "Você devia ter deixado para trazer esses móveis quando já estivesse tudo pronto" — e refazia o falsete. E o que eu responderia? Ora, e eu ia colocar eles onde? Enfiar no rabo?

— Rá, aí está, finalmente pareceu uma ação típica de Vinícius. Matei a charada: na verdade, você me odeia.

— Parecia, né? Só que aí, quando você entrava de verdade, não fazia nada disso que eu pensava que faria.

— Não sei por quê.

— Sentava no sofá empoeirado que havia no meio do vão e ficava lá observando os sacos de cimento, a pilha de tijolos e britas... Só fez uma pergunta: Vai ter jardim?

— Eu jamais perguntaria isso.

— Vai saber. Eu só sei que eu não queria me importar com sua opinião, mas pescava nas suas expressões. Ficava crente que você estava achando tudo uma bosta. Será? Porque eu havia te feito prometer não fazer nenhum comentário, mas eu ficava tentando, mesmo assim, enxergar seus pensamentos. Ficava me contendo pra não dizer: Fale, por favor, o que achou.

— Foi um sonho bem estúpido, se você quer mesmo que eu diga o que achei. E digo mais: sonhos são figuras de linguagem.

— Não disse? Lá vem você.

— Sério... Se você reparar bem.

Ele percorreu com o dedo mais uma vez a cicatriz ao redor do seio e num gesto sutil trouxe minha cabeça para acomodar-se em seu ombro.

— Deveria ter acontecido antes.

— O sonho?

— Isso. Nós dois do jeito como estamos aqui. Antes de eu me inscrever para o concurso. Antes, logo quando a gente começou a sair. Estaríamos agora com uns seis meses de namoro e talvez eu não precisasse ir embora. Estaríamos bem.

A reação que aquilo causava em mim era desconfortável. Automaticamente eu sentia que precisava fazer esforço para manter o sorriso e sentia a dor no rosto por segurá-lo, tentando não desmanchar a atmosfera.

— Você é doido. Não reparou no quanto a gente briga? Se tivéssemos ficado juntos desde o começo, o que teria acontecido era que, a este ponto, já estaríamos separados e ressentidos.

Foi a última coisa que disse, depois escondi o rosto dentro do travesseiro, fingindo ter sono. Até o fingimento virar um fato. Então sonhei com meu pai: estávamos no banco de trás de um carro em movimento, voltando de uma viagem. A paisagem árida passando rápido por nós dois, ele apoiava, doente, a cabeça sobre meu ombro e perguntava o que eu ia fazer quando voltássemos pra casa.

— Nada — respondi —, apenas ficar junto. Nada mais importante que ficar junto do senhor.

Ele sorriu de maneira cansada.

Acordei num salto quando vi que Vinícius estava ao meu lado.

— Calma — ele disse, e eu o abracei com força.

— Você me deixa mais perto — eu disse, como se a frase fizesse parte de um sonho quebrado. Não saberia explicar.

— Perto do quê?
Mas não respondi nada. Apenas fechei os olhos e me deixei acolher.

Teria que explicar para alguém alguma coisa. O motivo pelo qual eu estava quase sempre fora de casa. Eu o auxiliava, especialmente, com a organização dos documentos e envio de correspondência pelos correios. Não era uma coisa exatamente decidida. Guardava, agora, no quarto dele, uma espécie de maleta com pincéis, bisnagas de aquarela e, por via das dúvidas, deixei no banheiro uma escova de dentes, removedor de maquiagem, e espremia, dentro do seu guarda-roupa, já abarrotado de quinquilharias, um vestido preto, uma roupa de banho e uma grande camisa para o caso de manchar a que tinha comigo.

Passava em casa quase sempre apressada, para mudar de roupa antes de sair, de novo, ou para buscar coisas como livros, computador, material de desenho. Mas não houve um momento específico em que as coisas aconteceram. Primeiro houve o recesso do início do ano, em que a mãe dele acabaria ficando sozinha e, já que tinha dormido lá, por que não ficar mais um pouco e fazer companhia? Além disso, por que não aproveitar para buscar um material simples, digamos, as aquarelas, e começar a adiantar o trabalho na mesinha do quarto? E, já que estava lá, quando Vinícius chegou trazendo o pai, não seria delicado não jantar com eles, e depois, era tanto assunto pra contar que, por que não ficar e dormir?

Embora não fosse possível especificar em que ponto, exatamente, tudo começou a ficar sério, eu teria adotado como medida aquele dia em que o contrato venceu. Havia sido um dia especialmente exaustivo aquele último. Eu peguei o ônibus com todo o material de trabalho, incluindo os lápis bons e o tablet para desenho direto, em uma mochila. Da janela do ônibus eu observava a cidade já deserta. Tinha sido um dia inteiro à base de café. Eu me sentia enjoada e pensei: Hoje dona Suzana fará o jantar. Então desci duas paradas antes da minha e segui para a casa dele. Não foi um ato pensado. Só fui me arrastando pé ante pé, como se tentasse ultrapassar um útero para nascer do outro lado. A vista daquele prédio me dava uma estranha sensação de improviso. Toquei a campainha. Pedaços de uma conversa precedente me chegavam.

— Mas eu estou falando a você... Quem é? — ouvi do interfone.

— Sou eu, Érica.

— Ora, uma surpresa boa.

Sons estridentes vieram da porta, assustaram. Pen-pen-pen-pen.

— Abriu? — ele perguntou.

— Ainda não.

Pen-pen-pen-pen.

— Oh, droga. Essa porcaria emperrou de novo. Espera que já chego aí.

Eu olhei para a rua. Eram apenas dois quarteirões de distância da minha casa, mas parecia um mundo, um país, diferente. Um país exótico onde as vizinhas gritavam umas com as outras. Umas meninas gêmeas treinavam na bicicleta de rodinhas em frente à casa.

— Você veio ver Vinícius? — perguntou uma delas.

— Bem... eu acho que pensei nessa possibilidade — e sorri de volta pra elas.

Foi quando ele abriu a porta, pegou a bolsa pesada que eu carregava nas costas e repousou-a no chão.

— Estou tão morta de fome!

— Nesse caso... — ele respondeu — vou alimentar você, vou abrigar você, depois vou *me* alimentar *de* você.

E, quando eu subi, havia uma coisa nova. Uma coisa que eu só poderia chamar de "estar em casa".

— Bom, na Argentina eu acho que eu era uma pessoa inteiramente diferente. — Ele mostrava, no notebook, algumas das fotos de viagem. Eu ficava passando-as de frente para a tela, ele, sentado ao lado, recostava-se no apoio com as mãos entrelaçadas na cabeça. — Às vezes a gente acha que é de um jeito, mas isso muda. Se eu começasse a ficar todo animado com tudo, por exemplo, ou todo educado, haveria aqui uma reação estranha. As pessoas não esperam isso de mim aqui, mas lá ninguém tinha o que esperar. Então eu meio que assumi uma outra personalidade. Aqui sou Vinícius. Lá eu era o Fonseca.

— Fonseca?

— Eles não pronunciam o v direito. Achei melhor facilitar...

Eu pensei por um instante em todas as pessoas que levavam vidas duplas. Desprendidas do passado. Em um país distante, sem que ninguém soubesse nada sobre elas, nem pudesse deduzir, era possível ser outra pessoa. Era possível ser quem se quisesse.

— Então, quem Vinícius vai ser quando se mudar para o lado mais frio do Brasil?

— Acho melhor não falarmos disso...

Eu costumava lembrar-lhe diariamente que as malas dele não haviam sido sequer providenciadas e a viagem não demoraria muito mais que um mês.

— Posso fazer isso depois — ele insistia e eu me afligia vendo tudo tão "estável". Ele não parecia estar indo a lugar nenhum.

— Que dificuldade há em fazer as malas? Basta colocar tudo e ir embora — retrucava ele.

— Ah, você não faz ideia — respondi —, não dá para fazer assim, pode acreditar. Quando você faz desse modo, acaba esquecendo coisas, e as pessoas ficam tendo que lidar com a bagunça por você. Enviar pelos correios e, no seu caso... O que espera que sua mãe faça com toda essa tralha? Jogue no lixo?

— Ela pode acumular em um canto, ora.

— Toma espaço. É uma dor de cabeça lidar com a tralha toda.

— Vamos ou não vamos encontrar o pessoal?

Fazia muito sol agora. Geralmente, nessas horas apenas cobríamos a janela e nos entregávamos à dolência de um domingo de sol. Mas daquela vez ele saltou da cama e o som ensurdecedor de uns boleros tristonhos parecia sacudir todo o apartamento com ondas de decadência.

— Veja se vai precisar de bolsas — eu disse a ele, enquanto caminhava comigo —, posso providenciar uma boa maleta para empréstimo.

Mas ele insistia em não responder. Em vez disso, comentava sobre sonhos da noite anterior, rememorava: Você vai mesmo perder Fausto tentando defender a monografia? Ou fazia de mim o centro do assunto.

— Você está com cheiro de pitanga — ele disse enquanto alinhava o passo ao meu e passava o braço sobre meus ombros.

— Pitanga?

— É... esse perfume que você usa.

— Não é baunilha?

E acabava conseguindo me envolver em uma nova discussão sobre composição de perfumes. Num instante eu estava insistindo que ele só podia estar louco. Tentava fazê-lo compreender as famílias olfativas...

— Veja só: um perfume frutado é mais fresco. Pitanga seria cítrico. Esse é doce. Se é doce, talvez nem pitanga nem nada disso tenha sequer passado perto, concorda?

— Não. Tenho certeza. Isso é cheiro de pitanga — ele dizia, irredutível, e a conversa ficava pela metade quando alcançávamos a porta de minha casa e eu acabava me despedindo decidida a fazer uma pesquisa completa e impressa sobre composições e talvez levar amostras que demonstrassem bem a diferença entre cheiros.

— Depois, se der, encontra a gente lá no bar. A gente vai comemorar com Fausto. Deve durar o dia inteiro.

Eu concordava e me despedia sem beijos nem abraços. Apenas uma respiração funda que eu soltava assim que fechava a porta atrás de mim. Mas sempre que eu entrava em casa, no entanto, sentia um estranhamento em relação ao que encontrava. O lugar não se assemelhava ao peso da lembrança que eu trazia. Parecia surpresa, sempre, que fosse um lugar tão arejado, tão cercado por plantas. Quando abri o portão e encontrei, na sala, as chaves do carro da mãe com a bolsa dela de couro com uma alça larga ao lado de um arranjo falso de flores laranja. Olhando, agora, com o feixe de luz que vinha da sala, achava a imagem comovente.

— Pessoal? — chamei, ouvindo a televisão do quarto do meu irmão.

Fui entrando pelo corredor. Uma vontade irresistível de desenhar uma natureza-morta dos pertences dela que ali estavam. Tudo imperfeito. Faxina incompleta, bolsa sobre a mesa de jantar, e lembrei-me do carro estacionado sobre a calçada e a grama crescida no jardim.

— Ah, você está aí — disse ela aparecendo descabelada, mas bem-vestida, e tomando a bolsa de volta na mesa. Usava uma blusa branca de botões, calça jeans escura e sapatilhas do tipo

Ballerina em um padrão de couro de cobra que imediatamente me fez pensar: meu pai detestaria — mas pensava com alívio que, talvez por isso mesmo, ela agora se sentisse livre para usá-las.

— Estou de saída — ela disse, afinal —, tenho novos clientes para visitar.

Puxou a bolsa, as chaves, e desapareceu rápido pela porta, como se fosse tirar alguém da forca.

Ótimo, pensei comigo, talvez assim não notasse tanto minha ausência.

Vinha sendo assim, ultimamente. Desde que eu saíra da empresa, minha mãe aumentava cada vez mais o ritmo do próprio trabalho, em um frenesi de boletos, cheques, cigarros, e mais cigarros, numa busca incessante por aumentar o número de clientes para o maior possível. "Precisamos fazer uma reforma", ela dizia. Às vezes eu chegava de madrugada, depois de várias rodadas de cerveja e risadas, e ainda a encontrava acordada, sentada ali à mesa da sala com os cadernos e anotações de diferentes tamanhos. Ela calculava e recalculava milhares de números, anotando tudo em um terceiro caderno no qual traçava retas verticais e horizontais, perfeitas, com os olhos grandes e atentos por trás dos óculos que, vez por outra, escorregavam para baixo. Poucos sabiam de todo o prazer que ela tinha em organizar coisas e somar números. Claro que ela sabia que eu havia passado a noite bebendo, mas, como se houvesse um pacto de silêncio entre nós, simplesmente dávamos boa-noite e seguíamos em frente.

O ateliê também guardava algo de comovente. O pó, cada vez mais denso, juntava-se à umidade e formava uma crosta grudenta sobre todas as coisas. Aquilo tudo — telas, cavaletes, caixas, mesas — estava cada vez mais distante. A impressão de estar nele era como a de reencontrar um amigo que não se vê há tempos. Sentei em um pufe e lembrei-me dos amigos que havia reencontrado no velório. Estávamos todos transformados, mas inconfundíveis. Anos e anos sem carta, telefonemas ou mensagem que contrariavam todas as promessas que fizemos em algum momento depois da puberdade de que não perderíamos nunca o contato. Alguns já tinham filhos que não me conheciam e me abraçavam dizendo: "Calma, estou aqui."

É isso, suspirei ali na cadeira. É como encontrar um amigo que não se vê há tempos, eu disse a mim mesma, catando um bloco de papéis e saindo logo sem analisar o estado das coisas em volta.

Mas depois de passadas duas horas eu já queria voltar a estar com Vinícius. Eu imaginava todos eles rindo e bebendo, e minha boca salivava. Já não sabia mais o que fazer ali dentro. Tentava assistir com meu irmão aos desenhos dele, mas perdia a concentração e não via graça.

— Como você consegue gostar disso?

— Já disse — ele replicou —, você não vai acompanhar. São muitos capítulos antes desse.

— E por que você não me explica?

— É complicado. Não tem nada que você goste para assistir na outra televisão?

Voltei para o quarto e não por causa da TV, mas porque lembrei um dos raros dias em que meu pai pediu para ver meus cadernos da escola.

— Ora, o senhor nunca fez isso. Não dá pra fazer uma vez só, no meio do ano letivo, e esperar que esteja tudo pronto aguardando o senhor.

Isso é ridículo — pensei e voltei andando para o bar com o bloco de papéis debaixo do braço e deixando um bilhete na geladeira: "Precisei trabalhar e a aquarela não estava aqui."

— Arranja um lápis — gritou Lucas, um dos amigos de Vinícius, para o garçom. Eu só o havia visto muito de relance na festa de réveillon, quando o vi sair de mãos dadas com uma menina e uma garrafa. Ele volta os olhos enormes e caídos pra mim: — Ou uma caneta, não é? Uma caneta. Tanto faz.

Eu já ia na quinta cerveja quando ele pediu, quase por desafio, que eu o desenhasse ali mesmo.

— Você ficou engraçada depois das cervejas, sabia?
— É? Engraçada como?
— Fica como se estivesse com sono, saca? O olho assim, caído, com a cabeça pendendo para baixo.
— É?

Marquei com a caneta e um dos olhos fechado as proporções dele e pedi que não fizesse movimentos bruscos nem expansivos demais.

— Pode fumar? — ele perguntou. — Ou atrapalha o desenho?
— Só se me der um.
— Você é folgada.
— Pagamento pela arte.
— Você é engraçada. Não é só por causa dos olhos.
— Não. Aposto que também fico rindo feito uma idiota e flertando com todo mundo, o que no fim das contas é a mesma coisa. Não é sempre assim quando uma pessoa bebe?
— Nem sempre.

— Bom, eu sou um clichê. Não é, Fausto?

Fausto havia ficado do outro lado da mesa, junto com Vinícius, Guto e Caio. Ainda guardava sérios ressentimentos sobre a vodca roubada na festa. Mas, sendo do tipo que não consegue ser cruel, ainda deu um sorriso e confirmou.

— Mas, ei, esse crédito aí é atribuição de Vinícius e eu sou um mero cúmplice.

Naquela noite Fausto estava usando jargão de direito com muito mais frequência do que de costume. A defesa da monografia pela manhã o deixava levemente desfigurado, convencido, abobalhado e alegre. Aquela reunião seria a primeira de uma série que o deixaria bêbado muito além da conta, e, talvez por isso, Vinícius estivesse com essa tarefa autoimposta de grudar nele e evitar que fizesse bobagem. A bobagem em questão sendo impor suas vontades e tentar sobrepor a liderança natural que Guto exercia sobre todo o grupo.

Além disso, neste ponto, ele tentaria fazer qualquer coisa para convencer os outros a ir beber em outro lugar quando aquele fechasse. Numa dessas tentativas, ele discursou no meio do bar agradecendo a presença de todos, inclusive das outras mesas, que não o conheciam, e se desculpando por ter apenas um número limitado de senhas para o baile de gala da formatura.

— Tá vendo como tu é um merda? Por que não arranjou mais? — interrompeu Caio, fazendo uma cara séria.

— Ora, você já não tem a sua senha? — ele justificava.

— É, acho que foi incompetência — inflamava Guto.

— É, vai se esperar o que de Fausto, né? — concordava Caio.

— Posso falar? Posso continuar? — indignava-se ele, como se não soubesse que, não importava o que ele pedisse, os meninos não o deixariam concluir um raciocínio. — Então, é sério. Eu fico realmente, realmente grato. E nós vamos...

— Não quero saber. Lucas, por exemplo, não recebeu senha. Acha que ele liga pra tuas desculpinhas, Fausto?

— Parem de interromper!

E Vinícius ficava só ali sentado e rindo, ao lado dele, como se prestes a conter o momento em que Fausto pudesse se impacientar e dizer: "Fodam-se, eu vou embora." Foi quando Lucas invadiu a linha imaginária entre a simpatia e a intimidade, chegando perto demais, colocando em meus lábios um cigarro de filtro marrom e acendendo-o com um Zippo. Traguei, esperei que ele se afastasse, mas, ao invés disso, aproximou-se do meu ouvido e perguntou: "Você não deveria estar mais bem acompanhada?"

Dei uma risada que não consegui conter. Ela saiu flutuando pelo meu estado de embriaguez.

— Volte para seu ângulo — empurrei-o com a mão. — Ou não consigo desenhar.

Vinícius apareceu e, olhando por cima do meu ombro, falou:

— Você, agora, desenha bêbada?

Eu mantinha os olhos fixos no papel.

— Junte seus cinco centavos — respondi — que a nova exposição está prestes a acontecer.

Traguei o cigarro novamente. Enquanto Vinícius cochichava algo com Guto, às minhas costas, o modelo à minha frente, Lucas, retesava os músculos.

— Cinco centavos?! — ele me perguntou evitando mover-se.
— Para mim ela cobrou um cigarro inteiro, Vinícius.

— É uma longa história — eu disse, tentando manter Vinícius afastado do assunto, e, ao mesmo tempo, me esforçando para não borrar muito o desenho, nem me perder nos traços. Meu riso débil começava a machucar os músculos do rosto. Seria dor isso? Empreguei seriedade traçando fios de cabelo. Parei um segundo. Peguei o cigarro.

— Está ficando bom esse troço?

— Uma maravilha — respondi.

Foi aquela coisa toda. O cigarro, a tinta da caneta e os vapores todos do verão. E uma série de sentenças que começaram a soprar: Meu pai não vai ao meu próximo vernissage. Ele nunca verá o que quer que eu venha a fazer.

Ele tinha olhos de peixe morto no único em que esteve presente.

Ele dizia que não valia de nada.

O ponto de vista dele. Você tem os olhos do seu pai — me dizia a tia Rosa, e, enquanto eu desenhava, queria voltar lá e dizer: Sim, principalmente quando bebo. Eu empenhava a tinta da caneta em reproduzir o moço com seu cigarro e cerveja.

— Está perto?

— Quase.

E o cigarro acabava e a imagem, afinal, era do resto dele, bêbado. Seu pai também é um bêbado. Ah, sim. Sou a filha do incendiário. E, por mim, caminharia cambaleante, abraçada com ele, e concordaria: É isso mesmo, pai. Vida só presta quando é pra fazer desse jeito.

Mais uns traços finais. Os olhos. Olho pro moço. Ele olha pra mim calado e me constrange. À nossa volta, todos conversam. Ele já não pergunta sobre o retrato; eu já não explico, nem fumo, nem bebo. Encaro-o de volta, ora na folha, ora em carne. O som dos outros parece distante, mesmo Vinícius parece distante; naquele mundo, só estou eu e o moço que sabe e me olha como se eu fizesse algo de inesperado. Como se cometesse um crime. Estou bêbada. Tenho cara de sono, mas dentro de mim estou desperta. Destaco a folha.

— Aqui.

Estendo o papel para ele. A conversa da mesa é interrompida. Todos silenciosos. Um passa para o seguinte o papel rabiscado. Há mais que o rosto dele ali. Eu sei e não olho a reação dos outros; em vez disso, olho para meus próprios pés observando os coturnos. Estão bem gastos agora, já não são pretos na ponta. Respiro. Não vejo, mas sei que o papel ainda está fazendo a volta ao longo da mesa. Os coturnos desamarrados na luz amarela do lugar. O desenho chega a Vinícius que está atrás de mim. Ele olha, estende direto para Lucas, à minha frente. E quando olho pra ele não decifro aquele tipo de sorriso. Lucas fala em emoldurar. Mas não respondo, ainda. Continuo olhando Vinícius, que pousa a mão sobre a minha.

Está tudo bem.

Porque era o rosto de Lucas, sem dúvida, mas feito a partir de riscos minúsculos que se assemelhavam a gotas d'água, como se fossem captadas do ponto de vista de alguém que está submerso. Não era especialmente impressionante, mas talvez fosse o uso da caneta, incomum a esse efeito, as pessoas passaram a me encarar diferente.

— Você já preparou a roupa de festa? — perguntou Guto, que puxou uma cadeira e sentou ao meu lado ao mesmo tempo que Fausto sentava do outro.

— Roupa de festa?

— Então... — começou Fausto — tenho senhas limitadas para o baile de formatura. Claro que vão para as pessoas mais próximas.

— Uma é minha — disse Guto.

— Aí sobram ainda Vinícius, Emília, Igor, Caio... preciso dizer mais?

Eu sorri, tentando manter o contato com aquelas pessoas mas ainda me sentindo ligeiramente distante.

— Droga! — eu disse. — Eu já tinha todo um plano para aparecer de penetra.

— Então voltou a desenhar? — ele perguntou quando voltávamos caminhando trôpegos sem nos tocar. Estávamos sujos, bêbados e satisfeitos por nada. Eu fumava o último cigarro descaradamente mendigado. É isso. Agora as pessoas pagam coisas para mim.

— Nada de mais — respondi sem desviar o olhar dos meus próprios pés. Os joelhos fracos. Medo que dá é de os joelhos não sustentarem o corpo. — Não vai resultar numa exposição como aquela outra que eu fiz há tempos. Tinha muita pompa ali. Lembra disso?

— Se lembro? Claro que lembro. Nunca vi tanto vinho branco sendo distribuído de graça. Ainda hoje me pergunto sobre o prejuízo.

— Bom, a próxima não terá isso, lhe garanto. Mas, de qualquer maneira, você não vai estar aqui. Serei obrigada a gastar os tubos para que você remonte tudo, e aí ligações e videoconferências... O diabo para que você acompanhe o processo.

— Apenas mande a bebida. A arte eu não vou entender mesmo.

— Você não sabe, ainda, se vai ou não. Talvez a arte seja em garrafas de cerveja — joguei fora o cigarro —, aquele primeiro vernissage foi um saco, sabia?

— Não lembro tão bem como foi.

— Meu pai ficou bêbado e sentimental. Então, não bastasse ter que pensar no que dizer aos jornalistas, ou o que falar no microfone, receber mil cumprimentos, eu tinha que escondê-lo. Ficou mais vexaminoso no final. Quando a maior parte do pessoal já tinha ido embora, mas, de qualquer forma, ainda estavam lá meu professor de artes, alguns artistas de calibre... Ele começou a exigir ser servido. Que era o pai da artista. Coisas assim... Nunca, em toda a minha vida, ele havia trocado uma só palavra com um amigo ou professor meu, acredita? Aí ia querer chegar agora, bêbado, pra conversar com eles? Eu não ia permitir. Aí tivemos que encerrar as coisas meio às pressas e correr com ele pra casa. Eu tinha convite para continuar a noite, comemorando com alguns caras com quem seria bom manter o contato. A assessora da campanha disse que era uma boa. Que eu devia fazer isso. Mas não pude. Tive que ir junto com ele pra casa e cuidar da bebedeira. Sabe aquilo que dizem? Que esses momentos são ainda mais intensos quando são festejados? Aniversário de quinze anos, casamentos, vernissages? Pois eu aprendi a detestar tudo isso. Ele sempre acabava estragando tudo.

Ele escutava meio inquieto, com uma expressão contrafeita, talvez zangada. Como se quisesse interromper a todo momento, mas nunca dizia nada. Era impossível adivinhar o que se passava na sua cabeça.

— Desculpa, estou te aborrecendo.

Já estávamos em frente ao prédio. Ele abriu a porta sem dizer nada. Entramos calados subindo a escada estreita. Ele parecia pensativo, sério. Geralmente, ao beber ficava com um riso frouxo ou ligeiramente paranoico de preocupação com os outros ao redor. Tentou abrir a porta, mas estava trancada.

— Droga.

Ele forçou a maçaneta como se isso fosse fazê-la abrir. Girando mil vezes o trinco. Depois apertou a boca, constrangido. E não olhou pra mim, forçando um sorriso sem graça que se seguiu.

— Acho que temos problemas.

— Você não tem a chave?

— Ela disse que ficaria em casa, hoje. — Ele levantou os ombros pra dizer aquilo. — Eu não tinha com o que me preocupar...

— E agora?

— Agora é esperar. Você pode ir pra casa, se quiser. Eu acompanho.

Havia algo de dócil naquilo que o rosto dele anunciava junto com a raiva: o constrangimento.

— Decepcionante — ele disse e foi sentar-se junto ao degrau. Parou ali, pensativo, e sem me olhar continuou: — Não queria que você fosse agora. Mas entendo.

Eu sentei ao lado dele.

— Posso ficar — eu disse. — Se você quiser...

— Fique.

Eu sentei ao seu lado. No degrau abaixo, de forma que nossas alturas permitiam que eu deitasse a cabeça em seu colo, enquanto ele acariciava meu cabelo. Olhava sério e calado pra frente.

— A academia está precisando de um novo instrutor — ele disse. — Eu seria a primeira opção.

— Sinal que você é bom.

Mas aquilo não pareceu animador. Ele continuou calado. Olhando, sério, para o nada à frente dele.

— Não é impressionante? Basta eu decidir ir embora que tudo aqui começa a dar misteriosamente certo. Tudo o que pareceu inatingível por anos a fio, do nada, se coloca de bandeja na minha mão. Uma vaga para instrutor, uma possibilidade de aumento na firma... Parece que eu não precisaria ir. Que poderia, aqui mesmo, conseguir alcançar o tipo de vida e o estado mental que eu sempre quis. Menos trabalho, mais chance de me dedicar ao projeto da pós... mas só agora, que a viagem já está resolvida, o voo já foi marcado...

Eu não soube o que dizer.

— Você pode ir, e, se não for o que você espera, pode voltar e retomar tudo isso — eu falei.

Mas ele não responde nada de volta. Fica olhando pra mim numa expressão que não consigo decifrar. Como se estivesse me olhando uma última vez, e, por mais que eu tente sustentar o olhar, encarando-o, não consigo e viro o rosto de lado, como se buscasse me aconchegar melhor em seu colo. Ele não diz mais nada.

— Acho que está amanhecendo — digo por fim.
Mas ele apenas balança a cabeça em afirmação. Não sei quanto tempo o silêncio permaneceu.

Dona Suzana chegou tarde. Estava visivelmente bêbada, metida em um vestido preto de lycra e com o rímel borrado, quando apareceu ao pé da escada e nos acordou com o susto que ela mesma tomou ao nos encontrar ali, os dois dormindo nos degraus. Pela janela do corredor dava pra ver que o sol já ia alto. Dez horas, no mínimo. Ela levou as duas mãos à boca.
— Esqueci de deixar a porta aberta.
Vinícius não disse nada. Ela olhou pra mim, que ainda tentava compreender o que se passava.
— Oh, Deus! Devem estar doloridos.
Nos levantávamos devagar enquanto ela passava ligeira por nós ao encontro da porta, e remexia na bolsa.
— E você, tadinha. Tava aí toda torta. Deve estar tããããoo cansada.
— Estou bem, não se preocupe, dona Suzana.
Ela abriu a porta e seguimos direto para o quarto de Vinícius.
— Podem ir pro meu quarto, se quiserem! — ela gritou da sala. — É mais espaçosa, a cama. Vou deixar o café da manhã pronto.
Eu sentei na cama, tirando os sapatos. O sono pareceu ter se afastado de mim, e eu me preocupava em não bater nas coisas, fazer o mínino de ruído possível. Ele também não deitou direto. Sentou ao meu lado e disse, com seriedade:
— Eu não estava só atrás de uma garota qualquer pra passar o tempo antes de ir embora. — Dona Suzana ziguezagueava da cozinha para a sala de jantar: "Ainda se eu tivesse deixado a chave atrás do quadro, não era? E meu quarto tem condicionador

de ar, vocês podem ir. Sério. Não estou com sono." Mas Vinícius tratava esse som como se fosse música de elevador. — Sei o que todo mundo pensa de mim. Vi o jeito como você conversava com Lucas. Você pode acreditar nele, claro. É uma escolha e não posso mexer nem influenciar o que você escolhe acreditar ou não. Mas, não sei por que, queria te dizer isso, certo?

Eu esperei que ela passasse novamente para a cozinha, fechei a porta do quarto devagar, apesar de reconhecer que isso aqueceria ainda mais o ambiente ali. Ela provavelmente, tentando consertar o lapso que a fizera trancar a porta, insistiria em fazer comidas e toda sorte de agrados, por mais que repetíssemos "Está tudo bem" ou "Não é necessário". Até Vinícius gritar: "Mãe, só nos deixe um pouco em paz." E ela ficaria triste e trataria de se autopunir de outras formas.

— Mas, bom, eu estava sozinho e aí você apareceu. Claro que pensei na possibilidade. Sou um cara correndo atrás de coisas e sem nada nem ninguém na arquibancada para torcer. Sou sozinho. A quem eu estaria enganando se dissesse que não pensei na possibilidade?

E, no final, ela apenas acabaria bebendo mais um pouco e chorando sozinha na sala. Eu conhecia bem essas coisas. Então, deitei na cama e chamei Vinícius para deitar do meu lado.

— As datas comemorativas têm sido horríveis, sabe? — eu disse, virando de frente pra ele, mas sem encará-lo. — O último Dia das Mães que tive foi o primeiro de uma série. Nunca tinha havido um Dia das Mães em que ele não estivesse presente. Ele estava sempre lá. Assim como eu sempre escrevia longas cartas sobre o fato de ser filha. Mas este ano, sem saber o que fazer, eu simplesmente senti que precisava encher minha mãe de presentes. Meu irmão e ela, no outro extremo, queriam apenas não fazer nada. Não foi possível escrever nada. Deixei lá os presentes e saí porque não queria estar lá quando ela os

encontrasse. Não tinha cartão porque o que eu iria dizer? Feliz Dia das Mães. Que esta data seja sempre feliz mesmo ele estando morto. Morto. Morto. Morto. — Senti a precipitação em minha voz e tentei me conter, imaginando que falava para minha mãe.
— Ele não vai estar aqui nunca mais e você sabe disso, e eu sei disso e não podemos nos abraçar porque senão quebramos o pacto todo. Porque podemos fingir que não há nada de errado se estivermos suficientemente distantes...

Ergui pra ele o olhar.

— E sempre ao final ficamos não apenas com a impressão de ter feito tudo errado, mas que o outro havia feito, também, tudo errado. Passar o réveillon com você foi a melhor coisa que poderia ter acontecido.

— Você ia morrer afogada.

— Bom, então você salvou minha vida.

Um balão de ar. Era somente isso que era necessário para que meu pai se sentisse um pouco melhor. São sempre coisas assim, pequenas, que salvam a vida. Foi o que assegurou o médico. Um sujeito branco, mais magro que gordo e com cabelos ligeiramente ruivos. Balão de ar, tubos de ventilação... Ou ainda: uma caminhada silenciosa pelas ruas da cidade, à noite; um esquema perfeitamente eficiente de camisas brancas com calça jeans. Ou ainda: um caderno sem linhas e uma caixa de lápis de cor aquarelável. Era nisso que eu pensava quando resolvemos que faríamos compras no shopping. Vinícius precisava de um par de jeans novo e eu fui junto decidida a comprar novos materiais de pintura mesmo ele garantindo que seria um programa chato.

— Pra falar a verdade — eu disse —, acho um prazer acompanhar compras dos outros, desde que não seja eu quem vai entrar no provador.

Eu havia vestido um vestido solto de verão, com listras em preto e branco, com uma blusinha fina por baixo, e levava na mochila um velho caderno sem pauta, pequeno, no qual eu costumava desenhar despreocupadamente. No caminho, ele havia pedido para ver os desenhos e eu havia permitido, olhando sempre pra baixo, para meus próprios tênis All Star, as calçadas esburacadas do caminho, os tufos de matinhos que cresciam perto do meio-fio, em passos largos que ele acompanhava sem muita dificuldade.

A maior parte dos desenhos foi feita assim: quando levamos meu pai para o balão de ar. Era quando eu ligava a TV do quarto do hospital para que ele assistisse e sentava na poltrona esperando o dia passar.

— Por que você desenha tanta escada? Tanto quadradinho e... ah, veja! — ele sorria inesperadamente. — Um nebulizador! Nossa! Eu tomava tanto isso quando era mais novo...

— E era bom?

— Eu gostava. Era um alívio. Além disso, o barulho do motor, a fumaça... Dá até pra sentir de novo. Era relaxante.

— Confortador?

Ele confirma com a cabeça, continua passando as páginas.

Eu gostava de cadernos e lápis de cor. E arrastei Vinícius para uma papelaria comigo. Ficava mostrando a ele as especificidades de cada caixa e ele ouvia tudo parecendo estar mesmo muito interessado.

— Lápis aquarelável, na verdade, quase nunca serve pra aquarelar. O efeito não fica natural, não tem jeito. Numa aquarela ele serve pra um detalhezinho, uma besteira de nada... serve mesmo e bem é pra desenho. O efeito de brilho... A qualidade deles é diferente... E as cores misturam melhor.

Eu falava sobre mistura de tons e ele se interessava se era possível fazer um quadro de lápis de cor.

— É possível fazer um quadro de qualquer coisa.

— Sim, mas digo... uma coisa bem... profissional.

— Acho que sei do que você está falando... Bom, acho que, se você tiver muitas, muitas cores...

Então eu explicava os diferentes círculos cromáticos e a dificuldade de misturar pigmentos sólidos. Ao emendarmos as compras com uma passagem na praça de alimentação, comecei a rabiscar no caderno.

— Olhando você fazer, dá vontade de fazer também. Parece a coisa mais interessante do mundo.

— É... — concordei. — São coisas pequenas que salvam a vida.

— Hein? Tá filosofando, é?

— Não... É só que eu me sentia sortuda com essa coisa de desenhar quando era mais nova — disse a Vinícius. — Ao longo de toda a minha vida eu havia pensado que a habilidade de colocar imagens no papel fosse a maior dádiva que alguém pudesse ter...

Eu comecei a destacar, cuidadosamente, do caderno uma de suas páginas e lhe entreguei.

— Veja.

Em uma das faces, havia um desenho de balão de ar, na outra, uma cena de carnaval. O desfile da Mangueira a que havia assistido junto ao meu pai na pequena televisão do quarto do hospital. Mas sobre eles pesava, sobretudo, um toque de imagens surrealistas, como porções de água que pontilhavam o tempo, raízes retorcidas de plantas. Imagens vertiginosas e carregadas de um traço sujo. A tradução de coisas inexistentes. Desviei um pouco o olhar dos papéis e olhei pra Vinícius. Eram cenas de uma vida que não estava acontecendo.

— Não entendo nada de arte. Mas gosto demais dos teus. São bonitos de uma forma estranha.

— Exato. São instantes, só. Tanta coisa acontece em menos de um segundo. Tipo: agora. Se você consegue apreender tudo de um instante, então você tem uma coisa bonita. Quero que você fique com esse desenho.

Ele sorriu, satisfeito, e colocou na carteira, no espaço de plástico destinado a fotos.

— Vou guardar pra sempre.

E só de pensar na coleção de tudo que ele acumulava no quarto tive certeza de que estava falando a verdade.

Quando viajamos de volta, meu pai havia parado de reclamar dos meus cabelos voando. Estava com febre e ele tentava descansar no banco de trás enquanto minha mãe guiava, soltando às vezes um gemido de dor que parecia mais fazer parte de um sonho. Era impressionante a mudança de quadro entre uma viagem e outra. Como se houvéssemos atravessado um outro estágio de nossa existência pela rodovia. A impressão foi de que o tempo passou numa rapidez incomum naquele fim de semana. Uma sensação que começava no meu estômago revirado, numa espécie de tremor das mãos, que acompanhavam a vibração suave e tensa do carro enquanto eu olhava pela janela concentrando-me em evitar a náusea. Do banco da frente, eu olhava minha mãe dirigir a cerca de cem quilômetros por hora, reduzindo para setenta entre uma e outra crise de choro convulso, mas silencioso, e sobre o qual ninguém interferia. Todos silenciosos e doloridos. Pareceu que ali, na rodovia, no trânsito entre duas vegetações, eu ultrapassava a juventude. Queria que ele acelerasse mais, porque sentia que estava calculando mal o curso do tempo.

Foi naquela viagem de volta que eu decidi como ia ser o resto da minha vida inteira. Na semana depois de ter presenciado um velório de uma tia. Eu havia decidido, então, que iria desaparecer para reaparecer novamente, alguns anos depois, sob a forma de uma heroína feita a moldes de uma rotina tão extenuante quanto possível de criação. Passei aquela viagem calada, pensando como eu seria, e decidi que não desceria daquele carro enquanto não estivesse cheia de certezas. Eu trabalharia nos esboços prontos em tinta a óleo e só pararia quando estivesse cansada, quase desmaiando da sensação de tremor nos braços. Então, iria fechar os olhos por um tempo para limpar, primeiro, a vista, depois, todo o lugar. Trabalhando, dia após dia, em três ou quatro imagens simultâneas até que o torpor me derrubasse num sono inquieto do qual acordaria num susto, estranhando tudo o que fora feito e precisando recomeçar tudo. Porque eu poderia mesmo conseguir enquanto mantivesse viva aquela febre. E a única coisa que eu precisava para tornar aquele desejo realizável era um ateliê. Uma caverna mágica, um casulo onde eu pudesse tecer asas e que, num momento, seria rompido e eu voaria sem limites. Eu sabia do que precisava: uma grande reforma.

O som da caneta que raspa o papel como uma lixa: continuadamente e tensa. No papel rugoso, pequenos rabiscos de tinta nanquim, traços que são como fios de cabelo mínimos e que juntos formam a imagem de canos de PVC, retorcidos como se fossem troncos e jatos incontidos d'água, em linhas mais longas, que vazavam do caule principal como esguichos, galhos d'água. Eu aperto os olhos, aproximo o rosto do papel, concentrada.

— Não vai vir dormir? — perguntou Vinícius. Ele estava deitado na cama e cobria os olhos com uma das mãos contra o feixe de luz que uma luminária apoiada no topo de uma pilha vacilante de livros jogava em seu rosto.

    Eu estava no canto mais bagunçado do quarto dele, sentada no chão, com a prancheta apoiada nos joelhos. Tão concentrada que não percebia que o riscado frenético estava começando a incomodar.

    — Desculpe — falei, voltando de uma espécie de frenesi.
— Te acordei?

    — Vem pra cá.

Deixei a folha de papel, mas já sentia saudades dela. Deitei ao seu lado.

    — O que estava fazendo?

    — Desenhando.

    — Estava indo bem?

    — Acho que sim.

    — Pode voltar lá, se quiser.

    — Não, não... Vou aproveitar você... Espere... — eu disse, levantando da cama — tenho que apagar a luz.

Voltei tentando não tropeçar.

    — Acho que estou me acostumando com tua bagunça... — eu disse. — Não só com isso. Também com as maçanetas, o jeitinho que tem que dar para que elas não emperrem, com os truques para que o chuveiro elétrico não dê choque...

    — É?

O escuro deixava visível apenas uma fresta da janela diminuta no cubículo.

    — Eu acho que você estava errada — ele disse.

    — Sobre o quê?

    — Nós dois. Acho que teria dado certo.

    — Do que você está falando?

    — É só isso. Acho que daria certo, sim. Desta vez você se enganou.

Não dissemos mais nada. A frase dele ficou ecoando naquele espaço sufocante. Balão de ar — pensei — às vezes é tudo de que se precisa.

E da forma como eu imaginei. Foi feito. Na semana seguinte saquei do banco o dinheiro que tinha economizado ao longo de dois anos de trabalho ruim e intensa contenção de gastos. Mas, assim que chegamos, a febre aumentou. Nós quatro estávamos atônitos, confusos, cansados. Estávamos, talvez, com saudade de nós mesmos.

— Vigie seu pai — disse ela dois dias depois; seus olhos grandes estavam vermelhos de choro, de cansaço —, fique com ele enquanto vou comprar os remédios.

Meu irmão sentia saudades da própria cama, eu sentia aflição pelos meus sonhos. Logo que chegamos em casa, eles estavam latejando em mim. Um ateliê — eu repetia para mim.

— Vá para o quarto e tente fazer com que ele coma alguma coisa.

Dei passos lentos e temerosos pelo corredor, ouvindo o carro ser ligado.

— Pai?

Dentro do quarto, ele gemia agarrado aos lençóis velhinhos.

— Coma alguma coisa.

— Me deixe descansar.

— Depois o senhor descansa.

Parecia muito a imagem de um corredor ao fim de uma maratona. Jogou-se na cama e ficou lá respirando forte. A única diferença era o gemido.

Olhei da janela do quarto dele a garagem, e minha cabeça dizia: ateliê.

— Melhor o senhor ver um médico.

— Só preciso... Descansar...
— Não quer um copo d'água pelo menos?

Está muito magro, dizia uma voz cá dentro. Preste atenção. Ele está *mesmo* magro demais. Ao passo que eu rebatia. Bom, na época do infarto, disseram mesmo que ele precisava emagrecer um pouco.

Está tão magrinho o Aluízio, diziam as velhas do interior para a minha ira. Mas eu sabia, só eu sabia, era um bom sinal.

— O senhor quer alguma coisa?

Ele apontou o ventilador ligado.

— Tem certeza? Vai ficar quente.

— Quero... Descansar...

Então ele tentaria dormir, disse a mim mesma enquanto dava a volta na casa para entrar na garagem que, na minha cabeça, já estava batizada de ateliê.

Já fazia uma semana desde a última vez que eu tinha ido à sua casa. E, naquela noite, lá estávamos os dois caminhando rumo à minha porta. Uma dessas noites frescas, com um quarto minguante se insinuando, pequeno e longe, por trás dos prédios, as ruas desertas, nossos passos ecoando.

— Vou comprar uma câmera fotográfica profissional.

E era isso. Éramos exatamente nós dois caminhando ali. Ele olhando para todos os lados: bicicletas que passavam, esporádicas, guaritas acesas de prédios, eu olhava para o rosto dele, para o chão, e meus próprios pés. Ele tinha um novo plano: aprender fotografia.

— Comprar uma câmera?! Mas que ideia idiota. Isso não vai funcionar.

— Bom, não tenho outra opção. Tenho dinheiro agora e preciso investir em algo que, talvez, dê retorno depois. Se eu compro uma máquina boa, faço o curso de fotografia, lá vou poder trabalhar com isso nos fins de semana.

— Mas não funciona assim. Acredite! — eu dizia um tanto exasperada. — Você não conhece ninguém lá. Para ser fotógrafo é preciso ter contatos. E os investimentos não param por aí. O material é estupidamente caro. Só com muitas fotos, muito serviço, ele paga o preço. E quanto mais se investe, mais tem que investir.

— Sei.

— Estou falando sério. Tive um namorado fotógrafo. Ele mesmo reclamava. Além disso... — Mas ele não parecia atento. — Você vai comprar assim mesmo, não vai?

— Vou. Ainda acho uma boa ideia.

— Bom, você faz o que você quiser. Mas estou dizendo: não dá dinheiro.

— Tenho que fazer algo, ora — ele disse. — Não quero ir e depois voltar tendo falhado, entende? Não quero falhar.

Enfiamos as mãos no bolso.

— Entendo.

— Porque, por um lado... — ele continuou — eu poderia muito bem ficar aqui. Poderia me esforçar mais e, no ano seguinte, entrar no mestrado daqui, que é melhor. Mas eu já tinha decidido. Eu vou. Então tem que dar certo.

E aquele nó a descer pela garganta.

— Claro.

— Então vou comprar a máquina.

— É... Também penso nisso. Em procurar uma coisa parecida com essa sua.

— Você pode — ele disse e, rapidamente, descortinou todo um plano de futuro para mim: Horas de estudo, economia, estratégias, preparação. Uma prova que aconteceria no fim do ano e eu faria e seria aprovada. Mas já estávamos perto da minha porta e eu não conseguia vislumbrar as mesmas cenas que ele. Pareciam bonitas ditas por ele, mas eu queria diferente. Sem querer, eu queria que ele falhasse.

Paramos diante da minha porta. Demos um abraço agoniado, meio sem mãos.

— Só me prometa que vai repensar a questão da câmera — eu disse.

— Não há ideia melhor — ele disse e eu abri a porta devagar tentando prolongar os segundos.

Eu poderia perguntar: e desde quando você se interessa por fotografia? Mas não fiz isso. Também não disse nada quando dois dias depois ele ligou pra desmarcar um encontro.

— Não posso hoje — ele disse —, tenho aula de fotografia depois do trabalho.

— E... Não dá tempo? Tem certeza? De a gente se ver depois?

Mas ele não dava retorno. Os dias tornavam-se tensos e eu conferia no calendário quantos faltavam para ele partir. Eu olhei ao meu redor, nas coisas que acumulara, os quadros incompletos. Paisagens com espaços em branco, pessoas sem rosto me ignoravam nas paredes. Pessoas sem rosto, borboletas sem asas... Uma agonia me corroendo. Um relógio sem ponteiros que me lembrava o relógio de parede que havia no bar em que meu pai costumava beber.

Poucos verões foram tão úmidos quanto aquele. Debaixo de um sol que beirava os 35 graus, toda atmosfera lembrava a de uma sauna a vapor e as pessoas andavam na rua, atarantadas, se esgueirando na beira das calçadas para conseguir qualquer pedaço de sombra. Despreparadas, ajeitavam-se da maneira que podiam na hora de vestir-se para trabalhar. Os jornais do meio-dia noticiavam sobre um crescimento avassalador na venda de ar-condicionado, ventiladores, na conta de água e luz. Massas de ar vindas da Amazônia, diziam os meteorologistas, ao passo que, beirando o asfalto, as mulheres tornavam-se mais selvagens adotando roupas minúsculas, coques nos cabelos, abanando-se com leques improvisados feitos de folders de propaganda. Não que alguém notasse a pele à mostra, pois selvageria estendia-se a praticamente qualquer um que estivesse debaixo do sol, de modo que as pessoas não se olhavam entre si. Tal qual uma selva, todas as atenções estavam voltadas para uma estratégia de sobreviver chegando mais rápido ao próximo ambiente refrigerado para, no fim do expediente, sempre pegos desprevenidos, tomarem banhos de chuva acidentais. Algumas senhoras, mais espertas e menos preocupadas com a opinião alheia, andavam com sombrinhas debaixo do sol.

 E as noites não eram mais amenas.

 — Ah, esse lugar é um matadouro para uma pessoa fina — disse Emília pelo telefone —, essa escova não vai sustentar nesse clima. É um atentado à elegância — brincou enquanto passava para mim os detalhes sobre a que horas o táxi passaria na minha porta. Havia uma séria organização logística em torno da missão de levar um grupo de sete pessoas para uma festa. Como todos queriam beber, todos concordaram com a ideia do táxi. Igor, engenheiro de produção, chamava isso de "problema clássico de coleta e distribuição". Sendo assim, preferiu encarregar-se pessoalmente de determinar a rota mais favorável para buscar cada um, ainda que a maior eficácia na operação incluísse problemas como uma ou outra pessoa chateada pelos motivos mais irracionais: como não querer ir separado dos demais ou ter que mobilizar-se para a casa de outro, diminuindo a quantidade de pontos de coleta.

— A situação, como sempre, desfavorece as mulheres, minha cara — disse Emília quando ligou pra mim naquela tarde —, pois o apropriado, nos planos dele, seria que eu fosse me arrumar aí na sua casa, evitando toda uma volta na ala sul da cidade para buscar uma só pessoa: eu. E eu fui logo mandando tirar o cavalinho da chuva. Que ele podia acrescentar à equação uma variável muito clara: mulher precisa de muita parafernália para sair. — E discorria toda sorte de segredos e produtos mágicos, semelhantes a poções fantásticas, um arsenal de guerra para impedir que a maquiagem derretesse, que o cabelo murchasse, que os sapatos derrapassem, que a pele brilhasse demais.

Logo que anoiteceu, olhei pela janela. Pesadas nuvens se adensavam no céu noturno, deixando-o claro e avermelhado. Meu primeiro pensamento foi: "Oh, droga! Chuva. No dia da formatura de Fausto." E por mais que Emília garantisse que o plano do táxi não falharia, ao ver os primeiros chuviscos, minha desconfiança aumentou. Claro que seria inevitável molhar-se. Ainda que fosse só entre a porta de casa e a entrada no carro. Além disso, Vinícius não atendera ao telefone durante toda a tarde e eu estava, mais uma vez, insistindo na chamada telefônica.

As gotas ficavam mais grossas em segundos. Às sete, já despencava um temporal desses que alaga a cidade quase que instantaneamente.

— Vinícius, você vai vir junto para me buscar?

— Não sei — disse ele —, estou preso, ainda, aqui do outro lado da cidade, no ônibus. Engarrafou tudo com a chuva.

Qualquer um diria que era um mau presságio, mas eu preferia não acreditar nisso. As roupas estavam postas sobre a cama: *corselet* de cetim, saia rodada de organza cintilante e meias de seda, todos em preto contrastando à estampa levemente rósea e branca da colcha. Davam a impressão de que havia ali, deitada, uma mulher sem corpo. Talvez seja melhor não usar meias, pensei, considerando o tempo, enquanto maquiava os olhos.

Érica Valentim bancando ela mesma. Em um dia normal, não usaria maquiagem, não haveria saltos, traço preto sobre os olhos fadados a desmanchar na água. Seria confortável caminhar pela chuva sem preocupação, chapinhando os velhos coturnos e deixando a água escorrer limpa pelo rosto e cabelos. Mas, agora, ouvindo o rufar violento da água sobre o teto, restava fazer o melhor possível na pintura e rezar para que não se arruinasse. É um gesto de fé, eu repetia a mim mesma.

"Vai tudo estar arruinado mesmo, no fim", eu lembrava a frase de uma velha amiga dos meus pais. "No fim, tudo sempre vira uma porcaria, mas que pelo menos comece bonito e direitinho." Ela disse isso pouco antes de casar e enquanto tentava convencer o noivo da necessidade de caprichar na festa de casamento:

— Ora, querido — ela dizia —, sabemos que casamento sempre acaba sendo um desastre. Mas já que vamos fazer isso, vamos pelo menos começar direito.

E ele havia retrucado.

— E se a gente fizesse diferente? Podíamos começar com um desastre e acabar sendo direito.

Foi o que eu havia dito a Vinícius quando ele cismou em ajustar a calça.

— E daí se não vestir bem? Ao fim da noite você vai estar mesmo parecendo um mendigo. Ninguém vai notar que o terno ficou meio folgado.

— Claro que dá pra notar.

— Então por que não compra um mais barato?

— Nessas coisas não se economiza. Terno e uísque têm que ser de qualidade.

Foi numa luta dessa natureza que troquei os sapatos de camurça azul Klein por um de verniz preto e, com certa descrença, cumpri todo o resto do processo: igualar o tom de pele com base, criar efeitos de ponto de luz, sombras e profundidade. Técnica: base, pó, blush (entre outros pozinhos coloridos) sobre pele. Além de secar os cabelos com secador e escova, usar perfume, lingerie, e vestir, delicadamente, a roupa. Tudo feito propositalmente devagar demais.

Então dei uma última olhada no espelho quando me aprontei. Ele deveria já estar ali, já, mas o fato é que as calças precisaram de ajuste de última hora e a minha ansiedade crescia tanto quanto a intensidade da chuva. Estou bem, eu me dizia olhando no espelho. Estou bem e vai ficar tudo bem.

Foi brigando com essa chuva que entrei no carro lotado. Havia uma corrente forte de água passando ao lado da porta do carro e, dentro dele, Guto, Vinícius e Igor se apertavam para dar espaço no banco traseiro do táxi. Foi inevitável molhar todo um lado do corpo nas biqueiras só enquanto fechava o guarda-chuva.

— Quer entrar logo? Estamos nos molhando aqui dentro!

Os sapatos de verniz escorregavam na água, mas o que eu me perguntava mesmo era: Por que Vinícius estava do lado oposto do banco?

Dentro do carro, os perfumes de todos eles se misturavam.

— Acho que alguém aqui exagerou na essência, não? — comentei procurando um lenço na bolsa minúscula.

— Pois eu só estou sentindo o seu perfume — respondeu Igor.

— É perfume masculino — assegurei. — Tem alguém aqui usando um bem forte.

— Então é Caio — disse Igor —, se é forte deve ser dele.

— Sim, porque o de Igor é aqueles de supermercado, que sai no vento.

— Claro, você acha que eu gastaria um bom perfume para a formatura de Fausto?

Mas Vinícius não disse nada a respeito, olhava apreensivo para o caminho.

— Emília está esperando a gente — foi o que ele disse.

O táxi deu a partida. Falávamos em mil modos diferentes de aproveitar a festa. Marcas de uísque, tipos de salgadinho, roupas femininas... Normalmente, aquilo seria o suficiente para envolver todos nós em algumas boas risadas, mas ali parecia que tudo o que falávamos e a própria chuva rufando na capota tinham como objetivo único abafar algum outro assunto de peso inestimável. Junto ao calor, à umidade, o perfume, o aperto nos moviam como se em um aquário onde o ar era mais denso.

O peso, sabíamos, vinha de Vinícius, que não participava com pontos de vista sagazes ou deprimentes sobre nenhum dos assuntos. Ele olhava para a frente, virando o pescoço para a esquerda e para a direita, tentando ver por trás do banco do motorista, e sua pele parecia repuxar em alguns pontos.

— Calma, rapaz. Está tenso? — disse Guto, em tom de brincadeira.

— Estamos atrasados — ele respondeu, seco. Olhava para a rua através das janelas embaçadas, para o taxímetro correndo, o relógio de pulso e novamente para a rua, como um ciclo. Uma sequência que parecia intensificar à medida que nos aproximávamos do salão de festa.

Mas o rufar na capota diminuía. Percebi que o motorista desligara os limpadores.

— Pelo menos a chuva deu uma trégua — eu disse, respirando aliviada, enquanto o táxi reduzia a velocidade na frente do salão.

A casa de recepções, construída para parecer um palácio, ficava em um bairro ermo. Os refletores lançavam jatos de luz carmim, verde, azul e amarelo para o nada. Dos dois lados, havia unicamente o matagal, e nenhum rastro, além das pistas asfaltadas, demarcava a chegada da civilização. Seis seguranças de terno protegiam a entrada do lobby cheio de fontes, esculturas de leões e onde duas mulheres jovens conversavam balançando vestidos brilhosos verde e dourado. Vinícius foi o primeiro a descer do carro. Descemos pelas outras portas com cuidado para não pisar nas poças d'água. Ele se dirigiu direto à janela do motorista.

— Ele vai acertar a volta — disse Igor.

— Então vamos entrar na frente — eu disse, espreitando com o canto de olho as nuvens no céu. — Quero evitar um banho repentino.

Duas semanas atrás, havia corrido um boato sobre um namoro entre Vinícius e mim. A notícia causava estranheza e certa apreensão no grupo. Ele estava indo embora. Todos sabiam disso. Então que história era aquela de namoro um mês antes de partir? Sobre isso, nada falávamos. Andávamos nos beijando explicitamente e eu passava dias a fio enfiada na casa dele. Era o suficiente a se saber. Tudo o que, num primeiro momento, pareceu animador, mas talvez fosse por aqueles últimos dias. Ele andava esquivando-se de todos, empenhando-se cada vez mais em suas rotinas solitárias que envolviam a prática de corridas noturnas, e fotografar com obstinação da janela do quarto. Tornava-se, subitamente, ocupado demais, e, como ninguém entendia a mudança súbita, talvez achassem que tinha algo a ver comigo.

Não era verdade. Para ser bem honesta, havia dias que eu não via Vinícius nem tinha, com ele, qualquer conversa que excedesse os cinco minutos necessários para ele dizer, ao telefone, que tinha que ver o pai, ou visitar um amigo, ou ir a um treino de ninjútsu. Desde aquela última noite — em que ele me acompanhou caminhando até minha casa, pois eu havia me recusado a passar a noite — ele tinha aquele ar pensativo.

— Não sei... — ele disse. — Às vezes penso em como vai ser... Deixar tudo para trás, começar do zero em outro canto onde eu não conheço ninguém...

— Pensei que era justamente isso que te animasse.

— Porque minhas coisas nunca deram certo aqui. E parece que agora, justo agora que tenho a chance de ir, as coisas começaram a ficar maravilhosas, como num truque de ilusionismo, só que feito ao contrário. O pombo revive no começo e morre no final.

Ele tornava a falar de uma gama de oportunidades que se abriam. A vaga para professor substituto no grupo de ninjútsu. "O *dojo* lutou tanto para se consolidar. E justo agora que conseguiu, vou ter que abandonar tudo. Desligar-me completamente."

Eu não sabia o que dizer... Apelei para o lugar-comum. "É sempre assim." Mas, na verdade, o que eu pensava era na ausência de um lugar novo pra mim. Queria dizer: Você pelo menos vai começar do zero. Eu vou começar a partir de toda a tralha que você mesmo deixa para trás.

A cerimônia da formatura ainda não havia começado. Entramos no salão de festas procurando a mesa reservada a Fausto Salles. Eu sentei ao lado de Igor, tomando o cuidado de ficar num ponto em que houvesse cadeira vazia ao meu lado.

— Vinícius vai perder a primeira rodada de uísque — eu disse, tentando parecer divertida, tentando disfarçar com um cobertor curto toda a apreensão daquele momento.

— Deixa ele. Está todo tenso. Mas eu soube que você começou a estudar francês...

O salão era claro demais. E, logo que entrei, percebi que todas as mulheres na festa usavam vestidos curtos e modernos. Eu parecia burlesca naquele ambiente. Devo ter deixado de acompanhar a moda. As pessoas passavam para lá e cá elegantemente, as mulheres em roxo, dourado, vermelho, verde passeavam com taças de drinques coloridos e rebolavam sobre saltos, riam jogando os cabelos luminosos, cochichando umas com as outras ao som de músicas pop, e os homens pareciam todos distintos como em um filme americano do pós-guerra, segurando copos de uísque com gelo.

— Veja aquela! — disse Guto para Igor. — Adoro quando usam essas roupas adesivas. A gente já sabe o que vai encontrar.

Um garçom se aproximava com uma garrafa. Aqui! Eu apontei. Voltando-me, em seguida para Igor:

— Vai me acompanhar? — perguntei.

— Claro. Coloca uma pra mim também.

— Água de coco ou coca-cola? — perguntou o garçom.

— Só com gelo pra mim — respondi.

Igor riu.

— A noite promete, hein? — E, voltando-se novamente para o garçom: — No meu pode colocar água de coco, sim, por favor.

Só que, quando Vinícius entrou, o garçom estava ali ao lado e ele sentou do outro lado da mesa. Abriu o sorriso de sempre.

— Opa! Já estamos servidos?

Ele pegou uma dose não tão forte quanto a minha e levantou da mesa em seguida.

— Vou ver como está o negócio com o cerimonial.

Havia um procedimento nessas formaturas. O formando desce as escadarias num tapete vermelho e é recebido pelos amigos e familiares mais próximos, na beira da escada. Vinícius estaria lá para Fausto. Eu tinha o encargo de ficar na mesa com Igor, esperando Emília, que, de última hora, havia decidido vir em carro próprio com o namorado.

Logo que os outros nos deixaram a sós, engoli todo o conteúdo do copo.

— Então... — disse Igor — você e Vinícius... O que se passa?

Eu me diverti. Em parte pela bebida, em parte pela situação. Honestamente, eu não sabia o que dizer. Minha risada denunciou qualquer tensão.

— Quer dizer que vocês estão, mesmo, namorando?

— Eu não sei. É algo assim.

— Mesmo com ele prestes a ir embora?

— Bom, antes tarde do que nunca...

— Dou valor — ele disse, sorrindo.

— Você deu sorte — disse Caio voltando a se aproximar da mesa e conseguindo ouvir, pela metade, nossa conversa. — Vinícius é incapaz de fazer mal a você, você sabe... Como namorados costumam fazer.

O garçom passava por ali novamente, fiz sinal e ele veio encher meu copo. Sacudi as pedras de gelo. Olhei para ele.

— Não nos faremos mal. Isso eu garanto. Não vai haver tempo pra isso. É uma relação com prazo de validade, mas a minha meta é fazer, neste mês que nos resta, o que a maior parte dos casais não faz em um ano inteiro.

Vinícius aproximava-se e Guto foi ao seu encontro, no lado oposto da mesa.

— Ele sabe disso?

— Claro que sabe — levantei o copo encarando-o do outro lado, embora soubesse que ele não podia ouvir nossa conversa —, fica subentendido.

Ergui a voz:

— Ao nosso tempo, Vinícius.

Ele deu um sorriso, sem fazer a menor ideia de que brinde era aquele, e brindou de longe. Ele sorria e eu havia memorizado, afinal, as falhas nos dentes dele. Ele tinha medo de dentistas, detestava cortar o cabelo, tinha mãos mais delicadas que as minhas, alergia a perfumes. Fechava os olhos para beijar e, quando o assunto era sério, piscava os olhos com força e não encarava a pessoa. Sonhava em comprar uma moto e viajar com ela por cidades industriais americanas, aprender a escalar. Mas ele só foi para o lado mais distante da mesa e começou a atacar salgadinhos, conversando divertidamente com todas as pessoas. Eu teria, finalmente, que admitir que sempre o tinha achado bonito. A brancura limpa da pele dele, seu rosto de feições estreitas, barba de um dia, os olhos escuros e cílios pretos a contrastar. Tinha um corpo másculo, uns músculos pouco ostensivos no braço. Era isso: Ele era bonito, ora essa. Eu apenas não admitia porque aquela personalidade não cabia em um homem bonito.

As luzes diminuíram para a cerimônia começar. Um a um, os formandos desceriam as escadas ao som de uma música escolhida por eles, portando diplomas simbólicos e becas na cor vermelha, como era tradição no curso de direito. Eu levantei da cadeira, agarrada ao copo, para observar as pessoas da mesa que se afastavam. Caio, Vinícius, o pai, a mãe e a irmã de Fausto foram para o pé da escada.

— Será que vai demorar muito?

— No mínimo uma hora. São trinta formandos.

E, um a um, eles desceram. A ordem por sobrenome não facilitava minha espera. Fausto Salles. Dei outro gole. Examinei as unhas. Junto a mim, além de uma porção de parentes de Fausto que eu não conhecia (cunhado, avó, madrasta, meio-irmão), ficaram também dois amigos dele. Jogavam Magic juntos, pelo que responderam. Turmas que não se conheciam até então e que obviamente se aproximariam à medida que as bebidas fossem servidas.

O que se seguiu foi uma tentativa de fazer com que cada personalidade ficasse demarcada pelo jeito mais descontraído, tímido ou ousado de descer as escadas, pelo estilo da música, por como eram recebidos. Uma tentativa de arquétipos de roqueiros, jovens empreendedores, arrojados, conservadores, conservadores eruditos... Tudo debaixo de uma chuva de celofane prateado. E claro que tocou "We Are the Champions" entre os mais tradicionais, "A caminhada", entre os praieiros, e até "Aleluia", entre os mais bem-humorados. Quando Fausto desceu, ao som do Queens of the Stone Age, foi imediatamente sacaneado pelos meninos que o esperavam ao pé da porta com a ex-namorada dele ao telefone.

— Eles não teriam coragem.

— Ah, teriam, sim.

Mas na verdade eu só estava esperando que aquilo tudo acabasse, e foi um grande alívio quando ele chegou à mesa emburrado para receber os parabéns resmungando um "Você não acreditaria no que eles fizeram..." Mas àquela altura, eu já estava perdendo a conta das doses de uísque. Uma coisa foi me subindo à espinha. O que Igor quis dizer quando perguntou se Vinícius sabia dos meus planos?

— Então, soube que você está voltando com a arte — Caio disse, aproximando-se, com um copo que piscava luzes coloridas, cheio de uísque.

E Vinícius afastava-se na outra direção.

— Mais ou menos. Não é bem isso. Só voltei a desenhar um pouco. Eu costumava trabalhar com outras coisas. Pintura, painéis...

— Eu não entendo de arte, mas gosto muito de um novo artista francês que vi.

Sexto drinque. Paris, francês, movimento de vanguarda, emprestar o chapéu. Eu ouvia nítido o farfalhar de minha saia de organza, rodada, preta.

Sétimo drinque. As pessoas ao redor da mesa discutiam um jogo de cartas. Metade da mesa dizia que era muito mais que um jogo de cartas, a outra metade ria do quanto eles gastavam comprando figurinhas. Dois autodeclarados nerds. Um deles, usando um chapéu engraçado, tentava pacientemente me explicar como o jogo funcionava, e Vinícius empreendia uma longa conversa com o pai de Fausto da qual eu só ouvia as gargalhadas ao longe. Parecíamos competir silenciosamente quem virava mais copos de Jack Daniels puro.

— Palavra. Pode ir por mim. Aquela é uma verdadeira máquina em matéria de garçonete — ouvi alguém dizer.

Oitavo drinque. O cetim do top apertando.

— Cadê seu namorado? — perguntou Igor, para fazer piada.

— Que namorado? — respondi.

Em pouco tempo, era eu quem estava com o chapéu engraçado na cabeça.

— Ei, vamos dançar? — chamou Caio, piscando para mim.

— Te salvei daquele idiota — disse ele.

— Mas vou ver se consigo ficar com o chapéu.

Nono drinque. Os saltos se tornavam mais altos e mais difíceis de equilibrar. A banda que havia começado com um repertório baile, já engatava lambada dos anos 80.

— Por que sempre vão para a lambada quando a festa fica decadente?

Décimo drinque. Saída para o banheiro. A tentativa de caminhar naturalmente. Os corredores parecendo desenhos, fugindo dos contornos, a falta de contornos. Tudo se misturando.

— Bonito vestido — disse uma desconhecida.

Não agradeci. Não sabia se era verdade ou ironia. Olho no espelho, meu rosto me escapa. Algo parecia estar prestes a desandar o tempo inteiro.

Saio do banheiro e o som volta ao volume de antes. A banda toca Kaoma num volume ensurdecedor, e o cheiro de gelo seco se espraia mesmo ali na outra ponta. Dou passos largos para atravessar o salão, a cabeça tonta, viro-me para olhar o palco. Próximo a ele, as pessoas dançam efusivas, cheias de poás e óculos coloridos. Volto novamente a vista para a frente. É quando vejo que Vinícius vinha na direção contrária. Por um minuto, achei que me procurasse, mas ele apenas sorriu e não reduziu o passo. Talvez tenha sido em parte pela bebida, em parte por alguma outra coisa indecifrável, eu o detive ao passar por mim.

— Vai ao banheiro? — eu lhe pergunto, segurando seu braço.

— O quê? — ele aproxima a orelha da minha boca. — Não ouvi.

Percebi que estava ficando nervosa. Os batimentos aceleraram. Eu o havia detido e, agora, sabia o porquê.

— Você está me evitando? — perguntei, erguendo a voz para que ele me escutasse apesar do som e das pessoas passando.

— Como é? — ele se afastou rápido do meu corpo, franziu o cenho e procurou meu rosto. Dei um passo para trás. Voltei a esconder o olhar falando com o rosto ao lado do dele, próximo ao ouvido.

— Você não falou comigo a noite toda.

Mas ele voltava a virar quando eu terminava a frase, me encarava e respondia alto.

— Acho que falei com todos.

Sustentei o olhar dessa vez.

— Sim, mas parece estar evitando a mim.

— É impressão sua.

Uma descarga de adrenalina correu pelo meu corpo inteiro. As pessoas passavam por nós. Atrás dele, percebi que as pessoas da mesa nos viam ali no meio e olhavam com curiosidade. Olhei novamente para ele. Percebi que em nada aquela expressão iria mudar. Soltei um ar que eu não notara que estava preso.

— Quer saber? Deixe pra lá. A culpa é minha. Eu me meti nessa, não foi? — cruzei os braços. Ele abriu os dele.

— Do quê, exatamente, você está falando?

Dei mais dois passos para trás antes de dar as costas.

— Deixe pra lá — eu disse, mudando a rota da mesa para o lobby, de onde saí marchando. Passando pelas esculturas, a fonte, a passarela de entrada, os seguranças. De fato, não foi planejado. Não estava contando que houvesse táxis ali, mas havia. Então me despedi dos seguranças, passei pela terra, entrei em um dos carros e fui embora sem falar com ninguém. Será que ele não entende que não teremos mais tempo?

No carro era possível lembrar cada uma das investidas controladas: Por que não deixar para fazer esse curso lá? Mas ele estava decidido. Nem rebatia os argumentos, e as palavras batiam e voltavam diante do rosto impassível dele: Temos pouco tempo — eu queria dizer. — Vamos passar esse tempo juntos? Mas tudo isso pareceu irrelevante, excessivo, quando abri os portões de casa na noite da festa. Eu ainda vi o visor do telefone celular se iluminar uma vez denunciando chamada recebida. O nome de Guto piscando no visor enquanto eu pagava a corrida do banco de trás do táxi. Aqueles minutos em que tudo ainda parece ter volta. Em que você pode dizer: "Moço, me leva de volta pra festa", e fingir que nunca havia saído de lá. Mas que, no fundo, se sabe que não há como.

PARTE III

O motor do Volkswagen para diante do fícus da entrada. A sombra, debruçada sobre os dois portões, o que dá acesso à casa e o que dá acesso ao ateliê, é densa, mas ainda é necessário apertar os olhos para se acostumar à claridade da rua. Ouço o som da alavanca do freio de mão e de lá desce uma senhora com pouco mais de trinta anos, vestindo uma blusa solta de tecidos fluidos, em diferentes tons de lilás e um ombro só, e uma saia longa.

— Érica? — ela pergunta.

— Sou eu mesma — respondo, me aproximando para cumprimentá-la. O barulho do molho de chaves estala.

— Prazer. Sâmela.

— Foi difícil achar a casa?

— Nada. Peguei pela avenida principal. Acertei logo. Não moro muito longe daqui.

Ela me acompanha até o portão menor ajeitando os cabelos contra o vento.

— É aqui? — ela aponta o portão mais estreito. Suas unhas estão pintadas de roxo. Concordo. As mãos manicuradas contrastam com a cor fosca do ferro sem acabamento.

— Como te disse, tem alguns ajustes que acho que você se interessaria em fazer.

Ela concorda, olhando bem a porta, que trava um pouco antes de abrir.

— Se te interessar, e você não tiver muita pressa, eu mesma pinto. A gente acerta no preço final.

Dou sinal para que me siga, coloco a chave no portão, ela gira fazendo um som estridente e emperra um pouco. Sâmela se estica tentando enxergar através de mim. Passamos por um corredor estreito que dá no largo portão de ferro corrediço.

— É um corredor bem quente — ela observa.

Abro o portão principal, revelando o lugar. Está bem empoeirado. Eu entro e ela vem atrás.

— Aqui é por onde vem a maior parte da brisa. Como é aberto por cobogós, nunca fica muito quente. A chuva também não entra muito por causa do toldo que fica do lado de fora. Pode ser problemático se você quiser instalar ar-condicionado. Mas, como eu disse, é fresco e o ar-condicionado é desnecessário. O piso limpa com facilidade. Foi feito pensando nisso.

Ela acompanha o que eu digo olhando para todos os lados, especialmente o pé-direito alto. Repara nas pinturas no cavalete, mas não pergunta muito.

— O banheiro é aqui. Pequeno pra não tomar espaço...

Abro o portão lateral. Há um pequeno quintal com tanque compartilhado entre as duas casas. Ela segue olhando tudo.

— Muito aberto — ela diz.

— É bom se você trabalhar com materiais tóxicos. — Olho um pouco o canteiro de plantas que sobrevivem praticamente sozinhas em jarros grandes. — Por que motivo mesmo você está precisando de um lugar?

— Cerâmica — ela diz sem olhar. Depois suspira. — Bem, cerâmica e um divórcio.

— Entendo.

A menção disso parece deixá-la impaciente. Ela para de olhar cada canto do lugar.

— Olha, desculpa, mas tá caro. Tem muito o que se fazer aqui. Tudo isso com mais mil de aluguel, não dá.

— Nessa área, acho difícil conseguir coisa melhor. Digo porque eu mesma procurei.

— Tudo bem... vou pensar mais um pouco. Qualquer coisa, volto a ligar, sim?

Eu a acompanho até a saída, desejando boa sorte. Fecho tudo e volto para dentro de casa.

— E então? — pergunta minha mãe. — Como ficou? Ela vai querer alugar?

Está com um ar tranquilo, quase indiferente. Há dois dias ela se oferecera para mostrar o espaço, sem muito entusiasmo.

— Ela está barganhando — eu falo, desviando o olhar para o chão e balançando a cabeça. — Disse que achou caro porque teria ainda que fazer reparos...

— Absurdo. Está quase de graça se considerar o bairro.

— Foi o que eu disse, mas é aquilo... ela vai barganhar...

— Bom, outros vão vir...

— É, mas estou pensando... acho que é melhor adiantar o conserto nesse sistema hidráulico e dar uma boa limpada lá.

Ela concorda com a cabeça. E repete duas vezes: "É bom. É bom."

— Alguém ligou pra mim? — pergunto.

Mas, como sempre, a resposta, dada com certo constrangimento, é negativa. Volto ao quarto, o lugar parece um forno. Ao encostar a mão na parede é possível sentir as pedras quentes exalando o mormaço. Olho no visor do celular o sinal completo, a bateria cheia. Procuro com as setas o ícone "últimas chamadas". Há apenas uma não atendida: do celular de Guto às três da manhã há mais de uma semana. Largo o telefone sobre a escrivaninha, ligo o ventilador, mas o vento que ele produz é como o de um secador de mãos em um banheiro de shopping e de nada adianta.

Ele não parece surpreso quando telefono para sua casa embora nunca tivesse dado o número.
— Tentei falar com você no celular.
— Eu sei.
— Tentei incontáveis vezes.
Ele não responde.
— As aulas de fotografia continuam? — pergunto.
— Não. O curso acabou ontem. O grupo fez uma viagem ao litoral para fotografar.
— Preciso conversar com você.
A caminhada até a praça é um silêncio de pequenos ruídos. Ele fala, incomodado que queria ter passado antes em casa, para trocar a camisa por uma limpa. Eu pergunto sobre as fotos. Se ele pretende compartilhá-las. Mas não chegamos a sorrir em nenhum ponto. O silêncio amplia uma distância quase física entre nós dois. Sentamos no primeiro banco de praça.
— Acha que eu deveria não ter saído da festa?
— Acho que não mudaria muita coisa.
— Não vai poder dizer que não avisei.
— Não diria isso.
— Eu tentei mostrar pra você. Tentei milhões de vezes. Que você ia se arrepender...
— Não me arrependo.
— Assim como tento mostrar agora: que vai se arrepender de novo de ter tentado voltar atrás quando já é tarde. É como atravessar sem olhar pros lados. — Olho para minhas próprias mãos cruzadas. — Melhor não fazer esse tipo de besteira. Mas, se fizer, e encontrar o carro já a meio caminho de te atropelar,

melhor não tentar voltar para a calçada. Se você for em frente há uma ínfima chance de não se dar mal.

Eu tateio os bolsos. Sinto vontade de fumar. Ele se demora por alguns instantes, mas diz finalmente:

— Olha, tem uma coisa que eu aprendi na vida. É sempre leve ou deixe.

— Hã? O que quer dizer com isso? Que você me leva ou me deixa? De uma vez e agora?

— É.

— Mas... o que você quer dizer com isso? — Olhei para baixo. — Estava tudo bem até bem pouco tempo atrás. — Eu sabia que era inútil falar, ainda assim continuei. — Se eu ter saído dali daquele jeito te chateou, ou se foi algo que fiz antes daquilo, eu deveria ter, pelo menos, a oportunidade de pedir desculpas.

— Érica, esse é o seu problema. Você pede desculpas demais. Ora, não se desculpe. Já me viu pedir desculpas? Não peço. É meu jeito. Não posso mudar meu jeito.

— Isso não é verdade. As pessoas mudam o tempo todo e, por consideração aos sentimentos das pessoas, a gente pede desculpas.

— Tá errado. A gente pede desculpa para se sentir melhor com o que fez. Mas, se fez, é porque era pra fazer. Porque era da natureza da pessoa fazer. Você acha que não fico puto quando Guto fica com alguma menina que eu gosto. Claro que fico puto. Mas é dele. Ele vai fazer sempre. Eu não acho que seja mais importante que a amizade dele, então aceito ele assim. Do jeito que ele é. Ele não me deve desculpas...

— Não acredito que você ache isso de verdade. Quer dizer que todo mundo tem o direito de fazer o que quer com os outros? Nem ao menos pedir desculpas? Pois eu penso diferente. Penso inclusive que, talvez, você me devesse algumas desculpas também.

— Eu? Por quê?

— Porque me fez ficar preocupada. Tem noção do que é esse negócio de se sentir malquista o suficiente para a outra pessoa nem lhe atender por cinco dias? Eu fiquei bem triste.

— Pois é, mas é o meu jeito. Não posso mudar. Eu, de vez em quando, sou desligado disso. Agora, se você não gosta do meu jeito, ora, por que não se afasta?

— Não podíamos chegar num denominador comum aqui?

Ele respirou fundo.

— Érica, o que eu aprendi da minha vida, sem nenhuma exceção, é que as pessoas não mudam. Você aceita ou não. Elas vão embora. Não vão consultar os outros se está bem ou não pra elas assim. Elas vão ou ficam porque é da natureza delas.

— Certo. Entendi. Esse é um bom modo de dizer que, afinal, é um egoísta. Que não gosta dos outros.

— Você sabe que gosto de você — disse, cansado —, gosto muito. E, olhe, você não é fácil de se gostar. Não mesmo. Você se apega a detalhes pequenos demais, insiste em achar que nada está bom e me olha desse jeito. Deixa que pisem em você, se martiriza e quer ser a dona da razão. Mas, sinceramente, gosto de você de um jeito que nem sei mais explicar o porquê. Mas eu sou isso, entende? Está bem pra mim desse jeito.

— Quer dizer que eu, na sua vida ou fora dela, tanto faz?

— Quero dizer que estou bem.

— E não vai dizer o que fiz que te chateou?

— Não.

— Bom, desculpa mesmo assim. Não quis te chatear.

— Você não fez nada. Eu gosto de você. Vou continuar gostando. É só que, agora, preciso ir, entende?

Levantamos do banco para atravessar a rua. Eu vi que uma nuvem densa e avermelhada corria na metade do céu.

— E sua mãe? — ele perguntou. Eu não apressei o passo, nem olhei para ele. Apenas continuei olhando adiante.

— Vou alugar o ateliê.

Eu me viro para ver e consigo flagrar uma espécie de agonia.

— Ela vai me ajudar com os últimos reparos. Depois, com o dinheiro, penso no que fazer. Não é estranho? Não sei nem o que vou fazer este ano ainda. Se vou procurar outro trabalho, entrar numa pós-graduação. Não há planos. Tenho que admitir. Estou é com muita inveja de você e tudo o que você traçou pra você nos próximos anos.

— Mesmo quando o meu plano é muito explicitamente o de me foder? Passar por todo tipo de privação e necessidade? Mesmo que inclua ficar sozinho em uma cidade sem mar, longe de todas as pessoas de que gosto, de todas as coisas que fazem parte de mim...

— Pelo menos é um plano.

— Se serve de consolo. Meus planos nunca dão certo mesmo.

E não foi possível dormir naquela noite toda. Alguma coisa naquele ar conformado de Vinícius me dava ódio. Podemos mudar tudo o tempo inteiro. Podemos pedir desculpas, podemos evitar afastamentos. Pelo menos alguns deles.

Os olhos dele lembravam... o que mesmo? Lembrei dos olhos de meu pai. Ele havia praticamente repetido a sentença: Se não tem jeito, não tem jeito! Senti os dedos da mão contraírem-se. E eu acompanhava a cena repetindo-se na memória. Eu ali ao lado da cama do hospital. Não falou mais nada depois daquilo. Se não tem jeito, não tem jeito e pronto. E foi apenas o médico chegando com o aparelho de aferir pressão, acompanhado por duas enfermeiras.

— Vai ter que ir pra UTI.

E meu pai olhando para os lados, confuso e perdido com seus pijamas de algodão. Sendo impedido ao tentar dizer qualquer coisa.

— Não fale, senhor.

E sendo transportado, numa fração de segundo, a uma maca móvel e desaparecendo de vez pela porta da frente do apartamento do hospital, junto com médico, assistente e uma enfermeira que corria ao seu lado, segurando o soro.

— Vão pra casa — disse o médico quando nos encontrou já no corredor, com as malas dele penduradas nos ombros. — Não há nada que vocês possam fazer por ele aqui.

E minha mãe irredutível.

— Mas queremos ficar.

— Olhe — ele insistiu —, vocês não têm mais um apartamento. Vão ficar por aí nos corredores? Sem ter onde dormir, nem onde comer? É carnaval. Nem as lanchonetes estão abertas na rua. Além do mais...

Sentei-me na escada, atenta a cada palavra.

— Vocês não vão ter notícias também. As notícias da UTI saem em boletins, em horas marcadas.

E minha mãe a me olhar e eu a olhar o médico.

— Ele vai reagir melhor se amanhã vocês estiverem bem. Passa mais ânimo, entendem?

— Mas e se ele precisar... — insistiu minha mãe.

— Mãe — eu intervim —, vai ser melhor. Não vai adiantar de nada a gente esperar aqui no corredor, enfraquecendo.

— Você tem certeza? — ela perguntou.

— Tenho certeza.

Você vai sentir saudades — eu gostaria de dizer a Vinícius. O tempo é curto. Temos pouco. E caminhei engolindo as palavras. Sozinha no quarto, dizendo para o vazio. Porque é preciso que se faça algo. Porque talvez se possa gastar tudo, entende, Vinícius?

E meus passos afobados pela casa. A aula que terminava à noite. O tempo que se arrastava. Porque já é tarde, ora essa. Eu queria dizer. Já vai doer de qualquer maneira. Para que antecipar a dor?

E talvez fosse a chuva, o dissolver no horizonte que se tornava um sem-fim esfumaçado, mas já não era mais possível ficar ali.

O ÔNIBUS PARA DANDO ALGUNS SOLAVANCOS NA AVENIDA principal que liga a praia ao Centro. Desço dele carregando pouca coisa em uma bolsa enorme de lona que, vazia, adere ao meu corpo como se fosse parte da roupa. Olho para os dois lados. O céu está tingido de laranja e o sol se prepara para se pôr. Caminhando cem metros, chega-se à lojinha, meio escondida, dos materiais de pintura.

— Não vem aqui faz tempo — diz o senhorzinho atrás do balcão.

— É. Um monte de problemas acontecendo.

Eu passeio a vista por tudo ao redor.

— Então, está procurando o que hoje?

— Só estou dando uma olhada.

Ele abre uma revista no balcão e começa a folheá-la enquanto vasculho tudo o que há na loja. As figuras em MDF para artesanato, a variedade de guardanapos ilustrados com motivos de flores, de *pin-ups*, de poás, as cores de tintas pra tecido, flanelas em xadrez. As gôndolas se organizam pela especialidade do material. Pátina, Scrapbook, Pintura em tecido, Quilling, Arte em caixas... passeio por todas. Pintura em acrílico, aquarela, e finalmente volto ao balcão em torno do qual ficam os materiais para a tinta a óleo e espalho na bancada alguns pincéis que pretendo levar. Ele olha e estranha o conjunto.

— Tem terebintina? — pergunto.

— Acabou — ele responde sem tirar os olhos dos pincéis — Você não é muito jovem pra usar terebintina? — ele baixa os óculos e olha no meu rosto, rindo.

— Acho que já tenho idade pra usar todo tipo de coisa — sorrio de volta —, esse é o problema.

— É um pouco antiquado, não acha? Com toda a gama de materiais menos tóxicos hoje em dia fazendo exatamente a mesma coisa. Olha aqui. Já usou Ecosolv? Não tem aquele cheiro forte.

Torço a boca.

— Não sei...

Ele põe na mesa o tubinho. É idêntico ao da terebintina. Um líquido transparente numa embalagem plástica de 100ml. A tampa é verde. E na logo há uma folhinha de planta.

— Eu gosto do cheiro da terebintina.

— É... vocês jovens demais são saudosistas. Vou te dizer. Por mim, eu nem pediria mais terebintina pra loja. As pessoas moram em apartamentos hoje em dia, e aquilo fede feito o diabo. Eu sempre acho que vai passar da validade na prateleira. Mas aí me acontece isso. Vem alguém e quer terebintina. O pessoal mais velho geralmente fazia isso. Agora tem os jovens. Os adolescentes, então, adoram. Eu andava desconfiado de que faziam drogas com isso. Se faz droga com tudo hoje em dia.

— É que o cheiro faz a gente se sentir importante.

Ele repara nos meus pincéis de novo. Você já não comprou um pincel desses, antes? Ele aponta para um pequeno e fininho, com cabo cor de vinho e cerdas de pelo de marta cobertas por um canudo transparente.

— Um? Já comprei uns mil de cada um desses! — eu digo e explico que nunca conseguia limpá-los direito. — Com o uso, acabam ficando duros. E não importa quanto de diluente eu use, sabe? Nunca voltam a ser assim — e eu passava os dedos pelas fibras impecáveis, macias e inteiras de um pincel novo.

Então ele pegou um tubinho com um líquido verde-flúor, perguntou se eu já havia tentado aquilo. Disse, sinceramente, que não conhecia o material, mas que nem adiantava tentar.

— Deixo a tinta neles muito tempo. Sou desorganizada, pouco cuidadosa. Nunca limpo logo depois de usar, como deve ser. É um erro, eu sei. E venho arcando com a consequência, sem me queixar.

Um pincel novo, aliás, custava o preço daquele líquido que recuperaria os velhos. O que seria mais prático, então? Não era razoável empenhar tempo na limpeza.

Mas ele havia cismado com aquilo. Disse:

— Fazemos um acordo. Você leva isso e, se achar que não compensa, volta aqui que te dou pincéis de graça.

Aceitei, contrafeita, era um problema muito mais geracional. O senhorzinho era acostumado a um tempo em que se levavam coisas para uma oficina. Se a TV, ventilador, liquidificador quebravam, levava-se para consertar. Hoje essas coisas estão mais baratas. Compensa mais comprar um novo, logo de uma vez.

— Estamos fazendo alguns consertos — eu afirmo ao telefone para um potencial locatário que falava com um timbre agudo e gentileza nos modos —, mas podemos combinar de você vir aqui e eu te mostrar.

— Você disse "aqui"? Você ainda está morando no lugar, então? Como é que funcionaria?

O encanador havia chegado pela manhã. Um homem queimado de sol, barrigudo e com metade da cabeça tomada pela calvície. Perguntou onde era o problema e eu o encaminhei ao ateliê. Agora, o som das marteladas vazava pela ligação telefônica.

— Não, não. Moro ao lado. Mas estou no local agora, para acompanhar os reparos.

Tentei explicar por telefone como era o espaço, mas do outro lado da linha ele pareceu descontente.

— Então não tem IPTU próprio? Como faz com conta de água, luz...

Era complicado.

— Venha ver — eu afirmei — sem compromisso. Está um pouco bagunçado mas creio que não leva muito tempo até que tudo esteja pronto. E veja bem o preço.

— Certo, mas só pra ver se eu entendi. É basicamente uma ex-garagem com um banheiro próprio?

Ao desligar, eu olhei ao redor do espaço, tentando vê-lo com olhos de outra pessoa. Então este é o ateliê? A falta de uma conversa, ainda que fiada, com o encanador tornava mais audível o conserto na descarga, os carros passando na rua, os pássaros, as motos, os aparelhos eletrodomésticos ligados na vizinhança, que formavam uma sinfonia de ruído branco. Lembrei de Vinícius entrando ali e dizendo: "Você criou um espaço e tanto aqui."

Lembrei de quando voltei, de como olhei para aquelas quatro paredes depois de ter enterrado meu pai no interior. Depois de ter encarado viagens desconfortáveis em um ônibus precário, de ter pego carros alternativos, atravessado rio, entrado em sítios isolados, de ter entrado completamente desestabilizada, com ferimentos em carne viva. Da impressão de que tudo havia se tornado um silêncio dolorido ali dentro só porque ele, seu Aluízio, já não estava mais entre nós. Como se houvesse uma relação direta entre sua morte e todas as ausências do mundo. Mas agora, com o ranger das borrachas e ferramentas vindo do banheiro, tudo parecia não passar de uma impressão inventada e distante. Os objetos não diziam nada. A dor, a saudade, o dilaceramento davam lugar a uma ausência bruta, vazia.

Lá estava o ateliê e todas as coisas exatamente no mesmo estado em que eu as havia abandonado tantos meses antes. As mesmas telas, potes de vidro, pincéis empapados de tinta e rabiscos e caixas empoeiradas. O que me repelia tanto nisso tudo, afinal? Olhei a pintura que parei pela metade exatamente às onze da manhã. Era uma tela de gotas d'água de ondas formadas em uma poça, os rabiscos de carvão visíveis acima do fundo cinzento, azulado... Pareciam quase verdes e opacos da poeira, grandes espaços em branco cobertos de pó.

Abaixei-me para apanhar a gaveta e comecei a limpar a poeira de tudo. O lugar agora se assemelhava a uma trincheira abandonada. Havia uma caixa cheia de papéis velhos, empilhados. Além disso, o carrinho tinha os pincéis endurecidos. Depois de um ano naquele estado eu me perguntava se a tinta não havia, de alguma forma, cristalizado e agora fizesse parte deles. Mas, ainda sem pensar muito, despejei num velho pote de vidro o líquido verde-flúor que deveria diluir aquilo e restaurá-los. Uma gota caiu sobre a mesa e testei sua consistência. Não era oleoso Parecia mais um enxaguante bucal. Enchi aquilo até a metade, depois fui imergindo os pincéis.

Havia numa das telas uma paisagem com pessoas passeando. Eu havia pintado apenas os espaços entre elas, enchendo-as de uma vegetação de cor fria, quase etérea. Passei na tela o pano de algodão. A cada passada ele ficava tão cheio de poeira que mais parecia que eu havia passado diretamente no jardim.

— Vai ser duro limpar isso tudo.

— Senhora? — disse a voz vinda do banheiro. — Falou alguma coisa?

— Falei, mas só estava pensando alto.

Puxei o celular do bolso, procurando ligações recentes, mas não havia nenhuma. A imagem de paisagem inerte no visor do celular, de montanhas verdes e céu azul, se esconde atrás dos números que marcam a hora, do nome da operadora. Olhei novamente minhas telas, pensando nas compras que fiz na lojinha, nos pincéis imersos no líquido restaurador. Dava pra ver, nos espaços vazios, em branco, silhuetas de pessoas que se abriam como buracos, como fantasmas. Um esboço de uma borboleta congelada, uma linha de horizonte esboçada com apenas traços-matrizes. Os desenhos incompletos e telas cheias de espaços em branco expandiam-se no lugar. Eu me perguntava se, afinal, eu ainda era a mesma pessoa que as tinha começado.

À esquerda estava o frigobar dele, uma caixa com papéis de trabalho. Revirei lá dentro. Financiamentos, livros sobre programas do Governo. Suspeitava que nunca tivesse sequer tocado naquilo. Não me fazia sofrer, não me dizia nada. Afinal, é estranho perceber que as coisas de alguém são menos pessoais do que pensamos num primeiro momento. Então olhei em volta minhas próprias coisas. Talvez nada disso me pertença mais.

Eu sabia exatamente o que tinha que fazer: passar o pano nas telas, espanar os móveis, jogar fora o sofá, limpar os pincéis, fazer quatro refeições por dia, sair periodicamente com algum amigo. Não procurar Vinícius. Não procurar Vinícius. Não procurar Vinícius.

— A senhora poderia ligar para a firma?
— Pois não?
— Se pode ligar para a firma. Estou perto de acabar tudo aqui e eles têm que mandar o carro pra me buscar.
— Claro. Vou ligar.
— Está tudo certo agora. Pode ligar o registro e usar o banheiro aqui à vontade. Tão cedo não vai dar problema.

Puxei o telefone e disquei o número. Olhei novamente o pote com os pincéis. Do centro deles, como se soltassem uma alma, a tinta, aos poucos, se desprendia.

— Quer dizer que resolveu alugar seu ateliê? — perguntou Guto. Ele dirigia a quarenta quilômetros por hora, intercalando a mão direita entre o câmbio e os botões do som do carro, passando rápido por Jeff Buckley, David Guetta, John Mayer, enquanto tentava falar, prendendo o telefone com o ombro, com Emília, que não atendia.

— Não estou mais pintando — respondi. — É uma fase complicada — eu disse, fazendo sinal de dinheiro com o polegar e o indicador, ainda sem saber se ele conseguiria visualizar esse gesto

— Mas o que está dando em todo mundo? — ele disse, desligando o telefone. — De repente todo mundo fica repetindo que é uma fase complicada.

Eu argumentaria: "Início de ano. Todas aquelas resoluções sendo postas em prática..."

— Qualquer pessoa sensata sabe que as resoluções e promessas podem ser adiadas para depois do carnaval, e da Semana Santa... E assim sucessivamente. Sempre foi assim, e o sistema tem dado perfeitamente certo dessa maneira — ele dizia com um ar de falsa seriedade que eu havia aprendido a reconhecer.

A noite havia acabado de começar, o céu ainda nem havia escurecido por completo. Mais fácil, então, para estacionar na frente do restaurante, especializado em comida japonesa e cujos funcionários só esperavam para mais tarde a maioria dos fregueses. Ele sugeriu que sentássemos e pedíssemos *à la carte*, pela qualidade, mas eu disse: "Foda-se a qualidade, estou com fome agora", e acabamos seguindo direto para o balcão de sushis por peso, onde havia uma variedade de bolinhos que apresentavam diferentes combinações e formatos se agrupando em porções de salmão com arroz e cheddar, salmão com cream cheese e cebolinha, além de itens absurdos como camarão frito, atum enlatado.

— É oficial — ele disse, desligando o telefone. — Emília atendeu dizendo que não vem.

Ele encheu o prato com bolinhos cheios de farinha de rosca e fritura, eu pedi lâminas de sashimi de salmão, polvo. O lugar estava praticamente vazio. Além de nós, no andar de baixo havia apenas um casal na outra ponta, com cara de muitos anos de namoro. Desses casais que nem se olhavam mais. Ao passar por eles, notei a garota, que deveria ter mais ou menos minha idade, lançar-me um olhar entre o desespero e a resignação. Sentamos longe do alcance da visão deles. Passei os hashis no prato de louça, brincando com a textura do *wasabi*.

— Ela está cheia de frescura depois da última noite.

Então ele se dava conta de que esquecera o molho shoyo e levantava para ir buscar. Eu o observei aproximar-se do balcão transparente, falar com o *sushiman*, e fiquei me perguntando por quanto tempo aquela pessoa continuaria na minha vida.

— Então, ela ficava insistindo, incansável, para a gente não ir embora — ele disse, voltando com um recipiente plástico, e contava enquanto se servia. — Mas já eram mais de quatro da manhã, tínhamos o que fazer hoje.

A história tinha a ver com os episódios da última comemoração da formatura de Fausto. Aparentemente, estavam ele, Igor e a nova namorada, Caio e a nova namorada, Fausto e Emília. Ela andava queixando-se de que eles lhe davam, agora, menos atenção, que não a chamavam mais para sair, e resolveram chamá-la dessa vez... ficaram nisso, até que, quando decidiram todos, ao mesmo tempo, ir embora, ela voltou a queixar-se.

— Deve estar insegura agora que vocês deram pra namorar...
— Olhei para baixo e ensaiei um tom casual, olhando para o lado. — E Vinícius? — eu perguntei.

— Ah... Vinícius não ficou lá esta noite. Aliás, vocês terminaram?

— Não é bem isso... mas ele vai embora... essas coisas...

— Sim, mas ele já não ia mesmo antes?

— Acho que sim.

Senti uma ligeira fisgada no estômago. Uma sensação de ter tomado água gelada em jejum. Ele continuou:

— Bom, enfim, o fato é que eu mesmo sempre prefiro quando Emília não está desse jeito. Existem pessoas que acabam estragando a festa pelo simples fato de não quererem que ela termine.

Eu continuava vendo os amigos de Vinícius em doses homeopáticas. Primeiro porque eram meus amigos também, agora, pessoas que estiveram comigo durante boa parte do que deveria ser o pior ano da minha vida, mas parecia, às vezes, que eram como a mobília que ficou na casa depois que meu pai morreu.

— Meu pai era assim — falei. E não causava a ele surpresa alguma que eu falasse sobre meu pai. Ele olhou com a mesma atenção que olharia se eu estivesse falando sobre um ascendente distante. — Ele costumava estar muito bem e começava a beber e era tudo muito bom, mas perdia... não sei... a noção da hora, talvez...

Guto não sabia que era recente. Não tinha me visto abraçar meu próprio corpo, indefesa.

— Umas vezes ele perdia essa noção para mais, outras horas para menos... dependendo se tinha ou não tinha companhia.

— Como assim? — ele perguntou, chamando o garçom.

— Assim. Quando ele bebia sozinho não via o tempo. Eu chegava às oito da noite e ele perguntava onde eu havia passado a madrugada.

— Mas com ela é o contrário. Aliás, nem sei se ela realmente não vê o tempo passar. Ela apenas não se importa com isso e não percebe que os outros se importam. Foi uma briga, e o pior é que acho que ela só começa a discussão para manter a pessoa lá. Já reparou? Ninguém gosta de abandonar uma discussão, até que chega um momento que a pessoa abandona fácil.

— E, ainda assim, a pessoa fica ressentida, certo?

— Exatamente! — ele disse. — O resultado é que ficamos lá até seis da manhã. Mesmo assim, ela saiu emburrada.

Havia coisas que eu só percebia depois de dizer. Pensei nisso Nas infindáveis cervejas atrasando a conta. "Pai, vamos pra casa." Mas ele nunca queria. Ao fim, era como se ele soubesse que não podia romper o momento. Em casa, iríamos cada um para sua trincheira. Uma família é um campo de batalha.

— Me preocupo com isso de Vinícius ir embora — disse ele —, é engraçado. Mas ele é como se fosse uma cola que mantém pessoas juntas.

— Entendo.

Ao fim, ele foi me deixar em casa, de carro, e, enquanto ouvíamos uma música animada, uma coisa indescritível pesou sobre nós, de forma que, quando nos despedimos, sentíamos que era muito mais que o jantar no restaurante o que estava ficando para trás. Eu não cheguei a pensar, apenas peguei o chaveiro na bolsa, mas em vez de abrir a porta grande, que daria acesso à sala com fotos, sofás, decoração, mãe, TV, eu enfiei a chave no modesto portão ao lado.

A solução cristalina e verde como licor de menta tinha, agora, uma cor opaca, esbranquiçada pela tinta dos pincéis. É essa a primeira coisa que vejo ao entrar no ateliê. Sinto com os dedos a textura viscosa nas cerdas, e junto com essa sensação pegajosa na ponta dos dedos há um desconforto maior que, suspeito, eu só poderia aliviar dentro das telas inacabadas. Mas não, a tinta ainda não está desprendida por completo. Lembro do que o senhorzinho havia dito quando comprei o material: "Muito cuidado depois de usar essa solução nos pincéis, não encoste eles na tela. Não sem antes lavar com bastante água e sabão e deixar no sol por pelo menos um dia. Arruína a pintura."

Arruína a pintura — eu repito ali dentro e ouço minha própria frase ecoar. Percebo só agora que nem perguntei a ele como era essa ruína. Dissolve? Corrói a tela? Mistura os tons? Alisa a superfície?

Devolvo os pincéis à solução. Impressionante. É uma pergunta importante, óbvia, mas nem havia me ocorrido fazê-la naquela ocasião. Quantas coisas a gente perde, simplesmente perde, a oportunidade de perguntar?

Puxo a caixa de pertences do meu pai. Há uma coleção de discos de bolero. A herança de uma tristeza escondida. Canto umas músicas, esqueço a letra, invento palavras.

Sento à frente de outra pintura. Um grupo de pessoas, vistas ao longe e sem nitidez em uma tarde chuvosa. O problema do quadro é que eu havia me saído muito melhor que a expectativa até ali. O tom rosado do céu, a textura áspera da massa... eu não esperava que ficasse tão bom, tão perfeito e... entende? Eu tinha medo de concluí-la e estragar tudo. É o céu mais bonito que já fiz. Se eu mexer, estraga.

Queria mostrar isso às pessoas. Apontar, dizer: "Entende, agora, qual é o impasse?"

Mas a pessoa para quem eu gostaria de perguntar era Vinícius.

Não voltei a sair dali. Não passei pelo portão, dando a volta para entrar em casa. Deitei, apenas, no sofá imundo, sentindo a umidade, apaguei metade das luzes e deitei encarando as telas inacabadas.

Vinícius havia ligado mais cedo. E, talvez em parte pela dor de cabeça e em parte por uma outra coisa indecifrável, preferi virar para o outro lado e não atender. Ele chamaria, certamente, para um desses dias que chamava de expurgo e beberíamos sem qualquer pretensão. Aquela coisa boa da cerveja cobrindo os pensamentos. Mergulhar. Mas é que a dor de cabeça, o sol, tudo. Eu me senti ligeiramente impotente.

Ficou a mensagem: "Mocinha, ligue pra mim quando acordar, os planos de hoje são grandes."

Naquele estado de torpor, entre dormindo e acordada, imaginei que alguém chamava meu nome "Érica".

Era esse mesmo meu nome?

"Érica."

Achei, na verdade, o nome muito feio e duvidei, no mesmo segundo, que aquele nome fosse meu. Duvidei que alguém pudesse se chamar assim. Não teria sido, esse nome, uma coisa completamente inventada?

Quando era pequena meu pai me ensinava errado o nome das coisas: *fóscoros, eck cétera*. Ficava sempre o receio se tudo o que ele ensinava não estaria completamente errado. Não era só culpa dele. Eu que surgia com nomes improváveis, mas que ele confirmava serem os certos.

— Gatos bentos? — Eu disse, com cerca de quatro anos, talvez menos, apontando uma série de papéis coloridos e plastificados que ele guardava na carteira. Qualquer nome é possível para uma criança. E foi esse o que pensei ter ouvido.

— Isso! Exatamente. Gatos bentos — confirmou ele e eu me senti importante, esperta. Até que, no dia seguinte, voltei da escola furiosa, nem bem passei pelo portão, larguei a lancheira e fui para o quarto dele.

— Por que você me ensinou errado? — disse com os olhos cheios de lágrimas. — Por que você sempre me faz passar por boba? Não sabe o que tenho que passar na escola?

O nome correto era documentos. E só eu parecia não saber, entre todas as crianças da minha idade. Uma das meninas, a mais problemática de todas, e também a mais velha, chorou de tanto rir quando falei que achava bonitos os gatos bentos que meu pai guardava na carteira.

— Você é idiota? Não dá pra guardar gatos na carteira.

— Não estou falando de gatos, animais. Falo de gatos bentos. Que são objetos. Como papéis.

Não ficou só nisso. A professora ficou preocupada com o quanto me constrangi. Me tranquei no banheiro por um tempo que me pareceu enorme. Fiquei lá desenhando os azulejos porque assim não precisaria mais ouvir as gozações.

— Eu temo... — disse ela à minha mãe — que ela esteja com problemas em casa. Que esteja falando errado, se escondendo, para chamar atenção pra algo.

— Mas que besteira — foi o que disse o meu pai quando soube do comentário. — Tão bonitinho dizer "gato bento". É uma criança, ora. Deixem a menina.

— É uma criança. Não um brinquedo — retrucava minha mãe.

Tornei-me cada vez mais desconfiada quando ele ensinava o nome de alguma coisa. E naquele segundo, acordando, ouvindo "Érica", o nome parecia tão artificial, inventado. Quem inventou esse nome?

É menos de um segundo. No segundo seguinte você relembra que não há nada errado. É este, sim, o seu nome. E também neste segundo relembra de tudo que aconteceu nos últimos anos como um espasmo. De novo, no mesmo segundo, você reencontra amigos, seu pai morre, você se apaixona, dá errado. Tudo junto. Como se tudo estivesse contido no seu próprio nome e o que parece ligeiramente assustador é que, por um segundo, tudo aquilo havia desaparecido.

Sentei na ponta do sofá relembrando da história dos gatos bentos. De como aquilo acabou virando uma piada interna entre nós. Como, dentro de casa, chamávamos assim nossas cédulas de identidade, título de eleitor, CPF. Como uma vez, enquanto meu pai ia me deixar no colégio quando eu tinha mais ou menos treze anos, acabei encontrando uma série deles embaixo do banco. Ele os havia perdido numa bebedeira e disse que, com isso, eu havia salvado sua vida. Estava mais constrangido que o normal, vagamente comovido e envergonhado por tê-los perdido e por tê-lo feito bebendo. Mas eu ainda não havia entendido o que isso tinha a ver com salvar vidas. Ele explicou, sem tirar os olhos da rua, por onde dirigia:

— Esses papeizinhos. A gente não existe sem isso. Isso é o que prova que tenho nome. E minha vida poderia ser tomada por qualquer um que pegasse esses documentos. O documento é tudo. O nome é tudo.

Sentia pena dele. Pudesse voltar no tempo, teria dito:

— Pai, meu nome é Érica mesmo? Vamos, deixe de brincadeira comigo. É verdade o que dizem os documentos que carrego? Você me ensinou mesmo certo os nomes? Você inventou meu nome?

— Mas que mal há nisso de falar errado os nomes?

Então, envolta nesse meio estado de torpor, sonhei com ele, e no sonho ele estava rindo. Que mal havia? O mundo protegido da gente era, afinal, mais engraçado.

O telefone voltou a chamar, despertando-me. Fiz menção de estender o braço, mas foi então que uma nova pontada no crânio me fez desistir da ideia. Senti como se fosse abraçada por um sono bom. "Érica?" Atendeu a secretária. Mas não havia o que ser dito. Continuar ali, deitada, me pareceu, subitamente, tão natural.

Nos filmes, sempre que alguém faz uma mudança significativa na vida, ela acontece em pontos marcantes. As pessoas se unem em um ponto, se separam noutro e está feito. Na vida real as coisas não pareciam tão bem delimitadas. Eram como linhas tão esfumaçadas que se tornavam imperceptíveis. Não houve um momento-chave em que tudo acabou, e mesmo essa coisa acabada podia se chamar de tudo?

Em um filme, eu teria tomado uma decisão e não voltaria, provavelmente, nunca mais a ter que almoçar lá, por exemplo, mas na vida real, bem... eu precisava buscar o material de pintura, e então aparecer lá usando uma imensa bolsa vazia e ter que suportar o ar dele terrivelmente constrangido com minha figura diante da porta. Parecia guardar rancores de algo que eu não sabia o que era e que já não podia mais perguntar.

Recolher minhas coisas: caixa de aquarela, mesa de luz, maleta de desenho, algumas mudas de roupa, sempre debaixo do olhar reprovador dele, que ficava ali na porta do quarto espreitando cada gesto, e almoçar lá, ao lado de sua mãe, elogiando o macarrão, e, apesar disso tudo, ainda ficam pontas soltas.

Não era fácil. Logo quando entrei no quarto de Vinícius, percebi que muitas das pilhas já não estavam mais lá. As coisas haviam começado a ser encaixotadas. As caixas de papelão se empilhavam nas laterais, e escrito nelas, em grandes letras, estava: Livros didáticos, Coleção de garrafas, Livros de cálculo, Fitas K7.

— Parece outro quarto. Veja esse espaço todo que você conseguiu! — comentei, tirei a bolsa, coloquei-a sobre a cama feita e abri o zíper.

— Bom, não vou precisar mais dele.

Aquilo dava um nó na garganta. Ele estava indo mesmo e apenas as caixas pareciam querer lembrar-me de que aquilo era real. Meus objetos, minhas pequenas coisas, estáticas em um canto à parte, numa mesinha criado-mudo, estavam separadas de todo o resto e não mais misturadas à confusão, como era de costume. Não foi ali que as deixei. Então tentei imaginá-lo recolhendo tudo que deixei espalhado e separando uma por uma. Era como sentir-se expulsa. Peguei a pilha, coloquei dentro da bolsa. Quieta. É proibido sofrer na frente dos outros.

— Érica, venha almoçar — chamava a mãe dele.

Ele revirou os olhos de tédio.

— Você se importa?

Ele deu de ombros.

A mesa foi posta. O macarrão à bolonhesa ao centro, os pratos de louça. Vinícius, no canto da cabeceira, comia como se estivesse, na verdade, investindo contra o prato.

— Então, ainda falta muito? — perguntei.

— Não. Muito pouco — ele respondeu, com a boca cheia, sem desviar os olhos do prato.

— E quanto às...

— Malas? Não me diga que vai vir com essa conversa de novo.

— Ele é tão desorganizado — disse a mãe. — Sinceramente, não sei como vai fazer tudo caber na bagagem.

— Já disse, mãe, algumas coisas Victor pode me enviar pelos correios. Não precisa se preocupar tanto.

— Sim, mas você diz *todos* os papéis?

— Bem, alguns...

— Não vai dar certo — ela dizia e lançava-me um olhar preocupado. — Não concorda comigo, Érica? As coisas estão se arrastando. Algo vai dar errado e ficaremos aqui tendo que correr para dar jeito às coisas incompletas.

Ele apenas baixava os olhos, contrafeito. Eu evitava olhar na sua direção, e, quando ele me acompanhou à porta, eu não decidia se o abraçava ou não, na despedida.

Acabaram ficando por lá, apesar deste empenho, aquela caneca preferida de café, alguns filmes... como se fosse impossível restituir uma ordem. Mas era isso. As pontas ficavam soltas na vida real. Pequenas porções de mim eram irrecuperáveis agora. A caneca preferida, a camisa branca... tudo ficou, e agora eu simplesmente não podia mais voltar.

Então precisávamos dar um jeito naquelas coisas sobrando. O ateliê foi limpo pela manhã. Foi rápido, não tinha muito o que complicar na tarefa. Quase não havia móveis. Um dos poucos, o sofá, precisou ser posto fora. Minha mãe ajudou quando o processo de passar com ele pelo corredor revelou-se mais difícil do que parecia a princípio. Ela ia segurando em uma lateral e eu na outra, eu ia à frente, de costas para a porta e, já na calçada, quando o pusemos debaixo do fícus, foi que eu comecei a explicar melhor. Disse que não havia necessidade de um novo, que o colchão de solteiro que ficava debaixo da cama do meu irmão sobre um gradeado de madeira seria o suficiente. Não era questão de dinheiro, só que eu precisava, mesmo, de mais espaço, de menos tralha. Para retroceder um pouco, pensar num rumo para aquilo tudo. Ela perguntou por meu amigo, mas só disse que não tinha tido mais notícias. Pelo que eu sabia, faltavam poucos dias para ele embarcar e eu havia quase feito esforços para saber se estava correndo tudo bem, que encontrei com os amigos dele ainda algumas vezes, na esperança de ele estar lá, mas nem ele ia mais para as reuniões sociais, nem ninguém comentava nada sobre ele. Ela parecia estar prestes a falar alguma coisa, ficou olhando pra mim, indecisa entre falar e não falar, mas acabou dizendo:

— Ele me parecia meio triste, aquele menino.

— Vinícius? Por quê?

— Não sei... talvez isso não queira dizer muita coisa... Mas às vezes ele vinha te procurar quando você estava dormindo, ou quando estava fora, e ficava ali no terraço, olhando muito fixo e sério para os quadros. Mas pedindo, sempre, depois, para que eu não dissesse a você sobre ele ter vindo. Às vezes chegava a parar ali mesmo no jardim, e pedia para que não te chamasse, quando estava dormindo. A gente chegou a conversar algumas vezes.

— Sobre o quê?

— Besteiras. Coisas da vida. Mas ele parecia sempre agoniado, inquieto. Vocês são todos meio assim agora, pensam demais, se perdem demais...

Mas eu não queria que aquela conversa desbancasse numa longa crítica a meu jeito e fui entrando em casa, então, pelo portão principal. Essa juventude desperdiçada, como ela costumava dizer, antes de ter parado, definitivamente, de brigar comigo. Tudo gente que é tão mais inteligente, que promete tanto, que deveria estar aí, correndo atrás, e acaba desse jeito preguiçoso. Mas ela não disse nada. Eu olhei, também, na direção do maior quadro do terraço: um acadêmico com uma cachoeira forte, e uma árvore de folhagem cor-de-rosa, em primeiro plano, com um rio correndo, parecendo violento demais com a mata ciliar composta de emplastrados de tinta verde, amarela. azul. Ela perguntou se eu não precisava de nenhuma coisa nova, mesmo, comentando sobre as promoções de início de ano.

— Posso ficar com as luzinhas de Natal?

Ela retirou-as delicadamente dos pregos acima da pintura, onde estavam enroscadas. Não perguntou para que eu queria aquilo.

— Lembra de quando o papai falava que aqui em casa o Natal durava mais?

Ela riu.

— É... Não tem jeito, não consigo deixar de colocar isso todo ano... Ele fazia tanta questão...

Ela deixa a frase morrer, mas eu incentivo.

— Parece que ainda escuto as cobranças: "E você não vai comprar pisca-pisca, não?"

Tive medo que isso gerasse uma cena de choro, mas eu havia imitado com deboche a voz dele e ela riu uma risadinha breve que me lembrou a do meu pai. Que era bem assim: característica, aguda, dividida em dois tempos sonoros.

— Lembra daquele ano em que, em pleno dia 23, ele foi ao Centro, indignado, atrás de enfeites ao descobrir que não tínhamos comprado nenhum?

Lembramos também da vez em que ele viajou e trouxe, da viagem, o conjunto que dizia ser o mais moderno em matéria de luzinhas de Natal: havia vários movimentos diferentes manipulados por controle remoto, cada um dos ritmos com nomes diferentes, escritos em inglês, e de como aquilo o deixou orgulhoso e nos deixou envergonhadas ao perceber que, com ele, a casa ficava parecendo uma loja de doces muito brega.

Não precisei explicar que ficaria dormindo pelo ateliê, provavelmente comendo por lá também. Ela sabia que podia me chamar sem sair de casa, e que não precisava se preocupar. Que a limpeza tomaria tempo, que para alugar o espaço precisaria tirar tudo que havia de pessoal dali de dentro.

Almoçamos juntas na mesa da cozinha relembrando episódios engraçados do meu pai. Uma tarde agradável. Eu estava triste, mas disposta.

Sabia muito bem como tudo se processaria a partir dali. O rompimento liberando energia e eu empreendendo projetos e buscas como um filhote gritando e gritando pela matilha, até cansar e cair deitado numa paz imperturbável.

A LUZ ARTIFICIAL DAS LÂMPADAS FRIAS E QUENTES MAN-
teve a luminosidade confortável para o trabalho durante a noite,
e, enredada por partículas minúsculas de pigmento, eu sentia, às
vezes, uma ligeira euforia e me via obrigada a olhar para outra
direção, procurando pela janela enxergar o mais longe possível
para descansar a vista.

Depois de olhar pela janela por um minuto inteiro, eu lembrava do telefone, que não havia tocado, lembrava do dia do mês, inevitavelmente, fazia as contas e descobria quanto tempo faltava para que Vinícius fosse embora. Um dia essa conta acabaria — eu pensava. Eu iria começar, então, a contar há quantos dias Vinícius havia ido embora. Isso dava um desconforto, um frio na barriga, era quando eu percebia que havia olhado para fora por tempo bastante, então, sem me mover, ainda na certa distância, eu olhava, de novo, na direção da pintura, e ela parecia completamente diferente.

Não está má, digo a mim mesma.

O tempo de descanso da vista era fácil de ser medido nessas circunstâncias. Como se houvesse em mim um alarme interno, eu podia voltar a olhar para a pintura sempre que sentisse qualquer um dos seguintes desconfortos: nó na garganta, revirar no estômago, batimentos acelerados. Era mais ou menos um minuto. O máximo que eu conseguia passar sem fazer nada antes que a agonia me pegasse e as perguntas começassem a se repetir na minha cabeça: Será que ele...?

Eu havia ligado o som, um CD com a Nona Sinfonia de Beethoven me acalmava, me segurava o ânimo. Mas, quando o telefone tocou pela primeira vez naquela noite, me obrigou a baixar o volume. O identificador de chamadas indicava Guto.

— Érica?

— Sim?

— Achei que ia precisar escavar algum lugar para encontrar você. Em que buraco você se enfiou?

— Ah, não é nada de mais... só andei um pouco ocupada.

— Está ocupada agora? Estávamos combinando de ir para algum lugar...

Olhei de relance para meu próprio corpo. Estava vestindo um jeans desbotado e velho, todo salpicado de tinta. Os respingos, aliás, se estendiam aos meus pés imundos, descalços, aos braços descobertos... A julgar pelas minhas mãos, e sabendo meus velhos hábitos de esfregar o rosto, dava pra supor meu estado geral.

— Daqui a quanto tempo?

— Passo aí dentro de quinze minutos.

Era sempre assim com eles.

— Acho que vou passar essa.

— Por quê?

— Na verdade, estou no meio de um trabalho.

— A essa hora da noite?

— É uma pintura. Eu não trabalho numa firma com expediente de nove às seis.

— Você termina quando voltar, então.

Olhei a tinta estendendo-se ao longo das minhas pernas e braços. Só para tirar aquilo levaria horas.

— Não vai dar. De verdade. Fica para a próxima. Prometo que vou na próxima.

— Certo. Mas promessa é dívida, sim?

Então olhei de novo para a pintura, mas aquela ligação telefônica parecia ter rompido um elo e já não era possível voltar a ela. Olhei de lado, dando com os armários, e, certa de que o pior já havia passado, então coloquei o pincel no banquinho de apoio, ao lado da paleta, e resolvi abrir as portas de um dos armários. Lá dentro, havia um caderno de capa dura encadernado em couro num tamanho pouco menor que o de uma folha de A4.

Eu não sabia que era o último mês de vida do meu pai quando resolvi fazer um diário. Não era um diário qualquer, mas um caderno sem pautas onde eu costumava desenhar e anotar problemas. A ideia era que o caderno registrasse a construção do ateliê, com planta, ideias de decoração pra ele, listas de coisas que pretendia comprar. Eu anotava ali todos os gastos, descrevia cada etapa, cada problema que os empreiteiros encontravam, e também registrava os sentimentos que me vinham. A maioria deles, esperançosos. Finalmente, minha vida ia começar. Eu ia mergulhar de cabeça. Eu listava motivos para querer sair da empresa, desabafava os dias ruins de trabalho, ensaiava bilhetes que eu deixaria para o meu pai a fim de explicar aquela modificação não autorizada na casa dele.

Mas, ao final, o que era para ser o diário de bordo de uma expedição rumo à minha arte acabou registrando muito mais. Adquiri o hábito de andar com aquilo, e tudo o que via ao meu redor desenhava nele. Por tédio, porque era uma ideia de pintura, pelo que fosse... Ele estava na minha bolsa naquele fatídico dia, mas desde então nunca mais tive coragem de abrir.

Há uma lembrança sem nitidez daquele fatídico dia: em um minuto, estou enfiando-o na bolsa, fechando o portão com pressa. São onze e quarenta e cinco da manhã e sei que estou atrasada. Olho para o céu pesado de nuvens e saio correndo dali. Em outro minuto já é noite, estou atônita chorando incontrolavelmente, entrando no meu quarto e, aos soluços, estou esvaziando a bolsa, transferindo coisas para um saco e enfiando este saco debaixo da cama. De algum modo, eu queria aquilo longe da minha vista. Por quê?

Lembro de ter voltado com a bolsa vazia ao terraço. Vinícius estava lá, olhando para outras pessoas, que aos poucos foram enchendo a casa. Eu me nego a fazer mala. Danem-se as malas! Mas alguns minutos depois uma mala está pronta aos meus pés. Uma mala que tem mudas de vestidos e calças e blusas que não combinam entre si, de roupas de baixo, itens de higiene pessoal. Alguém diz que o carro está pronto.

Mas o saco com o diário continuou lá e agora eu o havia trazido para o ateliê. Tenho medo, mas abro o diário e dentro dele vejo rabiscos, traços imprecisos, meus desenhos. De antemão já sei que há qualquer coisa de perigo no espólio de uma época. Que ali vão estar os resquícios, fiapos abandonados de uma eu que não sabia, ainda, o que ia acontecer. Folheio as páginas sem me deter ao seu conteúdo. Atenho-me aos traços, à textura, às cores e materiais. Digo a mim: É uma herança da Érica daqueles dias para a Érica de agora. A Érica filha para a Érica órfã. E há nisso, apesar de uma inevitável aridez, qualquer coisa de carinho. Vou passando os desenhos e encontro minha caligrafia registrando um sonho que meu pai havia tido. Um desenho no qual é possível ver duas cenas juntas no mesmo quadro como em uma fotografia feita com dupla exposição. Sobrepostas, estão a imagem de um homem criando raízes através de uma cama, e também do mesmo homem vendo a si mesmo através de uma janela.

A imagem é seguida por outra. Esta, mais realista, menos atormentadora. É uma cena cotidiana: meu pai, visto de costas, sentado em uma cadeira virada para o portão, observando o espaço limitado do nosso jardim. Há um muro à sua frente. Pouco mais de cinco metros. O pinheiro torto está cortado e sei que isso lhe dá agonia. Depois do muro, as copas das árvores e os prédios proíbem qualquer horizonte. O céu pesado faz o mundo parecer apertado. A vista acaba logo ali.

Eu o desenhava às suas costas. Um esboço traçado muito rapidamente, mas ali, completo, bem-acabado em luz e sombra, a imagem quase me leva de volta.

É claro que não dava pra continuar ali observando. O homem na cadeira faz barulho ao respirar. Sua barriga dá pra ver: treme contendo a tosse... Fecho o caderno, me aproximo.

— Tá fazendo o que aí parado, pai?

Vi que ele puxou para baixo os cantos da boca, mas manteve os olhos abertos num ponto impreciso. Aquele ar grave também já existia.

— Que foi?
— Nada. Só pensando.

Mas ele estava sério. Havia um desprotegimento. A cabeça afundava dentro dos ombros. Como uma tartaruga? Sim, sim... uma tartaruga e como o que mais? Não era bom, aquilo.

— Pensando em quê, pai?

Demorou mais dois segundos sem tirar o olho do seu ponto fixo. Entendi a gravidade. Era sério mesmo.

— É que tem hora... — eu não tinha muito certo onde a frase iria dar. Ele olhando pra baixo, de lado, triste, triste, triste. Pontas da boca voltadas pra baixo... — que parece que ninguém toma conta...

Ele não disse mais nada... só que eu sabia que não tinha acabado. Também não consegui falar, desmontada com o rosto dele me partindo o coração. Então era isso?

— É que tem hora que as coisas acontecem rápido. Um segundo ou até menos. E é como se naquela fração de tempo... ninguém. Sabe? Ninguém... e é como se Deus...

Eu quis evitar, impedir a frase de sair, dissolvê-la em ácido. Fazer com que ela deixasse de existir.

— São segundos, entende? — ele continuou.

Eu devia não ter me aproximado. Não suportaria viver em um mundo em que essa frase existisse.

— É como se... Como se Deus... — calculou novamente, olhou pra mim, nos olhos, sem mover a cabeça, voltou a olhar pra baixo, caçando as palavras no chão... como se Deus tivesse piscado o olho, virado pra espantar uma mosca e aí, nesse momento de desatenção, enquanto ele não tava olhando, o mundo muda completamente, só que ninguém nota...

Atordoada, quis fingir que não tinha bem certeza do que ele estava querendo dizer.

— Bem pouco digno de Deus viver num ambiente com moscas, pai. — E o pior é que já fazia muito tempo que não tinha bem certeza de Deus.

— Mas... sabe? — ele perguntou, fixando finalmente os olhos em mim, como se esperasse sinal de compreensão. Entende?, perguntavam os olhos. Como um menino.

— Não tenho bem certeza.

— Mas é isso — disse olhando pro céu finito. Balançou a cabeça. — É isso: muita coisa acontece nesse momento, no milésimo de segundo em que o caos toma conta. — Balançou a cabeça com mais convicção. — É isso! E é assim mesmo, eu acho. São frações de segundo, mas é daí que começa.

— Pai, eu não sei. O milésimo de segundo pra Deus deve ser praticamente um século no nosso mundo. Um milésimo de segundo na história do mundo é uma vida inteira da gente...

Ele interrompeu.

— Ora, escute o que o seu pai está falando... — disse impaciente. O acesso de tosse o deteve...

— Sonhei que não conseguia me mover — ele disse.

Não era fácil. E, subitamente, eu já tinha entendido há muito tempo.

Pela noite, um sonho me persegue e parece mais real do que a maioria dos sonhos que tenho. Eu havia voltado para o momento em que desenhava meu pai, mas não na minha própria pele, e sim como dupla, um clone de mim mesma. Eu contemplo, lado a lado, a mim mesma desenhando e ao meu pai de frente para o muro. E sei que gostaria de poder falar e falo, mas as pessoas na cena não me ouvem e não posso me mexer. Chego a gritar a plenos pulmões, mas quanto mais me esforço, mais a voz sai sussurrada. Até que, num momento que dura menos que um segundo, aquela Érica consegue me ver. Quer saber quem sou eu. Como é a vida aqui. Mas não consigo falar. Ela é surda aos meus apelos e corro dela. Tenho medo de decepcioná-la.

É um espólio — penso ao acordar, olhando para o diário e, depois, olhando para as telas inacabadas à minha frente: para a gota d'água incompleta diante de mim. Ao mesmo tempo que tento ver a Érica do próximo mês. Uma Érica já sem Vinícius. Esfrego os olhos. As pinturas incompletas. São fantasmas. Sonhos mortos a assombrar e pedir reza.

Não me resta muito. Volto a misturar a terebintina e óleo de linhaça e me preparo para recomeçar a pintura. Mas antes corro algumas páginas do caderno. Encontro folhas brancas. Há uma última frase rabiscada: "Quando nenhuma palavra consegue comportar o sentimento, vem a imagem."

Risco abaixo a data de hoje e escrevo:

"Vinícius não ficou em silêncio quando voltei à casa dele. Foi mentira. Ele falou displicentemente sobre muito pouco. Esqueceu, ou então nem foi tão importante assim. Nada é. Ele tinha o futuro, eu tinha apenas o passado."

É um crime. Aquele diário pertencia a uma outra época. É profanação. Arqueologia irresponsável. Um crime, repito.

Sinto que não vou conseguir. Tenho que ligar pra ele. Preciso dele aqui. Preciso perguntar: Havia algo oculto ali nas coisas casuais que você falava? Uma figura de linguagem? Ainda que por vingança ou ironia. Preciso. Solto os cadernos. Pego o telefone, disco. Chama. Ele não atende. Não sei o que deixar de mensagem. O que diria? Não vá embora sem se despedir? Por quê? Porque preciso falar. Mas o quê? Desligo.

Olho em volta. Talvez eu devesse entregar alguma coisa. Uma tela, talvez. Mas estão todas incompletas, e ainda que eu completasse alguma, a tinta ficaria fresca. Talvez eu devesse usar outro suporte.

— Érica?

A voz parece distante, mas é minha mãe chamando já ali, à porta do ateliê. Apresso-me em abrir pra ela.

— Você vai dormir aí hoje?

Não sei responder.

— Vem cá — eu a chamo para o centro do cômodo. — Qual destes você acha mais bonito? Seu rosto se ilumina. Eu havia esquecido: ela adorava minha pintura. Apontou para as gotas d'água.

— Este — ela disse. — Sempre quis que você terminasse.

— Pois vou terminar — prometi. — Vou fazer isso.

Entre as várias coisas casuais que Vinícius havia dito naquela tarde, enquanto eu juntava minhas coisas dentro da bolsa, na casa dele, ele disse que eu não tinha planos.

— Se você está confortável assim, à deriva, bem... É você quem sabe. É com você. Mas acha mesmo que consegue viver pra sempre assim, como se nada tivesse peso?

Gostaria que me visse agora. Estou pintando. Vou terminar tudo isso. Esse é um plano. E é, em parte, por isso que eu gostaria de presenteá-lo com uma tela dessas. Seria como uma mensagem dizendo: E qual era a diferença, afinal? Planejar pintar uma tela ou fazer um curso nos limites do país.

Mas, claro, já tínhamos falado sobre isso quando eu disse que estava limpando o ateliê.

— Você vai dizer que não se trata do tamanho do passo, mas se ele está ou não está acontecendo na direção certa.

— Sinceramente, Érica?

— Hum...

— Eu não faço a menor ideia. Parece que pra você é assim: já que vamos morrer, para que se dar ao trabalho de fazer qualquer coisa, não é? Uma questão de economia. Mas eu não fico me fazendo esse tipo de pergunta. Seu pai morreu, eu sei. Lamento muito. Mas você teve vinte anos com ele antes disso. Ele não abandonou você. Ele morreu. Tudo morre. Tudo acaba. E o que isso importa no final das contas? Não move a Terra um centímetro do seu eixo. Adapte-se, ora.

Era o sexto dia sem uma refeição decente. Acomodadas em uma mesinha baixa de plástico eu havia colocado uma cafeteira simples, do tipo percolador, e uma sanduicheira elétrica. Não havia problemas com limpeza dessa forma. Em uma mesinha ainda menor, logo ao lado, ficavam copos de macarrão instantâneo, café solúvel, e no frigobar, cheio de ferrugem, ovos, queijo e uma sacola de pães. Quando a fome apertava, eu fervia a água na cafeteira, e preparava o macarrão e passava alguns ovos na sanduicheira. Gostaria de dizer isso a Vinícius: "Não se preocupe em comprar fogões. Uma sanduicheira elétrica do tipo grill e uma cafeteira capaz de ferver água é todo o necessário para uma sobrevivência. Proteínas, carboidratos..." Claro que, deste modo, o café não poderia ser coado, o café em pó, dentro desse sistema, inviabilizaria o uso da água quente para outros fins, como o de cozinhar o macarrão, fazer chá... E, com o tempo, necessitaria de lavagens, troca de filtros... Já o café solúvel pode ser feito direto na xícara sem afetar a máquina. É um pouco mais caro, é verdade, mas a gente se acostuma com o gosto e acaba compensando, no final das contas.

Outro gosto com o qual é possível se acostumar — eu teria dito a ele — é o do adoçante. Um desses tubinhos dura infinitamente mais que qualquer saco de açúcar que deixaria no seu rastro sujeira e problemas de toda espécie. Açúcar deixa coisa demais na teia de preocupações: nos dentes, no hálito, desequilíbrios de insulina, canteiros grudentos, exércitos de formigas, potes como recipientes...

Alguns homens preferem fazer as refeições fora de casa, eu pensei. Mas o ato tece uma nova teia de perrengues. Como sabemos: vestir-se, pentear-se, calçar sapatos, interromper processos, cortar um raciocínio no meio, além de lidar com o excesso de ofertas dos menus de qualquer restaurante. A atrasar a vida, os preços e tudo... Eu recomendaria com certeza: uma cafeteira, uma sanduicheira e um frigobar... Não é preciso mais que isso.

Os apelos também pararam em um determinado momento. Minha mãe já não vinha bater à porta, pelo menos três vezes ao dia: Você não vem comer? Não posso agora. Estou no meio de uma coisa.

Eu estava sempre no meio de uma coisa, afinal. E, como já era o terceiro dia, reparei que os chamados haviam cessado.

Sentei no canto. O diário de papel canson em minhas mãos. E olhei em volta. A bagunça de panos pendurados, paleta com tintas expostas, mesa com papéis espalhados seguros por uma lata de maionese. Desenhos em papel-cartão, enormes, pendurados no varal com pregadores, além de notas e mais notas espalhadas pelas paredes e nos cavaletes: "Usar aqui o pincel nº 6 e deixar o fundo ligeiramente pegajoso. Pintar rapidamente. Semicerrar os olhos." Ou letras de música que curiosamente invadiam minha mente na hora da pintura... "De fato, existe um tom mais leve na palidez desse pessoal", encostado numa cadeira preguiçosa ficava o violão, ao seu lado, o aparelho de som, e ainda ali, uma pilha de CDs disformes, algumas caixas abertas, alguns discos sem caixa. Porque numas horas, tudo isso era demais e restavam duas alternativas para restabelecer a clareza: tocar o violão com a certeza de que ninguém ouviria, desenhar o dia no diário ou apenas escutar um CD inteiro até o fim, acompanhando tudo pelo encarte e, ao final de tudo, cair, cansada, vazia e satisfeita sobre um colchão.

O cenário transformava-se em um desenho a lápis dentro do diário. Era o melhor modo de esvaziar a confusão mental, quando tudo o que poderia ser visto como desleixo e caos virava uma coisa bonita no papel. Ah, eu gostaria de dizer tudo isso a ele e recomendar: "No seu caso, você pode tirar fotos e enviá-las, compartilhá-las, e seria como dividir uma porção romantizada do seu mundo comigo apesar da distância." E, naquele minuto, eu realmente acreditava que seria possível.

O diário em minhas mãos. Rabiscos a nanquim mostravam que duas das três pinturas previamente começadas já estavam próximas do fim e outras duas telas já estavam rascunhadas. Era possível ver o processo em desenhos feitos nos últimos dias. A satisfação durava quase um segundo inteiro.

Então Vinícius ia mesmo embora, e Guto começou a ligar insistentemente.

— Vamos fazer algo?

— Estou no meio de uma coisa. Não posso sair agora.

A negação parecia doer nele em alguma parte que eu não pretendia ferir.

— Isso não é por causa de Vinícius, é?

— Pare com isso...

— Você não sai mais.

— Vou sair. Está tudo bem. Só não hoje.

— Quando começou a ficar todo mundo tão ocupado?

Eu ouvia olhando para o chão. Não havia nada que eu pudesse fazer.

Olhei na janela e lembrei do dia em que Vinícius me levou para andar pelo bairro. Era madrugada, havia acabado de chover quando fomos expulsos do único bar local ainda bêbados e eufóricos demais. Eu ainda conseguia sentir na pele o frescor do ar, a leveza da bebida dissipando-se em meu corpo, ele pôs o braço em meu ombro e saímos vagando pelas ruas desertas.

Não é perigoso?, eu havia perguntado. Mas nem esperei resposta. Pensei sozinha: Qual o perigo? Quem faria mal a duas pessoas que não pareciam ter absolutamente nada a oferecer? A chuva havia parado, mas, ainda que recomeçasse, já não nos preocupávamos tanto com aquilo.

— Ali — ele apontou mantendo um braço em volta do meu corpo. — Aquela foi a minha primeira casa. — Ele apontou uma residência. Um muro alto de pedras rústicas. — Ela não tinha um muro tão alto, naquela época, dava para ver a rua do terraço e, você não vê agora, mas tem um jardim imenso lá dentro. Minha mãe plantava babosa nele. Babosa, coentro... de tudo... — Mas tudo o que eu via era um pedaço de telhado cercado com avisos de cuidado com a cerca elétrica. Como se a infância dele, que ele conservava tão vívida, tivesse sido invadida por outros. Ele foi expulso do paraíso e trancaram tudo lá dentro. As memórias eram inacessíveis.

Ele apontou outra casa, do outro lado da rua, quase em frente.

— Ali morava Guto. A mãe dele costumava viver nervosa, porque ele, de vez em quando, desaparecia pulando por aquela janela.

— Por ali? — perguntei, assombrada ao ver um espaço por onde mal poderia passar um cachorro pequinês.

— Era uma janela diferente — ele explicou —, dessas bonitas com armadura de madeira. Ele fugia por ali e ia para a minha casa.

— Certo. Então ele sempre foi hiperativo?

—Ah, ele era um terror. — Continuamos a caminhada. — Estudávamos no colégio lá atrás — e apontou para um colégio na mesma rua, um pouco mais adiante; visto de longe, parecia um estabelecimento minúsculo e abandonado —, era um dos maiores colégios daqui.

Sempre pensei que havia qualquer coisa de misterioso e triste em um colégio durante a noite, mas aquele, em especial, me pareceu ainda mais triste agora. Era visível que ali se amargava uma certa decadência diante de outros colégios maiores, onipotentes, símbolos dos novos tempos para futuros brilhantes.

— Ali morava Caio.

— Ah, pensei que ele sempre tivesse morado na casa bonita.

— Não... mas ele só chegou um pouco depois. Na época que eu já morava nessa outra casa aqui.

Ele apontou para uma casa um pouco menor, mais próxima à esquina. Caminhamos até lá, paramos diante dela, na calçada.

— Nessa casa, a grande vantagem era o quarto. Foi a única vez na infância que eu tive um quarto só meu. E também acabei conhecendo Fausto. Ele morava ali, ó. Naquela esquina...

— Hum... no prédio?

— Bom, não era um prédio naquele tempo.

— E Emília? De onde surgiu?

— Ah, ela chegou bem depois...

Ele contou sobre grandes expedições, caçadas em busca de tesouros nesses jardins todos, agora invisíveis. Voltavam para casa cheios de pedras, entulhos, sujos até os dentes. Pedras que as mães mandavam jogar fora. Lembrei do quarto dele e pensei: Bem, todas as mães, exceto a sua. Mas não disse nada. E pensei: Talvez aquele entulho seja guardado porque ele imagina que vai abrir um portal que o leve de volta a essa época.

— Eu sei que não dá para imaginar muito bem — ele disse, parecendo triste —; tudo virou uma versão de outra coisa. Tudo está mudado...

— Dá pra imaginar perfeitamente — eu disse, completando, ainda: — Então você teve três casas neste bairro?

— Quatro — ele corrigiu, retomando o ânimo.

— Mas a última é um pouco mais longe. Cinco quarteirões daqui.
— Vamos lá. Quero que me fale desta também.

Foi uma das primeiras vezes em que saímos juntos pra beber. Mas na minha memória a cena ligava-se a uma das últimas vezes. Pouco antes da formatura de Fausto. Caio havia me ligado e, parecendo ligeiramente bêbado, chamou para os encontrar.
— Estamos aqui na casa de Vinícius, temos muita cerveja e não damos conta. Vem pra cá — ele disse, ao telefone.
— Certo. Precisam que leve alguma coisa?
— Nada. Você sabe como chegar?
— À casa de Vinícius? Claro!
— Não. Mas não é aquela casa. É uma outra casa. A da rua Cinco.
— Como assim? Que casa da rua Cinco?
Passava das duas da madrugada e eu estava com um pouco de medo, mas eles indicaram para que eu seguisse da minha casa pela avenida principal até a rua Cinco. O vento estava fresco e não havia ninguém em todo o percurso. Logo ao alcançar a esquina, encontrei, do lado esquerdo, Guto sozinho, de pé na calçada. Ele levantou os dois braços quando me viu, como se fizesse uma ola solitária. Comecei a ouvir o som de uma música desconhecida, mas não via o carro dele. Me aproximei.
— Onde estão os outros? — perguntei, e ele, com um sorriso que era meio malicioso, meio inocente, arrastou um portão deslizável de uma casa que tinha anúncio de "aluga-se" e revelando o carro dele estacionado lá dentro e os outros meninos, todos também sem camisa, igualmente bêbados e segurando garrafas, levantando também os dois braços quando me viram.

— Vocês invadiram a casa? — perguntei aterrorizada. Mas ele sorriu e vi que ali dentro havia também pilhas de garrafas vazias de cerveja. Caio e Fausto voltaram a uma espécie de briga corpo a corpo rolando na grama enquanto Vinícius e Sandro, um garoto sansei que costumava frequentar as noites em que os meninos jogavam Illuminati; assistiam aos dois dando novos goles. "Ele não tem a menor chance", diziam.

— Viu ali, os troféus? — disse Guto apontando para a pilha de cervejas vazias e fechando o portão atrás de mim depois que entrei. Eles estavam sorridentes, fazendo gestos guerreiros e batendo no peito despreocupadamente apesar de estarem começando a precisar se preocupar com o peso. — Pois trate de colaborar com sua parte — ele disse, abrindo para mim uma garrafa de cerveja com os dentes.

— Como vocês entraram aqui? — Peguei a garrafa e dei o primeiro gole ainda olhando ao redor. Entendi que a disputa entre Fausto e Caio era uma mostra sobre o que contava mais, tamanho ou força, já que, de alguma forma, Caio seria o mais forte e Fausto o mais gordo.

— Estava aberto — ele disse.

— Sim, estava — falou Vinícius, sem desviar o olhar da pseudoluta desajeitada entre os dois. — E o babaca descobriu isso depois de se esfolar inteiro pulando o muro.

Olhei para o peito nu e a barriga de Guto e notei que havia ligeiros arranhões tão vermelhos que pareciam infeccionados.

— Isso não é invasão? Não vai dar errado?

Eles sorriram.

— Nada. É a casa de Vinícius — disse Fausto quando, num movimento de braços estirados, conseguiu deitar por cima da garganta de Caio.

— Gordo maldito. OK, OK, você ganhou. Você ganhou — grunhiu, debatendo-se debaixo do corpo de Fausto.

— É. É minha casa. Entre. Você é convidada. Pegue aí uma cerveja.

Olhei para Vinícius e só então lembrei das outras casas inacessíveis em que ele já havia morado. Tive fagulhas de medo porque sabia o quanto aquilo podia acabar mal, mas talvez fosse por conta do sorriso deles. Eu imaginei que talvez lembrasse dessa noite pelo resto da vida. Caio rastejou na grama e sentou com os joelhos dobrados e cabeça baixa, tentando retomar o fôlego, Sandro voltou-se pra mim e notava-se que ele era o mais bêbado dali porque olhava para as coisas como se tivesse uma miopia galopante que o deixava com os olhos mais orientais do que de fato eram.

— Está errado. Ela tem que tirar a blusa também! — choramingou.

— Não vou tirar a blusa.

— Todos tiraram! Eu tirei.

— Bom, na sua forma física e com essa cor, talvez você não devesse ter feito isso.

— Mas que...

Caio voltou a jogar-se na grama, rindo. A risada fez ecos com todos os outros. Fausto chegou a replicar dizendo: "Viu só? Mandou e recebeu." As únicas ocasiões em que Fausto podia ser menos alvo de chacota era quando Sandro estava por perto. Era o único abaixo dele na escala de respeito.

— Mas então — continuou Sandro — qual o ponto de chamarmos meninas se elas não tirarem a blusa? — ele continuou, contrariado, como se alguma injustiça tremenda estivesse acontecendo.

— Sandro, relaxa — disse Vinícius e todos sabiam que, no fundo, Sandro era amigo verdadeiro apenas do próprio Vinícius.

— Bom, há mesmo um quê de injustiça — disse Guto. — Além do mais, você não contribuiu com nenhum dos troféus.

Eu bebi a cerveja de uma só vez, como se tivesse atravessado o deserto, morta de sede e depois, ainda zonza e com dor pelo tanto que estava gelada, prometi: Bem, vamos acabar com essa desigualdade então. Coloquei minha garrafa vazia na pilha e, sem tirar a blusa, desabotoei o sutiã, embaixo dela, e o tirei pela manga. Um truque feminino, um dos poucos que eu tinha.

— Uma peça a menos para mim também.

Entreguei o sutiã a Vinícius, dobrado.

— Cuidado — pedi baixinho. — Não quero que entorte o aro.

E ele pareceu ficar sóbrio naquele segundo. Respondeu com seriedade, muito baixinho: "Prometo", guardando-o no bolso de trás da calça jeans, com tanto cuidado que parecia guardar, na verdade, um pássaro vivo e frágil.

— Venha, vamos te mostrar a casa! — convidou Fausto, enquanto Sandro ainda resmungava, indignado, as suas queixas. "Mas isso é idiotice!", dizia, como sempre portando-se como um adolescente incompreendido debaixo do riso de Guto, Vinícius e Caio.

O mato crescido tomava conta das laterais da casa e Guto guiou a expedição por dentro dele. Dava pra ver, brechando pelas janelas, como eram os quartos, a sala, o banheiro e a cozinha no interior. Eles falavam com entusiasmo sobre a quantidade de cômodos. E, quando voltamos ao jardim, Sandro havia vestido a camisa.

— Olha lá o fresco — disse Caio. — Ficou com vergonha de mostrar o corpinho, foi? Vamos lá, ninguém aqui se inibe em ver sacos de ossos.

— Ela não tira, eu também não tiro.

— Ótimo! — eu disse. — Já estava mesmo começando a doer na vista. Vocês me agradecem depois, certo, meninos?

Ele se emburrou de novo, e enquanto Caio e Fausto continuaram importunando-o, Vinícius foi buscar outra cerveja e Guto chegou mais perto de mim e comentou:

— Está para alugar.

— E tem três quartos — comentou Caio.

— Estávamos pensando... — continuou Guto. — Nós três poderíamos alugar essa casa e dividir o aluguel. Se fizer as contas, sai mais barato do que cada um alugar sozinho um apartamento.

— Tem um espaço amplo ali também. Você poderia entrar e usar como local de trabalho. Fica muito bem localizado como estúdio.

E então fizemos planos, rimos, os meninos pulavam de forma idiota uns sobre os outros e eu imaginava todos nós prolongando aquilo tudo. Seria perfeito como em um filme francês, ainda que ali, naquele mesmo momento, soubéssemos que era impossível. Sabíamos coisa demais, e foi quando Fausto esbarrou em uma das garrafas, que caiu num som estridente na casa vizinha. As luzes se acenderam.

— Que droga!

E a tensão pareceu encolher a todos nós ao mesmo tempo. E se o vizinho agora, realmente, chamasse a polícia? Ficamos discutindo estratégias, mantendo o silêncio, esperando o tal vizinho ou a polícia aparecerem. Um ou dois de nós ainda devem ter cogitado voltar ao ponto alegre em que estávamos, mas algo havia mudado.

— Acho que já vou — disse Caio. — Não estou muito bem. — E vestiu a camisa.

— Calma, cara. Eu te acompanho — falou Vinícius.

Algum alarme soou também dentro de mim. Perguntei a Vinícius se ele voltava.

— Claro, só vou acompanhá-lo em casa, depois volto aqui.

— Volte mesmo! — disse, o mais convincentemente que eu podia. — Você está com meu sutiã. Não posso chegar em casa sem ele.

Mas quando ele voltou o sutiã já estava em suas mãos e ele o estendia pra mim, nós três também já havíamos recolhido as garrafas em sacos plásticos, o isopor já estava fechado, a música desligada. Não era preciso dizer nada. Eu sabia o que pesava neles e eles nem imaginavam que pesava em mim também.

TRAÇO UMA LINHA HORIZONTAL, OUTRA VERTICAL. É A segunda tela a ser começada do zero esta semana. Uma delas foi finalizada, mas depois do seu final, como se algo tivesse ficado incompleto, precisei de outra coisa, outra imagem. Revejo as imagens no caderno. É uma busca. Quero ligar as pontas soltas.

1º de março: uma figura mostra um senhor de pijama em uma cadeira. Ele está com a cabeça voltada para trás e a boca aberta. Numa primeira impressão, não passa de um velho que cochilou na cadeira, mas, olhando melhor, é possível notar: 1) que ele não dorme; 2) que não é um velho; 3) que, ao contrário, parece que não vai dormir nunca mais.

Mesmo dia, na folha ao lado. Um desenho cheio de detalhes, sombreados, parecendo se mover: uma sucessão de quadrados, quase todos brancos; em apenas um deles, perdido no meio das páginas, há um motivo abstrato. Eram os azulejos do hospital.

Eu registrava a lápis cada uma das cenas, naturezas-mortas, tudo o que havia dentro daquele quarto de hospital, e dizia para mim mesma: É para que depois, quando ele voltar pra casa, curado e são, não se esqueça disso pelo que passou. Para que ele veja que o que eu faço — esses desenhos — tem também uma utilidade médica, eu tentava convencer-me. Mas foi naquele mesmo dia que pedi licença para sair do apartamento.

— Aonde você vai, minha filha? — perguntou ele me detendo à porta do apartamento, com a mão na maçaneta.

— Só aqui... — Mas não havia tempo para explicações. A coisa já estava na garganta e eu havia me esquecido de arquitetar uma desculpa, um trunfo, um motivo... E a voz podia vacilar. — Dar uma volta — respondi. E saí tomando a precaução de não fazer parecer urgente, fechando a porta com cuidado atrás de mim.

Então eu me virei. Estava no corredor do hospital. Uma grade à minha frente oferecia a vista dos andares abaixo e acima dali. Duas enfermeiras passavam conversando no segundo piso. Eu me debrucei, tentando respirar firme, conter uma vertigem. Elas olharam para mim ali debruçada; em um olhar, suspeitaram que eu precisasse de socorro, pararam; e em seguida, como se um fluxo de consciência estivesse solto naquele ambiente, continuaram e desviaram a vista, quase se desculpando.

Abaixei a cabeça, fechei os olhos, apertando o parapeito com força. Em minha cabeça, eu me concentrava na arquitetura do local, nas escadas helicoidais, quase decorativas, uma vez que todos usavam as escadas tradicionais mais ao lado, que levavam ao terceiro andar, onde eu estava. As escadas dando vertigem. Eu me concentrava na vertigem, mas de alguma maneira a sensação era interrompida por sopros, bolhas de ar. Não posso fazer isso lá dentro, eu pensei. E convenci a mim mesma: Ele TEM que sair dessa. Aos poucos a respiração ficava mais compassada, voltei para dentro do quarto.

— Está melhor, pai?

Ele fez que sim com a cabeça.

— Está melhorando, filha. Tá melhorando.

Afastei-me da tela tentando vê-la em sua completude. Não era bem como eu tinha pensado, não era bem como eu tinha rascunhado. Um vasto mar sobre o qual flutuavam algumas flores.

Flores negras porque era tela em preto e branco. Não era assim que eu tinha pensado. Fecho os olhos. Por que não acreditei no instinto? O cheiro da morte estava ali. Eu sabia. Se não soubesse, por que teria ido chorar no parapeito?

Mas então vem uma coisa que não é possível definir, a água me cobre nessas horas, invade os pulmões. Limpo as mãos nos joelhos da calça jeans. Fecho os olhos para conter aquilo. Porque, no fundo, a perda é isso mesmo, é vertigem. E não para. Respiro fundo, fico de costas para a pintura. Retomo o diário. Sim, é um portal, mas lá dentro do portal as coisas já estão cristalizadas. Relembro o que aquela tia Rosa havia dito enquanto eu a interpelava procurando, insistentemente, saber o que meu pai comentava sobre mim.

— Queria entendê-lo — eu digo —, talvez assim descubra, finalmente, o que eu era pra ele. Porque a gente era do jeito que era um com o outro.

— Você quer que eu traga seu pai de volta?

— Não. Só queria saber mais...

— Olhe... você que é a artista aqui, não é?

— Não é bem assim. Não sou artista como vocês pensam.

— Você é a artista. Quem deve trazê-lo de volta é você.

Acordo atônita. Olhando para os lados. Os últimos segundos (ou seriam minutos ou horas?) foram de um sono como que perpassado por uma camada externa, e eu procurava, respirando assustada, descobrir a camada: o telefone tocando. Atendo imediatamente. A impressão é a de que estou atrasada. Olho o identificador de chamadas: Vinícius.

— Ei, moça.

E tudo ainda gira. Procuro as horas como se elas me impedissem de cair. Uma da manhã.

— Oi, sumido. — Sento à beirada do colchão. Um elo.
— Algum problema?
— Não, nada disso... É só que estou aqui no outro lado da cidade, desencontrei de Guto. Fiquei sem carona, perdi o último ônibus e, pra piorar, faltou energia.
— Você está sozinho no escuro?
— É — ele confirmou —, estou aqui na calçada de uma rua genérica, sem carro, sem ônibus, sem energia por todo o bairro...
— E resolveu me ligar?
— É... Basicamente.
Não digo nada. Tenho medo de dizer algo que o faça desligar.
— A bateria também vai cair daqui a pouco... — ele adverte.
E não importa. Tento fingir que não foi semanas atrás o último encontro. Um ano esfumaçado em um segundo.
— E como você foi parar aí?
— É uma ótima pergunta.
— Uma das festas de despedida?
— Eu até tinha pensado em te chamar...
— Tudo bem. Pelo menos você ligou antes de ir embora.
— Você vai ao aeroporto amanhã?
— Você já vai amanhã?
— Acho que sim.
— Queria te mostrar tanta coisa...
— É. Acho que não vai dar tempo.
E quando a ligação foi, subitamente, cortada, eu sentia que uma ponte havia se erguido permitindo o acesso perdido por um dia. Por aquele dia, eu poderia, ainda, tocar no assunto, acessar aquele Vinícius. Uma ponte reconstruída que talvez me desse, enfim, a oportunidade. Pouco antes de ruir de vez e perder-se, de novo, pra sempre. Abri o diário, coloquei sobre a página local, data e hora.

Ateliê, 28 de fevereiro, 1h23

"Além do peso do meu corpo e algumas culpas, carrego comigo o fardo dessa falta. Ela que chega em madrepérola. Essa coisa só, que se arrasta comigo fazendo vultos pelos lados. Será imortal?
    Segurei forte as mãos do meu fantasma. Temos andado abraçados e concretos. Temos sido tão pouco. Sou apenas eu de mãos dadas a esperanças que nem são reais. Eu as pinto em tinta a óleo e me convenço de que são minhas. Abraço-me a elas ainda frescas e, sem querer, arruíno e borro tudo. Beijo-as nos lábios e saio manchada e colorida. O gosto da terebintina na ponta da língua e milhares de arrepios inigualáveis. Arruíno minhas construções e adquiro novas cores. Afasto-me e choro por suas mortes. Nem bonitas elas são. E não secam nunca. Impregnadas de suor.
    Olho as palmas das mãos. Multicores de azuis, lilases, amarelos. Já não posso mais tocar ninguém sem que os manche. Essa maldição latina correndo, correndo pastosa no meu sangue.
    Atrás de uma rosa de tinta.
    De uma dança de tinta.
    De cabelos de tinta.
    Deslizo nessa solidão fantástica. Vou partida e tão feliz. Partida, sim, sem nenhuma dúvida. Haja vista todas as eus que abandonei daí afora. Quem sabe escondido numa dessas flores (nem que sejam de papel) não surja outro fantasma. Eu perco a hora, os pedaços e o cheiro químico já estão enfeitiçando até o último suspiro. Se essa esperança fosse de outro tom..."

Ele havia planejado uma despedida. Deveria comer, pela última vez, e beber, no bar que sempre frequentávamos. O plano bem elaborado: chegaríamos lá, ele nos aguardaria com as malas prontas, e de sua casa seguiríamos para o bar. Depois, levemente altos da bebida, sairíamos direto para o aeroporto. Telefonei ao fim da tarde.

— Tive que vir para o lado sul. Vai pra minha casa. Quando eu voltar, a gente vai de lá até o bar.

Meu coração disparando com aquele telefone nas mãos. O que eu faria lá em sua casa sem você lá? Espera. Tudo era espera. Olhei para as coisas todas ali presentes. Uma sensação de que era agora. Eu sabia com a pele, com as unhas. Sabia com o sangue que daria tudo errado. "Você não vai se despedir, não é?", eu tive vontade de dizer, mas, em vez disso, abri a porta e caminhei o mais rápido que podia até a casa dele. Deixei uma mensagem: "Você está contando com o tempo de trânsito?"

No dia depois que o deixamos, todo mundo acordou cedo como se isso acelerasse as horas, mas, como se não bastasse a aflição, estava nublado, e o tempo anda noutra velocidade em dias nublados.

Eu estava envolvida em detalhes minuciosos da paisagem. Era o que eu teria dito se isso desculpasse alguma coisa. Era o que eu teria dito, inclusive, se fosse verdade, e não era. A verdade era apenas que eu havia acordado às oito da manhã, o ateliê estava pronto e meu pai estava inocente disso. Meu pai estava na UTI e eu pintava.

Por decisão minha, nenhum de nós passou a noite em claro no corredor do hospital. "Estou tão cansada", eu disse. "E não vai adiantar nada passar a noite em claro em um corredor de hospital se não podemos entrar." A paisagem que eu pintava era um dia nublado daqueles. Ameaçando chuva. O dia lá fora estava nublado também. Não está um pouco cedo para chover? Eu me perguntava. Mal entramos no mês de março, afinal.

Eu havia acordado às oito horas porque às oito podíamos ligar para o hospital e saber como ele havia acordado.

— Ele acordou bem melhor — disse minha mãe.

— Não falei? Ele vai melhorar lá.

Porque Terapia Intensiva, para mim, só poderia ser sinônimo de uma recuperação mais rápida. O preço era se afastar um pouco da família. De nós. Mas o importante era o bem dele, não era?

— Aonde você está indo? — ela perguntou ao perceber que eu havia colocado jeans e balançava, na mão, as chaves de casa.

— Vou pintar.

— Não perca a hora. A visita é...

— Eu sei. Não vou perder.

Foi um ano bem chuvoso aquele. Bom para a pintura. Mas não era nada disso. O certo era apenas que eu dava voltas e voltas esperando as onze horas. "A visita da UTI é ao meio-dia", dissera o médico. Onze horas eu teria que me vestir. Havia uma coisa que eu gostaria de fazer: eu gostaria de ir em frente. Gostaria que meu pai estivesse saudável e me apoiando, mas sobre isso não havia nada que eu pudesse fazer. Eu não poderia controlar o estado de saúde dele. Não havia nada que eu pudesse entender sobre o funcionamento de um corpo humano, as chances de um pulmão, aquela incapacidade deixava evidente apenas o lado contrário: eu podia criar coisas, mas nunca consertá-las. Eu me concentrei nessa possibilidade. E era nublado, o dia prometia chuva, eu me concentrava nisso: o que eu podia fazer. Não era confortador? Tal qual uma fúria ou um animal, eu estava livre. Eu estava sendo o que eu era. Fechei-me no ateliê. Usei o telefone, encomendei tintas caras e me comprometi a pagar a entrega. Olhei para a borboleta que eu havia pintado outras tantas vezes, olhei para o ateliê pronto, dei goles em meu café perfeito. Era isso, pensei.

Abri o caderno, anotei no topo da página a data: 3 de março de 2012. E os pensamentos todos daquela manhã: a UTI de um lado, o ateliê de outro, a borboleta incompleta me fizeram lembrar um trecho de música. Rabisquei abaixo da data: *Only a dark cocoon before we get our gourgeous wings and fly away* — então coloquei a música "Last Time I Saw Richard" pra tocar e a música me fez lembrar, naquela manhã, um amigo que eu não via há tempos. Vinícius. Preparei a paleta de cinza e comecei a traçar uma linha horizontal na tela, com muita tinta branca. Quase nada de azul, e mantive vazio o espaço com as pessoas.

Quando dona Suzana abriu a porta do apartamento, eu vi o pânico estampado em seus olhos. Atrás dela, era possível ver de imediato, antes mesmo de entrar, que na sala havia tralhas e mais tralhas para caber em duas bolsas não muito grandes.

— Ainda não tem nada pronto — ela disse, exasperada.

Segurar a tensão — eu me dava comandos.

— Vocês falaram com ele?

Mostrar-se tranquila.

— Falamos, claro, mas ele só diz que não há nada que possa fazer. Está esperando o ônibus no terminal e o ônibus não chega.

Caminhar até o sofá.

— Então ele ainda não conseguiu entrar no ônibus?

— Oh, Deus! Por que ele teve que ir buscar isso lá no lado sul da cidade? Ainda mais a essa hora.

Manter a cadência.

— Ele não levou o trânsito em consideração... Aconteceu comigo algumas vezes.

O coração que começava a acelerar disparado. Não ia dar certo. Não tinha jeito.

— Se não tem jeito, não tem jeito e pronto — foi a última sentença completa que me lembro de meu pai ter dito. Isso me fazia querer espancá-lo. E por que não? Por que não me aproveitar da sua fraqueza de um velho doente naquela cama de hospital, com aquele pijama, com aquela magreza, com aquela falta de ar. Sacudi-lo com violência e esmurrá-lo até que ele parasse de dizer coisas desagradáveis. Apenas gritei:

— Por favor, ajude a gente a ajudar o senhor.

Ele entortou a boca com raiva. Talvez ele quisesse nos mostrar como estávamos: correndo em círculos, alvoroçados, chamando enfermeiras, enfiando-lhe injeções e nebulizações inúteis; talvez quisesse dizer, apontar para nós todos ali no quarto um espelho e mostrar: como exatamente esse escarcéu todo pode me ajudar?

O médico entrou no quarto e, depois de examiná-lo e auscultá-lo com aparelhos por menos de um minuto, disse: "Vamos removê-lo para a UTI." E seguia-se uma nova série de movimentos bruscos, de correrias que o aborreciam e o exasperavam.

Se não tem jeito, não tem jeito e pronto. E fazia um movimento vago e difícil com a mão pra baixo e pra cima como se dissesse: Parem um minuto e prestem atenção.

Mas alvoroçar-se, fazer escarcéu, tomar decisões, mostrar urgência é a única coisa que se pode fazer, às vezes. Então por isso começamos, dona Suzana e eu, a colocar, nós mesmas, as coisas dentro das bolsas de Vinícius, descartar o que achávamos desnecessário e decidir em qual bolsa ia o quê. Ele não estava lá.

— Isso deve ir agora? — ela perguntou apontando uma sacola com camisetas brancas, novas e lacradas que estavam na pilha à esquerda.

— Ah, sim. Essa camisa. Ele comprou especialmente para a viagem. Fui com ele comprar. Sobre esses papéis, ele falou alguma coisa?

— Não falou nada. Mas tem coisa que ele quer que envie pelo correio já depois de se estabelecer lá. Eu tinha dado pra ele essa pasta com divisórias pra ele organizar a papelada urgente...

Não era muito diferente de um velório. Ele em outra parte do mundo, enquanto, perdidos e sem saber como dizer adeus, a mãe dele, o irmão e eu desfiávamos histórias sobre quem partia, esperando, enquanto os outros chegavam. Era isso o que, de repente, me impressionava mais: quando pessoas se unem para despedir-se de alguém que não está mais lá, o único jeito que têm de fazer isso é compartilhando histórias. "Eu me lembro de quando ele viajou aquela última vez com vocês...", "Eu me lembro dele com febre naquela última semana", constatar aquilo me assombrava mais que qualquer coisa. Era mais impressionante do que a partida em si. No fundo queríamos apenas que ele chegasse logo, nos ajudasse a fazer suas malas e nos dissesse o que era tudo aquilo pra ele. A mãe dele, o irmão e eu olhávamos constantemente para a porta aberta, com pesar.

— Sabe — começou o irmão dele —, ele me mata se souber que eu te disse isso... Mas, quando ele era pequeno, tinha a mania de roer os móveis de madeira...

— Ele era muito engraçado. Gostava de fazer graça para a gente rir.

— Vinícius? Não acredito. E como ele ficou tão sério e carrancudo?

Eles sorriam nostálgicos e eu segurava no colo as novas histórias recolhidas, como se ali, talvez, se ele demorasse muito, talvez não fosse embora nunca mais.

E às nove horas da manhã, naquele ateliê, eu pensava comigo: Um casulo. Uma Unidade de Terapia Intensiva. Pintar aquilo naquela manhã, meu pai internado. E, como se tudo fosse nascer mais bonito, eu aguardava a chegada das novas tintas, eu planejei minuciosamente uma melhora gradual e arrebatadora no estado de saúde dele, que refletiria naquelas pinturas todas. "Pai", eu ensaiei o discurso e mergulhei o pincel na paleta. "Pai, há uma diferença entre o que eu posso e o que eu não posso fazer. Eu posso conseguir um bom negócio com este ateliê. É o que sei fazer, sabe? Olhar as coisas, filtrá-las e reproduzi-las."

E imaginava, também, as respostas que ele daria: "Mas não pode chamar um pedreiro e separar uma parte da minha casa para que seja sua. Quem lhe deu autorização para sequer construir esse negócio?"

Respirei fundo de novo. Deve ter outro jeito.

"Pai, quero começar pedindo duas coisas: o primeiro pedido é que o senhor leve fé no que resolvi fazer. O segundo pedido é de perdão por ter agido pelas suas costas."

Não importava, eu pensei. O que está feito está feito.

— Consegui pegar o ônibus — Vinícius disse pelo telefone.
— Mas está lotado e o trânsito está impossível.

Eu ensaiava o que poderia dizer, o que poderia pedir quando ele finalmente entrasse por aquela porta. Eu pediria desculpa talvez por umas coisas, agradeceria por outras. A luz parecia clara demais e as pessoas começavam a chegar por ali procurando por ele. Primeiro chegou o pai dele, depois, ao mesmo tempo, vieram Emília, Caio e Guto. Todos ouviram a mesma resposta: Não chegou ainda. Como não chegou ainda? E o telefone, que não parava de tocar, e o meu medo era que eu não pudesse ter com ele um minuto a sós. Um minuto em que fosse permitido dizer coisas que não se dizem. Quando eu lhe perguntaria: Você vai pensar em mim quando esse avião estiver decolando? Responda, por favor, porque depois eu vou ser obrigada a entrar em um carro e voltar para dentro da cidade sem você e não vou parar de pensar nas suas frases.

Mas, quando o relógio marcou onze horas e o alarme tocou, eu ainda não havia terminado. Uma linha horizontal contínua, que precisava ser borrada com o pincel até desaparecer completamente. O coração acelerou, mas o tempo parecia ter parado. Prendi a respiração porque precisava correr dali pra me vestir e ir para o hospital visitá-lo, e não podia. Eu calculei mal. Desculpe. Tudo erro de cálculo. Sempre fomos ruins em fazer contas, não é?, eu teria lhe dito, segurando o fôlego, o céu fechado mais bonito do mundo, paralisados na pintura.

— Érica, apresse isso.
— Estou tentando.
— Não pode fazer depois?
— Não, porque quando a tinta fica seca é quase impossível fazer os ajustes.
— Então corra.
— Estou correndo.

A respiração presa, o pincel passeando devagar e suave até a outra ponta da tela, o coração acelerado, mas os movimentos pareciam não ter pressa. Foi quando, ao atingir finalmente a outra ponta, abandonei tudo lá: pincel sujo, paleta cheia. Interrompido. Fechei as portas, e entrei em casa para tomar banho. Depressa — eu pensava. O tempo parecia ter parado. Mas eu sentia que essa impressão era a mais traiçoeira de todas. Ele esperava.

Há um alívio generalizado quando o interfone toca e a voz de Vinícius pede, pelo interfone, para abrir o portão. O relógio marca 20h quando ele entra, pela porta que se mantinha aberta, e encontra, no centro da sala do apartamento, duas malas prontas, enormes. Olha pra mim com um sorrisinho que não sei interpretar e mesmo assim sorrio de volta, meio sem jeito. As pessoas falam em tom de brincadeira: "Mas você está planejando perder esse avião, rapaz?", ou "Corra para o banheiro", ou, "Bom demais, assim. Chega e já encontra a mala pronta."

O que eu penso em dizer a Vinícius:

"Você vai ter esquecido tudo o que se passou entre nós, e, se você tiver esquecido, então eu lembrarei sozinha. Não vai haver registro, prova, cúmplice, apenas imagens vagas na minha cabeça. E tudo o que é assim não é real. Não tem como diferenciar uma lembrança de um devaneio. Portanto, a partir do momento que você esquece, é como se tudo isso — aquela noite no escuro em que você disse: "Poderia ter dado certo" — nunca tivesse existido em nenhum lugar no tempo, no espaço, apenas na minha cabeça.

O que eu realmente digo:

— Sua mãe tá certa. Não fique aí parado feito um poste olhando pra gente. A despedida vem depois. Vá logo tomar um banho enquanto chamamos um táxi.

Mas ele desfaz o sorriso e balança a cabeça, agoniado.

— Não vai dar tempo de tomar banho.

— Claro que dá.

— Mas quero que a despedida seja no bar.

Eu olho pra ele. Todos nós olhamos. Todos nós sabemos que não há tempo para a despedida que ele havia planejado. Estávamos atrasados, eu queria lhe dizer. Estávamos todos atrasados o tempo inteiro. Ele engole a saliva e eu sei perfeitamente o que é tudo isso. Gosto de pensar que ele sabe, também, e que não precisamos dizer: estamos anos atrasados. O tempo não parou nem por um segundo para que pudéssemos falar, então o resto é corrido. Ele entrar no banho, sair de lá com os cabelos molhados, olhando para os cantos como uma ave à procura do ponto onde decidiu pousar.

O trajeto para o hospital também não era longo, mas, mal-acostumada com o ritmo da cidade, deserta durante o feriado do carnaval, eu tinha certeza que chegaríamos antes da hora para a visita. Era pouco mais de onze e meia quando fechei o último portão da casa e minha mãe já esperava na calçada com o carro ligado. As nuvens fechavam o tempo.

— Será que vai chover? — eu disse tentando aliviar o desconforto que se instalou logo que vimos o primeiro acúmulo de carros no primeiro sinal, assim que pegamos a avenida

principal. Mas minha mãe não disse nada. Apenas checou, mais uma vez, o relógio e disse:
— Vai ter trânsito.

— Vamos, vamos. Entre no carro.
Disse a mãe dele, que o apressava descendo as escadarias do edifício. Havíamos descido já as duas pesadas malas de Vinícius, e dois carros — um táxi e o Vitara preto de Guto — estavam parados diante da portaria esperando que todos se acomodassem pra sair. Nós colocamos as malas dele no carro e nos entreolhávamos em silêncio. A impressão era a de que faltava muita gente ali na fila de abraços. Eram uns abraços estranhos aqueles. Desajeitados, de mãos fechadas. Eu apenas concentrada em sua reação, sem poder perguntar nada. A mãe dele chorando na porta. "Não posso ir para o aeroporto", ela disse, "eu choraria demais."
Eu o aguardo entrar no carro ainda me perguntando como havíamos nos falado tão pouco. Como nasceu esse atraso. Mas o aeroporto fica longe, e tudo o que podemos fazer é correr com as coisas.
— Então Vinícius e Érica vão no táxi, com as malas grandes, e a gente vai no Vitara — disse Emília, tomando pra si a tarefa de coordenar as coisas. Ninguém discutiu. Uma chuvinha fina começava a cair, e nos apressamos ainda mais. Entrei no banco traseiro e, quando Vinícius entrou e fechou a porta, ficou olhando pela janela a mãe que acenava da porta do prédio.
— Eu não tinha ideia — ele falou —, geralmente vou ao lado sul da cidade e volto em menos de uma hora. Como pode ter levado três horas pra isso?
— É um erro comum desprezar o tempo do tráfego nas horas mais críticas...

— Tinha tanta coisa mais que eu queria ter feito, acho que estou levando coisas desnecessárias e esquecendo coisas importantíssimas, estou com medo que joguem fora tudo o que eu colecionei ao longo desses anos.
— São só quinquilharias — eu disse.
— Mas sou apegado...
— Eu sei.
Eu sabia.
— Está com medo? — perguntei. — Digo... Tudo isso que você vai deixando pra trás... Tem medo do que espera por você?
— Estou morrendo de medo — ele disse, sem desviar os olhos da estrada à frente. — Mas estou tentando não pensar nisso.

Quando chegamos à recepção do hospital, anunciamos logo que havíamos chegado para a visita da UTI. Uma mulher magra, que não devia ser muito mais velha que eu, curvou um pouco a cabeça para o lado e, em vez de dizer por onde deveríamos seguir, perguntou, desconfiada:
— Qual o paciente?
— Aluízio Valentim. — Ela parecia já esperar essa resposta. Olhei para o relógio de parede atrás dela, que marcava meio-dia e dois minutos.
— A visita já começou? — perguntei.
Mas ela pegou o telefone e fez sinal com a mão me pedindo para esperar.
— Vieram visitar o paciente Aluízio Valentim... — ela disse para alguém, ao telefone. Olhando para baixo E a conversa seguiu apenas com ela fazendo uma série de grunhidos. Hunrum, anrã.. certo... anrã.
— Por favor, a visita começou? Podemos subir?

Mas ela fingia não estar nos vendo, nem ouvindo. Quando desligou o telefone, não disse nada e foi para o outro lado do balcão. Ficou por lá, demorando. E eu ainda esperando uma resposta.

— Moça — eu a segui até a outra ponta do balcão. — Podemos subir para a visita da UTI?

— A visita é ao meio-dia.

— Sim, sabemos disso. Chegamos dois minutos atrasadas.

— São meio dia e sete. — Ela apontou o relógio atrás de si, sem me olhar no rosto.

— Claro, porque há cinco minutos você está enrolando a gente.

— O médico já vai descer. — Ela foi para o outro lado do balcão e começou a abrir pastas aleatórias, folhear o conteúdo de fichários sem realmente ler nenhum deles.

— Ei! — eu a segui novamente. — Não pedi pra falar com o médico. Quero visitar meu pai.

Alguma coisa não estava certa. A recepcionista evitava me olhar, fugia de mim, e ficava querendo demonstrar, de uma hora pra outra, que estava muitíssimo ocupada, embora estivesse vendo a novela da tarde na hora que cheguei.

— Escute, este tempo que estamos perdendo aqui vai ser compensado?

Ela largou os papéis e olhou pra mim, com raiva.

— Olha, tentamos falar com vocês, certo? Ligamos umas mil vezes pra sua casa.

— Sim, mas não estávamos em casa, estávamos vindo pra cá.

Foi quando o médico, vestindo o jaleco branco, disse:

— Aluízio Valentim?

Olhamos na direção dele. Ele olhou pra minha mãe e perguntou:

— É a esposa dele?

Ela confirmou com a cabeça. Ele pediu pra segui-lo e eu fui junto. Subimos dois lances de escada, em silêncio. Mas, quando chegamos ao primeiro andar, ele pediu que só minha mãe o acompanhasse até a sala da UTI.

O carro ainda avançava rápido em direção ao aeroporto. Olhando para baixo, pela janela do carro, eu via as faixas que proibiam a ultrapassagem no trecho virarem uma linha contínua que dava uma tontura e dividia o asfalto ao meio. Tentei me manter quieta. Não atrapalhar o plano dele de não pensar, mas ele continuou.

— Quer dizer, não sei se vai dar certo...
— Tenho certeza que vai — interrompi.
— Dá certo pra todos, eu suponho.
— Não. Não pra todos. Mas vai dar certo pra gente. Porque somos teimosos. Nós vamos em frente.

Mantenha a calma, eu me dizia. Cada hospital tem regras diferentes sobre a visita à UTI e é melhor respeitá-las. Apesar disso, era estranho que fosse necessário entrar um só visitante de cada vez. Olhei para meus próprios pés. Eu havia calçado coturnos e os via andando, impacientes, da esquerda para a direita no corredor. Para me acalmar, lembrava das pinturas. Não conseguia evitar as ideias borbulhando na cabeça, agora que o impasse com a recepção do hospital havia ficado pra trás. Mas foi aí que olhei para a porta que dava acesso à UTI. E vi, através do vidro, que minha mãe estava conversando com o médico, e não com o meu pai. Fixei os olhos naquela direção, esperando que ela me visse e sinalizasse algo. Mas ela ficava só ali, com a cabeça baixa. Passei a balançar os braços e acenar.

O médico continuava me ignorando, e, quando ela levantou o olhar na minha direção, percebi que chorava. E ter visto ela chorando me fez, imediatamente, chorar também. Mas eu não sabia o porquê. Eram os nervos à flor da pele. Perguntei com os lábios: O que está acontecendo? Mas ela só levantou os ombros, ergueu as mãos espalmadas e balançou debilmente a cabeça de um lado para o outro em negação. Como quem diz: Não sei. E aí, sim, cobriu o rosto com as duas mãos e começou a chorar com o corpo todo.

Foi nesse ponto que invadi a sala exigindo satisfação.

— O que está acontecendo? — Só percebi que eu gritava pela expressão do médico, que pareceu muito assustado comigo. Então tentei manter o controle. Respirar fundo, conter o choro.

— Olha, tentamos falar com vocês...

Balancei a cabeça afirmativamente, comecei a ouvir com toda atenção.

— Ele teve uma parada cardíaca.

— Tá — eu disse, indiferente. — E como ele está agora?

Ele pareceu incrédulo.

— Bom, ele... não resistiu.

— Como assim?

— Tentamos reanimá-lo...

— Certo.

— ...mas ele não resistiu.

— Escuta — eu disse, começando a perder a paciência —, do jeito que o senhor fala, fica parecendo que ele morreu.

Ele não disse mais nada.

— Não fique aí calado, me olhando. Onde está o meu pai?

Ele abaixou a cabeça.

— Eu sinto muito — ele insistiu.

Eu invadi os leitos da UTI. Na primeira cama, havia o corpo de um homem com o peito nu, um peito nu tão familiar que parecia meu. Estava completamente entubado. Eu sei porque reconheci o arranjo com a visão periférica, mas não consegui olhar pra lá. Meus olhos vidravam no monitor de batimentos cardíacos que ainda estava ligado a ele, e que apresentava, em seu visor, uma linha horizontal vermelha e contínua.

O carro avançava na estrada vazia, no meio da madrugada, em direção ao aeroporto. Olhando a linha do horizonte ao fim da estrada eu me dei conta. Havia entendido finalmente o que me acontecera — eu quis dizer —, que minhas histórias ficaram interrompidas. Foram sendo interrompidas e, por isso mesmo, destinadas a não terem fim. Condenadas a não terem fim. Como se eu estivesse presa numa droga de infância eterna.

Ele olhando como quem esperasse nisso uma reflexão mais nítida.

— O quê? — ele perguntou, aflito. — O que interrompeu sua infância?

— E essa fase também... — continuei — foi interrompida também. Aí eu fui assim, abrindo portas, sem fechar nada. Ainda sem amparo, sabe? Sentindo a queda livre. Como se estivesse destinada a não crescer.

— Do que você está falando?

Eu estava falando sobre o que me aconteceu. Que as coisas seguiram acontecendo. Pegando de surpresa no meio do caminho, e então eu tinha que desviar, dar voltas, procurar outro jeito. E achava, e era, de novo, tudo de novo. Interrompida. Obrigada a uma nova curva, num labirinto de ladeiras.

— Fui interrompida.
— Besteira. A pessoa continua.
— Não pode.
— Por que não?

Parei olhando para ele. Mas ele continuou vendo a estrada e falou sem olhar pra mim:

— Por que você não poderia continuar? Por que...

— Você foi interrompido também.

Ele abriu mais os olhos. Calou-se e eu pus a mão nos meus próprios lábios.

— Como assim? — perguntou. — O que você está querendo dizer com isso?

Fixei o olhar na estrada.

— Responde.

A chuva batendo no para-brisa.

— Me explica.

— Eu interrompo você — respondi, olhando de novo pra ele finalmente. Ele engoliu seco, eu sabia quando ele tentava parecer calmo. Continuei. — Eu vejo o que você faz por mim. O que faz desde sempre, desde o colégio. Eu sei como você se vê, como se fosse um herói fora da lei, como se vivesse num filme de lutas e recompensas.

— Não é verdade.

— É, sim. É por isso que essa amizade não morreu. Isso entre nós dois. Porque eu vou te interrompendo, você vai tentando consertar, porque deixamos sempre a janela aberta... Nós nos envolvemos, você sabe. Por que a gente finge que não sabe? Por que estamos fingindo agora que nunca dormimos juntos?

Percebi a aflição dele.

— O senhor pode acelerar mais um pouco? — pediu Vinícius, vendo que perdíamos de vista o Vitara de Guto.

— Não tem fim — concluí, vendo a estrada passar mais rápido. — A vida do meu pai, a vida das nossas mãos seguradas. — Olhei o horizonte. — Não tem fim... nem solução — lamentei.

— Sabe — percebi nele um leve desespero. — Ainda assim a gente poderia ter ficado juntos, e daria certo.

— Sim — eu concordei, mas continuei olhando adiante o horizonte na estrada. Eu não visualizava o fim. Só outro pico de ladeira a subir de novo. Tive a impressão de ter sentido, no espaço intangível que nos afastava do horizonte, bem no meio, que talvez meu pai tivesse sorrido. — Eu sempre acredito nisso — disse a ele. Não me custaria nada crer, afinal, que teríamos sido, sim, felizes — e meu pai também, pouco antes de dissipar esse peso para sempre.

Uma linha horizontal. Era tudo o que queria fazer sentido. Uma linha horizontal com um barulho contínuo do monitor de batimentos cardíacos. Eu paralisada em frente àquela linha me perguntando: Como? Como foi que essa linha ficou assim? Eu chorava olhando pra ela, conversando mentalmente com a linha, porque ao lado dela havia o seu peito imóvel, e eu queria beijá-lo e dizer: Volte pra cá! Ordenar: Volte aqui pra dentro. Eu segurei as suas mãos, elas não tinham vida, era assustador. Volte!, eu pensava. Está vendo essa linha? Quero que você faça essa linha se mover.

Porque foi em algum lugar do trânsito que eu estava. Porque não devia ter sido assim, porque você desistiu quando eu estava no meio do meu caminho para o resgate. Porque eu estava na transição.

TODOS DERAM ABRAÇOS APRESSADOS DIANTE DO PORTÃO de embarque.

— Vamos com a gente, Érica?

Eu apenas dispensei todos, convencida a ficar ali até que o avião partisse.

— Pego um táxi na volta. Não se preocupem.

Sentei em uma das mesas do café, coloquei a bolsa ao meu lado. A luz fria do aeroporto, uma assepsia quase hospitalar, olhando os aviões deslizarem pela pista. Talvez eu só estivesse de volta ao começo de tudo, ao momento primordial que havia mudado de uma vez e talvez para sempre a minha vida. Cogitei desenhar aquele avião ainda pousado, porque dali, onde meus olhos não tocavam, eu o imaginava passar pelo corredor, entrar na nave, colocar a mochila no bagageiro de cima e sentar olhando pela janela. Mas sozinha, e com todos aqueles aviões desconhecidos, me pareceu que tudo aquilo já não era mais despedida, era apenas uma garota agarrando-se a um bonde que já partira. Sem querer voltar para o mundo.

Era possível saber com exatidão a expressão dele. Ocorreu-me, então, que alguns dos momentos mais definidores da minha vida ocorreram sem a minha presença. Apenas no campo das ideias. A reação do meu pai ao momento final, a reação de Vinícius dentro do avião, cenas e cenas desenrolando-se ao longe. Eu estava ali, estava em trânsito.

Então, depois de ver o avião partir, peguei um táxi de volta para casa e abri as janelas para sentir o cheiro do vento. O carro avançava na pista de madrugada, o dia ia amanhecendo.

— A senhora está voltando de viagem? — perguntou o taxista.

— Fui deixar um amigo.

— Ah...

— Ele estava indo embora da cidade. Talvez não volte nunca mais.

— A senhora acha?

— Quem sabe? Talvez não volte...

— Sei... Foi se despedir, então.

Mas o único cheiro possível era o do estofado novo e do ar-condicionado desligado há pouco.

— Sim, sim, é um amigo muito querido.

Eu continuei olhando pela janela. O clima andava meio louco naqueles tempos. Era mais frio de noite, esquentava de manhã, a umidade mantinha tudo mais ou menos razoável. Está tudo bem.

— O senhor pode ir pela praia? — perguntei.

— Pela praia é mais longe.

— Eu sei, mas é que quero ver uma coisa lá.

Ele olha de relance o taxímetro, eu repito o gesto, inclinando levemente a cabeça de lado para ver os números vermelhos.

E assim ele fez. Avançando pela rodovia, entrando nas principais avenidas da cidade, descendo o longo corredor que ligava a praia ao Centro até alcançar a orla.

— Vai querer parar em algum lugar aqui?

— Não. Pode ir direto — eu disse.

Mas a verdade é que não havia nada que eu quisesse ver. As pessoas caminhavam, as pistas estavam livres, calçadas desertas, comércios fechados.

— Foi mais longo do que eu imaginei esse caminho de volta — eu disse.

— E é porque nessa hora dá pra correr à vontade.

Fiquei em silêncio. Ele continuou, como se falasse pra si mesmo.

— Olhando assim, nem parece, não é? — ele disse.

— O quê?

— Olhando essa hora, nem parece que essa avenida é um inferno. Você vai indo, vai indo... E do nada, dá oito horas e engarrafa tudo. E quem tá no meio fica se perguntando: "Como é que pode, não é?"

Ele fez a curva que dava para a minha rua, calçada por paralelepípedos. A velocidade diminuiu.

— É bem naquela casa ali.

O dia amanhecia quando cheguei à frente da casa. Paguei o motorista, parei na calçada. Fiquei, ainda, ali um pouco, olhando para o portão. Eu lembrei aquela tarde que passei no hospital. De como a sensação era. A forma como entrei no necrotério. Um homem vestido de verde da cabeça aos pés ali na entrada.

— Não pode entrar aí — disse ele.

— Claro que eu posso. É o meu pai quem está aí.

— Não pode, ainda.

— Ora, me deixe.

Mas no momento que entrei, descobri que ele fora embrulhado, e o que havia ali era um banco de cimento e um casulo de gaze com um corpo dentro. Podia ser qualquer um. Ainda apalpei a perna buscando sentir a enorme depressão de uma cicatriz na múmia. Qualquer detalhe tátil que revelasse a identidade, que permitisse transformar aquilo em pai. O pacote trágico. Mas era como tentar me despedir de um bloco de gesso. Saí dali e sentei na calçada do hospital sem me importar com o som que meu corpo emitia. Dentro das minhas pálpebras fechadas, eu ainda via nuances de amarelo, vermelho, e imagens quebradas das telas que eu havia pintado minutos atrás. Como num sonho, texturas da tinta a óleo se misturavam. Nas pontas dos dedos, o cheiro de terebintina. O mundo parecia ter acabado, mas começo e fim, num mundo esférico, são a mesma coisa, a mesma linha horizontal contínua que se tocava no mesmo ponto, por mais que corresse para longe do ponto de partida. Era como eu voltava ao portão menor, com as mãos cheias de tinta. Então, abri o ateliê.

Este livro foi composto na tipologia Minion Pro
Regular, em corpo 11,5/15, e impresso em
papel off-white no Sistema Cameron da
Divisão Gráfica da Distribuidora Record.